殖民與專制之間

日據時期蒙疆政權華語
民族主義文學

妥佳寧 著

民國文學與文化系列論叢

文史哲出版社印行

國家圖書館出版品預行編目資料

殖民與專制之間：日據時期蒙疆政權華語
民族主義文學 / 妥佳寧著. -- 初版 -- 臺北
市：文史哲, 民 106.03
　　頁；公分（民國文學與文化系列論叢；7）
ISBN 978-986-314-358-1（平裝）

1.中國文學史　2.現代文學　3.文學評論

820.908　　　　　　　　　　106004119

民國文學與文化系列論叢　7

殖民與專制之間
日據時期蒙疆政權華語民族主義文學

著　　者：妥　　　　佳　　　　寧
出　版　者：文　史　哲　出　版　社
　　　　　　http://www.lapen.com.tw
　　　　　　e-mail：lapen@ms74.hinet.net
登記證字號：行政院新聞局版臺業字五三三七號
發　行　人：彭　　　　正　　　　雄
發　行　所：文　史　哲　出　版　社
印　刷　者：文　史　哲　出　版　社
　　　　　　臺北市羅斯福路一段七十二巷四號
　　　　　　郵政劃撥帳號：一六一八〇一七五
　　　　　　電話886-2-23511028 · 傳真886-2-23965656

定價新臺幣四五〇元

2017 年（民一〇六）三月初版

殖民與專制之間

──日據時期蒙疆政權華語民族主義文學

目　　次

本研究獲得中國大陸教育部人文社會科學研究基金專案「抗戰時期綏遠淪陷區文藝報刊與民族主義思潮研究」（13YJC751052）支持，特此致謝。

總序一

民國文學史觀的建構
—— 現代文學研究的新思維與新視野

張堂錡

一

　　「民國文學」是有關中國現代文學學科研究歷史進程中，繼「中國新文學」、「中國現代文學」、「20世紀中國文學」、「百年中國文學」之後，近期出現並開始受到重視與討論的一種新的學科命名與思維方式。它的名稱、內涵與意義都還在形成、發展的初始階段。類似的思維與說法還有「民國史視角」、「民國視野」、「民國機制」等。這些不同的名稱，大抵都不脫一個共同的「史觀」，那就是回歸到最基本也最明確的時間框架上來進行闡釋。陳國恩〈關於民國文學與現代文學〉即明確指出：「作為斷代文學史，民國文學中的『民國』可以是一個時間框架。就像先秦文學、兩漢文學、魏晉南北朝文學、隋唐文學和宋元明清文學中的各

個朝代是一個時間概念一樣，民國文學中的民國，是指從辛
亥革命到 1949 年中華人民共和國成立這一時段。凡在這一時
段裡的文學，就是民國文學。」這應該是大陸學界對「民國
文學」一詞較為簡單卻完整的解釋。

　　北京師大的李怡則提出「民國機制」的說法，他在〈民
國機制：中國現代文學的一種闡釋框架〉中也認為：「民國
機制就是從清王朝覆滅開始，在新的社會體制下逐步形成的
推動社會文化與文學發展的諸種社會力量的綜合」，然而，
「隨著 1949 年政權更迭，一系列新的政治制度、經濟方式及
社會文化氛圍、精神導向的重大改變，民國機制自然也就不
復存在了。中國文學在新的機制中發展，需要我們另外的解
釋。」當然，他們也都注意到了「民國」從清王朝－中華民
國－中華人民共和國的線性時間概念之外的更豐富意義，例
如陳國恩提到了民國的價值取向；李怡也強調必須「從學術
的維度上看『政權』的文化意義，而不是從政治正義的角度
批判現代中國的政治優劣」，他認為這樣的「民國文學」研
究是「對一個時代的文學潛能的考察，是對文學生長機制的
剖析，是在不迴避政治型態的前提下尋找現代中國文學的內
在脈絡。」

　　面對大陸學界出現的這些不同聲音，在台灣的現代文學
研究者已經不能再視而不見，如何在一種學術交流、理性互
動、嚴謹對話、多元尊重的立場上進行對相關議題的深入討
論，應該說，對兩岸學者都是一次難得的「歷史機遇」。台
灣高喊「建國百年」，大陸紀念「辛亥百年」，一個「民國」，
各自表述。但不管怎麼說，「民國」開始能夠被大陸學界接

受並引起討論熱潮，這本身就是一種試圖突破既有現代文學研究框架的努力，也是大陸學界在意識型態方面對「民國」不再刻意迴避或淡化的一種轉變。正是在這種轉變中，我們看到了中國現代文學研究的新契機。

二

　　民國文學不是單一的學術命題，不論從研究方法或視野上來看，它都必須涉及到民國的歷史、政治、經濟、教育、法律、文化、社會與思想等諸多領域，它必然是一個跨學科、跨地域、跨國別的學術視角，彼此之間的複雜關係說明了此一命題的豐富性與延展性。

　　必須正視的是，台灣對「民國」的理解是以「建國百年」為前提，而大陸學界則是以「辛亥百年」為前提，如此一來，大陸對「民國」的解釋是一個至 1949 年為止的政權，但台灣則是主張在 1949 年之後「民國」依然存在且持續發展的事實。拋開歷史或政治的解釋權、主導權不論，「民國」並未在「共和國」之後消失，這是不爭的事實。因此，在討論民國文學與文化之際，就會出現 38 年與 100 年的不同史觀。箇中複雜牽扯的種種原因或現實，正是過去對「民國文學」研究難以開展的限制所在。而恰恰是這樣的分歧，李怡所提出的「民國機制」也就更顯得有其必要性與可操作性。他說 1949 年政權更迭之後，民國機制不復存在，指的是「中華民國在大陸」階段，共和國機制在 1949 年之後取代了民國機制，但是「中華民國在台灣」階段，要如何來解決、解釋，「民國

機制」其實可以更靈活地扮演這樣的闡釋功能。

「民國文學」的提出，並不是要取代「現代文學」，事實上也難以取代，因為二者的側重點不同，前者關注現代文學中的「民國性」，後者關注民國文學的「現代性」，這是一種在相互參照中豐富彼此的平等關係。現代性的探討，由於其文學規律與標準難以固定化，使得現代文學的起點與終點至今仍是一種遊移的狀態，從晚清到辛亥，從五四到1949，再由 20 世紀到 21 世紀，所謂文學的「現代化」與「現代性」都仍在發展之中。「民國性」亦然。從時間跨度上，現代文學涵蓋了民國文學，但在民國性的發展上，它仍在台灣有機地延續著，二者處於平行發展的狀態，不存在誰取代誰的問題。

在大陸階段的民國性，是當前大陸「民國文學」研究的重心，它有明確的歷史範疇與時間框架，但是在台灣階段的民國性，保留了什麼？改變了什麼？在與台灣在地的本土性結合之後，型塑出何種不同面貌的民國性呢？這是兩岸學者都可以認真思考的問題。

民國文史的參照研究，其重要性無庸置疑，而其限度與難度也在預料之中。「民國文學」作為一個學術的生長點，其意義與價值已經初步得到學界的肯定。現代文學的研究，在經過早期對「現代性」的思索與追求之後，發展到對「民國性」的探討與深究，應該說也是符合現代文學史發展規律的一次深化與超越。在理解與尊重的基礎上，兩岸學界確實可以在這方面開展更多的合作機會與對話空間。

三

　　為了呼應並引領這一充滿學術生機與活力的學術命題，政大文學院與北京師範大學於 2014 年幾乎同時成立了「民國歷史文化與文學研究中心」，四川大學、四川民族大學也相繼成立了類似的研究中心；政大中文研究所於 2015 年正式開設「民國文學專題」課程；以堅持學術立場、文學本位、開放思想為宗旨的學術半年刊《民國文學與文化研究》，在李怡、張堂錡兩位主編的策劃下，已於 2015 年 12 月在台灣出版創刊號；由李怡、張中良主編的《民國文學史論》、《民國歷史文化與中國現代文學研究》兩套叢書則分別由花城出版社、山東文藝出版社出版，在學界產生廣泛的迴響。規模更大、影響更深遠的是由李怡擔任主編、台灣花木蘭出版社印行的《民國文化與文學研究文叢》，自 2012 年起陸續出版了《五編》七十餘冊，計畫推出百餘冊，這套書的出版，對現代中國文學研究打開了新的學術思路，其影響力正逐漸擴大中。

　　對「民國文學」研究的鼓吹提倡，台灣的花木蘭出版社可以說扮演了積極推動的重要角色。自 2016 年 4 月起，由劉福春、李怡兩人主編的《民國文學珍稀文獻集成》叢書第一輯 50 冊正式發行，並計畫在數年內連續出版這套叢書上千種，這真是令人振奮也令人嘆為觀止的大型學術出版計畫！

　　從 2016 年 8 月起，文史哲出版社也成為民國文學研究的又一個重要學術平台，除了山東文藝出版社授權將其出版的

《民國歷史文化與中國現代文學研究》叢書 6 本交由文史哲出版社出版之外，其他有關民國文學研究的學術專著也將列入新規劃的《民國文學與文化系列論叢》中陸續出版，如此一來，民國文學研究將有了一個集中展現成果、開拓學術對話的重要陣地，這對兩岸的民國文學研究而言都是一個正面而積極的發展。文史哲出版社是台灣學術界具有代表性的老字號出版社，經營四十多年來，出版過的學術書籍超過三千種以上，對兩岸學術交流更是不遺餘力，彭正雄社長的學術用心與使命感實在讓人欽佩！這次願意促成這套叢書的出版，可說是再一次印證了彭社長的文化熱忱與學術理念。

　　我們相信，只要不斷的耕耘，這套書的文學史意義將會日益彰顯，對民國文學的研究也將會在這個基礎上讓更多人看見，並在現代文學領域產生不容忽視的影響力。對於「民國文學」的提倡與落實，我們認為是一段仍需持續努力、不斷對話的過程，但願這套叢書的問世，對兩岸學界的看見「民國文學」是一個嶄新而美好的開始。

2016 年 7 月，台北

總序二

民國歷史文化與中國現代
文學研究的新可能

李　怡

　　中國現代文學發生發展的社會歷史背景是「民國」，從民國歷史文化的角度考察中國現代文學，既是這一歷史階段文化自身的要求，也是中國現代文學研究新的動向。

　　中國現代史上的「中華民國」是現代中國歷史進程的重要環節，無論是作為「亞洲第一個共和國」的歷史標誌，還是包括中國共產黨人在內的全體中國人都曾為「民國」的民主自由理想而奮鬥犧牲的重要事實，「民國」之於現代中國的意義都是值得我們加以深究的。與此同時，中國現代文學的「敘史」也一直都在不斷修正自己的框架結構，從一開始的「新文學」、「現代文學」到 1980 年代中期的「二十世紀中國文學」，每一種命名的背後都有顯而易見的歷史合理性，但同時又都不可避免地產生難以完全解決的問題。「新文學」在特定的歷史年代拉開了與傳統文學樣式的距離，但「新」的命名畢竟如此感性，終究缺乏更理性的論證；「現代文學」

確立了「現代」的價值指向，問題是「現代」已經成了多種
文化爭相解釋、共同分享的概念，中國之「現代」究竟為何
物，實在不容易說清楚；「二十世紀中國文學」確立的是百
年來中國文學的自主性，但是這樣以「世紀」紀年為基礎的
時間概念能否清晰呈現這一文學自主的含義呢？人們依然不
無疑問。正是在這樣一種背景上，關於中國現代文學「敘史」
的「民國」定位被提了出來，形成了越來越多的「民國文學
史」命名的呼籲。

　　「民國文學」的設想最早是從事現代史料工作的陳福康
教授在 1997 年提出來的[1]，但是似乎沒有引起太多的注意；
2003 年，張福貴先生再次提出以「民國文學」取代「現代文
學」的設想，希望文學史敘述能夠「從意義概念返回到時間
概念」[2]，不過響應者依然寥寥。沉寂數年之後，在新世紀第
一個十年即將結束的時候，終於有更多的學者注意到了這個
問題，特別是最近兩三年，主動進入這一領域的學者大量增
加。國內期刊包括《中國社會科學》、《文學評論》、《中
國現代文學研究叢刊》、《文藝爭鳴》、《海南師範大學學
報》、《鄭州大學學報》、《現代中國文化與文學》都先後
發表了大量論文，《文藝爭鳴》與《海南師範大學學報》等
還定期推出了專欄討論。張中良先生進一步提出了中國現代
文學研究的「民國史視角」問題，我本人也在宣導「文學的

1　陳福康：《應該「退休」的學科名稱》，原載 1997 年 11 月 20 日《文學
　　報》，後收入《民國文壇探隱》，上海書店出版社 1999 年。
2　張福貴：《從意義概念返回到時間概念 ── 關於中國現代文學的命名問
　　題》，香港《文學世紀》2003 年 4 期。

民國機制」研究。在我看來，「民國文學」研究的興起十分正常，它們都顯示了中國現代文學研究在經歷了半個多世紀的探索之後一次重要的學術自覺和學術深化，並且與在此之前的幾次發展不同，這一次的理論開拓和質疑並不是外來學術思潮衝擊和感應的結果，從總體上看屬於中國學術在自我反思中的一種成熟。

當前學界的民國文學論述正沿著三個方向展開：一是試圖重新確立學科的名稱，進而完成一部全新的現代文學史；二是為舊體文學、通俗文學等「新文學」之外的文學現象回歸統一的文學史框架尋找新的命名；三是努力返回到歷史的現場，對民國社會歷史中影響文學的因素展開詳盡的梳理和分析，結合民國文學歷史的一些基本環節對當時的文學現象進行新的闡述和研究。在我看來，前兩個方向的問題還需要一定時間的學術積累，並非當即可以完成的工作，否則，倉促上陣的文學史寫作，很可能就是各種舊說的彙集或者簡單拼貼，而第三個方面的工作恰恰是文學史認識的最堅實的基礎，需要我們付出扎實的努力。

從民國歷史文化的角度研究中國現代文學，可以為我們拓展一系列新的學術空間。

例如民國經濟形態所造就的文學機制，民國法制形態影響下的文學發展，民國教育制度的存在為文學新生力量的成長創造怎樣的文化條件、為廣大知識分子的生存提供怎樣的物質與精神的基礎等等。還有，仔細梳理中國現代作家的「民國體驗」，就能夠更加有效地進入他們固有的精神世界與情感世界，為我們的中國現代文學提出更實事求是的解釋。

　　當然，討論中國現代文學的「民國」意義，挖掘其中的創造「機制」絕不是為了美化那一段歷史。在現代中國文化建設的漫長里程中，在我們的現代文化建設目標遠遠沒有完成的時候，沒有任何一段歷史值得我們如此「理想化處理」，嚴肅的學術研究絕不能混同於大眾流行的「民國熱」。今天我們對歷史的梳理和總結是為了呈現 20 世紀上半葉中國文學發展的一些可資借鑒的機制，以為未來中國文學的生長探尋可能 ── 在過去相當長的歷史中，我們習慣於在外國文學發展的歷史中尋找我們模仿的物件，通過介紹和引入西方文學的各種模式展開自己。殊不知，其中的文化與民族的間隔也可能造成我們難以逾越的障礙。如今，重新返回我們自己的歷史，在現代中國人自己有過的歷史經驗和智慧成果中反思和批判，也許就不失為一條新路。

　　呈現在讀者諸君面前的這一套「民國文學與文化系列論叢」，試圖從不同的方向挖掘「以歷史透視文學」的可能。這裡既有新的方法論的宣導 ── 諸如「民國」作為「方法」或者作為「空間」的含義，也有不同歷史階段的文學新論，有「民國」下能夠容納的特殊的文學現象梳理 ── 如民國時期的佛教文學，也有民國文學品種的嶄新闡述。它們都能夠帶給我們對於歷史和文學的一系列新的感受，雖然尚不能說架構起了民國歷史文化現象的完整的知識結構，卻可以說是開闢了文學研究的新的可能。但願我們業已成熟的中國現代文學研究，能夠因此而思想激蕩、生機勃發。

2014 年 6 月，北京

導　論

　　中國學界對後殖民理論並不陌生，然而後殖民理論與既往反殖民論述的區別，往往不被中國學界所注意。有些學者甚至把後殖民理論直接當做反殖民論述，在消解「白色神話」的同時，卻又有意無意地構建著本土民族主義的種種「有色神話」。20 世紀 90 年代曾有學者反思道：「在『中國後現代主義』的文化批評中，後殖民主義理論卻經常被等同於一種民族主義的話語，並加強了中國現代性話語中的那種特有的『中國/西方』的二元對立的話語模式。例如沒有一位中國的後殖民主義批評家採取邊緣立場對中國的漢族中心主義進行分析，而按照後殖民主義的理論邏輯這倒是題中應有之義。具有諷刺意味的是，有些中國後現代主義者利用後現代理論對西方中心主義進行批判，論證的卻是中國重返中心的可能性和他們所謂『中華性』的建立。」[1]

　　而正如將後殖民視角引入歷史研究的杜贊奇，面對德里克的指責時在學術自述中所做的回應：「後殖民主義畢竟與多元文化理論大不相同，主要表現的是，它所關注的是解構身份認同並批評後者的身份認同式的政治學。它尤其反對法

1　汪暉：《當代中國的思想狀況與現代性問題》，《文藝爭鳴》，1998 年第 6 期，第 17 頁。

西斯主義者及其他極端民族主義分子把民族文化本質化。」[2]
事實上後殖民理論不僅有意消解種種殖民文化邏輯，同時也
質疑本土民族主義的構建性，對那些以民族史敘述來重構歷
史的作法，無論是出自殖民者還是本土民族主義者之手，無
論是出於怎樣的政治目的，都予以揭穿。這才是後殖民理論
區別於既往反殖民理論的根本所在。

　　在這樣的視域下，中國抗戰時期國統區文壇曾經出現過
的一場關於中國是否存在各種不同民族的思想論爭，就值得
重新思考。1938 年 12 月，歷史學家顧頡剛在昆明《益世報》
創辦副刊「邊疆週刊」。1939 年元旦，顧頡剛在《益世報‧
星期論評》發表《「中國本部」一名亟應廢棄》，反對將內
地十八省稱為「中國本部」（China Proper），以防將漢族聚
居地與滿、蒙相區別，從而避免沿用日本帝國主義瓜分中國
的言論。[3]

　　同年 2 月，顧頡剛收到傅斯年來信，責其在雲南慎用「邊
疆」、「民族」兩名詞，反對「巧立各種民族之名目」，「更
當盡力發揮『中華民族是一個』之大義，證明夷漢之為一家，
並可以歷史為證。」[4]顧頡剛立即在「邊疆週刊」發表《中華

2　杜贊奇：《東遊記──我的學術生涯》，載杜贊奇著，王憲民、高繼美、
　　李海燕等譯：《從民族國家拯救歷史：民族主義話語與中國現代史研究》，
　　南京：江蘇人民出版社，2009 年，第 258 頁。
3　顧頡剛：《「中國本部」──名亟應廢棄》，《益世報‧星期論評》，1939
　　年 1 月 1 日，第 3 版。
4　信中還說：「但當嚴禁漢人侵奪著夷，並使之加速漢化，並制止一切非漢
　　字之文字之推行，務於短期中貫徹其漢族之意識，斯為正途。如巧立名目
　　以招分化之實，似非學人愛國之忠也。」見傅斯年著，歐陽哲生編：《傅
　　斯年全集》第七卷，長沙：湖南教育出版社，2003 年，第 205-207 頁。

民族是一個》，進一步否認漢、滿、蒙、回、藏等不同民族的存在，以防被日本帝國主義利用。顧頡剛稱「中國境內決沒有五大民族和許多小民族，中國人也沒有分為若干種族的必要」；按文化可分為「漢文化集團」、「回文化集團」和「藏文化集團」。顧頡剛刻意不列滿、蒙文化，而將二者分別視為漢文化、藏文化的一部分[5]。這篇文章引發人類學家費孝通等從學理角度提出眾多反對意見[6]。顧頡剛一再撰文回應費孝通，指出日本建立偽滿洲國就是對「民族自決」的利用，隨後又舉一例，稱察哈爾的蒙古族王爺德王，也假借了「民族自決」的名義宣言內蒙古自治：

> ……猶記我們訪問時，聽他的話是一口北平話，到他的帳房裡，堆著的滿是漢文書籍，問一問他所受的教育，知道他從小就在歸化城裡讀漢文，他還起一個別號叫作「希賢」，同他一塊吃飯時隨便講笑話，對對子，他也會用了北平城裡唱戲的「李壽山」來對同桌吃飯的「趙福海」，可以說他受漢文化陶冶之深遠高出一般讀書不多的漢人。可是他正式向我們演講時卻一本正經地只說蒙古話，而那位擔任翻譯的職員，雖然生長北平，說得比我們流利多多的京話，並且還能拉長了嗓子唱京戲，也惺惺地作態道，「兄弟是蒙古人，漢話說不好，請諸位原諒！」我當時禁不住對他

---

5 顧頡剛：《中華民族是一個》，《益世報・邊疆》第 9 期，1939 年 2 月 13 日，第 4 版。
6 費孝通：《關於民族問題的討論》，《益世報・邊疆》第 19 期，1939 年 5 月 1 日，第 4 版。

們起了反感。我心想：我們同是中華民國的人民，北平話原是我們的「國語」，而且你們說來比我們這班南方人還強，為什麼要擺出這樣的虛架子來？這當然是他們胸中橫梗著「民族」的成見，以為「你們是漢民族，我們是蒙民族，我們應說自己的言語來表示我們的民族意識」。在這種情形之下，使我更覺得民族二字的用法實有亟行糾正的必要，否則各部份分崩離析起來，我們再說什麼「中華民國」和「中華民族」！……[7]

　　在這場溢出學理範圍的爭論中，顧頡剛始終以當下抗戰的政治需求，來衡量對各民族承認與否的利弊，最終使得費孝通等暫時擱置爭議[8]。那麼顧頡剛在例舉偽滿問題之後，為何將蒙古族的德王與之並舉？還說「那時我們就料到，他們如果唯利是圖，那麼他們的事業必將以『民族自決』開始而以『出賣民族』終結。果然兩年之後，這位像煞有介事的德穆楚克棟魯普就很自然地投到日本人的懷抱裡去了！」這位德王究竟建立了怎樣一個和偽滿洲國相似的傀儡政權？這一問題如何能夠成為顧頡剛否認各民族存在的理由？顧頡剛對各「民族」與「種族」的否認，以及對建有傀儡政權的滿、蒙文化的刻意否認，又顯示了民族主義思潮在抗戰時期扮演著什麼樣的角色？

7　顧頡剛：《續論「中華民族是一個」──答費孝通先生》，《益世報・邊疆》第 20 期，1939 年 5 月 8 日，第 4 版。

8　周文玖，張錦鵬：《關於「中華民族是一個」學術論辯的考察》，《民族研究》，2007 年第 3 期，第 20-30 頁。

　　對抗戰時期這場論爭，直至今日仍有學者不斷回應[9]。然而很少有學者能夠真正考察清楚顧頡剛所舉例證究竟對應著當時怎樣的具體歷史情境。此處無意對雙方當年觀點作任何褒貶品評，更不願追溯傅斯年與吳文藻、費孝通等之間的私人恩怨與派系鬥爭，而有意將理論論爭本身視為一種值得關注的史實，追問民族主義思潮在國統區與淪陷區文壇發揮了怎樣獨特的作用，以及殖民者與專制統治者如何在此展開的文化領導權的爭奪。進而反思，一旦將區別於反殖民理論的後殖民視角，運用於中國問題研究，究竟會產生什麼樣的洞見；用這樣的視角來看待中國的近現代歷史與文學，又是否存在特定的盲區，該如何補足。

　　一切的理論思考都必須建立在實證研究的基礎之上，故需回到抗戰時期的基本史實當中尋求答案。德王，全名德穆楚克棟魯普（1902-1966），原為內蒙古錫林郭勒盟蘇尼特右旗箚薩克郡王，三十年代曾領導內蒙古民族自治運動，後在日本殖民者扶持下建立偽蒙疆政權，與偽滿、汪偽共同構成了中國境內最主要的三個傀儡政權[10]。直至抗戰結束，統治內蒙古中西部及河北北部、山西北部長達九年。而民國政府設立的綏遠省政府，在傅作義領導下退守綏西、陝北等地，堅持抗戰。蒙疆淪陷區和綏遠國統區在抗戰期間形成了長期對峙的局面。

9　馬戎：《如何認識「民族」和「中華民族」——回顧 1939 年關於「中華民族是一個」的討論》，《中南民族大學學報》（人文社會科學版），2012 年第 5 期，第 1-12 頁。

10　本書行文中僅在需要強調蒙疆政權為日本殖民者建立的傀儡政權性質時，在前面加注「偽」字，例如與偽滿並舉之時。

　　對於蒙疆政權的政治軍事以至經濟等方面，各種研究逐步取得眾多突破[11]。然而學界很少關注到蒙疆淪陷區的文學活動，及其對民族主義話語的利用問題[12]。從《被冷落的繆斯》到《中國抗戰時期淪陷區文學史》，再到《中國淪陷區文學大系》，各種淪陷區文學研究和資料彙編，大多集中於對京滬和華中、偽滿淪陷區的討論。近年來雖然出現了對「皇民化」運動以及「協和語」創作的開拓性研究[13]，但蒙疆文壇仍絕少被注意到[14]，不僅缺乏足夠論述[15]，甚至長期被誤劃入華北淪陷區文壇[16]。而正如將偽滿作家置於汪偽政權文化政策下討論，是任何研究者所不可想像的；蒙疆文壇具有鮮明的蒙古民族主義傾向，其所宣揚的蒙古「民族自決」等意識

11　參見臧運祜：《關於抗戰時期偽蒙疆政權史的研究（代序）》，《內蒙古師範大學學報》（哲學社會科學版），2009 年第 5 期，第 25-26 頁。

12　妥佳寧：《偽蒙疆淪陷區文藝研究述評》，《名作欣賞》，2013 年第 11 期，第 57-59 頁。

13　Junko Agnew, 「Constructing Cultural Difference in Manchukuo: Stories of Gu Ding and Ushijima Haruko」, *International Journal of Asian Studies* 10, 2 (2013), 171–188; Junko Agnew, 「The Politics of Language in Mangchuguo」, *Modern Asian Studies* 49, 1 (2015), 83-110.

14　范泉主編的《中國現代文學社團流派辭典》較早注意到蒙疆淪陷區，不僅收錄相關內容條目，更在解釋該辭典收錄區域跨度時，將偽蒙疆淪陷區同偽滿等其他淪陷區並置，見范泉主編：《中國現代文學社團流派辭典・前言》，上海：上海書店，1993 年，第 5 頁。

15　張泉曾多次指出蒙疆淪陷區文壇尚待研究，且屬另一區域，不宜作為華北淪陷區一部分來研究，見張泉：《談談淪陷區文學研究中的歷史感問題──以〈中國抗戰時期淪陷區文學史〉中的華北部分為例》，《中國現代文學研究叢刊》，1997 年第 2 期，第 308 頁；張泉：《試論中國現代文學史如何填補空白──淪陷區文學納入文學史的演化形態及存在的問題》，《文藝爭鳴》，2009 年第 11 期，第 60-68 頁。

16　封世輝：《中國淪陷區文學大系史料卷》，南寧：廣西教育出版社，2000 年，第 581 頁。

形態，顯然與汪偽具有極大差別，不能混為一談。既有的淪陷區文學研究，由於對偽滿、偽蒙疆、汪偽三足鼎立的淪陷區基本面貌缺乏準確的把握，故未能在時段劃分、區域劃分與文藝思潮異同等層面對蒙疆淪陷區文學區別於偽滿、汪偽文壇的獨特屬性作出研究。

　　有待研究的不僅是蒙疆淪陷區的文學創作，除 1936-1945 年間的該偽政權統轄範圍內的文藝報刊外，更應注意到其前後沿革，乃至周邊仍處於國民政府或中共敵後武裝力量控制下的許多抗戰文藝活動。在這不足十年的戰爭時段，久處邊緣的蒙疆地區出現了大量以復興蒙古文化為宗旨的機構以及刊物。尤其是《蒙古文化》（1939，蒙漢雙語）、《復興蒙古之聲》（又譯《興蒙之歌》，1940，蒙文）、《大亞細亞》（1940，中文）、《回教月刊》（1941，中文）、《蒙疆文學》（1942，日文、中文）等文藝報刊，呈現了殖民者對民族主義思潮的奇妙催動，以及少數民族文化的曲折發展。有的甚至在「民族」主題之外又加上了「民生」關切，為刊物起名《利民》（1941，中文）。而那些用中文出刊的讀物，究竟在多大程度上能夠成為另一種文化的代言者？當地少數民族文化的現代進程，與原有的專制統治和新到來的殖民統治，又形成了怎樣微妙的關係？與之相映成趣的是退守的綏遠省政府主辦的中文抗戰刊物《塞風》（1939）、《文藝》（1942）、《綏遠文訊》（1943）等，呈現各民族團結一致抗戰的宣傳模式，同此前對少數民族地區的文化專制形成奇特對比。民族主義思潮，不僅是辛亥革命排滿口號的根源，和民國建立以來「五族共和」所倚重的宣傳利器；當日本新

殖民者崛起時，又成為反英反蘇、號召「東亞協進」的重要
理論資源。在原有專制統治下被消除聲音的各少數民族，忽
然之間被賦予不可拒絕的「話語權」，必須在新殖民者的幫
助下發出追求民族「自決」抵抗歐美「殖民」的政治宣言。
而戰前曾為國民黨綏遠省政府籠絡蒙古族服務的「綏遠蒙古
文化促進會」，卻有不少民族英才在淪陷後隨即成為蒙疆政
權復興蒙古文化的「蒙古文化館」、「蒙古文化研究所」幹
將。奇妙的是前者辦《醒蒙月刊》（蒙漢雙語，1936），後
者起名《蒙古文化》、《復興蒙古之聲》。而戰後八路軍光
復蒙疆政權的「首都」張家口，中共「內蒙古自治運動聯合
會」又在此創辦《內蒙古週報》（蒙漢雙語，1946），既反
日又反蔣。究竟誰更有權代表蒙古文化？處於殖民與專制之
間的少數民族知識份子，對自身文化身份的認同，在多大程
度上是出於本意，又有多少被迫與無奈？

　　侵華戰爭期間的蒙疆文學，雖不及上海等中心都市發
達，卻著實顯示了一個長久處於專制統治下的少數民族地
區，如何在新殖民者入侵打破原有專制力量的時空裂隙中，
試圖求得本族文化上的復興與發展，以及建立其「想像的共
同體」的種種努力與最終頑敗。在太多的宏大歷史敘述之下，
不同族裔知識份子個體的意志與無奈，恰恰成為揭開歷史面
紗的最佳切入口。文學上的努力與嘗試，並未因成就有限，
而失去其在民族文化發展史上的各種創造力與可能性。這種
種因素交錯而成的更大意義上的也更為深刻的悲劇「作品」
如果不能被欣賞到，那麼研究者其實已經錯過了藝術「作為

一個時代最重要的象徵性社會行動的意義」[17]。

　　從這個意義上講，對蒙疆文學期刊與民族主義文藝思潮的研究，或許正可以揭示那些超越於作品文學價值的另一種研究價值。甚至可以引發更多對民族主義相關問題的反思，進而追問包括後殖民理論在內的諸多既有理論視野本身，究竟在多大程度上符合中國問題的實際情況，是否仍然存在巨大的盲區。而以往的研究或是關注蒙疆政權的政治史、軍事史，或是聚焦其它淪陷區作家作品，對蒙疆文學這一幽暗角落則少有問津。更未能有效考察其與綏遠國統區文壇的文化領導權之爭。遑論在這一具體問題的實證基礎之上，為更普遍意義上反思民族主義思潮，並補足現有後殖民理論視野，提供新的可靠案例。

一

　　蒙疆相關問題受到學界的關注，並不始於今日。事實上早在民國時期，就有黃奮生編的《內蒙盟旗自治運動紀實》，對戰前內蒙古自治運動進行系統地研究梳理，並對盟旗制度及自治運動成因等相關問題有較為細緻的闡釋[18]。同一時期方

17 王德威：《想像中國的方法》，北京：生活・讀書・新知三聯書店，1998年，第 161 頁。
18 黃奮生編：《內蒙盟旗自治運動紀實》，上海：中華書局，1935 年。此外，黃奮生還將對百靈廟蒙政會的實地考察寫成《百靈廟巡禮》一書，見黃奮生：《百靈廟巡禮》，上海：商務印書館，1935 年。此後黃奮生的其他論述也偶有涉及蒙疆政權，抗戰時期黃奮生所著《抗戰以來之編疆》作為「中國邊疆學會叢書」出版，第二章為「七七抗戰前後的綏察蒙旗」，涉及戰前內蒙古自治運動及德王政權的最初建立，內容略有不

範九的《蒙古概況與內蒙自治運動》，以國民黨改組派的視野來看待相關問題，也對內蒙古自治運動的原因，提出了獨到的見解，與南京執政當局態度有所差異[19]。而作為南京國民政府內政部編審委員會科長的譚惕吾，隨當時的內政部長黃紹竑赴內蒙古百靈廟協商自治運動歸來後，在顧頡剛幫助下完成的《內蒙之今昔》，則更多地體現了南京國民政府的政治立場[20]。其他如陳健夫、孔祥哲等也不乏相關著述[21]，不過這些最初探索大多集中於討論戰前內蒙古自治運動，成書於蒙疆政權建立之前，未能含蓋此後更為複雜的歷史變化。

　　抗戰時期韓澤敷的《綏蒙的過去與現在》，被綏遠國統區流亡抗戰文人楊令德收入塞風社叢書《抗戰與蒙古續編》。長達百頁的論述雖然詳述了烏蘭察布、伊克昭兩盟與綏西四旗的基本情況，具有很高的人文地理學價值，卻未能對蒙疆

確（如以偽蒙疆四色七條旗為偽蒙古軍政府旗等）；第三章為「日寇宰製偽蒙全貌」，論及文化侵略，僅觸及教育與新聞宣傳，未涉及文學創作，見黃奮生：《抗戰以來之編疆》，重慶：史學書局，1943 年，第 4-7頁，第 8-17 頁。

19 方范九書中將「赤白帝國主義之夾攻」作為內蒙古自治運動的歷史背景之一，雖承自國民黨改組派汪精衛「夾攻中的奮鬥」等言論，卻是最早將內蒙古問題置於多重國際關係格局中的研究；同時，方范九還注意到了隨東三省而淪陷的哲裡木盟科爾沁左翼中旗親王賀喜業勒圖墨爾根武裝抗日，及熱河淪陷後哲裡木盟烏蘭泰抗日等史實。見方范九：《蒙古概況與內蒙自治運動》，上海：商務印書館，1934 年，第 57 頁。

20 譚惕吾：《內蒙之今昔》，上海：商務印書館，1935 年。

21 陳健夫編選的《內蒙自治史料輯要》，保存了當時大量原始文獻，具有極高史料價值（見陳健夫編：《內蒙自治史料輯要》，南京：南京拔提書店，1934 年）；而孔祥哲的《盟旗概觀》由蒙藏委員會委員長黃慕松題寫書名，除外蒙與青海、寧夏的蒙古族之外，還詳述內蒙古各盟，並區分了內屬和外藩蒙古（見孔祥哲：《盟旗概觀》，天津：百城書局，1937 年）。

政權的建立原因與機制做出及時的論述，反而陷於國民黨官方意識形態，刻意論證蒙漢同源的假說，失去了學理性；對「過去與現在」的歷史未作有效闡釋，缺乏史學意義[22]。同綏遠省政府主席傅作義一道堅持抗戰的陳玉甲，在戰前所著《綏蒙輯要》手稿基礎上編寫的《察綏蒙旗分類表解》，含有大量軍事情報，是國民政府方面最早對蒙疆政權具體行政機構及其負責人員的詳盡調查記錄[23]；但出於抗戰宣傳需求，未能對蒙疆政權意識形態加以深入分析。抗戰時期曾任伊克昭盟司令部政治部副主任的黎聖倫所著《西蒙兩女傑》，介紹了追隨綏遠省政府抗戰的兩位蒙古族女王公奇俊峰和巴雲英的遊擊戰等事蹟[24]。高天的《我們的綏蒙》，介紹了綏遠西部殘存的國統區抗戰情形，不僅保留了傅作義、榮祥等人的抗戰言論，還首次介紹了在大青山堅持遊擊戰爭的綏遠民眾抗日自衛軍[25]。陳國鈞的《蒙古風土人物》，作為「邊疆問題叢書」，僅對抗戰時期榮祥等十余位蒙古族人物加以介紹[26]。作為山西「民族革命通訊社創立一周年紀念叢刊」的《最近的綏遠與綏境蒙旗》，實為抗戰宣傳冊[27]。而 1940

---

22 韓澤敷：《綏蒙的過去與現在》，載楊令德主編：《抗戰與蒙古續編》，榆林：塞風社，1941 年，第 1-108 頁。

23 陳玉甲：《察綏蒙旗分類表解》，陝壩：出版者不詳，1942 年，第 5 頁。陳玉甲另著有《粉碎日寇割據烏盟之陰謀》，記錄了綏西抗戰期間對烏蘭察布盟部分蒙古王公的策反工作，見陳玉甲：《粉碎日寇割據烏盟之陰謀》，陝壩：出版者不詳，1941 年。

24 黎聖倫：《西蒙兩女傑》，重慶：獨立出版社，1940 年。

25 高天：《我們的綏蒙》，西安：新中國文化出版社，1940 年。

26 陳國鈞：《蒙古風土人物》，貴陽：文通書局，1944 年。

27 《最近的綏遠與綏境蒙旗》，山西九二軍：民族革命出版社，1939 年。

年中共「西北工作委員會」民族問題研究室何承華等編修出版的《抗戰中的綏遠》，則在敵後偵查工作的基礎上詳述綏遠戰場的基本情況，保留了綏遠淪陷區的大量珍貴戰地史料。在甲午戰爭以來的中日對抗歷史當中，與日方無數細緻入微的中國調查研究相比，《抗戰中的綏遠》是中國方面對某一特定淪陷區內日偽勢力最為詳細的一份軍事情報彙編，更勝於國民政府的《察綏蒙旗分類表解》。該書含有對偽蒙古軍等軍事力量的詳細情報，卻非專門針對蒙疆政權的史學研究[28]。作為「中國邊疆學會叢書」的《偽蒙政治經濟概況》，則是中國學者首部專門針對蒙疆政權的研究，較為系統，然而多關注政治經濟方面，文化方面僅涉及奴化教育問題[29]。而日本方面則留下了《蒙古概觀》《蒙疆年鑒》等大量珍貴史料，卻多屬於工具書性質[30]。其他如東亞問題調查會大西齋等編寫的《蒙疆》，是當時對該政權最為細緻的系統研究，對蒙疆政權的建立及蒙、漢、回等民族構成，均有詳細的論述與介紹，唯其成書於 1939 年，無法論及蒙疆政權後期發展史[31]。

　　直到 1980 年盧明輝的專著《蒙古「自治運動」始末》，

---

28 西北研究社編：《抗戰中的綏遠》，延安：西北研究社，1941 年。

29 察哈爾蒙旗特派員公署編：《偽蒙政治經濟概況》，重慶：正中書局，1945 年。

30 《蒙古概觀》，張家口：蒙疆資料社，昭和十六（1941）年；《北支‧蒙疆年鑒》，天津：北支那經濟通信社，昭和十六年（1941 年）；鈴木青幹：《蒙疆年鑒》，張家口：蒙疆新聞社，昭和十六（1941）年；福島義澄：《蒙疆年鑒（附華北概觀）》，張家口：蒙疆新聞社，昭和十九（1944）年。

31 大西齋：《蒙疆》，東京：朝日新聞社，1939 年。

才對德王政權前後十餘年的種種不同沿革起伏加以歷時性的系統研究，將戰前內蒙古自治運動，與蒙疆政權及其戰後沿革作為整體加以考察[32]。隨著新保敦子、房建昌等的不斷探索[33]，蒙疆政權的文化政策等問題逐步進入學界的視域[34]。當年

---

32 盧明輝：《蒙古「自治運動」始末》，北京：中華書局，1980 年。

33 供職於早稻田大學的日本學者新保敦子，對西北回教聯合會及張家口善鄰回民女塾有極為詳細的考察，並對殖民者利用少數民族文化教育的政治目的予以批評。是國外學界較早關注日本殖民者利用蒙疆回族的研究。見新保敦子：《蒙疆政権におけるイスラム教徒工作と教育—善鄰回民女塾を中心として—》，中国研究所《中国研究月報》615 号，1999 年 5 月号，第 1-13 頁；新保敦子：《西北回教聯合会におけるイスラム工作と教育》，早稻田大学教育学部《学术研究—教育・社会教育・体育学編—》第 48 号，2000 年 2 月号，第 1-17 頁。中國社會科學院的房建昌則根據罕見的日文、漢文原始檔案，詳細考證了蒙古文化館等機構的設置沿革及人員背景。為進一步研究該館所辦刊物《蒙古文化》，提供了大量詳實的史料依據。房建昌對蒙疆政權復興蒙古文化的努力以及回族教育問題有深入的分析，肯定了這些活動客觀上促進了民族文化的發展，是為數不多的對蒙疆民族文化建設予以討論的研究。見房建昌：《偽蒙疆時期蒙古文化館與蒙古文化研究所始末》，《西北民族研究》，1999 年第 2 期，第 61-71 頁；房建昌：《蒙疆善鄰回民女塾始末》，《寧夏社會科學》，2000 年第 6 期，第 61-65 頁；房建昌：《日寇鐵蹄下的蒙疆回族》，《寧夏社會科學》，1999 年第 3 期，第 95-102 頁。而田中剛對蒙疆民族教育的研究，首次呈現了偽政權民族主義和殖民者「民族協和」意識形態之間的裂痕，並涉及了對所謂「殖民現代性」問題的反思，見田中剛著，孟根譯：《論「蒙疆政權」的教育政策——以蒙古人的初等和中等教育為中心》，《內蒙古師範大學學報》（哲學社會科學版），2009 年第 5 期，第 38-48 頁。除田中剛之外，關於該政權教育活動的研究較多，但真正深入知識份子精神世界的研究較少，不一一論述，如徐志民：《抗戰時期日本對蒙疆地區留日學生政策述論》，《內蒙古師範大學學報》（哲學社會科學版），2009 年第 5 期，第 49-55 頁；汪丞，余子俠：《論偽蒙疆政權的留日教育活動及其特點（1937－1945）》，《江蘇師範大學學報》（哲學社會科學版），2013 年第 1 期，第 13-20 頁。

34 例如祁建民較早關注蒙疆歷史，對日本的侵略政策、內蒙古政治勢力以及國共兩黨對蒙工作等方面有詳細考證。祁建民認為德王的「大蒙古主

曾經為德王作英文秘書的箚奇斯欽，戰後在台灣和海外作為歷史學家對蒙疆相關問題作了詳盡的介紹。箚奇斯欽八十年代在東京外國語大學受岡田英弘之邀撰寫的專著《我所知道的德王和當時的內蒙古》[35]，以及後來在美國寫作的英文專著 *The Last Mongol Prince*[36]，已經超越了個人傳記的範疇，而成

義」是蒙疆政權的重要理論資源；而國民政府背離三民主義，也是德王投靠日本不可忽視的原因之一。難能可貴的是，祁建民還論及了蒙疆政權與殖民者之間微妙的衝突關係。見祁建民：《二十世紀三四十年代的晉察綏地區》，天津：天津人民出版社，2002 年；祁建民：《從蒙古軍政府到蒙古自治邦——「蒙疆政權」的形成與消亡》，《內蒙古師範大學學報》（哲學社會科學版），2009 年 9 月，第 38 卷第 5 期，第 27-37 頁。而任其懌則從文化侵略的角度對日偽當局在宣傳、教育、學術、宗教等各個層面的文化活動予以系統地分析，尤其是對蒙疆新聞社及《蒙疆新報》《利民》等報刊有所考證，並論述了該政權在輿論宣傳及教育、宗教等方面的反共政策，還涉及到殖民文化的問題。見任其懌：《日本帝國主義對內蒙古的文化侵略活動》，呼和浩特：內蒙古大學出版社，2006 年；任其懌：《蒙疆政權在文化方面的反共活動》，《內蒙古大學學報》（人文社會科學版），2008 年第 1 期，第 9-13 頁；任其懌：《日偽時期內蒙古社會的幾個奴化與殖民化現象》，《內蒙古社會科學》（漢文版），2007 年第 6 期，第 47-51 頁。相關研究還有金海：《日本佔領時期蒙古族新聞出版活動述略》，《中央民族大學學報》（哲學社會科學版），2008 年第 4 期，第 60-67 頁；金海：《日本佔領時期內蒙古歷史研究》，呼和浩特：內蒙古人民出版社，2005 年；金海：《日本在內蒙古殖民統治政策研究》，北京：社會科學文獻出版社，2009 年。金海又名阿拉騰達來，出版該書之前，曾以蒙古文出版相關研究內容，見阿拉騰達來：《日本與內蒙古》，呼和浩特：內蒙古教育出版社，2004 年。

35 札奇斯欽：《我所知道的德王和当时的内蒙古》（一），东京：东京外国语大学アジア・アフリカ言语文化研究所，昭和 60 年（1985 年）；札奇斯欽：《我所知道的德王和当时的内蒙古》（二），东京：东京外国语大学アジア・アフリカ言语文化研究所，平成 5 年（1993 年）。該書上下冊均為中文寫作，後在中國大陸合為一冊出版，見箚奇斯欽：《我所知道的德王和當時的內蒙古》，北京：中國文史出版社，2005 年。

36 Sechin Jagchid, *The Last Mongol Prince: The Life and Times of Demchugdongrob, 1902–1966*. Bellingham: Center for East Asian Studies, Western Washington University, 1999.

為系統的歷史研究。甚至比德王本人六十年代作為戰犯獲得特赦前後所作的《德穆楚克棟魯普自述》在某些方面更為詳盡[37]。箚奇斯欽雖然掌握了大量不為人知的歷史細節，並顯示了縱覽全域的學術視野，但強烈的民族主義傾向，仍不免主觀性。

然而蒙疆淪陷區文學創作與文藝報刊，長期未得到中國現代文學研究者的關注。譬如徐迺翔與黃萬華的專著《中國抗戰時期淪陷區文學史》，詳述了東北、華北、「華東」等地淪陷區的各種豐富的文學現象，發掘了大量珍貴史料，對淪陷區文學有獨到見解。而五十余萬字的皇皇巨著只有一個段落數百字論及蒙疆淪陷區，並多有錯漏[38]，更誤將蒙疆淪陷

---

37 陶布新整理：《德穆楚克棟魯普自述》（內蒙古文史資料第十三輯），呼和浩特：內蒙古文史書店，1984年。

38 《中國抗戰時期淪陷區文學史》認為「蒙疆詩人協會」華文部成立於1942年4月，並稱「由蒙疆文藝懇話會編輯出版的《蒙疆文藝》創刊於1943年7月，終刊於1945年9月」；並認為日文版《蒙疆文學》月刊「昭和十七年（1942年）1月創刊於張家口」。而事實上日僑「蒙疆詩人協會」成立於1940年春；「蒙疆文藝墾話會」成立於1941年4月；其創辦的刊物名為《蒙疆文學》而非《蒙疆文藝》；《蒙疆文學》日文版創刊於1942年7月；《蒙疆文學》華文版創刊於1942年12月，目前所見的最後一期出版於1944年9月，並非1945年9月。《中國抗戰時期淪陷區文學史》對成吉思汗紀年與西曆紀年的換算有誤，認為《利民》半月刊創辦於1942年10月，而事實上《利民》半月刊創刊於1941年10月；該書認為《大亞細亞》月刊創辦於1941年1月，而事實上《大亞細亞》月刊創辦於1940年11月；該書認為《華文每日》1943年第1、2期推出「蒙疆文藝特輯」，而實際的推出時間應為1944年第1、2期。該書更誤將綏遠國統區的抗戰文藝刊物《綏遠文訊》，和由「綏遠青年文藝社」主辦的抗戰刊物《文藝》，以及1945年5月創辦於綏遠抗戰政府臨時省會陝壩直到抗戰勝利後1947年6月15日才改為半月刊的《新蒙》，都當做蒙疆淪陷區文學刊物。見徐迺翔，黃萬華：《中國抗戰時期淪陷區文學史》，福州：福建教育出版社，1995年，第668-669頁；第657頁。

區作為華北淪陷區的一部分來處理，忽視了該區域的獨特性。忒莫勒的《內蒙古舊報刊考錄（1905-1949.9）》（原名《建國前內蒙古地方報刊考錄》）一書，是目前為止對 1949年以前內蒙古地區報刊最為詳盡的史料彙編。該書收錄內蒙古地區報紙、期刊數百種，逐一加以考證。忒莫勒對《復興蒙古之聲》《蒙古文化》《利民》《蒙疆文學》《大亞細亞》《回教月刊》等蒙疆刊物，及綏遠政府支持的《塞風》《綏遠文訊》《綏蒙月刊》《綏遠青年》等報刊都有較為詳細的介紹，為研究抗戰前後綏遠及蒙疆報刊提供了重要的資料線索[39]。真正從文學史角度對蒙疆淪陷區文學期刊做出研究的是封世輝。他的文章《華北淪陷區文藝期刊鉤沉》，是對華北淪陷區文藝期刊最早也最為扎實的研究。其中首次對蒙疆文藝期刊如《蒙疆文學》等加以文學史定位，並提及日本華文刊物大阪《華文每日》的「蒙疆文藝特輯」和華北《婦女雜誌》的「蒙疆女作家作品特輯」[40]。封世輝編著的《中國淪陷區文學大系史料卷》，也介紹了蒙疆文藝期刊和個別作家。

---

39 忒莫勒：《內蒙古舊報刊考錄（1905-1949.9）》，呼和浩特：內蒙古出版集團遠方出版社，2010 年；忒莫勒：《綏遠蒙古文化促進會及其〈醒蒙月刊〉》，《蒙古史研究》第八輯，2005 年，第 377-383 頁；忒莫勒：《偽蒙疆時期的〈文化專刊〉和〈蒙古文化〉》，《蒙古學資訊》，2004年第 1 期，第 46-50 頁；忒莫勒：《蒙古文化會及其蒙文月刊〈復興蒙古之聲〉》，載二木博史、烏雲畢力格、沈衛榮主編：*QUAESTIONES MONGOLORUM DISPUTATAE*, No. 3, Tokyo: Association for International Studies of Mongolian Culture, Dec. 15, 2007: 159-165。另見忒莫勒：《從蒙古文化館到蒙古文化研究所》，載《呼和浩特文史資料》第 10 輯，呼和浩特：呼和浩特市政協文史資料委員會，1995 年，第 131-134 頁。
40 封世輝：《華北淪陷區文藝期刊鉤沉》，《中國現代文學研究叢刊》，1993 年第 1 期，第 164-183 頁。

不過，被視為華北淪陷區文藝期刊中的一小部分[41]，封世輝的蒙疆文學梳理並未涉及少數民族文學與文化發展問題[42]。

　　另一方面，對綏遠抗戰文藝的研究多集中於全面抗戰爆發前的時段[43]。而綏遠抗戰文藝社團火坑社的發起人楊令德，則在其回憶錄《塞上憶往》中收錄了部分當年日記與殘信，

41　封世輝對華北淪陷區和蒙疆淪陷區的關係界定有誤：「這裡說的華北淪陷區，是指抗日戰爭時期日本華北派遣軍所侵佔的中國地區，也就是日軍侵佔華北後所扶植的所謂『中華民國臨時政府』所轄的地區，南京汪精衛『中華民國國民政府』成立後『華北政務委員會』所轄的地區，它包括由原察哈爾與綏遠組成的蒙疆自治區，河北、河南、山西、山東四省區，北京、天津、青島三特別市，以及蘇北與皖北的隴海鐵路沿線地區。」見封世輝：《中國淪陷區文學大系史料卷》，南寧：廣西教育出版社，2000 年，第 581 頁。需要指出的是，首先蒙疆聯合自治政府並不由日本「華北派遣軍」佔領，而是由駐蒙軍佔領。正是由於駐蒙軍（最初源自關東軍察哈爾派遣兵團）與北支那方面軍（由支那駐屯軍改編而成）、中支那派遣軍（由上海派遣軍和中支那方面軍改編而成）等不同系統侵華日軍的分區佔領，才使得偽蒙疆與另外幾個偽政權始終不可能真正合併。其次，偽蒙疆政權從不隸屬于華北偽政權，即便汪偽統合南北偽政權後，偽蒙疆也只在名義上與華北政務委員會一同從屬於汪偽，而在實際上仍和偽滿地位相仿。

42　此外，丁曉傑討論了蒙疆政權的新聞管制（見丁曉傑：《日本在偽蒙疆政權時期實行的報刊及廣播統制》，《黨史研究與教學》，2009 年第 1 期，第 80-85 頁）；而張麗萍關注到內蒙古報刊「蒙漢合璧」的編刊形式（見張麗萍：《試論近現代內蒙古報刊的「蒙漢合璧」編刊形式》，《中國出版》，2012 年第 8 期，第 77-79 頁）。

43　例如奎曾：《三十年代塞北文學簡述》，《中國現代文學研究叢刊》，1992 年第 3 期，第 249-257 頁；劉志中：《略論「左聯」影響下的 1930 年代綏遠文學》，《文藝理論與批評》，2015 年第 6 期，第 98-101 頁。而《內蒙古文史資料》等由當地各級政協文史資料委員會編輯的史料彙編，收錄了部分當事人回憶錄。周太平等編選的「內蒙古外文歷史文獻叢書」當中，收錄了部分關於蒙疆的日文原始文獻，包括保田與重郎等當年的遊記，見周太平、李曉秋、忒莫勒主編：《蒙疆》，呼和浩特：內蒙古大學出版社，2012 年。

記錄了國民黨系統抗戰文藝的發展經過和人員關係[44]。左翼詩
人章葉頻的《塞北文苑萍蹤》[45]，和《三十年代內蒙古西部地
區──原綏遠省文藝界概況》[46]等論著，則對三十年代綏遠新
詩歌運動等涉及抗戰文藝的相關史實有詳實的介紹。

　　在研究中國邊疆民族問題時，有必要指出的是，抗戰前
後曾長期實地考察內外蒙古及東北、西北等地的美國人類學
家拉鐵摩爾的相關研究，對後來新清史和蒙古史研究的走向
起到了巨大作用。拉鐵摩爾啟發了後來的研究者從既往單一
的中原視角，轉向更為廣闊的亞洲內陸邊疆視角，注意到清
代以降中原已不再是這個多元帝國唯一的重心；然而拉鐵摩
爾卻與新清史研究者具有不同的研究態度。拉鐵摩爾早期關
於所謂「滿洲」的著作 *Manchuria: Cradle of Conflict*[47]; *The
Mongols of Manchuria: Their Tribal Divisions, Geographical
Distribution, Historical Relation with Manchus and Chinese*

---

44 中國人民政治協商會議內蒙古自治區委員會文史資料委員會編：《塞上憶
　　往──楊令德回憶錄》（《內蒙古文史資料》第三十輯），呼和浩特：內
　　蒙古文史書店，1988 年。
45 章葉頻：《塞北文苑萍蹤》（文史資料選編第五輯），呼和浩特：中國人
　　民政治協商會議呼和浩特市委員會文史資料研究委員會內部資料，1985
　　年。
46 章葉頻：《三十年代內蒙古西部地區──原綏遠省文藝界概況》，載中國
　　人民政治協商會議內蒙古自治區委員會文史資料研究委員會編：《內蒙古
　　文史資料第四十輯》，呼和浩特：內蒙古文史書店，1990 年，第 1-41 頁。
　　此外章葉頻還編有《20 世紀 30 年代內蒙古西部地區文學作品選》，保存
　　了詩歌、小說、戲劇、散文、雜文與文藝評論等大量原始文獻，見章葉頻
　　編：《20 世紀 30 年代內蒙古西部地區文學作品選》，呼和浩特：內蒙古
　　教育出版社，2000 年。
47 Owen Lattimore, *Manchuria: Cradle of Conflict*, New York: The Macmillan
　　Company, 1932.

and Present Political Problems[48]，以及拉鐵摩爾抗戰時期撰寫
並由趙敏求及時譯為中文的《中國的邊疆》[49]，和二戰前後
一系列重要論文的彙編 *Studies in Frontier History: Collected
Papers 1928-1958*[50]，對偽滿洲國侵佔內蒙古東部及內蒙古自
治運動的內在原因等問題，均有獨到而深入的分析。雖然在
抗戰期間一度擔任蔣政府的顧問，拉鐵摩爾卻未站在中國某
一個或某些特定政治集團的立場，而能夠在整個中國革命的
宏觀視野下，採取協力廠商的客觀態度看待蒙古民族主義問
題和戰後遠景，以致受到蔣政府的排斥而在戰後一度遭到美
國「麥卡錫主義」的政治迫害，終遠赴英國。拉鐵摩爾早在
戰前就預見了內蒙古自治運動如不能從國民政府方面獲得實
際自治權並實現蒙古民族基本利益，則必將無助於蒙漢團結
抗戰局面的形成。其對中國境內不同民族不同立場的民族主
義所作的反思，至今仍發人深省。

　　針對戰爭期間少數民族文化與民族主義思潮，Uradyn E.
Bulag 的 *Collaborative Nationalism: The Politics of Friendship
on China』s Mongolian Frontier* 一書所做出的思考，借鑒了
後殖民理論卻未完全囿於後殖民論述。該書並非對少數民族
文學的專門考察；受拉鐵摩爾的啟示，Bulag 將蒙疆政權時
期的蒙古民族主義思潮放在中日蒙多重國際關係格局中予以

---

48 Owen Lattimore, *The Mongols of Manchuria: Their Tribal Divisions,
Geographical Distribution, Historical Relation with Manchus and Chinese
and Present Political Problems*, New York: The Jone Day Company, 1934.
49 Owen Lattimore 著，趙敏求譯：《中國的邊疆》，重慶：正中書局，1941
年。
50 Owen Lattimore, *Studies in Frontier History: Collected Papers 1928-1958*,
London: Oxford University Press, 1962.

考察，提出理解民族政治的三元結構。「認為中國的民族問題是三角關係，主體民族-國家，少數民族和外部的所謂帝國主義勢力。在這樣的三角關係裡，中國的民族主義是帝國主義激發出來的，認為某些少數民族與帝國主義『勾結』，但中國最終是要把少數民族內部化，放在國家邊境裡面。」[51]從而打破了殖民者與原住民，或主體民族與少數民族之間固有的二元模式。通過對當地實際問題的文化人類學考察，突破了後殖民理論固有範式在東亞內部問題研究中的有效限度，提出了「合作的民族主義」或說「通敵的民族主義」[52]。Bulag的「The Yearning for 『Friendship』: Revisiting 『the Political』 in Minority Revolutionary History in China」一文，從二十世紀三十年代德王領導的內蒙古自治運動，一直到文革前後，重新系統地梳理了內蒙古革命史，借此討論了在主體民族與蒙古族之間微妙的「友誼」關係[53]。但 Bulag 所持的特定族裔立場，既為其研究打開了新的視野，未始不給這視野加以限定。

---

51 烏·額·寶力格：《人類學的蒙古求索》，載王銘銘主編：《中國人類學評論》第 20 輯，北京：世界圖書出版公司，2011 年，第 100-117 頁。

52 Uradyn E. Bulag, *Collaborative Nationalism: The Politics of Friendship on China s Mongolian Frontier*, Lanham: Rowman& Littlefield Publishers, Inc, 2010.

53 Uradyn E. Bulag, 「The Yearning for 『Friendship』: Revisiting 『the Political』 in Minority Revolutionary History in China」, *The Journal of Asian Studies* 65, 1 (Feb 2006), 3-32.

二、

　　學界對民族主義的界定，因立場與學派的不同而莫衷一是[54]，此處不再逐一詳加介紹。本書對民族主義的界定，首先建立在承認民族（nation）[55]存在的基礎上，而不認可那些將所有民族都視為構建產物的學說。當然有許多所謂的民族其實只是特定現代觀念構建的產物，並非天然存在或從來如此；不過，如美利堅民族等構建而生的現代民族概念，顯然與前現代歷史中業已存在的民族實體，在實質上有所不同，有必要加以細緻區分[56]。許多研究者已經意識到，不少現代國

54　本尼迪克特・安德森承認「民族（nation），民族歸屬（nationality），民族主義（nationalism）——這幾個名詞涵義之難以界定，早已眾所周知，遑論對之加以分析了」，然而他認為民族「是一種想像的政治共同體」即人造的產物，而非本質上有限的（limited）或享有主權的（見本尼迪克特・安德森著，吳叡人譯：《想像的共同體——民族主義的起源與散佈》，上海：上海世紀出版集團，2011 年，第 2-3 頁；第 6 頁）。鑒於安德森在近代東南亞問題研究基礎上形成的理論框架，缺乏對中國前現代時期宋遼金夏曆史的瞭解，也不適用於清帝國框架下滿蒙漢等民族關係的討論，本書不認可安德森對民族的界定，但不否認文學想像對構建現代民族國家的客觀作用，並尤其注意安德森所提出的以小說和報紙為技術手段的想像形式。

55　本書所使用的中文「民族」一詞，在絕大多數情況下對應英文 nation 或 nationality；僅在使用「少數民族」一詞時，可對應 minority 或 minority group。而郝時遠的詳細考辨，推翻了學界長期流行的「民族」一詞不見於古漢語而系日本傳入之說，證實了「古漢語『民族』一詞在近代傳入日本，在日譯西書（主要是德人著作）中對應了 volk 、nation、ethnos 等名詞，被賦予了現代意義。」見郝時遠：《中文「民族」一詞源流考辨》，《民族研究》，2004 年第 6 期，第 60-69 頁。

56　政治意義上的民族（nation）與體質人類學意義上的族群（ethnic group）不必然等同，亦不必然不同。某個現代政權的建立，完全可能由多個族群共同構成，不一定成為一族統治多族的帝國，而可以構建成為一個新

家將歷史描述為民族國家史,進而將構建而生的現代民族概
念本質化[57],具有濃重的意識形態色彩;而往往被忽視的是,
這些現代國家重構歷史的目的,除了「想像」新的共同體之
外,恰恰還在於消解前現代歷史中業已存在的某些民族實
體,以防那些民族實體的存在對新構建的共同體形成威脅。
儘管任何所謂「原生的」民族(nation),也未必都是族裔
(ethnic)意義上的天然「純種」而無構建過程;但還是不應
混同所謂「原生的」和「構建的」這兩種民族(nation)概
念。如不能對兩種不同的民族史加以有效區分,任何質疑、
消解或辯護乃至「保衛」,都將有可能陷入自設的邏輯陷阱
當中。故而此處借助史實描述與理論辨析,對本書中出現的
「民族主義」這一術語,界定如下:

　　民族主義,源於西方社會變革進程,主張民族自決[58],以

的民族;而那些未能建立政權的某一族群,也未必不構成民族,譬如仍
處於帝國統治下的某個弱小民族(不能因為奧斯曼帝國長達幾個世紀的
統治,就否認希臘民族在此期間的存在;也不能因為波蘭被列強瓜分,
就認為亡國的波蘭已經不構成民族)。民族的存在與否,並不由特定歷
史時段內政權的存在與否決定,也不由其是否僅為單一族群而決定,而
是由史實與觀念共同作用而定。

57 正如杜贊奇所描述的,「由於我們自己的歷史觀念與民族線性的歷史有
許多共同之處,我們往往傾向於把歷史當做認知的透明媒介,而不是將
之看做一種話語,一種使歷史人物(包括歷史學家)得以用來阻礙、壓
制、利用其他講述過去和未來的方式,或在某些時候與這些方式進行協
調。」見杜贊奇著,王憲民、高繼美、李海燕等譯:《從民族國家拯救
歷史:民族主義話語與中國現代史研究》,南京:江蘇人民出版社,2009
年,第3頁。

58 就民族(nation)與族群(ethnic group)的關係,厄內斯特・蓋爾納如此
定義民族主義:「民族主義首先是一條政治原則,它認為政治的和民族
的單位應該是一致的。」「簡言之,民族主義是一種關於政治合法性的
理論,它在要求族裔(ethnic)的疆界不得跨越政治的疆界,尤其是某一

建立並發展現代民族國家（nation-state）為目標[59]，形成本民族立場。在十九世紀東南歐各弱小民族反抗奧匈帝國與奧斯曼帝國統治時期，及德意志和義大利各自統一進程中，民族主義產生了重要作用。被壓迫民族尋求自決，和處於割據狀態的民族尋求統一，都成為實現民族主義目標的具體方式。晚清時期傳入中國後，民族主義在辛亥革命中產生巨大影響[60]，並在革命前後經歷了由排滿革命到「五族共和」的敘述方式轉變[61]，其目標由反抗帝國統治建立漢民族國家，逐漸轉變為尋求統一建立中華民族國家，而這兩種目標在轉變過程中又互相含蓋，彼此交錯。一戰後，尤其是蘇俄革命後，民族

個國家中，族裔的疆界不應該將掌權者與其他人分割開——這一偶然性在該原則制定時早已被排除了。」見內斯特・蓋爾納著，韓紅譯：《民族與民族主義》，北京：中央編譯出版社，2002 年，第 1-2 頁。

59 必須強調的是，包括族裔/種族民族主義（ethnic nationalism）、公民民族主義（civic nationalism）、文化民族主義（cultural nationalism）等概念在內，凡不以建立並發展現代民族國家為目標的各種論述，無論是否使用民族（nation）、種族（race）、族群/族裔（ethnic group/ ethnos）或少數民族（minority）等表述，都與本書所使用的民族主義概念不相一致，不屬於同一層面問題的討論。

60 馮天瑜：《中國近世民族主義的歷史淵源》，《湖北大學學報》（哲學社會科學版），1994 年第 4 期，第 1-5 頁。

61 「就梁啟超和知識界的其他一些人對於西方近代民族主義的介紹和宣傳來看，第一，他們都認為西方近代民族主義的實質就是「民族建國」，而「民族建國」所要建立的是單一民族的國家；第二，他們介紹和宣傳的主要是德國和義大利的民族主義；第三，他們都視民族主義為救亡圖存、建立民族國家的不二法門。但到了 1903 年後，梁啟超的民族主義思想發生了一些變化。中國近代民族主義形成于 20 世紀初。推動這一時期中國近代民族主義形成的主要有兩種力量，即以孫中山為代表的資產階級革命派和以梁啟超為代表的資產階級立憲派。辛亥革命前後，建立獨立、民主和統一的多民族國家成為革命派和立憲派的共識並得到確立，標誌著中國近代民族主義的最終形成。」見鄭大華：《論中國近代民族主義的思想來源及形成》，《浙江學刊》，2007 年第 1 期，第 5-15 頁。

自決思想傳播更為廣泛[62]。中國抗戰期間，三民主義及「五族共和」理念與民族「自決」思潮，共同對各少數民族思想文化產生複雜的影響。民族主義這一概念的產生，顯然是用西方特定歷史現象來闡釋世界性問題的一種方式[63]。儘管西方特

---

62 鄭大華、曾科：《國家主義與民族主義：國家主義派對「一戰」後民族自決思潮的回應》，《學術研究》，2013 年第 9 期，第 89-97 頁。

63 即便本尼迪克特‧安德森以當地歷史為基礎對東南亞民族主義與社會主義運動的複雜關係加以實證性研究，其思路也不脫西方民族主義的特定發展模式。有學者指出：「安德森對民族主義的研究遠遠超出了歐洲的語境，也不再將民族主義的歷史講述為一個從歐洲向世界擴散的故事。但我們並不難發現：他的敘述與更早的有關歐洲民族主義的敘述存在某些重合。例如，根據他的敘述，在歐洲，新教與印刷資本主義的結合促成了取代宗教團體和王朝體系的政治共同體的出現；印刷資本主義為民族語言的整合與形成提供了條件。正是基於這一『在理解世界的方式上』發生了的『根本變化』，安德森對民族主義現象進行了重新敘述，即有關民族主義的三重分類。不同於那些認為民族主義是從歐洲蔓延至世界其他地區的傳統觀點，他認為民族主義的第一波是發生在北美殖民地的『克裡奧爾民族主義』，或稱遠程民族主義。這一民族主義綜合了殖民地各階層的訴求，反抗宗主國的壓迫和不平等對待，但在價值上同時汲取了歐洲啟蒙思想。這種對於新的政治共同體的想像是那些去往宗主國的克裡奧爾官員和當地克裡奧爾印刷工的創造物。南北美洲在十九世紀興起的新一波大眾性民族主義正是對於這一民族主義版本的回應。第二種民族主義模式，也是被其他地區民族主義最常複製的模式是歐洲的語言民族主義，正是通過這語言民族主義的創造，一種取代帝國的、奴隸制和封建等級制的，即主權的政治共同體誕生了。第三種民族主義即官方民族主義，即由國家由上至下推進的文化統一與政治統一的進程，通過在交流工具（印刷術）、普及教育和內政構造等各方面的強制推行，上層統治最終促使包含多樣性的和地方性的文化趨於同質化。俄羅斯、晚清中國的改革都可以算作這一官方民族主義的典範。第二次世界大戰後形成的民族解放運動的浪潮是民族主義的『最後一波』，它既是對於官方民族主義的殖民地形式─帝國主義─的反應，也是對先前兩波民族主義浪潮中的大眾民族主義（北美與歐洲）的模仿。由此，安德森以民族主義多種形態為介質，描述了一個不同於從歐洲擴散至其他地區的單線論的多重擴散的全球進程。」（見汪暉：《「民族主義」的老問題與新困惑》，《讀書》，2016 年第 7 期）而必須指出的是，正是安德森在後結構主義思維下出於消解民族及民族主義本質性的意圖，才使得他對民族主義的梳理與總結更注重北美模式，即構建超越族群（ethnic group）的民族國家（nation-state）的

定歷史現象未必與世界各地具體情況完全相同，但這一概念從特例總結而生也不一定就意味著其他地區沒有民族主義，或其他地區只能有後發的或傳播而來的民族主義。在民族主義產生之前的世界各地歷史進程中，與民族有關的歷史並不需要靠一個日後的概念而發生發展。今天對世界各地民族主義史前史的認識，也不必囿於產生民族主義這一概念的特定西方歷史框架。更不必因民族主義產生於西方特定歷史就判定一切先在於此或外在於此的歷史都不能納入民族主義的視野。概念不過提供一種認識世界的方式，世界並不會因概念的產生與否或使用與否而發生改變，發生改變的是人對世界的認識。

　　而對中國近代以來民族主義的研究，大多重點關注辛亥革命與「中華民族」觀念的形成問題[64]，以及民族主義對「全民族抗戰」的促進作用，卻始終未能深入研究日偽對民族主義的利用問題[65]。「泛蒙古主義」等思潮是近代蒙古民族自治、「自決」運動的重要理論資源。也是抗戰前後內蒙古地區影

模式，而不是將東南歐弱小民族尋求民族自決的模式作為最典型的民族主義來論述。一旦忽視了安德森的消解意圖，僅僅把「想像的共同體」作為非單一族群國家政治合法性論述的理論支撐，則有可能與安德森的本意背道而馳（例如王炎在採訪中就海外華人「離散的民族主義」問題與安德森展開的對話，兩人的認識與論述傾向出現明顯差異，見王炎、本尼迪克特・安德森：《想像民族的方法》，《讀書》，2015 年第 1 期，第 11-12 頁）。

64　黃興濤：《現代「中華民族」觀念形成的歷史考察——兼論辛亥革命與中華民族認同之關係》，《浙江社會科學》，2002 年第 1 期，第 128-141 頁。

65　例如張晨怡：《近代中國知識份子的民族主義思想研究》，北京：中央民族大學出版社，2012 年。

響最為深遠的思潮之一。從戰前內蒙古民族自治運動，到蒙疆政權的建立，直至戰後蘇維埃自治政府的成立，無不與民族主義思潮密切相關。抗戰期間內蒙古地區報刊文章及文學創作，成為考察社會思想變革的重要承載體。從抗戰前的《醒蒙月刊》，到蒙疆政權的《蒙古文化》等報刊，關於復興蒙古文化以及蒙古族自治問題的討論，以不同立場展現了民族主義思潮對蒙古民族自治與各種「自決」運動的重要影響。殖民者從中國文化內部尋找民族間的裂痕，並非真正促進各族平等發展，而是意圖分區佔領中國進而達成有效統治。重新對此進行一番考察，其意義不僅在於證實殖民者的險惡用心。這種被利用的少數民族文化，反倒為觀察二十世紀前期中國現代化進程中所遺留的歷史裂隙，提供了最有效的折射鏡。而蒙漢各族知識份子的文學活動，更充分地呈現了民族主義文藝思潮內部的不同聲音。

三

　　從另外一個面向來看，對蒙疆華語文學創作的考察，除了呈現其民族主義思潮在抗戰時期淪陷區文壇中的特殊意義之外，還可為討論華語語系文學，即所謂 Sinophone Literature，提供新的討論空間。

　　Sinophone Literature 自提出以來，爭議不斷[66]。用「華語

---

[66] 大陸學者對「華語語系文學」的批評聲音眾多，其中較為有力的可見趙稀方：《從後殖民理論到華語語系文學》，《北方論叢》，2015 年第 2 期，第 31-35 頁。其他不一一贅述。

語系文學」來翻譯該詞，更引發歧義[67]。Sinophone 原意是華語，或使用華語的，以及使用華語的人。Sinophone Literature 最早由美國華裔學者史書美在 2004 年的「Global Literature and Technologies of Recognition」一文中提出，原指中國以外世界各地說漢語的作家用中文寫成的文學，以與「中國文學」（Chinese Literature）即在中國國內寫作的文學相區別（也區別於前現代不說漢語的日韓等東亞各國學者之漢字「筆談」）。其將 Sinophone 造為一個特定術語的必要，在於駁斥那種對中國境外所出版文學的忽視和邊緣化，以及中國文學史對這些文學有偏向的，意識形態化的，專斷的選取[68]。

　　經《視覺與認同：跨太平洋華語語系表述・呈現》一書和隨後專文對「反離散」（Against Diaspora）的闡釋，史書美逐步豐富了 Sinophone 的含義[69]。她製造「華語語系」這一概念，是用來指中國以外的華語語言文化和社群，以及中國內部那些或被強加或自願採用漢語的少數族群[70]。以此來去

67　黃維梁：《學科正名論：「華語語系文學」與「漢語新文學」》，《福建論壇》（人文社會科學版），2013 年第 1 期，第 105-111 頁。黃文主張將 Sinophone 譯為「漢語文學」。然而 Sinophone 的提出本身，就是要刻意借助「語系」這一術語，來表達其特定含義，其「意在說明中國大陸及海外不同華族地區，以漢語寫作的文學所形成的繁複脈絡」（見王德威：《中文寫作的越界與回歸——談華語語系文學》，《上海文學》，2006 年第 9 期，第 93 頁）。

68　史書美稱 Sinophone 在某一意義上接近於 Anglophone 和 Francophone，即漢語(在台灣)被某些人視為一種殖民語言。See Shu-mei Shih, 「Global Literature and Technologies of Recognition」, *PMLA* 119, 1 (January 2004), 29.

69　Shu-mei Shih, *Visuality and Identity: Sinophone Articulations Across the Pacific*, Berkeley and Los Angeles: University of California Press, 2005.

70　Shu-mei Shih, 「Against Diaspora: the Sinophone as Places of Cultural Production」, in *Global Chinese Literature: Critical Essays*, ed. Jing Tsu and David Der-wei Wang (Leiden & Boston: Brill, 2010), 36.

除「離散中國人」（the Chinese Diaspora）等概念中特有的
中國/漢文化中心主義。史書美同時指出，除了所謂「定居者
殖民地」（settler colony）之外，「中國之外的當代『華語
語系』群體跟中國之間並非嚴格意義上的殖民或後殖民關係」
[71]，並將此視為其與法語語系等後殖民語言社群的主要差
別。另一方面史書美又宣稱：「在當今中國將標準漢語和漢
字強加於非漢族的他者——如藏族、維吾爾族、蒙古族等，
近似於一種殖民關係，大多數人因懼怕政府的惱怒而不敢對
此作出批評」[72]。由此，華語語系的概念開始涉及中國境內
少數民族的華語寫作。

　　在專文「The Concept of the Sinophone」中，史書美以三
種歷史進程為 Sinophone 賦予了三個層面的含義：陸上殖民
主義、定居者殖民主義和反離散的移民。史書美借助新清史
研究關於清代為亞洲內陸帝國的論斷[73]，將中國十八世紀以

71　史書美著，趙娟譯：《反離散：華語語系作為文化生產的場域》，《華
　　文文學》，2011 年第 6 期，第 8 頁，中譯本除刪節部分原文之外，趙娟
　　譯文還存在多處不確。此處所引趙譯文，均與原文核對；在引文之外凡
　　筆者所譯，皆據 *Global Chinese Literature: Critical Essays* 一書中原文。

72　Shu-mei Shih,「Against Diaspora: the Sinophone as Places of Cultural
　　Production」, 37.

73　姑且不論新清史對滿洲貴族是否漢化問題的討論（Mark C. Elliott, *The
　　Manchu Way: The Eight Banners and Ethnic Identity in Late Imperial China*,
　　Stanford: Stanford University Press, 2001, 26-28）在中國大陸清史研究者
　　當中的認可度，有必要指出的是，至少新清史在拉鐵摩爾亞洲內陸邊疆
　　視角基礎上，關於清代除了在中原實行所謂「漢化」的管理模式之外仍
　　在內外蒙古等亞洲內陸地區實行和親會盟等針對遊牧民族的管理體制的
　　論斷，雖出於突破既往漢族中心主義論述的努力，卻又不免陷入一種歐
　　洲中心主義的隱秘邏輯當中（例如歐立德僅以西方文獻中的稱呼，來論
　　證明王朝並非帝國，而直到滿清入關後，中國才成為歐洲人眼中的帝國，
　　見歐立德：《傳統中國是一個帝國嗎?》，《讀書》，2014 年第 1 期，
　　第 29-40 頁）。史書美僅僅在清代為亞洲內陸帝國這一點上與新清史研

來對亞洲內陸廣大地區的領土征服視為內部殖民，稱之為「陸上殖民主義」[74]。無論漢語是自願習得還是強加，中國境內各少數民族的漢語寫作，成為史書美所謂華語語系少數民族文學。最終，史書美定義的所謂「華語語系」，包含漢語社群，及其在內部殖民地和中國境內境外其他少數民族社群中，於國族及國族性邊緣之上，就文化政治社會等方面展開的表述；例外則是定居者殖民地，在那裡較之原住民，華語社群更據主導[75]。史書美的這一概念，主要面對的倒是她定義中的那個例外情形，即華人在海外移民過程中對在地原著民的「定居者殖民主義」，而非專門討論她所謂的「陸上殖民主義」話題。

　　但若反觀英語語系等研究，即可發現華語語系這一概念如當真成立，其基本價值恰恰在於探討與海外殖民有所對應的陸上問題。史書美稱 Sinophone Studies 是受法語語系研究

究達成一致，而新清史這種隱秘的歐洲中心邏輯顯然不是史書美所認可的，反倒成為史書美在批判中國/漢族中心主義的同時試圖一道突破的另一種文化霸權邏輯（如史書美對近代以來帝國只能具有「海洋屬性」的質疑「The models of modern empires have been European and oceanic, whereas Qing expansion was non- European and occurred largely on the continental land mass.」 See in Shu-mei Shih, 「The Concept of the Sinophone」, 712）。

74 Shu-mei Shih, 「The Concept of the Sinophone」, *PMLA* 126, 3 (January 2011), 709-718.

75 The Sinophone encompasses Sinitic- language communities and their expressions (cultural, political, social, etc.) on the margins of nations and nationalness in the internal colonies and other minority communities in China as well as outside it, with the exception of settler colonies where the Sinophone is the dominant vis- à- vis their indigenous populations. See in Shu-mei Shih, 「The Concept of the Sinophone」, 716.

Francophone Studies 的啟發而提出的[76]。所謂 Anglophone Literature 英語語系文學、Francophone Literature 法語語系文學、Hispanophone Literature 西班牙語語系文學、Lusophone Literature 葡萄牙語語系文學，均非各國本土創作，而是指海外殖民地作家以各宗主國語言創作的文學，「帶有強烈的殖民和後殖民辯證色彩，都反映了 19 世紀以來帝國主義和資本主義力量佔據某一海外地區後，所形成的語言霸權及後果」[77]。史書美對克裡奧爾語化等問題的探討，顯然屬於《逆寫帝國》所構造的「後殖民文學」研究範疇[78]。甚至可以由此延伸出對 Nipponohone Literature 日語語系文學在日據時期台灣的討論[79]，儘管有「台灣的魯迅」之稱的賴和尚可借助文言和不流利的白話來用漢語艱難地寫作，但包括反日愛國作家楊逵在內的大批台灣作家，日據時期都在使用日語進行文學創作，成為日語殖民霸權與對霸權抵抗的見證。不過，來自華語語系研究內部的批評聲音早已指出：「畢竟中國近代歷史沒有西方嚴格定義下的殖民主義經驗，如果循著西方後殖民主義的路數來看待華語語系的形成，未嘗沒有削足適履

---

76 史書美著，楊華慶譯，蔡建鑫校：《視覺與認同：跨太平洋華語語系表述・呈現》，台北：聯經書房，2013 年，謝志第 5 頁。

77 王德威：《華語語系文學：邊界想像與越界建構》，《中山大學學報（社會科學版）》，2006 年第 5 期，第 1-2 頁。

78 比爾・阿希克洛夫特、格瑞斯・格里菲斯、海倫・蒂芬著，任一鳴譯：《逆寫帝國：後殖民文學的理論與實踐》，北京：北京大學出版社，2014 年，第 40-43 頁。

79 阮斐娜著，吳佩珍譯：《帝國的太陽下：日本的台灣及南方殖民地文學》，台北：麥田出版社，2010 年；Ying Xiong, *Representing Empire: Japanese Colonial Literature in Taiwan and Manchuria*, Leiden: Brill, 2014.

之虞。」[80]經過王德威、石靜遠等學者對華語語系文學的討論與豐富，華語語系文學是否應僅限於海外而排除中國大陸作家作品，以及中國境內少數民族的華語創作是否意味著所謂「漢語殖民霸權」等問題，在華語語系研究者當中出現了不同意見。

　　目前為止的華語語系少數民族文學研究，多限於對阿來等使用漢語進行創作的少數民族作家的討論[81]，尚未能有效闡釋少數民族文化在漢文化佔據主導的中國文化中特有的處境，尤其未能就這種文化主導的真正性質究竟是殖民還是專制等重要問題加以深入討論，亦忽視了國內民族問題與外來殖民之間相互交錯的複雜關聯。正如華語語系文學研究的提倡者所言，「我們必須承認自己所站的位置的局限，但這無礙我們對華語文學邊界何在的好奇與探索」[82]。而蒙疆淪陷區的民族主義文學，恰可為討論在外來殖民與本土專制雙重壓抑下的少數民族華語文學提供絕佳案例。蒙疆政權下蒙古族作家的華語創作當然屬於華語語系文學所討論的範疇。儘

80　王德威：《文學地理與國族想像：台灣的魯迅，南洋的張愛玲》，《揚子江評論》，2013 年第 3 期，第 13 頁。

81　Patraicia Schiaffini，「On the Margins of Tibetanness: Three Decates of Sinophone Tibetan Literature」；Carlos Rojas，「Danger in the Voice: Alai and the Sinophone」，in *Global Chinese Literature: Critical Essays*, ed. Jing Tsu and David Der-wei Wang (Leiden & Boston: Brill, 2010), 281-295; 296-303.

82　王德威主張華語語系文學應將大陸的華語寫作即所謂正宗的「中國文學」「包括在外」，同時指出：「強調華語語系研究，而非華文或漢語研究，正是因為理解（並且提示我們留意）正宗漢語書寫表意系統以外，以內，以下，種種自成一格的言說位置、發聲方式、表述行為。」見王德威：《「根」的政治，「勢」的詩學──華語論述與中國文學》，《揚子江評論》，2014 年第 1 期，第 13 頁；第 6 頁。

管日本殖民者所扶持的這個所謂蒙古族「民族國家」中漢族
作家的創作是否應納入華語語系文學範疇還可進一步探討，
但對此的探討顯然更有助於釐清中國內部少數民族文化與漢
文化在外來殖民威脅之下的複雜關係。

　　蒙疆政權由侵華日軍在所謂東亞各民族「協進」的口號
下扶持建立，以蒙古民族「自決」為意識形態宣傳導向。在
殖民者獨特的「反殖民」偽裝政策主導下，該政權興辦大量
文藝報刊宣揚民族主義思潮，試圖復興蒙古文化，其文學書
寫為建立所謂蒙古「民族國家」而服務。而蒙疆的民族主義
文學書寫的最大障礙，恰恰是在漢文化培育下成長的蒙古族
知識份子，在復興本民族文化時的文學失語症。晚清以來接
受漢語公立教育的一代蒙古族知識份子，到了蒙疆這個所謂
「民族國家」統治下，已不再能夠使用本民族語言進行創作，
而只能在漢文化內部用漢語宣揚蒙古文化。漢化的少數民族
知識份子的華語創作本身，反倒成了蒙疆政權復興蒙古文化
最大的諷刺。

　　然而討論蒙疆的華語語系文學創作，意義倒不僅在於釐
清所謂「陸上殖民」或內部殖民；而是在於同日語語系文學
的對應之中，發覺其作為一種反抗言說的曖昧意義。面對尚
未來得及在該地區有效展開的日語語系文學（如甲午之後到
抗戰時期的台灣文學情形），蒙疆漢族作家華語創作在媚敵
姿態之外，相較於所謂合作的或投敵的民族主義，是否還具
有反殖民的文化堅守意味？如果說日據時期鍾理和等個別作
家在台灣或流亡到大陸後將日文創作自譯為中文再發表，也
是一種對日語語系文學的精神抵抗；那麼這些絕少數的台灣

華人作家面對日本殖民的精神異化所做的反抗，與蒙疆漢族文人對蒙古特色的發揚乏力，又是否具有某種心理上的內在相通之處？何況蒙疆政權標榜的所謂蒙古「民族國家」屬性，及其與日本、偽滿之間的所謂「外交關係」，在族群與民族的關係層面，本就比直接受日殖民統治的台灣問題更多一重不同的維度。

　　夾在外來殖民的「反殖民」偽裝與本土專制統治的文化歧視之間，少數民族文化復興的困境，絕非簡單套用反殖民或後殖民理論所能闡釋。在紛繁複雜的歷史情境中，單純的二元對立不再成為有效的研究視角。

　　將後殖民理論運用於東亞問題探討時，首先要注意的就是殖民者與被殖民者的錯位，以及殖民罪行與民族解放的錯位問題。日本作為後起的帝國，其對外殖民擴張始終都為自己設定了假想敵。中國在前現代歷史階段早已成為日本的假想敵，自日本戰國時代入侵朝鮮並騷擾明境起，中國就成為日本所設定的最大威脅。佩里艦隊抵日後，西方又成為日本的新的威脅。甲午戰爭就被日本視為解除中國威脅的勝利，日俄戰爭又成為日本戰勝西方的開始。由此，日本的東亞想像進入到一種奇特的英雄自詡當中，把日本視為解放東亞各民族的英雄，幫助朝鮮擺脫中國羈絆，幫助中國抵抗西方白種人入侵，尤其是反抗英美與蘇俄。在這樣的東亞思維下，日本將侵華戰爭期間的一系列殖民擴張偽裝成民族解放，建立滿洲國傀儡政權來掩蓋其侵佔中國東北的罪行；利用蒙疆傀儡政權分化中國，並偽裝成「扶助」蒙古民族「自決」；利用國民黨內部汪精衛集團與蔣系的矛盾，將重慶抗日政府

描繪為受英美殖民者操控的「偽」政權[83]，而將真正的傀儡政權汪偽政府鼓吹為與日本「協進」共同抵抗西方殖民者的中國「合法」政府。甚至在日本對英美宣戰的太平洋戰爭爆發後，安排汪偽政權也向英美宣戰[84]，並主導了汪偽收回被日軍攻取並「代管」的西洋租界[85]等從一方殖民者手中將中國領土變相地交到另一方殖民者手中的「鬧劇」[86]，以彰顯日本「扶助」東亞各民族尋求「民族解放」抵抗白種人殖民的種種「豐功偉績」。直到戰後，包括竹內好等左翼思想家在內的日本思想界，也一直沒有走出民族主義的魔障，在民族主義的陰影當中的所謂自我反思，不過是把戰敗的原因歸咎於對西方的模仿，而未能真正反思其所謂東亞解放思想的背後，始終都隱藏著民族主義的幽靈。正是這種以反殖民的英雄來自欺欺人的獨特東亞思想，構成了日本迥異於西方的東亞殖民模式。在這種模式下，一切強調東方民族精神的論調，都有可能淪為日本這個新殖民者以反抗西方舊有殖民者為藉口的分贓理由。而既有的反殖民論述和後殖民理論，顯然對於日本這種獨特的東亞殖民模式，缺乏有效的審視，難以準確地分析其背後的隱秘心理。正是在這種殖民者與被殖民者以及殖民罪行與民族解放的嚴重錯位當中，中日關係及

83　《重慶偽府窮迫實況與希望美國援助之迷夢》，《立言畫刊》，1941 年第 159 期，第 22 頁。

84　石源華：《論日本對華新政策下的日汪關係》，《歷史研究》，1996 年第 2 期，第 105 頁。

85　錢伯涵：《租界收回與今後大上海市政的改進》，《申報月刊》，1943 年復刊第 1 卷第 7 號，第 16-21 頁。

86　石源華：《汪偽政府「收回」租界及「撤廢」治外法權述論》，《復旦學報》（社會科學版），2004 年第 5 期，117-125 頁。

中國內部少數民族與國民政府的關係，變得遠比後殖民理論
所討論的西方在印度、阿拉伯等地的殖民問題與文化殖民問
題更為複雜曖昧。

　　然而，比錯位的殖民問題更需要注意的是，在中國內部
除了殖民問題之外，仍然長期存在一直未能有效去除的專制
因素。一旦忽略了專制問題的存在而單純在文化殖民視野下
討論中國文學，必然會造成嚴重的誤解。譬如有研究者曾指
出魯迅的「國民性」批判應和了西方殖民者的東方想像[87]，
卻忽視了魯迅等「五四」一代知識份子所面對的問題，恰恰
與作為學生運動的「五四」運動所面對的「外爭國權、內懲
國賊」並不完全相同。在文化殖民問題尚未構成中國文化困
境而帝制屢次復辟、革命屢遭挫敗的後辛亥時期，魯迅等啟
蒙知識份子在新文化運動當中所要突破的最主要文化困境，
顯然是專制思想對中國社會的控制。當然，僅僅簡單地以專
制來概括後來國民政府的統治，顯然也是不全面的。早在南
京國民政府建立前，國民革命時期的廣州國民政府已經顯示
出蘇聯化的極權主義模式。陳炯明的「聯省自治」和北洋政
府各派軍閥的割據統治，雖然並不比國民政府的一黨專政統
治更為理想，但國民革命後建立的國民政府確實背離了辛亥
革命的民主理想，新的集權統治模式與舊有的專制思想相互
支撐，共同維護其一黨「訓政」。專制已不再是皇權所獨有，
儘管南京國民政府治下又出現了各地國民黨新軍閥，但專制

---

87 劉禾著，宋偉傑等譯：《跨語際實踐：文學，民族文化與被譯介的現代
　　性（中國，1900-1937）》（修訂譯本），北京：生活・讀書・新知三聯
　　書店，2008 年，第 73-109 頁。

思想對統治者權力的認可，與對統治權的推崇，使得各地軍閥統治並不能真正成為一種對專制構成威脅的「分封建制」模式，反而成為具體而微的專制實體。無論是中央政府，還是各地軍閥統治區，抑或草原上的王公領地，其相互之間的權力爭奪都不能簡化為專制與反專制的二元對立，而是在每一個層級不斷地以建立並鞏固自己的專制統治為目標，形成的內部鬥爭。任何一方獲勝都不意味著專制的消亡，只是專制思想在不同層級的實現而已。同樣地，討論抗戰時期國民政府與少數民族自治運動之間關係時，如果僅僅從所謂「陸上殖民」角度出發，雖不無新意，卻容易模糊問題的焦點，無法深入探討真正構成少數民族文化困境的專制文化。

　　因此，蒙疆這個在侵華戰爭期間由日本殖民者在其「反殖民」意識形態偽裝下於中國內部扶持建立的少數民族傀儡「民族國家」，及其統治下蒙古族作家與漢族作家在各自立場上曖昧的華語文學創作，恰恰為解開殖民與專制之間諸多紛繁複雜的文化謎題，提供了最富聚焦效果的案例。由此展開對中國內部專制問題與殖民進程複雜關係的探討，必將有助於對既往後殖民理論在處理東亞問題時無法解決的盲區，起到視野上的補足作用。

四、

　　對蒙疆淪陷區文壇的研究，首先可以改變以往對抗戰時期淪陷區文壇面貌的基本認識，重新看待東北、華北、「華中」淪陷區的常見分區方式。其次，蒙疆民族主義文藝思潮

超越於宗主國/殖民地二元對立的「合作的民族主義」形態，為華語語系少數民族文學研究提供了新的討論空間。最終，對這樣一種獨特案例的考察，將有助於在更廣泛的層面上以專制視角補足後殖民研究的盲區，反思整個中國現代文學在殖民與專制之間的多重處境。故以下幾個維度的研究可次第展開：

　　首先，有必要梳理蒙古民族主義思潮從戰前內蒙古自治運動（1933-1936）到蒙疆政權統治時期（1936-1945）的傳播，及其對抗戰時期該地區蒙古族、回族等少數民族產生的獨特影響。相較於清代內蒙古的盟旗王公自治，國民革命後各級省、縣政權的設立，如何加劇了封建王公與國民黨新軍閥之間的矛盾，又如何引發了三十年代的內蒙古自治運動，民族主義思潮與戰前國民黨文藝宣傳形成了怎樣的微妙關係，又如何為日本殖民者所利用？創辦《禹貢》的顧頡剛等內地漢族知識份子究竟怎樣看待蒙古民族主義，殖民與專制哪一方面的問題更能引發其關注？國民黨綏遠省政府如何以發展民族文化的藉口來消解內蒙古自治運動，其所辦《醒蒙月刊》（1936，歸綏，蒙漢雙語）又如何因編者的蒙古族身份而背離綏遠省政府的本意？若非追本溯源，則難以在蒙疆獨特的歷史情境中，還原各種文藝思潮及論爭所針對的具體問題，也無法以近三百年的民族自治歷史，對所謂「陸上殖民主義」之說提出反例。

　　其次，需要對抗戰時期蒙疆少數民族作家的民族主義文學創作和譯介加以分析，並發掘其迥異於華北淪陷區文學的獨特性質。華語文學作為想像蒙古的方法，既可成為宣揚民

族「自決」的輿論工具，又因華語文學自身所蘊含的漢文化特質，而隱藏著無法去除的異化痕跡。《蒙古文化》（1939，厚和豪特，蒙漢雙語）的主編文琇/文都爾護等少數民族知識份子內在精神上的這種異化，究竟源於所謂「陸上殖民主義」還是來自數千年的專制統治與文化歧視，仍需細緻辨析。此處更需深入思考的是，少數民族傀儡政權復興本民族文化的努力，是否本就與殖民者的真實意圖之間存在著不可避免的衝突。在殖民文化的不斷輸出之下，相較於尚未能在該政權統治的九年之內有效形成的「日語語系蒙古族文學」，難道蒙古文化的復興本身不具有反殖民的內在意味嗎？

　　再次，值得討論的不僅是少數民族作家的華語創作；漢族作家在《利民》（1941，張家口）、《蒙疆文學》（1942，張家口）等刊物上那種「偽」蒙古風的華語文學寫作在蒙疆究竟扮演著怎樣的尷尬角色，同樣值得關注。漢族作家在一個試圖復興蒙古文化的別族傀儡政權下，面對日本殖民者的文化高壓，其華語創作如何在突出蒙古特色的意識形態要求下宣揚民族主義？不妨以《一個俘虜的悲哀》《可憐的老人》等具體文本個案為切入口，探尋蒙疆淪陷區附逆漢族作家彭雨、沐華、朝熹等宣揚蒙古文化時不經意間流露出的「歸漢」心態。甚至反思，經過晚清至民國數十年的移民墾殖，早已蒙漢雜居的蒙疆究竟如何能夠建立其純粹的蒙古「民族國家」。難道這樣的理想真正實現就意味著民族問題的徹底解決而非翻轉？「民族國家」真的是解決民族問題的不二法寶嗎？

　　進而方可呈現殘存的綏遠國統區與蒙疆淪陷區文壇之間

就民族主義展開的文化領導權之爭。綏遠國統區抗戰文藝報刊《塞風》（1939，榆林）、《文藝》（1942，陝壩）承襲著戰前的左翼抗戰文學而來，與蒙疆政權的民族主義宣傳截然相反，將民族主義作為蒙漢團結一致抗戰的宣傳工具，利用漢化的蒙古族知識份子宣傳蒙漢同源論，甚至牽強附會地將「夷」、「狄」等頗具歧視意味的漢字，通過小學考據來解釋為「人」的意思，以此抹除這些用語原有的動物意味。只有引入對國統區專制思想的考察，才能理解蒙疆淪陷區民族主義文學的先在語境。在殖民與專制兩個不同的陣營之間，究竟哪一種闡釋更符合民族主義的本意？抑或民族主義本就無所謂「本意」，而只能以不同方式淪為爭奪文化霸權的意識形態工具？

　　最後，在考述蒙疆政權及其文化復興理想的覆滅基礎上，分析民族主義神話的破滅，及其原初的虛無。戰後中共「內蒙古自治聯合會」的《內蒙古週報》（1946，張家口，蒙漢雙語合璧）所宣揚的對殖民與專制的兩種復仇意識，除了具體指向外是否具有更深層的特殊意義？恐怕只有真正破除殖民與專制的雙重壓抑，少數民族文化才能得到切實的發展，民族主義文藝思潮才不會一直淪為意識形態宣傳工具。

　　至於蒙疆民族主義文學所面對的具體歷史情境，正是在殖民與專制之間一種複雜的機制，而非「內陸殖民主義」所能簡單概括。只有在充分還原歷史情境之後，才能看清顧頡剛等不同族裔知識份子當年所論究竟指向哪些具體問題，並以實際案例將華語語系文學的討論歷史化，超越固化的殖民/後殖民辯證，進入到中國現代文學本身的問題之中，以民國

具體問題為方法[88]，來補充、豐富後殖民語境下現有的民族主義論述，呈現民族主義究竟如何在殖民與專制之間千回百轉地合作、通敵而又反抗。

---

88 李怡：《作為方法的「民國」》，《文學評論》，2014 年第 1 期，第 78-86 頁。

第一章　戰前自治運動與
民族主義傳播

　　1939 年顧頡剛在昆明《益世報》「邊疆週刊」發表《中華民族是一個》之後，先後收到多封來信，顧頡剛將這些信件發表於「邊疆週刊」，並予以公開答覆[1]。其中費孝通在與他討論民族問題的信裡談到：

> 若是我們比較蘇俄國內民族共處的情形，再看擁有殖民地的列強一面侵略人家，一面壓迫小民族的情形，使我們覺得一個國家內部發生民族間的裂痕，並不在民族的不能相處相共，而是出於民族間在政治上的不平等。政治上若是有不平等，不論不平等的根據是經濟上的，文化上的，語言上的或體質上的，這不平等的事實總是會引起裂痕的。易言之，謀政治上的

1　顧頡剛收到回族學者白壽彝來信對「中華民族是一個」的支持，但白壽彝行文間流露出的對「中華民族」的看法，仍與顧頡剛有內在差異，見《來函》，《益世報‧邊疆》第 16 期，1939 年 4 月 3 日，第 4 版；顧頡剛也收到苗族知識份子魯格夫爾兩封來信，其中說道：「同源不同源，夷苗族不管，只希望政府當局能給以實際的平等權利。」而顧頡剛答覆中說：「這句話我們不明白是什麼意思，難道我們今日的政府當局還有對於苗夷之民不給以平等權力的嗎？」見《來函兩通》，《益世報‧邊疆》第 21 期，1939 年 5 月 15 日，第 4 版。

統一，不一定要消除「各種各族」以及各經濟集團間
的界限，而是在消除因這些界限所引起的政治上的不
平等。[2]

　　對此問題的探討一直延續到當下，至今仍有學者不斷回
應，甚至質疑 1939 年的形勢是否源於「政治上的不平等」[3]。
另一種觀點則截然相反，認為近代以來西方海外殖民模式的
固化視野忽略甚至遮蔽了清代陸上帝國的性質[4]。那麼，三十
年代的內蒙古自治運動，是否僅僅因外部勢力的利用和「民
族意識」的區隔，而無其他內在原因？偽蒙疆政權和偽滿洲
國的建立機制又是否完全相同？反過來講，從清代到民國，
內蒙古地區是否真的處於所謂「內陸殖民主義」統治之下？
　　無論宏觀理論的構建有著怎樣自認正當的立場，僅靠想

2　費孝通：《關於民族問題的討論》，《益世報·邊疆》第 19 期，1939 年
　5 月 1 日，第 4 版。

3　當代學者馬戎一方面承認費孝通強調群體之間的平等是絕對正確的，並認
　為這一點在今天的中國格外重要；另一方面又質疑 1939 年的形勢是否源
　於「政治上的不平等」：「滿洲國的建立是因為東北的漢人歧視和壓迫滿
　洲旗人嗎？德王策動的『內蒙古自治』是由於在察哈爾的漢人歧視和壓迫
　蒙古人嗎？」在馬戎看來，偽滿和內蒙古問題原因一致，即外部勢力的利
　用與「民族意識」上的區隔，而不存在民族之間的不平等與歧視、壓迫。
　馬戎：《如何認識「民族」和「中華民族」——回顧 1939 年關於「中華
　民族是一個」的討論》，《中南民族大學學報》（人文社會科學版），2012
　年第 5 期，第 6 頁。

4　史書美在討論華語語系文學時，借助新清史研究關於清代是一個亞洲內陸
　帝國的論斷，更強調清廷對廣大內亞地區的征服與嚴密管理：無論是軍
　事、經濟、宗教方面的鎮壓與同化等等，還是對語言、文化、種族多元主
　義的有效管理，都使得清帝國成為一個陸上殖民帝國，而這一點卻被近代
　以來西方海外殖民模式的固化視野所忽略甚至遮蔽。史書美更將這種討論
　由清代延續至當下，並在此框架下展開對語言文化層面所謂殖民霸權的辨
　析。Shu-mei Shih,「The Concept of the Sinophone」, *PMLA* 126, 3 (January
　2011), 712-713.

當然的史觀來論證，而無法拿出切實有力的史實證據，最終
只能是以論帶史，導致理論構建脫離了問題本身的實際情
況。只有回到具體史實，而非轉到另一套缺乏史實依據的空
洞史觀，「不簡單用現象和差異瓦解『主流』，或依靠過去
結論的『反題』來推進認識」[5]，才能使一切理論探討歷史化。
「同樣的，華語語系文學雖然是最近的發明，也一樣需要被
歷史化。」[6]既然「華語語系研究前瞻於陸上帝國從清代到現
在這種持續的歷史」[7]，那麼，當討論民族主義在這一時空的
複雜作用時，進入具體的文藝思潮與作品文本分析之前，有
必要對內蒙古從清代到民國再到日據時代的基本歷史演進，
做一番起碼的梳理。惟其如此，才能釐清民族主義思潮在此
傳播的獨特歷史語境。

一、清代內蒙古的封建王公自治

　　內蒙古，原是內箚薩克蒙古的簡稱。「箚薩克」（又譯「紮
薩克」）是蒙古語的音譯，意為執政官，指受清廷冊封的蒙古
諸執政藩王，即各旗旗主。內箚薩克蒙古，是最早歸附後金
的蒙古部族，後逐漸用於泛稱大戈壁以南的各蒙古部族。
　　清廷對蒙古諸部的治理可分為外藩和內屬兩種形式，分
別是由藩王代治和由朝廷派官直接管轄。需要特別強調的
是，內箚薩克蒙古仍然屬於外藩蒙古，即設有藩王管轄的部

5　姜濤：《「重新研究」的方法和意義》，《讀書》，2015 年第 8 期，第
　　90 頁。
6　王德威：《「根」的政治，「勢」的詩學——華語論述與中國文學》，《揚
　　子江評論》，2014 年第 1 期，第 10 頁。
7　Shu-mei Shih,「The Concept of the Sinophone」, 713.

族。內箚薩克蒙古原有六盟二十五部五十一旗，先後臣服於
後金政權，並與之共同組建清廷。後歸化城土默特部由外藩
改為內屬，不設箚薩克王公，由清廷直接派遣官員管理[8]，至
乾隆年間遂成六盟二十四部四十九旗。內蒙古一詞後來成為
泛稱，許多並不符合原初意義的部族，也往往因地理上相近
而被視為內蒙古[9]，實際上也就超出了四十九旗的範圍。

在此四十九旗之外的蒙古各箚薩克旗，因歸附清廷較
晚，與滿洲貴族關係不似前者親密，因而被稱為外箚薩克蒙
古。外箚薩克原包括河套以西和青海及漠北喀爾喀、科布多
甚至新疆各部蒙古的所有箚薩克旗，範圍極廣，達百餘旗；
後逐漸專指漠北喀爾喀蒙古，形成如今的外蒙古稱謂。內蒙
古、外蒙古遂逐漸成為以大戈壁為界的漠南、漠北地理分野
概念[10]。

後金曾仿照女真八旗制度建立蒙古八旗與漢軍八旗的軍
事力量[11]，而蒙古各部的箚薩克旗則是一種部族劃分單位，
其性質與曾經作為常備軍的八旗制度並不相同[12]。簡而言

8　東部另有同名同源不同住地的卓索圖盟土默特二旗（位於今遼寧省），
　　設有箚薩克王公，與西部的歸化城土默特部（位於今內蒙古呼和浩特、
　　包頭附近）情況不同。本書中提到「土默特」處，如無特別注明，皆指
　　歸化城土默特部。

9　譬如歸化城土默特部，並不設箚薩克王公，改為內屬，由綏遠將軍直接
　　管轄，行政上雖隸屬山西五廳，但在習慣上仍被視為內蒙古的一部分；
　　而河套以西相鄰的阿拉善厄魯特旗、額濟納土爾扈特旗，原屬於漠西厄
　　魯特蒙古族（即瓦拉/衛拉特），為外箚薩克，且不設盟，本不屬於內蒙
　　古，到民國時期也捲入內蒙古問題。

10　本書所討論的民國時期內蒙古，皆為泛稱意義上的內蒙古。所謂民國時
　　期內蒙古西部地區，也是就這一地理範疇而言，亦即未被偽滿佔領的察
　　哈爾、綏遠等地。而蒙疆政權還轄有張家口、大同等地。

11　王鐘翰：《清初八旗蒙古考》，載王鐘翰：《清史雜考》，北京：人民
　　出版社，1957 年，第 117-146 頁。

12　內屬蒙古如察哈爾八旗，名稱與滿八旗、蒙古八旗、漢軍八旗十分相似，
　　也分為正黃、鑲黃、正白、鑲白、正紅、鑲紅、正藍、鑲藍八旗，由察

之，即各箚薩克旗與蒙古八旗軍根本不同。外藩蒙古諸箚薩克旗以地域、血緣為基礎來劃分，每旗設一名箚薩克王爺，由該部族原有蒙古貴族擔任，掌管政治經濟軍事司法及人事等幾乎所有旗務，一般世襲罔替[13]。各箚薩克王公又分別受清廷冊封為親王、郡王、貝勒等等高低不同爵位[14]；但作為當地執掌一旗的箚薩克，各旗王公實權相當。不同於對內屬蒙古的直接統治，對外藩蒙古各旗的劃分，成為清廷羈縻蒙古貴族的手段。譬如內箚薩克四十九個旗，便有四十九個箚薩克王爺，此外還有許多不執掌旗政的虛位王公。各旗封建

哈爾都統直接管轄，但仍然屬於察哈爾部族，而非蒙古八旗軍。

13　其中內箚薩克王公掌有軍權，旗下設有蘇木，任命蘇木章京管轄一百五十名士兵和一百五十戶牧民。較早對蒙古各盟旗與八旗制度的差異，及各旗王公實際統治情況的系統研究，參見拉丁摩（即拉鐵摩爾）著，侯仁之譯：《蒙古的盟部與旗》，《禹貢》，1935 年第 3 卷第 6 期，第 29-34 頁；拉丁摩著，侯仁之譯：《蒙古的王公，僧侶，與平民階級》，《禹貢》，1935 年第 3 卷第 10 期，第 24-31 頁。分別譯自 Owen Lattimore, *The Mongols of Manchuria: Their Tribal Divisions, Geographical Distribution, Historical Relation with Manchus and Chinese and Present Political Problems*, New York: The Jone Day Company, 1934; Owen Lattimore,「Prince, Priest and Herdsman in Mongolia」, *Pacific Affairs* Vol. VIII No. I (March 1935). 而日本方面的相關研究則見於由南滿鐵路鐵道株式會社經濟調查局於 1929 年出版，隨即由中國學者譯為中文的《蒙古概觀》，參見何健民編：《蒙古概觀》，上海：民智書局，1932 年，第 43-53 頁。此外，蘇聯著名蒙古學家符拉基米爾佐夫 1934 年的遺著《蒙古社會制度史》最後一章對清代蒙古政治社會狀態變遷的討論，最早的中文譯本為蒙疆「蒙古文化館」瑞永據日本外務省調查部 1936 年日譯本的轉譯，見烏拉吉米索夫著，瑞永譯：《蒙古社會制度史》，厚和：蒙古文化館，成紀七三四年（1939 年），第 401 頁。

14　至清末，內蒙古各旗王公爵位參見《內蒙各王公紮薩克階級姓名一覽表》，《東方雜誌》，1913 年第 9 卷第 8 期，第 23-26 頁。此處標題所用「階級」一詞，意為官階、等級，指各王公不同等級的爵位。該文文末列有「歸化城　土然特　鎮國公（貢格巴勒）」，實為土默特旗總管，並非箚薩克，故多列了一旗。該文附在《蒙古盟旗軍制觀》（《東方雜誌》，1913 年第 9 卷第 8 期，第 21-23 頁）之後，錄自《民立報》，文中觀點略有不確。清末外箚薩克各旗王公爵位參見《蒙古各紮薩克階級姓名一覽表》，《東方雜誌》，1913 年第 9 卷第 12 期，第 25-32 頁。文中所列，除漠北蒙古之外，還包含新疆、青海等各地外箚薩克蒙古。

領主為維護各自利益，難於重新統一，也就無法與清廷對抗[15]。若干旗定期會盟，會盟之處遂成為一盟，設有盟長，一般由各旗王公推選而出。嚴格說來，清代的盟並非行政單位，旗才是劃分各部族的基本行政單位。

圖示 1. 清代蒙古軍隊與部族劃分

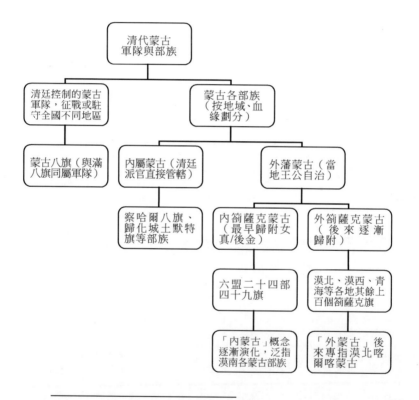

15　牛海楨：《簡論清代蒙古族地區的盟旗制度》，《甘肅聯合大學學報》（社會科學版），2005 年第 2 期，第 1-5 頁。相對於眾多研究關注盟旗制度的自治性，郝文軍更強調清廷以盟旗制度對蒙古部族「分而治之」的統治策略，見郝文軍：《清代伊克昭盟行政制度內地化的起始時間與標誌研究》，《中國邊疆史地研究》，2015 年第 2 期，第 102-110 頁。

總體而言，清廷對內蒙古實行和親、會盟等政策，並未如內地十八省設立督撫及州縣等各級官員進行直接管轄。除內屬各旗如察哈爾八旗設有都統，歸化城土默特旗曾一度設有副都統後改屬綏遠將軍之外[16]，外藩的四十九個內箚薩克旗均由蒙古王公自治，當地王公享有軍權財權與司法人事等幾乎所有權利。這種王公制度，與西方的封建領主制較為相似[17]。王爺與下屬、牧民之間存在較高的人身依附關係，即主奴關係[18]。草原為各旗箚薩克王公所有，供旗內牧民共用，清廷對各旗牧場的劃定不得私自更改，尤其禁止土地買賣與牧民人口流動。相較於秦代以來中原王朝由中央在各地設立郡縣直接管轄的皇權專制形式，內蒙古的王公體制更接近於所謂「封建制」的本意。

回到前面的問題，清帝國究竟如何統治東亞和內亞的廣大土地，滿洲貴族與其他各民族的關係，又是否屬於殖民者/被殖民者的二元對立關係？暫且拋開滿洲貴族是否完全漢化的問題不論[19]，至少在以漢族為主的前明內地領土上，清朝

---

16 察哈爾八旗和歸化城土默特為內屬蒙古，並非嚴格意義上的外藩「內箚薩克蒙古」。

17 對清代以來內蒙古盟旗制度與各級軍政官員最為細緻的研究，是後來成為德王英文秘書的箚奇斯欽在戰前所作的《近代蒙古之地方政治制度》，其中對清代在內外蒙古的封建制度有詳細闡述。參見箚奇斯芹：《近代蒙古之地方政治制度》，《國立北京大學社會科學季刊》，1936 年第 6 卷第 3 期，第 703-736 頁。另外箚奇斯欽在《近代蒙古政治地位之變遷》一文中也肯定了清代的「蒙人治蒙」制度，而認為民國尤其是國民革命以來，內蒙古政治地位「日趨低落」，見箚奇斯欽：《近代蒙古政治地位之變遷》，《國聞週報》，1937 年第 14 卷第 17 期，第 9-12 頁。

18 即便是那些不執掌旗政的虛位王公，雖無土地，卻按照級別擁有若干戶「屬丁」，在本旗土地上放牧，而一切財產收入只歸該王公私人所有。

19 Mark C. Elliott. *The Manchu Way: The Eight Banners and Ethnic Identity in Late Imperial China*, (Stanford: Stanford University Press. 2001), 26-28.

承襲了歷代中原王朝的專制皇權體制，各省及州縣官員由中央派遣，並廢除滿洲八旗王公議政制度，後又設立軍機處，皇權高度集中。此外，清廷在其他邊疆地區採用了不完全一致的管理模式。在滿洲故土，八旗統領大多長期作為「立國之本」駐守關外。對於漠北蒙古，康熙擊敗噶爾丹並於多倫會盟之後，諸部可汗與活佛長期受清帝承認與冊封。乾隆徹底屠滅準噶爾部之後，除設伊犁將軍統轄漠西蒙古與回部之外，回疆還曾一度設立並不世襲的伯克制，由少數民族貴族擔任各級伯克，與清廷派駐官員並存；多次鎮壓當地少數民族起義後，終撤銷伯克制度，在新疆設省、州、縣，改為清廷直接派官統治[20]。清軍入藏後，西藏雖設有駐藏大臣，當地宗教領袖仍享有最高權利。所謂文化上的多元主義，實際上是一種統治策略。清廷對藏傳佛教尤其是黃教的吸納與支持，某種程度上是對西藏和內外蒙古諸部從宗教與文化層面展開的籠絡手段。正如在內地繼承漢文化並以科舉制選拔大量漢族官員一樣，是滿洲貴族對不同地區的不同統治模式[21]。

而具體到內蒙古，這種王公自治制度，與後金/清初滿蒙貴族的政治聯姻和軍事同盟密不可分。除了蒙古八旗軍直接受後金指揮之外，正是在依附女真/滿洲貴族的內蒙古諸部支持的基礎上，後金才一統滿蒙建立清廷[22]，並入主中原，隨後不斷擴大版圖，康乾之後成為東亞與內亞最為幅員遼闊的

---

20 苗普生著：《伯克制度》，烏魯木齊：新疆人民出版社，1995 年。

21 史書美也承認「清代是一個自覺的多語帝國」。Shu-mei Shih,「The Concept of the Sinophone」, 712.

22 皇太極正是獲得女真諸部與內蒙古各旗共同推舉為「柏格達·徹辰汗」的基礎上，才稱帝建清的。

帝國。清代雖未像元代那樣劃分蒙古人、色目人、漢人、南人的不同等級，但內蒙古諸部實際上幫助滿洲貴族征服了帝國廣大地區，地位遠高於後來納入版圖的其他各地民族。內蒙古的封建王公還長期作為滿洲貴族的姻親和盟友，共同抵抗外部勢力並鎮壓帝國內部各地起義。不僅在康乾與漠西蒙古爭雄時內蒙古諸王公如此，直到太平天國和第二次鴉片戰爭時期的科爾沁蒙古王爺僧格林沁仍是如此。也正是在與滿洲貴族的親疏關係上，才劃分出內外箚薩克蒙古的區別。而清初法律禁止邊地漢族「民人」開墾或租佃內蒙古牧場，清中葉雖一度「借地養民」，卻僅限於在卓索圖盟安置中原饑民為佃戶，並在《理藩則例》中嚴格限定。漢族貧民的湧入，及當地蒙古族牧民的農耕化，仍是以蒙古封建領主為地主，只在一定程度上改變了統治者與被統治者之間的具體經濟關係和人身依附關係，蒙古王公的特權與利益並未改變[23]。直到晚清，山西等地流民才進入內蒙古西部河套地區開墾土地、挖渠灌溉，清政府組織開發河套則在清末新政放墾後開始，隨之出現的商旅甚至販夫走卒等「走西口」現象，一直持續到民國時期[24]。有清一代，實際統治內蒙古的，仍然是蒙古族王公，既非滿洲貴族，也不是漢族官員或地主。蒙古

23 參見孛兒只斤‧布仁賽音著，謝詠梅譯：《近現代喀喇沁‧土默特地區區域利益集團之形成》，載達利紮布主編：《中國邊疆民族研究》第五輯，北京：中央民族大學出版社，2011 年，第 330-338 頁；孛兒只斤‧布仁賽音著，白玉雙譯：《喀喇沁土默特移民與近現代蒙古社會——以蒙郭勒津海勒圖惕氏為例》，載達利紮布主編：《中國邊疆民族研究》第六輯，北京：中央民族大學出版社，2012 年，第 352-366 頁。
24 閆天靈：《漢族移民與近代內蒙古社會變遷研究》，北京：民族出版社，2004 年，第 33-37 頁。

貴族雖可憑藉文化資源自願學習滿語、藏語或漢語（清中期對蒙古貴族學習漢文化的禁令逐漸鬆弛），但直到現代教育普及之前，蒙古民眾受漢文化影響遠遠輕於受藏傳佛教文化影響[25]。無論從哪個層面上講，內蒙古在清代都不是滿洲貴族或漢族官僚/地主的殖民地或「文化殖民地」。

由此可見，所謂清代「陸上殖民主義」的說法，至少在內蒙古地區是不適用的；而在其他各地，清帝國的皇權專制，與不同程度的自治、懷柔政策，及殘酷鎮壓並存。若囿於「陸上殖民主義」的理論框架來探討內蒙古地區的華語語系文學創作，非但不能充分發掘其內在的反抗意味，反而模糊了對當地實際問題的有效聚焦。

二、軍閥專制統治下的內蒙古
自治運動

既然清代內蒙古實行王公自治，那麼二十世紀三十年代德王為何還需要重新發起一場自治運動？究竟是什麼改變了內蒙古的王公自治狀態？

---

25 儘管出現了卓索圖盟蒙古族作家尹湛納希受《紅樓夢》影響而用蒙文創作的《一層樓》和《泣紅亭》的現象，但作者同時還作有描繪成吉思汗統一蒙古的《大元盛世青史演義》。作為精通漢語的蒙古族貴族作家，其蒙文創作本身，恰恰可以成為所謂「漢語殖民霸權」的反例。相關研究參見王平：《論尹湛納希對〈紅樓夢〉的接受》，《紅樓夢學刊》，2004 年第 1 期，第 277-290 頁。

　　從清末到北洋時期，儘管出現了金丹道事件等[26]，但內蒙古的改變遠沒有外蒙古那樣明顯。武昌起義後內地各省紛紛宣佈脫離清帝統治，組建民國。外蒙古也在同時發表脫清宣言，卻並不加盟民國，其後一度為北洋政府所收復，經白俄與紅軍等不同力量介入，最終革命成為共和國。直到二戰結束後的雅爾達體系中，在蘇聯主導下，經外蒙公民投票，國民政府才被迫承認其作為喀爾喀蒙古民族國家的國際政治地位。而在內蒙古，清末漢族移民開墾草原逐漸增多。至北洋政府時期仍大體延續清代的制度，雖在內蒙古劃定察哈爾、熱河、綏遠三個特別區，設有都統管轄[27]，開始向內蒙古滲透內地的專制統治形式，但各旗旗務仍由王公自治，「其在本旗所享之特權。亦照舊無異。」[28]遵照民國初年北洋政府參議院公佈的《蒙古待遇條例》，內蒙古各旗封建貴族的統治在北洋時期依然有效。

26　汪國鈞：《光緒十七年紅巾賊之變》，載汪國鈞著，瑪希、徐世明校注：《蒙古紀聞》，呼和浩特：內蒙古人民出版社，2006 年，第 1-44 頁；孛兒只斤·布仁賽音著，王晶譯，謝詠梅審校：《邊緣地區異族衝突的複雜結構——圍繞 1891 年「金丹道暴動」的討論》，達利紮布主編：《中國邊疆民族研究》第五輯，北京：中央民族大學出版社，2011 年，第 339-350 頁；湯開建、張彧：《1891 年熱河金丹道起義中的蒙、漢民族衝突》，《西北民族大學學報》（哲學社會科學版），2005 年第 6 期，第 17-22 頁。

27　此外，清末劃定東北三省時，內蒙古的哲裡木盟十個旗等地區分別被劃入三省，其他盟旗當時則未設置行省。而哲裡木盟科爾沁右翼前旗箚薩克郡王烏泰于民國元年 8 月起兵「反抗共和」並試圖響應外蒙，遭北洋政府鎮壓，逃亡後其世爵被北洋政府革除，由鎮國公鵬東克署理該旗箚薩克，參見《中國大事記·革科爾沁右翼前旗箚薩克郡王烏泰世爵》，《東方雜誌》，1912 年第 9 卷第 5 期，第 32 頁。

28　《中國大事記·公佈蒙古待遇條例》，《東方雜誌》，1912 年第 9 卷第 4 期，第 19-20 頁。

　　內蒙古封建王公自治狀態的改變，始於國民革命。1924
年底孫中山受馮玉祥之邀赴北京時，和李大釗一同發動國民
會議運動。隨孫中山北上的國民黨中央蒙古族候補執委白雲
梯（色楞棟魯布），與在京的呼倫貝爾青年黨達斡爾族領導
人郭道甫（墨爾色）等，一起組織「內蒙各盟旗各團體代表
大會」。共產國際駐內蒙古代表和李大釗協助創建內蒙古人
民革命黨[29]。1925 年 10 月在張家口召開內蒙古人民革命黨第
一次代表大會，共產國際駐內蒙古代表、國民黨中央執委、
中共代表、馮玉祥國民革命軍察哈爾都統、蒙古國人民革命
黨中央委員會委員長參會支持。會議發表了《告全體民眾宣
言書》，要求廢除蒙古王公箚薩克制度，建立民選政權。國、
共黨員（包括烏蘭夫在內）都跨黨進入內蒙古人民革命黨，
有的甚至擔任中央執委、常委。由此開始了內蒙古國民革命。
1926 年底，在包頭正式建立內蒙古人民革命軍，並成立內蒙
古軍官學校[30]。內蒙古國民革命本身，即是國際共產主義支
持各弱小民族進行其所宣導的「反帝反封建」的民族革命[31]。
內蒙古人民革命黨的領袖郭道甫等人，也大多受民族主義思

---

29 郝維民、其其格：《李大釗與內蒙古革命》，《近代史研究》，1981 年
　　第 4 期，第 52-72 頁。
30 郝維民：《第一、二次國內革命戰爭時期的內蒙古人民革命黨》，《內
　　蒙古大學學報》（哲學社會科學版），1979 年第 2 期，第 137-161 頁。
31 關於中國革命的任務與性質，究竟應該是走國共合作的「反帝反封建」
　　國民革命道路，還是應當無間斷地過渡到由無產階級領導的反對資本主
　　義的社會主義革命，托洛斯基與史達林看法不同，後終至兩派決裂。不
　　過在當時的內蒙古，很難得出資本主義社會已經建立並應進行純粹的無
　　產階級社會主義革命的結論，故此處暫不涉及托洛斯基及後來由其領導
　　的反對派對中國革命性質的不同看法。

想影響，更以實際的革命活動進一步傳播了這一思潮，並與民生等相關議題的傳播緊密結合。1925 年 4 月，李大釗、趙世炎等指示北京蒙藏學校的土默特蒙古族共產黨員學生多松年、奎璧，和當時還是社會主義青年團員的學生烏蘭夫，以中文創辦《蒙古農民》，反對軍閥混戰與王公剝削，並刊登具有民歌特色的詩歌《蒙古曲》等[32]。1925 年 11 月內蒙古人民革命黨正式成立後，在張家口以蒙古文創辦《內蒙國民旬刊》，宣導民生和蒙古民族的文化啟蒙[33]。

　　國共兩黨在國民革命中分道揚鑣之後，1927 年 8 月召開內蒙古人民革命黨烏蘭巴托特別會議，在留蘇、留蒙的內蒙古學生代表對白雲梯等人的批判中，共產國際代表撤銷了白雲梯、郭道甫等人職務，重選常委控制黨務。白雲梯等人在蒙古國人民革命黨委員長保護下回國[34]。9 月，白雲梯發表了《內蒙古國民黨反共宣言》，宣佈反蘇反共，通緝共產黨員，後追隨汪精衛成為國民黨改組派成員。八七會議後，內蒙古人民革命黨也受共產國際指示在各地發動多次暴動，推翻王公統治，建立革命政權，多遭失敗，後轉入地下[35]。

---

32 烏蘭夫著，烏蘭夫革命史料編研室編：《烏蘭夫回憶錄》，北京：中共黨史資料出版社，1989 年，第 60-64 頁。

33 《內蒙國民旬刊》編輯主任為蒙古國齊慶畢力格圖，出版主任為阿拉塔（有可能是內蒙古人民革命黨負責宣傳的中央執委金永昌，其蒙古語全名為阿勒唐瓦期爾，又譯作阿拉塔敖其爾），參見忒莫勒：《內蒙古舊報刊考錄（1905-1949.9）》，呼和浩特：內蒙古出版集團遠方出版社，2010 年，第 208-209 頁。

34 朝魯孟：《內蒙古人民革命黨烏蘭巴托特別大會述評》，《內蒙古師範大學學報》（哲學社會科學版），2013 年第 5 期，第 18-23 頁。

35 郝維民：《內蒙古革命史》，呼和浩特：內蒙古大學出版社，1997 年，第 101-132 頁。

　　儘管內蒙古人民革命黨的革命活動並未成功，北伐後完成版圖基本統一的南京國民政府，卻以行政手段改變了內蒙古的封建王公自治狀態。1928 年後，南京國民政府在內蒙古地區設立熱河、察哈爾、綏遠等省[36]，並下設市縣，直接派駐官員管轄蒙古事務。行政變革雖未能像革命一樣觸及更深層的社會關係，卻使得草原開墾日多[37]，蒙民與各省軍閥之間的關係緊張，起義不斷。而過境稅收增多，稅權劃歸省政府，各旗王公的權力亦受到地方軍閥的威脅。「故除蒙古王公因稅收問題，對於省縣抱有反感外；蒙民因生計之窘迫，對於省縣亦嘖有煩言。」[38]軍閥與王公之間矛盾日益尖銳，察哈爾省省長兼二十九軍軍長宋哲元，甚至專門在德王轄區

---

36 國民政府同時設立了寧夏省，與綏遠、察哈爾、熱河合稱塞北四省，阿拉善與額濟納劃歸寧夏省，見陸為震：《新六省之鳥瞰與西北之邊防‧新六省成立之經過》，載王雲五、李聖五編：《蒙古與新六省》，上海：商務印書館，1933 年，第 57-62 頁。儘管阿拉善、額濟納並非清代意義上的「內箚薩克蒙古」，但在拉鐵摩爾 1934 年研究偽滿相關問題時所作的地圖中，已經將阿拉善等地視為內蒙古的一部分，見 Owen Lattimore,「Mongolia Manchukuo and China」, in *The Mongols of Manchuria: Their Tribal Divisions，Geographical Distribution，Historical Relation with Manchus and Chinese and Present Political Problems*, (New York: The Jone Day Company, 1934). 該圖對內蒙古的劃分是否受日本方面影響，尚不清楚。而 1933 年方範九所繪《蒙古疆域現勢圖》中，除被偽滿佔領地區外，阿拉善、額濟納二旗與內蒙古其他地區均為自治區域，而與外蒙及新疆青海等地蒙古部族相區別，更多地是從內蒙古自治運動角度做出的劃分。見方範九：《蒙古概況與內蒙自治運動》，上海：商務印書館，1934年，扉頁。且內蒙古人民革命黨的活動也遍及東至呼倫貝爾西至阿拉善各地，內蒙古的地理範圍已遠遠超出了清代內箚薩克四十九個旗。

37 Sechin Jagchid, 「Agricultural Development and Chinese Colonization in Mongolia」, in *Essays in Mongolian Studies*, (Bellingham: Bellingham Young University, 1988), 184.

38 黃奮生編：《內蒙盟旗自治運動紀實》，上海：中華書局，1935 年，第 63-65 頁。

蘇尼特右旗東南方嘉卜寺設立「化德縣」，顯出對德王等「蠻
夷」的教化之意，更勝於明清以來設立「歸化」、「綏遠」
等名目的歧視意味[39]。而土地和稅收問題更直接威脅到封建
王公的既得利益。1928 年和 1929 年，劃歸東北三省的哲裡
木盟諸王公先後在奉天和長春開會反對開墾[40]，又有察哈爾
代表杭錦壽等赴南京請願自治，國民政府 1930 年在南京召開
蒙古會議，1931 年頒佈《蒙古盟旗組織法》，保留盟旗制度，
卻未撤銷省縣。

在這樣的背景下，出現了以「自治」為口號的權力爭奪
[41]。德王等封建領主，利用蒙民對軍閥統治的不滿情緒，在
三十年代領導了內蒙古自治運動。德王全名德穆楚克棟魯
普，父親為蘇尼特右旗箚薩克郡王兼錫林郭勒盟盟長，母親
為察哈爾正白旗某台吉之女。察哈爾部原為成吉思汗後裔，
德王常以成吉思汗第三十世孫自居[42]。德王受過良好的蒙漢

---

39 明代蒙古土默特部阿勒坦汗在陰山南麓建城，蒙古語名稱「呼和浩特」
意為「青城」，而明朝賜名該城「歸化城」；清代在歸化城旁新建「綏
遠城」，為綏遠將軍駐地。二城逐漸融合成「歸綏」，成為民國時期綏
遠省的首府。對該市歷史變遷的研究，參見榮祥：《呼和浩特市沿革紀
要稿》，呼和浩特：內蒙古社會科學院蒙古史研究所，1979。

40 都達古拉：《國民政府建立初期兩次哲裡木盟王公會議》，內蒙古大學
碩士學位論文，2007 年。

41 陶布新曾例舉三十年代百靈廟自治運動前的多次內蒙古自治運動，包括
東部盟旗的科爾沁烏泰事件和呼倫貝爾事件，以及貢桑諾爾布醞釀昭烏
達、卓索圖盟自治，和西部盟旗的四子王旗百靈廟自治運動，及 1928 年
杭錦壽等察哈爾部自治運動。見陶布新：《百靈廟內蒙自治運動始末》，
載《內蒙古文史資料》第二十九輯，呼和浩特：內蒙古文史書店，1987
年，第 3 頁。

42 明末掌有察哈爾部的林丹汗，為成吉思汗後裔，襲蒙古可汗位。後金擊
敗林丹汗，至清初康熙斷絕了察哈爾部林丹汗後裔的血脈，將察哈爾八
旗劃為內屬，不設藩王。而德王所屬的蘇尼特部，僅為察哈爾八部鄂托
克中的一部，並非察哈爾本部。蘇尼特部起源較早，在成吉思汗時代已
經出現，並非嚴格意義上的成吉思汗「黃金家族」嫡系。

文化教育，在旗內推行現代化建設並擴充軍力[43]。1929 年德
王隨班禪赴瀋陽期間，受到郭道甫的民族主義思想啟發，由
此開始修建廟宇，接班禪入內蒙古唪經，借助班禪影響力召
集內蒙古各旗王公支持抗墾自治[44]。1932 年德王組織「蒙古
王公代表團」赴南京國民政府請願未能成功，卻從南京、北
平等地籠絡了大批蒙古族青年知識份子[45]，宣揚以「民族自
決」和建立現代民族國家為訴求的蒙古民族主義思想，為進

---

43 德王生於 1902 年，初與生母住在察哈爾正白旗。1908 年其父去世，遂
　襲郡王位，由父親的遺孀王妃歸化城土默特旗孫氏撫養，於蘇尼特右旗
　王府家塾學習蒙漢文化，並不像顧頡剛所想像的「從小就在歸化城裡讀
　漢文」。民國元年德王受袁世凱冊封晉升為親王。1919 年親政該旗旗務，
　1924 年任錫林郭勒盟副盟長，赴京津拜會並資助被馮玉祥趕出故宮的遜
　位清帝溥儀。1925 年赴京參加段祺瑞抵制孫中山國民會議的「善後會
　議」，開始改革旗務，在蘇尼特右旗建立學校、毛紡工業及醫療機構，
　並積極擴軍。見盧明輝：《蒙古「自治運動」始末》，北京：中華書局，
　1980 年，第 1-7 頁。
44 陶布新整理：《德穆楚克棟魯普自述》（內蒙古文史資料第十三輯），
　呼和浩特：內蒙古文史書店，1984 年，第 7-8 頁。
45 黃奮生當時曾對「此輩青年，曾受過黨之訓練，在自治運動中顯露頭角
　者，略舉如後：（一）陳紹武二十五歲，卓盟喀拉沁右旗人，蒙文程度
　頗深，中央政治學校畢業，品學兼優，人亦老練；（二）關翼卿年三十
　歲，哲盟達旗人，東北大學工科肄業，對建設事業深有把握；（三）韓
　鳳林年三十歲，哲盟達旗人，日本陸軍士官學校畢業，返國後在錫盟訓
　練蒙兵，頗有成績；（四）丁我愚年二十二歲，哲盟達旗人，東北大學
　預科畢業，國文優深，為德王之秘書長有年；（五）暴德彰年二十五歲，
　卓盟喀拉沁左旗人，中央政治學校畢業，品學兼優；（六）白景佘，二
　十五歲，卓盟喀拉沁中旗人，蒙藏學校畢業生；（七）張秉智三十歲，
　卓盟喀拉沁左旗人，中央政治學校畢業，曾充中央黨部蒙藏科幹事有年；
　（八）陳紹山二十六歲，卓盟喀拉沁左旗人，民國大學畢業，學政治；
　（九）陳國藩年三十歲，卓盟喀拉沁右旗人；（十）吳國璋；（十一）
　高以民卓盟喀拉沁右旗人。」見黃奮生編：《內蒙盟旗自治運動紀實》，
　上海：中華書局，1935 年，第 71 頁；相關研究還有田宓：《「蒙古青
　年」與內蒙古自治運動》，《近代史研究》，2014 年第 5 期，第 4-21
　頁。

一步自治運動籌備了核心力量。

　　1931 年「九‧一八」事變後，日軍侵佔東北三省。為掩蓋其侵略罪行，1932 年建立「滿洲國」。將國民革命後被趕出故宮的遜位清帝溥儀作為「執政」從天津日租界迎至長春，改稱「新京」，建立「大同」傀儡政權。宣稱幫助滿洲民族在其故土「復國」，以五色旗為「國旗」，宣揚「五族協和」。1933 年日軍佔領熱河，將原屬內蒙古的熱河省劃歸偽滿「版圖」，建立所謂「滿洲帝國」，溥儀稱帝，年號「康得」。日軍策動熱河的蒙古王公於赤峰召開會議，進行附逆活動。並邀請察哈爾省各旗箚薩克王公及總管於 9 月底赴多倫開會「討論日後復興蒙族之重要關係事件」[46]。另一方面，德王則獲取班禪支持，1933 年夏召集尚處於國民政府治下的察哈爾、綏遠等省部分蒙古族王公，在烏蘭察布盟盟長雲王（雲端旺楚克）屬地百靈廟召開第一次自治會議，7 月 27 日以錫林郭勒盟、烏蘭察布盟、伊克昭盟正副盟長及所屬各旗全體箚薩克王公名義，聯名向國民黨中央黨部執委會及國民政府行政院、軍事委員會等發表通電，請求地方高度自治並建立自治政府[47]。此次自治通電不僅震驚國民黨中央，更引發全國關注。同年 9 月召開第二次自治會議，德王特意再次為班禪興建行宮於百靈廟，以班禪來號召更多王公赴會。傅作義、

46　《大同二年九月九日承德特務機關長松室孝良致某蒙古總管函》，「該項文件均自日文譯出」，譯文引自譚惕吾：《內蒙之今昔》，上海：商務印書館，1935 年，第 119 頁。德王為箚薩克，並非總管，此函並非致德王函。德王雖同時受邀，並未赴會，僅派代表阿樂騰格勒參加。

47　陳健夫編：《內蒙自治史料輯要》，南京：南京拔提書店，1934 年，第 1-3 頁。

閻錫山等則在國民黨中央授意下，有意分化各旗蒙古王公，避免諸王公赴會。第二次百靈廟自治會議通過《內蒙古自治政府組織大綱》。11 月南京國民政府派內政部長黃紹竑等赴百靈廟與德王協商，仍未就撤銷省縣問題達成一致。百靈廟方面於 1934 年初派代表赴南京請願，在南京白雲梯、吳鶴齡等人奔走呼籲下，4 月終獲國民政府批准建立「蒙古地方自治政務委員會」即百靈廟蒙政會，雲王任委員長，德王任秘書長，掌管蒙古事務[48]。百靈廟蒙政會從綏、察兩省分權而治，德王與綏遠省主席兼三十五軍軍長傅作義矛盾進一步激化。軍閥統治與王公自治之間的權力爭奪，成為內蒙古自治運動中最為激烈的衝突。

　　軍閥統治雖然不再是中央集權式的皇權專制形態，卻在特定區域內形成了具體而微的專制統治。國民黨新軍閥大多為地方軍隊實力派，與國民黨中央軍並非同一系統。儘管這些軍閥承認國民黨統治的正統，卻未必承認當前國民黨中央的合法性，常常與蔣系軍隊之間爆發武力衝突甚至戰爭，以爭奪對中央的控制權。各地軍閥以軍官身份兼任省長等行政職務，總攬當地軍權財權與一切行政人事權利，猶如土皇帝。而國民革命與辛亥革命在思想來源、目標與體制方面都有所不同，國民黨取得全國政權後，上至中央下至各地國民黨新軍閥，皆不同程度地背離了憲政民主的辛亥革命原初設想，新的蘇式的極權主義政體[49]，與舊有的專制思想互相支撐，

48　盧明輝：《蒙古「自治運動」始末》，北京：中華書局，1980 年，第 28-71 頁。
49　以往對於國民黨實行一黨專政的理解，過多地關注國民黨內部在國民革

共同維護其一黨「訓政」統治。

專制[50]，並不完全等同於所謂的「封建」社會形態[51]，特

命後對孫中山「訓政」理論的利用甚至是有意曲解和放大，卻很少注意到蘇聯對國民革命在財力物力與軍力尤其是政治體系方面的輸出。受蘇聯支持的國民革命，從體制上講與受歐美思想影響的辛亥革命有所不同。國共合作時期的廣州國民政府就已經是國民黨一黨之政府（在政府任職的中共黨員須跨黨加入國民黨）；儘管以「四·一二」為標誌的進一步轉向使得後來的南京國民政府更接近英美勢力而排斥蘇聯方面，卻未從根本上改變國民黨自一大改組以來所奉行的蘇式體制，甚至直到抗戰時期蔣介石本人仍擔任國民政府軍事委員會委員長，這種軍事委員會的體制本就不來自英美而來自蘇聯。而長期被忽視的國民政府一黨專政體制的蘇聯影響，事實上在民國時期已經被注意到，被稱為極權主義（totalitarianism），如政治學家錢端升在抗戰時期於 1941 年寫給時任駐美大使的胡適信中稱「國內有三大事，即國共爭，物價漲，日又有侵入滇省模樣。然弟所見，最糟者仍是政治無進步。自號進步者，無論共或反共，均是 totalitarianism〔極權主義者〕，其餘更可知。奈何。」（見中國社會科學院近代史研究所中華民國史研究室編：《胡適來往書信選》中，北京：社會科學文獻出版社，2013 年，第 765 頁）然而所謂極權主義更強調國家權力對社會生活的全面滲透與控制（參見漢娜·阿倫特著，林驤華譯《極權主義的起源》，北京：生活·讀書·新知三聯書店，2008年），畢竟與專制有很大不同，尤其是在根源與機制方面存在巨大差異，故此處暫不討論有關極權主義的問題。其實在闡釋國民政府一黨專政統治屬性時，對「專制」或「極權主義」等術語的使用都應注意其有效限度，不應誇大使用甚至濫用的同時，也不應回避其中所含的專制因素與極權主義因素。

50 漢語當中以「專制」或「專制主義」來對譯 despotism 或 absolutism。而absolutism 又譯作「絕對主義」，despotism 有時又譯作「獨裁」或「暴政」。與獨裁、專政相關的概念還有 dictatorship 和 autocracy 等。這方面研究參見常保國：《西方文化語境中的專制主義、絕對主義與開明專制》，《政治學研究》，2008 年第 3 期，第 47-57 頁；常保國：《西方歷史語境中的「東方專制主義」》，《政治學研究》，2009 年第 5 期，第 107-113 頁。值得注意的是 despotism 常常用來描述東方專制主義，而absolutism 則多指西方中央集權的「新君主國」（見劉北城：《中譯者序言》，載佩里·安德森著，劉北城、龔曉莊譯：《絕對主義國家的系譜》，上海：上海人民出版社，2001 年，第 1 頁）。而侯旭東長文《中國古代專制說的知識考古》（《近代史研究》，2008 年第 4 期，第 4-28 頁），則對西方使用 despotism 來簡單描述東方國家政體形態的方式如何在近代被逐步引入中國革命與政治思想變革的「概念史」，做過極為詳細的考辨。侯文肯定了錢穆對這種用法的最早質疑，卻忽視了錢穆在四五十年代（尤其是 1945 年）除了中國文化本位的立場外，仍有維護國民黨統治尤其是蔣政府獨裁的特定政治立場。對侯文各處細節不準確之處的系統批評，及對中國古代社會專制問題的澄清，見黃敏蘭：《質疑「中國古代專制說」依據何在——與侯旭東先生商榷》，《近代史研究》，2009年第 6 期，第 79-107 頁。

定情況下甚至與「分封建制」相衝突[52]。漢語中「封建」一詞原本「指的是與強大的帝制系統相抗衡的一種地方自治的理想」[53]。1930 年前後中國社會史與社會性質大討論當中，郭沫若將秦代以來的帝制時期對應西方歷史的封建社會[54]，郭文當時雖備受爭議，日後卻因意識形態等因素長期嚴重影響中國學界用語，導致「封建」一詞往往與「專制」混用，指代混亂。

51 馮天瑜：《史學術語「封建」誤植考辨》，《學術月刊》，2005 年第 3 期，第 5-21 頁；馮天瑜：《「封建」考論》，北京：中國社會科學出版社，2010 年。

52 袁剛，翟大宇：《論明清之際「複封建"旗號下的分權反專制思想》，《哈爾濱工業大學學報》（社會科學版），2015 年第 3 期，第 33-38 頁。

53 杜贊奇：《東遊記——我的學術生涯》，載杜贊奇著，王憲民、高繼美、李海燕等譯：《從民族國家拯救歷史：民族主義話語與中國現代史研究》，南京：江蘇人民出版社，2009 年，第 255 頁。杜贊奇敏銳地注意到近代中國軍閥割據局面最終未能走上聯邦制道路的現象，並發現陳炯明「聯省自治」理念與孫中山「統一」理念的衝突，其實正與「封建」和「專制」的衝突相對應。而「『封建』一詞失去其批判力，在很大程度上是由於採取了學自歐洲及日本的線性的歷史」（第 192 頁），在一系列革命話語評價陳、孫的理念和武力對抗時，「封建」成為對軍閥加以描繪並批判的貶義用語，取代了本應受到質疑甚至批判的「專制」。不過，粵閩湘浙等地「聯省自治」運動未能發展成為聯邦制的歷史原因，除了杜贊奇所關注到的蘇聯對國民革命武力統一中國的影響之外，更重要的恐怕還在於中國固有的專制思想根源。儘管部分中國學者也對封建與專制的對立有所關注，但只有像杜贊奇這樣的印度裔學者，才會注意到聯邦制對於反專制的獨特意義；但實際上這種聯邦制在中國歷史上不僅從未真正實現，而且即便各省割據的軍閥都創立省級「憲法」也不能改變每個政治單元（省或地區）內部的專制實質。換言之，專制未必僅僅限於「大一統」的形式。故無論是否實現聯邦制，都不是中國專制問題的關鍵。

54 郭沫若：《詩書時代的社會變革與其思想上的反映》，《東方雜誌》，1929 年第 26 卷第 8 期，第 69-81 頁；第 9 期，第 67-83 頁；第 11 期，第 49-61 頁；第 12 期，第 65-75 頁。郭沫若：《中國古代社會研究》，上海：上海聯合書店，1930 年。

專制既不等同於封建社會形態，也不必然地與某種生產關係模式相始終，而是一種政治制度，甚至在更深的精神層面上形成了一種思想體系。無論是出於主動還是被動[55]，對統治者權力的認可，與對統治權的推崇和渴望，以及對統治秩序的服從和自我規約，是這種精神層面專制思想的基本特徵。它無形卻無所不在，充斥於社會結構的每一個層面，滲透於個體的精神世界之中[56]，成為魯迅以來的中國現代文學長期反抗的顯在/潛在秩序。因此，專制也並不僅限於皇權統治，凡對統治者權力缺乏有效制約的政治體制與相應意識形態，凡對統治秩序缺乏有效質疑的思想，均不同程度地含有專制因素。儘管辛亥革命和護國、護法運動廢除了世襲的專制皇權並打擊了帝制復辟，但專制思想並未有效清除，這也

---

55 專制透過所謂「權力的毛細管作用」，「形成一種無所不在的心理壓力與滲透力」，對每一個個體都產生精神層面的隱密影響，尤其是文人寫作中甚至出現嚴重的「自我壓抑」現象。對專制思想的細緻研究參見王汎森：《權力的毛細管作用：清代的思想、學術與心態》，台北：聯經出版事業股份有限公司，2013 年。

56 為方便理解專制思想對人的控制，不妨借助拉康的「大他者」（the big Other）概念。齊澤克將「大他者」解讀為「那個將我們關於現實的體驗予以結構化的無形的秩序」，吳冠軍以拉康的「大他者」概念揭示精神分析所蘊含的政治哲學向度，參見吳冠軍：《有人說過「大他者」嗎？——論精神分析化的政治哲學》，《同濟大學學報》（社會科學版），2015年第 5 期，第 75-84 頁。而「大他者」（the big Other）又被譯作「大對體」（見斯拉沃熱‧齊澤克著，季廣茂譯：《意識形態的崇高客體》修訂版，北京：中央編譯出版社，2014 年，第 115 頁）。需要特別強調的是，此處僅僅借助「大他者」概念幫助理解專制思想對人的鉗制，並不認為專制思想和「大他者」概念等同或與之存在涵蓋關係。事實上，作為符號秩序的「大他者」包含了所有對人的規約，並且在不同的歷史時空中有不同的規約，故而「大他者」並不必然地只表現為專制思想或其他任何一種意識形態。這裡只是說，在特定歷史時空中，專制思想以「大他者」這種無形卻無所不在的符號秩序的形態，控制著人的精神世界。

是當時新文化運動發起的思想背景。而專制思想在國民革命期間又同蘇式的極權主義政治體制相結合，在國民黨「清黨」的背景下成為「訓政」背後的統治思想內核。反倒是「封建」一詞並不能有效闡釋中國社會的實際問題。國民革命時期「反帝」、「反封建」的革命口號，也因武力統一的形式和並不徹底的革命而未能完全實現。原來的北洋軍閥統治，國民革命後被中央的國民黨「訓政」政體和地方的國民黨新軍閥割據所取代，無論是日益割據還是趨於統一，專制形態仍在中國社會的政治形態中佔據主導地位，專制思想更長期無形地影響著中國不同階層人群的精神世界。

　　針對國民革命後依然存在甚至因國民黨一黨專政而加劇的專制形態[57]，不僅朱自清在 1928 年即發表《那裡走》，指出這個階段的中國「要的是革命，有的是專制的黨，做的是軍事行動及黨綱、主義的宣傳」[58]，甚至與胡適一同創立《獨立評論》卻贊成獨裁的清華大學歷史系主任蔣廷黻，1933 年也在《革命與專制》一文中認為尚未真正統一建國就談不上哪種國家性質，即有必要以專制維護建國的需求[59]。隨後錢實甫專門以《專制與革命》來批評蔣文「『建國』的力量只能求之於專制」的觀點，指出中國社會的現實是「憑藉革命

57　張君勱等於 1928 年創辦的《新路》雜誌就對國民黨一黨專政展開了系列批判，相關研究參見鄭大華、鐘雪：《〈新路〉：大革命失敗後批判國民黨統治的第一刊——兼與〈新月〉比較》，《安徽大學學報》（哲學社會科學版），2010 年第 4 期，第 77-90 頁。

58　自清：《那裡走——呈萍郢火栗四君》，《一般》，1928 年 3 月第 4 卷第 3 期，第 372 頁。

59　蔣廷黻：《革命與專制》，《獨立評論》，1933 年 12 月第 80 期，第 2-5 頁。

的實力推翻皇室貴族的統治，但馬上又落到軍閥官僚土劣買辦等的專橫剝削統治中。」[60]

與在內地的專制形態相對應的，清代在內蒙古的封建王公自治制度，雖然一定程度上減輕了皇權專制對少數民族地區基層社會的控制，但在各旗內部，仍是以剳薩克王公的專制統治為主要形態。南京國民政府在內蒙古各地設立省縣的行政變革，不過是將內地的各省軍閥統治引入塞外，使軍閥專制威脅到了原有的王公專制。1928 年察哈爾代表杭錦壽赴南京請願自治時曾說：「滿清政府雖寓專制於羈縻之中，尚未奪我蒙古之主權；民國之官吏，則顯分軒輊；而縣與旗之感情，遂日趨隔閡；因文字之不同，重徵捐稅，蒙人無從爭論；因言語不通，訴訟覆冤，蒙人無憑申辯；供差徭，則蒙古出資獨多；享權利，則蒙古不得參與。」[61]蒙古族民眾對軍閥專制的不滿，正為王公貴族發動自治運動提供了最佳理由。這些內在原因，在 1931 年「九‧一八」事變之前已經存在，顯然不純是外部煽動使然。

---

60 錢文同時還指出：「中山先生的意識，他之領導革命不獨沒有忘記或輕視建國的步驟，而且更認定建國的責任只有革命可以負起，便毅然決然打倒那防害建國的專制。建國大綱的第一條說：『國民政府本革命之三民主義，五權憲法，以建設中華民國。』這即是明明表示專制建國之無望。再建國大綱第四條分析建國的重要工作說：『其三為民族。故對於國內之弱小民族，政府當扶植之，使之能自決自治。對於國外之侵略強權，政府當抵禦之。並同時修改各國條約，以恢復我國際平等，國家獨立。』這即是說我們需要建設一個『民族的國家』，以恢復我們為專制所殘害的國際平等，以恢復我們為專制所毀傷的國家獨立。」以此來批判蔣廷黻等靠專制來建設民族國家的觀點。見錢實甫：《專制與革命》，《三民主義月刊》，1934 年第 3 卷第 1 期，第 94-105 頁。

61 方範九：《蒙古概況與內蒙自治運動》，上海：商務印書館，1934 年，第 59 頁。

　　而此後在侵華日軍的扶持下，一場反對國民黨新軍閥專
制統治的內蒙古王公自治運動，才逐步演化成為尋求民族「自
決」的事變。1934 年 8 月，時任百靈廟蒙政會保安處第一科
科長的韓鳳林（胡克巴圖爾），在北平被國民黨憲兵秘密逮
捕並殺害。韓鳳林畢業於日本陸軍士官學校，蒙政會命各盟
旗選送蒙兵，由韓鳳林、雲繼先、朱實夫編練保安隊。韓鳳
林作為德王最重要的軍事人才，被國民黨懷疑通日而遭密捕
暗殺，國民黨方面卻始終未能就該事件對德王做出正面答
覆。德王蒙政會與傅作義綏遠政府武力爭奪鴉片過境稅又遭
失敗[62]。西公旗箚薩克王公武力爭位事件中[63]，傅作義與德王
公開對峙。與傅作義的激烈衝突加劇了德王投日傾向，1935
年 12 月德王親赴偽滿「首都」新京（長春）勾結關東軍。偽
多倫警備司令兼察東自治長官李守信，幫助德王下屬寶貴廷
練兵。李守信部偽軍攻陷察哈爾八旗後，德王以蒙政會名義
下令於 1936 年 2 月 1 日成立察哈爾盟公署，建立了最初的基
層傀儡政權。

　　德王於 1936 年 2 月 10 日在蘇尼特右旗成立蒙古軍總司
令部，改中華民國二十五年為成吉思汗紀年七三一年，採用
藍地左上角紅、黃、白三豎條的蒙古旗，從民族自治正式走

62　《綏蒙稅務糾紛詳情》，《新亞細亞》，1935 年第 9 卷第 4 期，第 149-150
　　頁。
63　西公旗箚薩克王公石拉布多爾濟，與其弟圖們巴雅兒及叔父梅力更召大
　　喇嘛道布登武力爭奪箚薩克職位，道布登獲取百靈廟蒙政會支持，德王
　　下令撤銷石王箚薩克職位，由巴雅爾接任；石王則獲綏遠省政府支持。
　　最終，傅作義派兵攻陷梅力更召殺死道布登、巴雅爾及其家屬。陶布新：
　　《百靈廟內蒙自治運動始末》，載《內蒙古文史資料》第二十九輯，呼
　　和浩特：內蒙古文史書店，1987 年，第 19-24 頁。

向「自決」，成為其後蒙疆一系列傀儡政權的開始[64]。綏遠
省政府主席傅作義於 1936 年 2 月 19 日在首府歸綏另外建立
綏境蒙政會，以分化德王百靈廟蒙政會的自治權。2 月 21 日
百靈廟蒙政會保安隊雲繼先、朱實夫率土默特士兵發動兵
變，脫離百靈廟蒙政會，被綏遠方面繳械收編[65]。4 月 24 日，
德王在錫林郭勒盟烏珠穆沁右旗召開第一次「蒙古大會」，
各旗王公參加，5 月 12 日成立蒙古軍政府，並將頗具歧視意
味的化德縣名稱，改為德化市。此後關東軍參謀長板垣征四
郎，與德王一起檢閱「蒙古軍」。綏遠抗戰中，德王等部偽
軍在百靈廟等地被傅作義擊敗；然而「七・七事變」後，綏
遠大部淪陷於「蒙古軍」與日軍之手。

　　由此建立的偽蒙疆政權，自然與偽滿的建立機制有所不
同。相較而言，日本殖民者建立偽滿政權的意圖，最初主要
是掩蓋侵略罪行，其次才是實現其分區佔領中國的野心。滿
洲國顯然不是一個所謂的民族國家，而日本宣揚的所謂扶助
東亞各民族協進，不過是殖民者的偽裝。在偽滿境內，滿族
並非主體民族。自 17 世紀初葉後金政權大量掠奪關內人口以
來，漢族已經佔據遼東地區的人口優勢；清末山東等地漢族
流民的大批移入，更使得關東地區出現漢族占絕大多數的局
面。偽滿時期，漢、滿、蒙、和、朝的新五族，成為該政權

64　祁建民：《從蒙古軍政府到蒙古自治邦──「蒙疆政權」的形成與消亡》，
　　《內蒙古師範大學學報》（哲學社會科學版），2009 年 9 月，第 38 卷
　　第 5 期，第 27-37 頁。由於德王回憶錄稱「制定藍地右上角紅、黃白三
　　條為象徵的蒙古旗」，眾多研究採納了這種有誤的說法，而三豎條實在
　　旗幟左上角。見陶布新整理：《德穆楚克棟魯普自述》（內蒙古文史資
　　料第十三輯），呼和浩特：內蒙古文史書店，1984 年，第 23 頁。

65　任秉鈞：《雲繼先部百靈廟武裝暴動經過》，《內蒙古文史資料》第五
　　輯，呼和浩特：內蒙古人民出版社，1979 年，第 22-26 頁。

的主要民族,其中漢族占三千兩百萬人口,滿、蒙各八十萬
人口,朝鮮人七十五萬,而日本人五十萬,此外還有白俄七
萬[66]。作為偽滿政權的意識形態宣傳口號,「五族協和」與
「八紘一宇」,取代了一個所謂民族國家本應宣揚的滿族復
興口號。滿洲國不僅不能構成真正意義上的滿族「民族國
家」,而且不是滿族自身出於民族「自決」意願建立的,僅
僅是掩蓋日本侵略罪行的「遮羞布」。

不同於日本殖民者在偽滿先佔領後扶植的建立機制,伴
隨著各省軍閥專制統治在內蒙古地區的滲透,和殖民者的有
意煽動,民族主義思潮在蒙疆政權建立過程當中,發揮了重
要作用。正是民族主義思潮,使得革命失敗後的部分內蒙古
人民革命黨成員如包悅卿(賽音巴雅爾)等,與內蒙古王公
自治運動走到一起,最終為民族「自決」而走向歧途。實際
上淪為日本殖民地的蒙疆,通過改旗易幟尤其是更改年號等
方式,有意突出其作為所謂「民族國家」的特徵,在復興民
族文化方面的宣傳比滿洲國更為鮮明。

三、漢族知識份子眼中的
蒙古民族主義

內蒙古自治運動引發了內地漢族知識份子的關注,尤其
是在三十年代初偽滿建立又吞併熱河的背景下,剛剛萌發的

---

66 《滿洲國人種之構成》,《新青年》(瀋陽),1939 年 2 月第 84 期,
第 13 頁。

內蒙古自治究竟會走向抗日還是投日，成為顧頡剛等人關注蒙事的最初焦點。相較於「專制」與否的問題，顧頡剛等顯然更看重「殖民」問題。

　　1933 年時任南京國民政府內政部長的前桂系軍閥黃紹竑，被國民政府行政院派往綏遠百靈廟與德王協商內蒙古自治問題。黃紹竑攜眾途至北平時，時任內政部編審委員會科長的顧氏弟子譚惕吾（譚慕愚）拜訪顧頡剛，囑顧代擬黃紹竑發言稿。顧頡剛請回族弟子黎光明先作一稿，然後自己修改，「竭三小時之力，寫成一篇」[67]。在為國民政府內政部長代寫的這份演說辭中，顧頡剛肯定了孫中山《建國大綱》中「國內各弱小民族，政府當扶植之，使之能自決自治」的五族共和原則。並以日本宣揚幫助朝鮮擺脫清廷羈縻為例，說明日本吞併朝鮮後並未認可朝鮮人為日本國民：「他們有了本國的言語，不許說，只許說日本話。他們有了本國的文字，不許寫，只許寫日本字。他們有了本國的歷史，不許讀，只許讀日本史。弄到底，只有十足的奴隸才能生存，因為他們會得忘記了本國的一切。」[68]顧頡剛顯然預見到了內蒙古

67　1933 年 10 月 24 日顧頡剛日記記載：「慕愚因部內秘書是官僚，為黃部長所作演說詞必不懇切，不足以激發蒙人，因囑予為代草。予乞勁修為我先作一稿而修改之。白晝無暇，只得夜中為之，竭三小時之力，寫成一篇，自謂可用，而精神又緊張矣。」顧頡剛：《顧頡剛日記》卷三（《顧頡剛全集》46），北京：中華書局，2011 年，第 101-102 頁。

68　引自顧頡剛：《內蒙巡視報告》，載顧頡剛：《寶樹園文存》卷四（《顧頡剛全集》36），北京：中華書局，2011 年，第 30 頁。然而《顧頡剛全集》書中該文標題及注釋有誤，此文寫於 1933 年 10 月 24 日，是為國民政府內政部長赴百靈廟所寫的演講詞，並非巡視報告。文後所附「建議目錄」則寫於 1934 年 11 月，是一年之後為內政部長起草改進內蒙工作建議時所寫。

自治運動一旦投日，不僅無法真正實現民族「自決」，而且將淪為日本殖民地，喪失本民族的一切權力。在最初關注蒙事的這篇代筆演講稿中，或許礙於黃紹竑內政部長的特殊身份與立場，顧頡剛並未對內蒙古自治運動及其民族主義思想表示公開反對，而是從揭示日本殖民者野心方面善意提醒蒙古族各階層。

事實上，早在 1928 年顧頡剛就曾致信鼓勵昔日女弟子譚慕愚，勸其今後少問政治而努力治學以擔當更大的社會責任，譬如研究「究竟我們中國吃了二十一條的虧到怎樣」等問題[69]。譚慕愚後赴日留學搜集日本研究滿蒙的資料，回國改名譚惕吾，併入南京國民政府內政部編審室工作，一度致力於滿蒙等邊疆民族問題的研究。譚惕吾隨內政部長赴綏遠途中，至北平不僅囑顧代草部長發言稿，更因南京內政部並無內蒙古地圖而特意往北平圖書館借內蒙古地圖四幅，卻皆為日本人所繪。譚惕吾自綏遠歸來後在燕京大學演講，顧頡剛深受感動，親自為其記錄。這一系列因素進一步促使顧頡剛留心日本方面的中國史地研究及其割裂中國的言論，並開始逐步考察釐清[70]。顧頡剛因國難當頭國人卻對中國史地沿革缺乏起碼瞭解，特同其弟子譚其驤一道，於 1934 年 3 月創

---

69 譚惕吾原名慕愚，字健常，1925 年與顧頡剛一同編撰《歷代名人生卒年表》，同年秋依顧頡剛建議由北大政治系轉入歷史系。1928 年譚慕愚因曾參加中國青年黨而在國民黨清黨中被捕，顧頡剛在廣州積極營救並致信規勸。見顧頡剛：《致譚惕吾》（九），載顧頡剛：《顧頡剛書信集》卷二，北京：中華書局，2011 年，第 255-257 頁。

70 參見王中忱：《民族意識與學術生產──試論〈禹貢〉派學人的「疆域」史觀與日本的「滿蒙」言說》，《社會科學戰線》，2014 年第 10 期，第 231-242 頁。

辦《禹貢》半月刊，專門刊登史地研究文章，並在《發刊詞》中說：「試看我們的東鄰蓄意侵略我們，造了『本部』一名來稱呼我們的十八省，暗示我們邊陲之地不是原有的；我們這群傻子居然承受了他們的麻醉，任何地理教科書上都這樣地叫起來了。」[71]可見顧頡剛對「中國本部」等說法早有反對意見，倒不是日軍全面侵華後才提出反對的。其創辦《禹貢》半月刊也正是出於對日本蓄意割裂中國言論的反駁目的，要釐清中國的邊疆和民族成分等問題。1934 年 10 月至11 月，顧頡剛助譚惕吾、夏葵如整理內政部此次百靈廟之行所獲；譚惕吾則勸顧頡剛「惟在思想上改進青年，並編歷史書以喚起民族意識。」[72]1935 年署名譚惕吾成書《內蒙之今昔》，不僅對蒙古相關歷史詳加考述，還將此次實地考察的

---

71 《發刊詞》，《禹貢》半月刊，1934 年第 1 卷第 1 期，第 2-5 頁。

72 顧頡剛日記 1934 年 10 月 16 日記載「得健常書，知其此來專力作《巡視內蒙記》，期以三星期之力完成之」；21 日「健常為黃紹雄作《內蒙巡視記》，慮時間不給，囑予往助之，言之再三，不敢不應。且予正欲研究蒙事，借此機會亦可多得些材料也」；23 日、24 日均「到俞樓，鈔集蒙古材料（黃部長巡視報告）」；25 日「健常所作報告交自明鈔寫後，重為修改」；26 日「為健常修改報告」；27 日「改葵如所作蒙古歷史地理兩章，畢」；28 日「為健常鈔巡視記」；29 日「鈔健常所作《內蒙自治運動之原因》，略為修改，凡兩節，畢」；11 月 1 日「草《綏遠沿革表》，未成」；2 日「點葵如所作《內蒙與中原之關係》一篇」；3 日「修改葵如文，未畢。點讀《綏遠墾務計畫》畢」；4 日「另草巡視記中記地理沿革一段文字」；5 日「將夏葵如文修好，親送至簡香處鈔寫」；6日「點改葵如所草巡視記」；10 日「到健常處，草黃部長建議」；11 日「草建議略畢」；12 日「審核葵如所作《內蒙現狀》畢。修改建議，未畢」；13 日「重改建議。」「僅七千字耳，亦費六天功夫。然得此一整理，對於蒙古人前進之路，自覺瞭解不少。我固助健常，健常亦助得我矣。」見顧頡剛：《顧頡剛日記》卷三（《顧頡剛全集》46），北京：中華書局，2011 年，第 248-260 頁。其中「黃紹雄」當為「黃紹竑」之誤。

成果綜合在一起，並在結論中提出眾多建議[73]。正符合顧頡剛創辦《禹貢》的初衷，倒並沒有成為一部純粹的內政部長《內蒙巡視記》，而可從中看出顧頡剛理解蒙事的許多視角。

　　1934 年 4 月顧頡剛遊綏遠，未赴百靈廟。1934 年 7 至 8 月，冰心、吳文藻與顧頡剛、雷潔瓊、鄭振鐸等燕京大學同仁，應平綏鐵路局局長沈昌之邀[74]，組成「平綏沿線旅行團」遊歷綏遠，並特意在綏遠下火車，離開東西走向的平綏鐵路線，改行南北走向的公路，專門赴原不在此行路線上的百靈廟蒙政會參觀交流。顧頡剛在百靈廟與德王等蒙政會人員詳談，高度關注內蒙古自治問題，隨後於這年冬天在杭州之江大學等校演講《內蒙盟旗要求高度自治問題》，講稿經戰後修訂，原貌已無法得見[75]。

　　鄭振鐸則將自己此行沿途寄給妻子的信件，以《西行書簡》為題出版。其中談到對蒙古民族主義思潮的看法：「當一個民族從事於復興運動之時，其興奮赴義的精神，必定是蓬勃不能自製的，如何能使各民族相安居樂業，除了『以平

73　書中第九章「結論」所列八條建議，當為顧頡剛代內政部長黃紹竑草擬並反復改寫的內蒙古工作建議修訂稿，見譚惕吾：《內蒙之今昔》，上海：商務印書館，1935 年，第 189-192 頁。

74　沈昌此後還於 1935 年 7 月邀請胡適、陳衡哲等康奈爾大學校友來平綏鐵路旅行，僅在包頭、歸綏、大同、張家口等地停留，胡適此行並未赴百靈廟，僅對平綏鐵路的改革和雲岡石窟撰文加以介紹，未涉及蒙事。見胡適：《平綏路旅行小記》，《獨立評論》，1935 年第 162 期，第 13-19 頁。

75　顧頡剛：《內蒙盟旗要求高度自治問題》，載顧頡剛：《寶樹園文存》卷四（《顧頡剛全集》36），北京：中華書局，2011 年，第 34-43 頁。該稿修訂於 1949 年 6 月，修改稿中顧頡剛對內蒙古自治的態度，難免受到蒙疆時期德王投日的影響。故此修改稿已無法作為考察 1934 年冬顧頡剛態度的可靠材料。

等相待』，開誠佈公的相待之外，殆無他途。一有欺詐之心，則此虞彼詐，必定不能長久相安無事的。注意蒙事者，必當注意及此。」[76]鄭振鐸並未顯出支持蒙古民族主義之意，而以平等態度看待蒙漢兩民族在日本侵略危機面前各自不同的民族情緒。

　　與鄭振鐸《西行書簡》每日一信的形式類似，冰心以每日一記的方式為平綏鐵路管理局撰寫了《平綏沿線旅行記》[77]，重新發行時名為《冰心遊記》[78]。其中一部分以《百靈廟之行》為名單獨發表，著眼點和態度都與顧頡剛有所差異。除景物勝跡之外，冰心遊記還對蒙古族性格及風俗所繪甚詳，且不無欣賞。而聽到蒙政會人員所訴「當為助進西北而開發，勿為消滅西北而開發」之辭，冰心對處於日本殖民者威脅下又不能得到內地知識份子理解的蒙古族知識青年，流露出同情之意：

> 　　會散已是午夜，明日行矣，大家都覺得心頭梗塞，三日的留連，聞見上所得固多，而對於這班，我們從不知道的，苦幹的，有為可愛的蒙族青年同胞，更油然生敬愛之念。他們是逼居強鄰牆下的我們同母的孩兒，利誘勢逼，春暉又遠，我們是他們同氣連枝之人，當如何為他們呼號傳語，使全國同胞，都知道在窮荒極北的漠漠寒沙之中，有這些孤軍奮鬥的青年，正在等待著我們的同情和援助……！

---

76 鄭振鐸：《西行書簡》，上海：商務印書館，1937年，第106-107頁。
77 冰心：《平綏沿線旅行記》，北平：平綏鐵路管理局，1935年。
78 冰心：《冰心遊記》，上海：北新書局，1935年。

> 星光下，耿耿反覆，不能成寐，此時心理，和年
> 少讀吊古戰場文及李陵答蘇武書時，冷暖大不相同
> 了！[79]

　　如果說冰心這種不無「一廂情願」的理解與同情，帶有
自身某種感性的成分，那麼她的丈夫吳文藻則更為理性地分
析了內蒙古自治的原因。任教於燕京大學的吳文藻，將綏遠
之行所獲寫成一篇社會學論文《蒙古包》，其中談到：「我
個人所得印象最深的一點就是認清楚蒙漢兩族間衝突的主要
原因，乃基於農墾經濟與牧畜經濟的利害不相容；廣義來說，
是遊牧部落生活與鄉村定居生活所形成的整個文化衝突。我
們試一反省今日漢族自身所遭遇的困難——西洋工商業文明
對我固有的農業文明的侵略，乃至沿海大都會中本國的工商
企業家對於內地一般業農的同胞所施的有形的與無形的壓
迫——即不難明瞭蒙古人今日所處的地位，及其對於漢族所
持的態度。如果我們把握住這蒙古問題的核心，則我們今後
注意的方向，不能不稍稍轉移到瞭解蒙古人民的現實生活上
去。」[80]吳文藻將漢族在內蒙古的舉措與西方人在中國的行
為相聯繫。在漢族知識份子中，可謂發人之所未發。雖不是
從蒙古民族主義的立場出發，卻站在弱小民族與弱勢階層的
立場看待問題，且觸及不同社會生存模式之間的不平等現
象。而對於是否存在不平等的問題，直到全面抗戰爆發後，

---

79 冰心：《靈百廟之行》，《社會研究》，1935 年第 71 期，第 157-163
　　頁。該刊排版時標題誤作「靈百廟」，正文中均為「百靈廟」，僅將文
　　章標題排錯。
80 吳文藻：《蒙古包》，《社會研究》，1935 年第 74 期，第 181 頁。

吳文藻的學生費孝通仍和顧頡剛在昆明《益世報》「邊疆週刊」就此爭論[81]。至於顧頡剛萌發其否認各民族存在之獨特觀點的內在原因，儘管已無法從他日後修訂過的之江大學演講稿中直接察知，似乎倒可以在他從綏遠歸來後的河套言說中找到線索。

顧頡剛此行雖與蒙政會成員詳談，卻因德王特意以蒙古語發言而引發他對蒙古民族意識的反感。內蒙古自治並未獲得顧頡剛的認可，反倒是漢族移民開發內蒙古的故事令他十分感興趣。在此次平綏線之行中，顧頡剛第一次聽到有關王同春的軼事。綏遠歸來後，顧頡剛仍非常重視搜集晚清以來開墾河套地區的史料。為了銘記內地漢族移居者對內蒙古西部地區農業尤其是水利開發的貢獻，顧頡剛特意寫了《王同春開發河套記》，1934 年 12 月 28 日先發表於《大公報·史地週刊》第 15 期，隨後又搜集更多材料加以修改，1935 年 2 月重新發表於自己的《禹貢》半月刊。該期《禹貢》上還隨文附有五篇關於此問題的附錄，分別為朱壽鵬所輯的《東華續錄》，張相文的《塞北行紀》和《王同春小傳》，張星烺的《泗陽張沌谷居士年譜》和王文墀的《五原王紳同春行狀》[82]。該文和五篇附錄，還作為平綏鐵路旅行讀物，1935 年 2

---

81 費孝通不僅抗戰時期在《益世報》「邊疆週刊」上以《關於民族問題的討論》質疑顧頡剛的民族整合思路是否忽略了民族間的不平等問題，更早在 1935 年就曾將中華民族基本人種分為六大類加以研究，其中一類明確說「是滿洲人和蒙古人的基本人種」，這與顧頡剛後來否認不同種族存在的主張完全相反，成為顧頡剛後來相關論述所設定的最主要反駁對象。見費孝通：《分析中華民族人種成分的方法和嘗試》，《社會研究》，1935 年第 56 期，第 37-39 頁。

82 顧頡剛：《王同春開發河套記》，《禹貢》，1935 年第 2 卷第 12 期，第 2-10 頁；第 11 頁；第 12 頁；第 12-13 頁；第 13-14 頁；第 14-15 頁。

月由平綏鐵路管理局出版單行本[83]。其後，1935 年 12 月顧頡剛又在《禹貢》半月刊補充介紹了王同春第五子王喆的《王同春先生軼記》，以及巫寶三、曲直生二人對該文異文問題的附記[84]。1936 年 7 月至 8 月「禹貢學會」還專門派張維華、李榮芳、侯仁之、張瑋瑛、蒙思明等五人組織河套水利調查團赴後套考察，隨後《禹貢》第 6 卷第 5 期特意推出了「後套水利專號」，並刊登張維華的《王同春生平事蹟訪問記》[85]。直到 1937 年，顧頡剛仍在號召移民河套開墾土地，4 月 25 日在《申報‧星期論壇》發表《後套的移墾事業》，5 月 14 日乾脆改名為《我們要往後套去》，再次發表於《民眾週報》第 3 卷第 7 期，該文還轉載同年《前途雜誌》[86]。顧頡剛對王同春的關注，實在到了無以復加的程度。

那麼王同春究竟是一個什麼樣的人，為何值得顧頡剛如此重視？王同春又是如何開墾河套地區的？在這篇根據民間傳聞寫成的《王同春開發河套記》當中，顧頡剛也承認王同春不僅靠聰明才智與江湖義氣開渠墾地，更聚集土匪流氓武力械鬥甚至濫用極刑，才擁萬頃良田獨霸河套。七千字的長文對王同春各種正邪舉措無不贊許維護，卻只有一小段談及王同春如何強征蒙地：

---

83 顧頡剛：《王同春開發河套記》，北平：平綏鐵路管理局，1935 年。
84 顧頡剛：《介紹三篇關於王同春的文字》，《禹貢》，1935 年第 4 卷第 7 期上，第 1 頁；第 2-7 頁；第 7-8 頁；第 8-12 頁。
85 張維華：《王同春生平事蹟訪問記》，《禹貢》，1936 年第 6 卷第 5 期，第 119-137 頁。
86 顧頡剛：《後套的移墾事業》，《前途雜誌》，1937 年第 5 卷第 5 期，第 121-124 頁。

　　他還有一件不合理的舉動，就是欺侮蒙古人。河套地方已久為蒙古人所佔有，他們自己不開發，漢人替他們開發也未為不可。而且開發之後，蒙古人日用的菜面油酒都可從近地交易，地方的繁榮本來也是他們的利益。不幸蒙古人習懶成性，太不振作，一切聽其自然；滿清政府更加「天高皇帝遠」，什麼都不聞不問。在這樣的情況下，王同春既擁有實力，他大可自由行動了。他常常租用蒙人的土地；對方不肯時，他又強立借契，契上寫明期限一萬年。再不肯，他就命他手下的人和他們械鬥，把他們逐出這個區域之外。蒙漢間的感情就此傷了。他既廣辟田地，開溝渠，置牛犋，後套裡方圓數百里，再沒有蒙人遊牧的地方，於是他們不是北度陰山，就是南越黃河，王同春勢力所及之地便斷絕了蒙人的足跡。但也有人說蒙人很信仰他；蒙旗裡有什麼爭論，只要他一出來調停事就完了。到底怎樣，尚待打聽。也許王同春的強墾蒙地比了官墾還能講些公道，又還捨得花錢，雖然蒙人一樣地受壓迫，究竟壓迫得輕的會得收拾人心呢。[87]

　　儘管顧頡剛承認了王同春壓迫蒙古人，然而這樣一位強征蒙地的漢族開拓者，卻被顧頡剛稱為「一個民族偉人」。稱讚王同春開渠墾地的功績與民間推崇之餘，顧頡剛不忘在「偉人」前面特別加上「民族」二字。在顧氏行文中，一地

---

87 顧頡剛：《王同春開發河套記》，《禹貢》，1935 年第 2 卷第 12 期，第 6 頁。

的農業化即為開發，而蒙古人的遊牧經濟則被視為「習懶成性」。無論這位「民族偉人」是屬於漢民族，還是屬於後來被認為「是一個」的中華民族，王同春故事真正打動顧頡剛的究竟是什麼，似乎已不言而喻。且不論這些民間傳聞是否應當首先逐一考證虛實，再由這位專門質疑上古傳說的「古史辨」專家記錄下來在專業的歷史地理學刊物《禹貢》上發表[88]；顧頡剛對於漢族開發內蒙古功績的刻意強調，和對「壓迫得輕的」私人開墾的奇妙辯解，本身就是一種特定的民族主義思維[89]。

巧合的是，1936 年冬綏遠抗戰爆發後，傅作義在紅格爾圖等地擊敗王英所率偽軍「大漢義軍」，恰恰就是被顧頡剛一再稱頌的這位「民族偉人」王同春之子王英投日後所集的

---

[88] 王中忱曾將日本東洋史家白鳥庫吉質疑中國上古史的「堯舜禹抹殺論」，和白鳥庫吉本人以日本上古神話傳說論證「大和朝廷」歷史的做法，與同時代的顧頡剛作「平行比較」式分析。王中忱認為顧頡剛對「古史傳說」的辨偽和對現代「邊疆傳說」的寫定之間，存在微妙的立場差異：「閱讀顧頡剛的《王同春河套開發記》可以清楚地看到，同樣生活在河套地區的『蒙人』的視點是缺席的，作為故事的敘述者，顧氏甚至寫道，明朝把河套這片土地『棄給蒙古人』做牧場，是『辜負了天地的美惠』；而在敘述到王同春在開發過程中以暴力威霸一方，做出『欺侮蒙古人』的『不合理的舉動』時，則不忘記給予善意的回護說：『河套地方已久為蒙人所佔有，他們自己不開發，漢人替他們開發也未為不可。』聯繫此前顧氏有關『民族』與『疆域』的言論，可以看出，儘管他在理性層面上很注意強調各族的『雜居與合作』，但在敘述性文字中，卻會自然流露出『漢人』的立場。」見王中忱：《民族意識與學術生產——試論〈禹貢〉派學人的「疆域」史觀與日本的「滿蒙」言說》，《社會科學戰線》，2014 年第 10 期，第 240 頁。

[89] 同樣聽得民間傳聞的冰心，則撰寫了王同春二女兒繼承父親家業的故事《二老財》，既寫到王同春武力開發河套，也寫到王同春之子王英聚匪為患之事，發表於主張國民黨結束訓政的《自由評論》創刊號。冰心：《二老財》，《自由評論》，1935 年第 1 期，第 20-23 頁。

其父舊部匪徒[90]。而顧頡剛在原燕京大學抗日會「三戶書社」基礎上創辦的通俗讀物編刊社，則編寫鼓詞歌頌傅作義在百靈廟大捷中擊敗德王所部「蒙古軍」[91]。1937 年元旦，顧頡剛撰寫《中華民族的團結》開始質疑「五族」，並提出「在中國版圖裡只有一個中華民族」[92]，成為其後來一系列相關言論的開端[93]。譚惕吾則代表中國婦女愛國同盟會赴綏遠抗戰前線慰問，5 月撰寫了《從國防前線歸來》，專門報導綏遠抗戰[94]。因通俗讀物編刊社宣傳抗日，「七‧七事變」爆發後顧頡剛被日方列入抗日分子名單。顧頡剛避難第一站即赴綏遠，拜見傅作義，將通俗讀物社遷至綏遠，並赴土默特旗拜訪綏境蒙政會代理秘書長榮祥[95]。而此後顧頡剛輾轉考查西北各地，對邊疆民族問題的態度日益明確[96]，最終在全

90　餘生：《綏遠墾殖家王同春與漢奸王英》，《青島自治週刊》，1936 年第 222 期，第 3 頁。
91　張士耕：《通俗讀物編刊社綏遠分社》，載《呼和浩特史料》第六集，呼和浩特：中共呼和浩特市黨委史料徵集辦公室、呼和浩特市地方誌編修辦公室，1985 年，第 138-142 頁。
92　顧頡剛：《中華民族的團結》，《民眾週報》，1937 年第 2 卷第 3 期，第 8-12 頁。
93　顧頡剛 1937 年提出「在中國版圖裡只有一個中華民族」，不能排除傅斯年 1935 年發表的《中華民族是整個的》一文潛在影響，見孟真：《中華民族是整個的》，《獨立評論》，1935 年 12 月第 181 號，第 5-8 頁。
94　譚惕吾：《從國防前線歸來》，南京：新民報館，1937 年。
95　顧頡剛：《西北考察日記》，《文訊》，1946 年第 1 期，第 21-22 頁。
96　1937 年 10 月顧頡剛在蘭州伊斯蘭學會演講時，曾提出中國「漢族是已融化的各族，蒙、藏和纏回是融化未盡的各族（陝甘等地的回民原是漢人，不過信仰和別的漢人不同而已，決不能因此而稱為回族）。」此後根據這次演講「又把這個意思加以擴充，寫成『中華民族是一個』，登在昆明《益世報》。」戰後《中華民族是一個》重新刊登在 1947 年《西北通訊》創刊號，這篇演講詞則重新刊登在《西北文化》月刊創刊號，顧頡剛在文後附注中自稱「這兩文意思雖差不多，而內容也不盡同，讀者可以參看。」見《如何可使中華民族團結起來——在伊斯蘭學會的演講詞》，《西北文化》，1947 年創刊號，第 2-4 頁。

面抗戰的背景下創辦《益世報》「邊疆週刊」，並形成了其否認各民族存在的獨特民族主義言說方式[97]。

　　民族主義的歷史終未能像鄭振鐸所期望的那樣開誠佈公地「以平等相待」，卻正如拉鐵摩爾所說：「很不幸，民族主義，尤其是在其早期專斷的階段，並不自動地對他者的民族主義產生理解與同情。」[98]

四、戰前蒙古民族主義言説

　　在德王從事內蒙古自治運動的過程中，民族主義思想的傳播與大批在內地接受現代教育的蒙古族青年密不可分。其中由國民黨南京中央政治學校蒙藏班發展而成的南京蒙藏學校，在德王最為倚重的蒙古族青年陳紹武（超克巴圖爾）的主導下，一批蒙古族學生於 1933 年創辦蒙漢雙語合璧的綜合性月刊《蒙古前途》，「喚醒廣大蒙古兄弟，為振興民族而

---

97 顧頡剛 1938 年底在「邊疆週刊」第一期發表的《撒拉回》一文即稱「撒拉族的血統成分，番多而回少是不容疑的。」受晚清咸同年間偏見的輾轉影響，顧頡剛不僅對撒拉族族源傳說轉述有誤，而且僅僅憑藉在臨夏等周邊地區的聽聞與紙面資料，就將阿勒泰語系突厥語族烏古斯語支的穆斯林民族，誤判為藏族（所謂「番」）血統更多的民族。足見抗戰前後顧頡剛撰寫邊疆民族問題的文章，並非嚴謹的人類學研究，而更多地是出於政治上的考慮，有意以血統交融來否定不同民族的存在。見顧頡剛：《撒拉回》，《益世報‧邊疆》第 1 期，1938 年 12 月 19 日，第 4 版。

98 「Unfortunately nationalism, especially in its early, assertive phases, does not automatically produce understanding of or sympathy with the nationalism of the others.」 See in Owen Lattimore, *Nationalism and Revolution in Mongolia*, (Leiden: E. J. Brill, 1955), 27.

共同努力」[99]。以《被蹂躪的蒙古同胞》等民族主義詩歌，
一面痛斥日本殖民者利用偽滿吞併熱河「倭鬼用傀儡占去沃
土，侵入蒙境/奪去了可憐牛馬羊駝，生命鹽池」；一面指出
國民黨專制統治的腐朽與顢頇，甚至分立綏境蒙政會以分化
蒙古民族「誰管百靈廟團結地割給伊金霍洛」[100]。與之相反
的是，以綏遠籍漢族學生為主的《綏遠旅平學會會刊》，則
並不認可蒙古民族主義，甚至在討論軍隊開墾河套的利弊
時，只看到對漢族百姓的欺壓，絕不論及蒙古族利益[101]。無
論是刊物上「綏遠」與「蒙古」兩種不同冠名，還是主辦者
漢族與蒙古族的不同身份，都昭示著雙方對蒙古民族主義的
不同態度[102]。而兩者之間的巨大差異，卻在綏遠省「蒙古文
化促進會」創辦的《醒蒙月刊》這一種刊物內，奇妙地揉合
在一起。

99　參見忒莫勒：《內蒙古舊報刊考錄（1905-1949.9）》，呼和浩特：內蒙
　　古出版集團遠方出版社，2010 年，第 246-248 頁。

100　祁德勒圖：《被蹂躪的蒙古同胞》，《蒙古前途》，1935 年第 29 期，
　　第 13-14 頁。原詩後附有注釋「伊金霍洛——最近蒙古組織盟旗地方自
　　治政會委員的會址」。伊金霍洛旗位於伊克昭盟，這句詩其實是指傅作
　　義一直主張建立綏境蒙政會，利用榮祥等人拉攏伊克昭盟盟長沙王，與
　　德王的百靈廟蒙政會分立。綏境蒙政會的正式建立雖然遲至 1936 年 2
　　月，但其策劃已久，傅作義分化蒙古王公的舉動更在內蒙古自治運動當
　　中已經展開。

101　張鵬舉：《晉軍開墾河套以來對於地方上之利弊》，《綏遠旅平學會會
　　刊》，1937 年第 7 卷第 3 期，第 27-28 頁。

102　除了《蒙古前途》與《綏遠旅平學會會刊》之外，戰前內蒙古自治運動
　　當中體現主辦者對蒙古民族主義不同態度的刊物，還有追隨白雲梯等蒙
　　古族國民黨改組派的暴子青主編的北平蒙古族學生會會刊《新蒙古》（北
　　平，1934），和綏遠方面趙允義主編的《長城》（歸綏，1935），以及
　　綏遠「蒙古文化促進會」常務理事兼綏境蒙政會委員賀耆壽主編的《蒙
　　古嚮導》（歸綏，1935，蒙漢雙語合璧）等等。

　　與顧頡剛等內地知識份子的率真流露不同，綏遠省政府
主導的文化宣傳，以蒙古文化為工具，來宣傳其反對內蒙古
自治運動的政治導向。三十年代作為綏遠省主席的傅作義，
致力於綏遠的農業開發和畜牧產業化，並在自治和抗日等問
題上與蒙古封建領主之間矛盾不斷深化。內蒙古自治運動
中，德王一再向國民黨中央提出撤銷省縣的主張，嚴重威脅
三十五軍軍長傅作義在綏遠省的統治。而國民黨方面所主張
的察綏兩省各自成立自治政府的談判意見，顯然是有意維護
兩省軍閥的統治權而試圖分化內蒙古王公的自治權。傅作義
後來終於還是在綏遠省首府歸綏建立了綏境蒙政會，拉攏部
分蒙古王公脫離德王。並策動百靈廟蒙政會保安隊起義脫離
德王，此後更在百靈廟擊敗德王餘部，取得百靈廟大捷。

　　傅作義與德王在軍事政治等層面展開鬥爭的同時，也借
助文學的力量展開了文化領導權的爭奪。由郭道甫等人介紹
學習過蒙古語並與德王曾有過深談的美國學者拉鐵摩爾，
1934 年考察綏遠時會見傅作義。拉鐵摩爾認為除非維護蒙古
族的自治權利，否則很難使其參與抗日。傅作義對拉鐵摩爾
說：「蒙古人裡沒有像你我這樣的文明人。」「蒙古人不是
人，他們是牲口。如果他們幹活，就餵養他們。要是不馴服，
就揍他們。」[103]傅作義所謂的「幹活」，當指聯合抗日。這
些話同時也表明傅作義缺乏對蒙古民族的起碼尊重，更遑論
尊重蒙古文化。然而，1935 年 12 月綏遠省政府卻創辦了聲

103　磯野富子整理，吳心伯譯：《蔣介石的美國顧問歐文・拉鐵摩爾回憶錄》，
　　上海：復旦大學出版社，1996 年，第 25 頁。

稱「以促進蒙古文化提高蒙民知識為宗旨」[104]的蒙古文化促進會。傅作義既然如此歧視蒙古文化，其支持綏遠省蒙古文化促進會的真實意圖究竟何在？

綏遠省蒙古文化促進會負責人為蒙古族國民黨員經天祿[105]。經天祿，字革陳，生於 1905 年，是土默特旗總管榮祥的堂姪[106]，其父為同盟會會員經權[107]，曾參加內蒙古辛亥革命[108]，北洋時期去世。作為革命元老子弟的經天祿 1933 年畢業於北平師範大學歷史系，就讀期間曾一度休學，但因經天祿隸屬於綏遠省黨部，1929 年 1 月獲校方「准其隨原班上課補足學分後方得畢業。」[109]從北平師大的當年畢業統計中可以看到，與大多數同學畢業後就業困難不同，具有特殊背景的經天祿，畢業後即成為蒙旗黨務委員[110]。1935 年 12 月綏遠

104　《蒙古文化促進會簡章》，《醒蒙月刊》，1936 年 8 月創刊號封二。

105　《蒙事紀要：蒙古文化促進會分四股設七理事今日發職員聘書》，《蒙古前途》，1935 年第 29 期，第 25 頁。

106　㢈莫勒：《綏遠蒙古文化促進會及其〈醒蒙月刊〉》，載齊木德道爾吉主編：《蒙古史研究》第八輯，呼和浩特：內蒙古大學出版社，2005年，第 377 頁。

107　經權（1853-1918），字子衡，是榮祥三叔的長子，辛亥革命前在土默特旗並不掌握實權，而由榮祥的父親等十二參領控制土默特旗旗務，見榮祥：《略談辛亥革命前後的家鄉舊事》，載中國人民政治協商會議內蒙古自治區委員會文史資料研究委員會編：《內蒙古辛亥革命史料》，呼和浩特：內蒙古人民出版社，1979 年，第 16 頁。

108　經革陳：《先父子衡先生參加辛亥革命事略》，載《內蒙古辛亥革命史料》，呼和浩特：內蒙古人民出版社，1979 年，第 65-72 頁。

109　北平師範大學文學院《第五次院務會議議決錄》，1929 年 1 月 11 日，該《議決錄》粘貼在經天祿畢業成績單上，全文如下：「一、本年呈請續學各生，有同黨的關係、被迫休學之情形者，准其隨原班上課補足學分後方得畢業。」

110　《第二十一屆（民國二十二年／一九三三年）史學系畢業生（二十三人）》，載秘書處畢業生事務部編印：《國立北平師範大學畢業同學錄（附前任職教員錄）》，北平：海王商店，1935 年，第 248-249 頁。

省政府創辦蒙古文化促進會,並撥款每月 1000 元作為經費支持其「幹活」,以經天祿等蒙古族國民黨黨員為核心,名為發展蒙古文化,實則作為拉攏蒙古族知識份子的手段[111],以達到分化德王的自治機構百靈廟蒙政會的目的。1936 年 2 月,在榮祥、經天祿等蒙古族知識份子的努力籌備下,傅作義終於成立了綏境蒙政會,由伊克昭盟盟長沙王(沙克都爾箚布)任委員長,榮祥代理秘書長,拉攏了許多西部蒙古族上層王公,和德王的百靈廟蒙政會形成了對峙的局面,成功地分化了德王的自治權[112]。綏遠蒙古文化促進會,幾乎成了傅作義綏境蒙政會的宣傳機構,該會於 1936 年 8 月創辦的《醒蒙月刊》,也自然成為綏境蒙政會的文藝陣地。

　　《醒蒙月刊》封面刊名由國民政府蒙藏委員會委員長黃慕松題寫,創刊號目錄之後首先是孫中山的總理遺像和總理遺囑,其次是綏遠省傅主席像。接著是閻錫山、於右任、傅作義、張學良、宋哲元、陳濟棠、李宗仁、韓複渠等國民黨各方高官二十一人的題詞,做出一副受到黨國軍政各層面高度重視的架勢;卻未提及德王或其他任何一位蒙政會成員,倒不是不在意蒙古族王公對此刊持何態度,而是已經將德王

---

111 關於傅作義利用綏遠蒙古文化促進會意圖瓦解百靈廟蒙政會的研究,參見忒莫勒:《綏遠蒙古文化促進會及其〈醒蒙月刊〉》,載齊木德道爾吉主編:《蒙古史研究》第八輯,呼和浩特:內蒙古大學出版社,2005 年,第 377-383 頁。

112 經革陳:《綏境蒙政會始末記》,《內蒙古文史資料》第五輯,呼和浩特:內蒙古人民出版社,1979 年,第 27-35 頁。關於綏境蒙政會是否以及何時佔用綏遠蒙古文化促進會辦公地點的問題,各處記載不一,查《醒蒙月刊》創刊號封三《徵稿簡章》,其中說:「來稿請寄綏遠三賢廟巷本會」。日期為「中華民國二十五年八月一日出版」。

及其投日的「蒙古軍政府」作為敵人看待。《醒蒙月刊》「開場白」中，經天祿說：「我們知道西北關係於國防綦重，就應當注意蒙古之關係西北的重要了，近來西北似乎因了東北的失落，被國人垂青，所以有識者有研究之舉，國家有經營之事，所以西半拉蒙古，因了東蒙之丟，亦逐漸被人另眼相看，這是一件可慶幸的事啊！」由此道出創辦《醒蒙月刊》是源於國難，尤其是面對偽滿吞併熱河的危機，「蒙古知識份子感到切膚之痛」，「利用過去所學到的，在文化建設方面，要想自由做出一些成績，慢慢介紹到關心蒙事的人」[113]。可見綏遠省蒙古文化促進會的《醒蒙月刊》，倒並不像該會宗旨所追求的「促進蒙古文化提高蒙民知識」，而主要是為了宣傳蒙漢共同抗戰。

　　事實上綏遠省政府的這種宣傳並不是此刻才開始。早在1933年，就在綏遠民國日報社內創辦了蒙漢雙語對照的《蒙文週報》，由畢業於北平師大史地系的張登魁主編，在偽滿吞併熱河的危機形勢下，「宣揚黨意，灌輸民治，喚起蒙胞，誠心向內，增厚感情，共同衛國」。尤其宣揚蒙漢同源論，其《發刊詞》開篇即說：「稽諸史乘蒙古民族，亦軒黃子孫，與漢民族同一宗祖，兼因僻處朔北，受天時地利之圍圉，環境之推演，所有風俗，政教等等，各自成風，以致蒙漢感情，秦越相視，久漸疏散，竟忘卻其同宗同族也。」[114]到1936年，德王已在日軍的扶助下於蘇尼特右旗成立了蒙古總軍司令部，改元易幟，抵抗專制的民族自治最終被殖民者利用，

---

113 經天祿：《開場白》，《醒蒙月刊》，1936年8月創刊號，第1頁。
114 《發刊詞》，《蒙文週報》，1933年6月30日第1期，第2-3頁。

向民族「自決」方向發展。傅作義與德王對抗已久，綏遠抗
戰一觸即發。在這樣的情況下綏遠省政府創辦《醒蒙月刊》，
當然不是要像德王一樣復興蒙古文化，而是出於控制、拉攏
蒙古族知識份子的目的。

　　然而作為《醒蒙月刊》的編輯，漢化的蒙古族知識份子
文琇並沒有完全遵從於蒙漢聯合抗日的宣傳意圖。文琇，字
瑞華，又作睿華，屬蒙古族土默特部，1937 年畢業於國立北
平師範大學國文系，受過良好的中國傳統文學教育[115]。文琇
在大學期間曾經討論過綏遠省國民代表選舉的問題，認為在
「邊警已急，國是日非」的情況下，選舉是否民主公正，將

---

[115] 文琇 1933 年進入國立北平師範大學國文系一年級旁聽，從二年級開始
成為國文系正式本科生，修滿四年課程及學分，1937 年正式畢業。據
1933 年 11 月該校註冊課編印的《國立北平師範大學在校同學錄》，文
琇為國文系一年級旁聽生，籍貫綏遠托縣，年齡二十二歲，通訊由教育
系蘇珽先生轉。蘇珽，字玉屏，綏遠涼城人，系文琇同鄉，生於 1912
年，抗戰勝利後曾任綏遠建設廳長等職（參見劉國銘主編：《國民黨百
年人物全書》上，北京：團結出版社，2005 年，第 779 頁）。據 1934
年 11 月該校註冊課編印的《國立北平師範大學在校同學錄（附統計表
三及姓字索引）》，文琇為國文系二年級本科生，籍貫綏遠托克托，年
齡二十三歲，通訊處為白廟胡同宿舍，即與國文系本年級其它同學一
致。據 1936 年註冊課編印的《1936-1937 年度國立北平師範大學在校同
學錄》，文琇為國文系四年級，註冊號數二二○一，按姓氏筆劃排在國
文系四年級在校同學之首，其它資訊同前，唯通訊處為文學院男生第一
寢室，與其他同學無異。查閱畢業成績單可知，文琇在北平師範大學國
文系的教育以古代文學為主，毫無現代文學和西洋文學的課程，除文學
史大綱、比較文法學、中國修辭學等常見課程外，從第一學年開始就有
駢文選讀、散文選讀等課程，此後又有經學史略、古今音韻沿革、宋元
明思想概要、辭賦選及文章源流，甚至曲史及曲選等。1933 年前後黎
錦熙任北平師大文學院院長，錢玄同任中文系主任，駱鴻凱、楊樹達、
嚴錪、範文瀾、吳其祚等在國文系任教，見《師範大學一九三三畢業紀
念冊·職員》，北平：海王商店，1934 年。

決定地方是團結還是分崩離析[116]。作為經天祿的同鄉和校友，還與經天祿的妻子多淑英同在北平師大學習，文琇自然地參與了《醒蒙月刊》的創辦，並與賈漢卿一起負責編務。然而文琇在綏遠省政府同德王對抗的這份刊物上，並不只作蒙漢團結一致抗日的政治宣傳，反而撰寫了長文《蒙古興起與衰落之結症》。文中談了蒙古興起的三個原因，即庫利爾台制度、怯薛法制、社會階級制度，同時認為也是由於良好制度的廢止才導致了元朝最終的衰亡。其中庫利爾台是古代蒙古等北方民族選舉可汗、商討出征並頒佈法令的大會。討論庫利爾台制度之後，文琇寫下一段耐人尋味的話：「今日蒙古政委會相繼成立，（不多，兩個！），袞袞王公，纓蓋遮比，對此問題，亦注意及乎？」[117]文琇欲言又止，但顯然並非出自國難當前應注意蒙漢團結的角度，而是把德王意圖自治而建立的蒙政會，作為蒙古再度興起的庫利爾台制度來作比喻，對傅作義隨後分立的綏境蒙政會，卻用「不多，兩個！」來挖苦，實在與綏遠省政府創辦蒙古文化促進會的真實意圖相悖。

即便是作為綏遠省蒙旗黨務委員的經天祿，在綏境蒙政會已經成功建立並兼任該會教育處主任的情況下，也不僅僅服務於綏遠省蒙古文化促進會所遵從的意識形態導向，而有意關注蒙古文化自身發展的問題。在政治宣傳導向較為鮮明

---

116 文琇：《綏省國代初選圈定問題與複選》，《綏遠旅平學會會刊》，1935年第 7 卷第 1 期，第 3-4 頁。

117 文琇：《蒙古興起與衰落之結症》，《醒蒙月刊》，1936 年 8 月創刊號，第 29-33 頁。

的《開場白》之外，經天祿還撰寫了《蒙古民族之存亡與文化》一文，表達了與之不同的個人見解：「時至今日，世界文化，日趨進步，而蒙古民族仍度其原始生活，相形之下，滅亡堪虞，苟不急起直追，則不待數十年之後，不特人種淪亡，將無名稱之存在矣，故今日欲救蒙古之危亡，須先迅速灌輸現代文化，及古昔之歷史事蹟，由歷史激發合群愛族之心，以文化急步各族後，或可由愚而智由散而合；不數年，吾敢信他年之蒙古，必非今日之蒙古矣。」[118]這樣的救亡圖強言論並非針對整個中國現狀，而是針對蒙古民族岌岌可危的文化處境。除此之外，經天祿妻子多淑英的《蒙古婦女的出路》，討論西方女權運動和五四運動以來女權興起，可蒙古婦女既無權又要辛苦勞作，最後指出女性經濟權的重要性[119]。正如文琇在《編後餘談》中所說的「現在國家已到大廈將傾之際，山河變色之秋，在這千鈞一髮的當兒，本刊惶惶墜地，鐘聲一杵，酣然做夢的蒙古同胞，都當醒悟。」[120]原擬作為綏遠省政府意識形態輸出的《醒蒙月刊》，卻因為編者的蒙古族知識份子身份，而變成了一份站在漢文化優越地位喚醒蒙古民族意識的別樣「啟蒙」刊物，起到了傅作義完全未曾料想的作用。反而是這些漢化的蒙古族知識份子，利用了綏遠省政府搭建的平台，曖昧地傳播蒙古民族主義思想。

118　經天祿：《蒙古民族之存亡與文化》，《醒蒙月刊》，1936 年 8 月創刊號，第 3 頁。

119　多乙文女士：《蒙古婦女的出路》，《醒蒙月刊》，1936 年 8 月創刊號，第 38-39 頁。

120　編者：《編後餘談》，《醒蒙月刊》，1936 年 8 月創刊號，第 72-73 頁。

　　無論是喚醒民眾抗日，還是喚醒蒙古民族意識，在宏觀的理論文章之外，具體的文學作品都應當是最為有力的思想武器。《醒蒙月刊》除了論說性的雜文之外，還有小說《紅菊》、《事實》，和一些舊體詩詞，以及小品文。敬一的《紅菊》，寫教會在村裡建了男女混班小學，小女孩紅菊的老祖母也認為「中華民國年頭不一樣了，女孩子進學校怕什麼？」紅菊因此得以上學。但不久土匪殺害了紅菊的父親，紅菊終被賣作童養媳[121]。故事雖與悲慘現實密切相關，卻不涉蒙事。另外，文琇的舊體詞《憶秦娥》，是傷春悲秋的老調。文琇在北平師大同學王凌雲的舊體詩，亦無多大新意。反而是「補白」處摘錄的吳文藻游百靈廟後所作古體詩《賦得蒙古包》中，「有巢傳自古，無罅庇諸蒙」的蒙漢同源及無暇北顧等雙關意味頗值得玩味。其他作品如《論如廁戴帽》，是論語派作家卞鎬田的幽默小品，沿著周作人在《宇宙風》上談如廁讀書的諷刺文章，繼續談如廁戴帽雖不合西洋禮儀，但這些規矩只不過是一種世俗禁忌的偏見而已，應當打破。諷刺的文筆雖然巧妙，但還是和「醒蒙」主題毫無關係。《醒蒙月刊》的蒙文部分則主要是漢文內容的選譯[122]。稍加留意即可發現，《醒蒙月刊》的文學作品，既無法顯示主辦方傳作義團結蒙古共同抗日的意圖，更無法有效表達編者作為蒙古族知識份子的民族認同。

　　這樣一種尷尬的文學困境，到蒙疆時期復興蒙古文化的

121　敬一：《紅菊》，《醒蒙月刊》，1936 年 8 月創刊號，第 54-57 頁。
122　忒莫勒：《內蒙古舊報刊考錄（1905-1949.9）》，呼和浩特：內蒙古出
　　　版集團遠方出版社，2005 年，第 278-279 頁。

刊物中，更加突出。而從戰前自治運動興起的民族主義思潮，則為封建王公與國民黨新軍閥所利用，淪為雙方爭奪文化領導權的工具。

第二章　以文學想像蒙疆「民族國家」

　　中國現代文學研究對抗戰時期淪陷區文壇的劃分，大多是分為三大區域：東北淪陷區、華北淪陷區和華中淪陷區。此外有時也會論及華南淪陷區等其他地區[1]。然而，這種劃分不僅無意間沿用了侵華日軍對中國不同佔領區的不準確稱謂，而且並不能有效界定各偽政權下不同的文學形態。

　　所謂「華中淪陷區」，一般包含上海、南京、武漢等不同地區[2]。這樣的命名方式，在漢語語境中並不能準確反映該區域的實際地理位置。按照中國地理的劃分習慣，武漢被稱為華中並無爭議，但上海、南京等地顯然屬於華東地區。「華中淪陷區」這一稱謂，源自侵華日軍「中支那派遣軍」的統轄區域，即長江中下游流域各淪陷區。命名方式是否準確還

1　嚴家炎主編：《二十世紀中國文學史》（中），北京：高等教育出版社，2010 年，第 362 頁。

2　「華中淪陷區指湖南、湖北、江西、隴海鐵路沿線之外的安徽與江蘇，以及浙江諸省淪陷於日寇之手的地區。」見封世輝：《中國淪陷區文學大系史料卷》，南寧：廣西教育出版社，2000 年，第 659 頁。《中國淪陷區文學大系史料卷》除了論及華南淪陷區之外，還納入了對日據台灣自「九・一八」事變至二戰結束期間的考察。

在其次[3]，更重要的是這種劃分方式未能清晰地呈現不同淪陷
區文壇的巨大差異。按照這種劃分方式，華北淪陷區文壇與
所謂「華中淪陷區」文壇被分開討論，這與兩處偽政權各自
為政有關。然而，華北淪陷區和所謂「華中淪陷區」雖在淪
陷初期各自建立了不同的傀儡政權（北京，「中華民國臨時
政府」，1937 年 12 月；南京，「中華民國維新政府」，1938
年 3 月），但後來終「一統」於汪偽治下（南京，「中華民
國國民政府」，1940 年 3 月），在意識形態宣傳和知識份子
對日心態等方面，面臨的問題具有一定相似性。儘管劃歸汪
偽統攝後華北偽政權改組為北京的「華北政務委員會」，仍
與南京方面有所區隔，但兩處文壇在「和平」、「反共」、
「建國」等意識形態上具有一定可比性，放在一起對比討論，
或許更有利於清晰地呈現實際情況。而除學者張泉外[4]，至今
仍絕少有人注意到，蒙疆淪陷區文壇被許多研究者長期誤劃
入華北淪陷區文壇當中[5]。

---

3 身處台灣的研究者劉心皇並未使用「華中淪陷區」或「華東淪陷區」的名
稱，但同樣將淪陷區文學分為「南方偽組織的文學」、「華北偽組織的文
學」和「東北偽組織的文學」，見劉心皇：《抗戰時期淪陷區文學史》，
台北：成文出版社，1980 年。

4 張泉較早注意到蒙疆淪陷區的獨特性，指出偽蒙古聯盟自治政府與偽滿洲
國「別無二致」，並在偽蒙疆聯合委員會中占主導地位，不宜放入華北淪
陷區當中討論。見張泉：《談談淪陷區文學研究中的歷史感問題──以〈中
國抗戰時期淪陷區文學史〉中的華北部分為例》，《中國現代文學研究叢
刊》，1997 年第 2 期，第 308 頁。

5 例如《中國抗戰時期淪陷區文學史》就將蒙疆淪陷區文壇作為華北淪陷區
文壇的一部分來討論；另一方面，該書並沒有使用「華中淪陷區」的名稱，
而是使用「華東淪陷區」的概念，並將武漢等地文壇單獨討論，避免了將
上海、南京等地稱為華中的不恰當用語模式。見徐迺翔，黃萬華：《中國
抗戰時期淪陷區文學史》，福州：福建教育出版社，1995 年。封世輝在

　　蒙疆淪陷區文壇由於該少數民族傀儡政權的獨特性，在文化宣傳方面十分注重宣揚復興蒙古文化，以標榜其所追求的民族「自決」，實際上卻成為日本殖民者企圖分區佔領中國不同民族地區的變相殖民意識形態輸出。即便考慮到汪偽政權名義上仍對蒙疆地區擁有所謂「主權」，也應注意到這種名義上的歸屬，只是汪偽「一統」南北傀儡政權之後才劃分的，此後「蒙疆聯合自治政府」與「華北政務委員會」至多不過是名義上的平級，而蒙疆政權從來沒有隸屬於此前華北偽政權所謂的「中華民國臨時政府。」就連控制蒙疆淪陷區的日本「駐蒙軍」，與控制華北淪陷區的「北支那方面軍」，也不源於同一系統。直到 1943 年日汪「同盟條約」簽訂後，汪偽一統蒙疆的意願仍被日本駐蒙軍完全拒絕[6]。蒙疆淪陷區既不屬於華北傀儡政權統治之下，又與之存在意識形態方面的巨大差異，兩地文壇文藝報刊的面貌和文化活動的特徵，均極為不同。儘管蒙疆與華北地理位置相鄰，平綏鐵路交通相對便利，但相較於華北淪陷區文壇，反倒是滿洲國文壇與蒙疆文壇面貌之間還有更多的可比性。因此，無論從何種角度來劃分，將蒙疆淪陷區文壇作為華北淪陷區文壇一部分的做法都缺乏依據。

　　蒙疆政權試圖以文學的方式構建其蒙古「民族國家」想像，這一根本特徵是其與華北淪陷區的最主要區別。要討論

肯定《中國抗戰時期淪陷區文學史》成就的同時，指出該書使用了不同時期的地理稱謂，見封世輝：《讀〈中國抗戰時期淪陷區文學史〉》，《中國現代文學研究叢刊》，1996 年第 1 期，第 288 頁。

6 石源華：《論日本對華新政策下的日汪關係》，《歷史研究》，1996 年第 2 期，第 114-115 頁。

蒙疆淪陷區文壇的獨特性質，需首先對這一少數民族傀儡政權在文化政策方面的導向，和該地區華語文化發展狀況做一番基本考察。

一、蒙疆華語文化環境

　　偽蒙疆政權源於戰前的內蒙古自治運動，至全面抗戰爆發前，德王已於 1936 年建立偽蒙古軍政府，企圖建立「第二滿洲國」。1937 年「七‧七事變」後，偽蒙古軍在東條英機所率關東軍察哈爾派遣兵團（後改編為駐蒙軍）的支持下，攻佔綏遠大部。綏遠省首府歸綏市淪陷，德王將「歸化」和「綏遠」兩個具有歧視意味的漢語城市名稱，改回蒙古語的名稱厚和豪特（意為青城）。1937 年 10 月 27 日，德王在厚和豪特成立「蒙古聯盟自治政府」，11 月 22 日，與日軍扶植的另外兩個偽政權——「察南自治政府」（張家口）和「晉北自治政府」（大同），共同組建「蒙疆聯合委員會」。到 1939 年 9 月 1 日，日方為了抵制汪精衛合併南北各偽政權的「統一」企圖，使上述三個北方偽政權正式合併為「蒙疆聯合自治政府」，「遷都」張家口。偽蒙疆政權名義上歸屬汪偽而高度自治[7]，實則與偽滿地位等同。不僅行政、軍事上不受汪偽控制，作為一個所謂「民族國家」，還擁有自己的偽

---

7 關於汪偽與日方 1940 年 11 月簽訂的《中華民國日本間基本關係條約》條文及附屬議定書等，見南京市檔案館編：《審訊汪偽漢奸筆錄》（上），南京：鳳凰出版社，2004 年，第 74-78 頁。

政府機構與偽蒙古軍以及「國旗」、軍歌。甚至「蒙疆銀行」與郵政、教育系統還單獨發行「蒙疆貨幣」、「蒙疆郵票」以及「蒙疆教科書」。對內對外廢除汪偽沿用的民國年號，使用成吉思汗紀年；擁有成吉思汗誕辰、成吉思汗忌辰與成吉思汗大祭日等獨特的「國家」節假日，以及「政府成立紀念日」（9月1日），而不再慶祝民國的「雙十節」。德王亦與日本天皇及滿洲國「皇帝」溥儀之間建立所謂「外交關係」。1941年之後，在《蘇日互不侵犯條約》的戰時外交體系下，日本在偽蒙疆的變相殖民統治，甚至作為談判條件之一獲得蘇聯政府長達四年的承認[8]。1941年8月4日，該政權改稱「蒙古自治邦」，但「蒙疆」一詞繼續使用。直至1945年二戰結束，該政權被蘇蒙聯軍消滅。雖歷經沿革變動，史學界仍多以「蒙疆」一詞指稱該傀儡政權在內蒙古前後九年的統治。

　　在淪陷區，從最初眾多傀儡政權分立，到偽滿、偽蒙疆與汪偽三足鼎立局面的最終形成，一方面是汪精衛集團與日方博弈的結果，另一方面也是出於日本殖民者以漢族聚居地牽制德王蒙古族政權的意圖。與察南、晉北兩個偽政權合併之後，蒙疆政權共轄五個盟，兩個特別市和兩個政廳。其中五個盟為錫林郭勒盟、察哈爾盟、巴彥塔拉盟、烏蘭察布盟和伊克昭盟[9]，以蒙古族居住的草原地區為主，構成該政權「版

8　李嘉穀：《論〈蘇日中立條約〉的簽訂及其對中國抗戰的實際影響》，《抗日戰爭研究》，1998年第1期，第60頁。

9　整個抗戰期間伊克昭盟大部分領土實際上仍由國民政府控制，日偽軍曾一度佔領伊盟黃河沿岸的達拉特旗、准格爾旗等個別旗的部分地區，後經一系列戰鬥與事變，控制區有所變化。

圖」的絕大部分；厚和豪特和包頭兩個特別市，以及察南（張家口）、晉北（大同）兩個政廳，則主要是漢族聚居的城市。在其所合併的三個偽政權中，「蒙古聯盟自治政府」面積約466600平方公里，占蒙疆總面積的92%，人口約200萬，集中於厚和豪特、包頭等城市；而另外兩個偽政權面積極小，僅以張家口、大同兩座城市為中心，「晉北自治政府」轄13縣，人口約150萬，面積約23800平方公里，「察南自治政府」轄10縣，由長城環抱，轄延慶，不轄張北，人口約200萬，面積16400平方公里[10]。據昭和十六年（1941年）《蒙疆年鑒》統計，蒙疆境內共有漢族人口四百八十六萬餘人，蒙古族約三十萬人，回族三萬七千餘人，其餘日本的「內地人」及僑民三萬六千餘人，「半島人」即被日本吞併的韓國來華僑民四千余人[11]。故而蒙疆政府的四色七條旗幟被認為具有象徵意義：其中居於最中心位置的紅色代表日本人，兩旁的白色代表回族，而再旁邊的藍色代表蒙古族，最邊緣的黃色代表漢族[12]。日本對蒙疆境內蒙古族和回族的利用，使得蒙疆政權不僅具有一般傀儡政權的特徵，更以改旗易幟突

10　參見《北支・蒙疆年鑒》，天津：北支那經濟通信社，昭和十六（1941）年，第12-13頁。

11　鈴木青幹：《蒙疆年鑒》，張家口：蒙疆新聞社，昭和十六（1941）年，「地志-人口」第8頁，所錄統計為昭和十五年（1940年）完成。另外一種統計顯示蒙疆共有漢族人口521萬，蒙古族人口29萬，回族約9萬4千人，見大西齋：《蒙疆》，東京：朝日新聞社，1939年，第22頁。兩份統計時間相近，有具體數字差異，而基本比例相仿。《蒙疆年鑒》僅在列表中數位記錯，行文中資料並無錯誤，且統計更為詳細。

12　Sechin Jagchid, *The Last Mongol Prince: The Life and Times of Demchugdongrob, 1902–1966*, (Bellingham: Center for East Asian Studies, Western Washington University, 1999), 219.

出其對所謂「民族國家」的標榜。其從民族自治走向「自決」，是企圖在殖民者的所謂「扶助」之下反抗原有的專制統治。但殖民本身就是「自決」的最大障礙，偽政權與日本方面的關係也自然因此而變得緊張。三個偽政權合併成立蒙疆政權後，以象徵日本的紅色條紋為中心的四色七條旗，取代了原有的藍底四色旗，正是日本殖民者以漢族聚居地掣肘蒙古族政權的意圖體現，並顯示了日本殖民者的核心統治地位。儘管蒙疆是以蒙古族為主導的傀儡政權，但經過日本殖民者的刻意合併，其統治之下仍是漢族佔據絕大多數。尤其是在各主要城市，文化氛圍依然是漢文化佔據主導。而日本殖民者用以偽裝而煽動的民族主義思潮，則為該政權在文化上所利用，以此不斷尋求民族文化的復興，與民族身份的自我確認。

　　蒙疆政權復興蒙古文化的政策，首先面臨的難題就在於西部臨近河套的土默特等農墾區蒙古族的漢化程度較高，許多蒙古族已經不會說蒙古語。而戰前內蒙古現代化進程中蒙古語公立學校的普及有限，除貴族有機會學習蒙文之外，許多普通蒙古族牧民只會講蒙古語而並不通曉蒙古文字。晚清至民國公立學校的漢語教育，造就了一批漢化的蒙古族平民知識份子。到蒙疆政權時代，德王大力發展蒙古族學校普及公立教育，並在厚和豪特設立「蒙古學院」、「巴亞塔拉盟立師範學校」，在張家口設立「興蒙學院」，在各盟旗設立眾多蒙古族中小學。而已經接受漢文化教育的土默特籍蒙古族學生在重新推廣蒙文教育的蒙古學院，此時卻受到來自牧

區的蒙古族同學強烈歧視[13]。無論是日語學習還是蒙文推廣
[14]，不足十年的公立教育尚無法培育出完整的一代文人群體
[15]。受蒙文實際傳播效果的限制，尤其是受漢化蒙古族知識
份子自身蒙古文水準的限制，蒙疆政權發行的各種文學刊物
中，蒙文刊物並不能占到絕大比例；而許多復興蒙古文化的
刊物，最終只能以中文出版。除少量日文刊物外，還出現了
蒙漢兩種文字合璧的報刊書籍。

　　在華語語系的概念中，無論漢語是自願習得還是強加，
中國境內各少數民族的漢語寫作，都屬於華語少數民族文學
[16]。那麼蒙疆漢化的蒙古族知識份子的華語書寫，自然成為
華語語系文學所討論的一部分。然而在討論這些漢化蒙古族

---

13 關於厚和豪特蒙古學院以蒙語為主要交流語言，導致只會說漢語而不會
　　說蒙語的土默特籍蒙古族同學受到牧區蒙古族同學歧視以致退學出走的
　　問題，參見潮洛濛：《尋找出路》，載《求學歲月——蒙古學院蒙古中
　　學憶往》（《呼和浩特文史資料》第十三輯），呼和浩特：呼和浩特市
　　政協文史和學習委員會編，2000 年，第 16-17 頁。
14 關於蒙疆政權在城鎮和牧區推廣蒙古族學校公立教育的不同情況，以及
　　厚和蒙古學院蒙、日教員在蒙語、日語授課時間多寡等問題上的衝突，
　　參見陶布新：《偽蒙疆教育的憶述》，載《內蒙古文史資料》第七輯，
　　呼和浩特：內蒙古人民出版社，1981 年，第 170-190 頁。
15 田中剛著，孟根譯：《論「蒙疆政權」的教育政策——以蒙古人的初等
　　和中等教育為中心》，《內蒙古師範大學學報》（哲學社會科學版），
　　2009 年第 5 期，第 38-48 頁。
16 「Sinophone minority literature in China is situated at the intersections
　　between ethnicities and languages. Mongols, Manchu, Tibetans, and many
　　other ethnic peoples in China today often speak more than one language.
　　They are Sinophone to the extent that they speak and write in the standard
　　language of the Han, which they willingly acquire or have imposed on
　　them.」Shu-mei Shih, 「The Concept of the Sinophone」, *PMLA* 126, 3 (May
　　2011), 711-713.筆者將其譯為：「中國的華語少數民族文學，位於族裔和
　　語言的交匯處。今天中國的蒙古族、滿族、藏族和許多其他民族經常說
　　不止一種語言。無論是自願習得還是強加，他們是華語的，到了能夠用
　　標準漢語說話寫作的程度。」

知識份子的同時，不可忽視的是此刻已被滿洲國吞併卻仍對蒙疆具有重要影響的熱河卓索圖盟等地漢族移民的蒙古化問題。

　　例如蒙疆政權中僅次於德王的二號人物偽蒙古軍總司令李守信[17]，就是熱河卓索圖盟的所謂「隨蒙古」，即世代蒙古化的漢族。日常使用蒙古語的「隨蒙古」，其蒙古化程度，比漢軍旗人的滿族化更為鮮明。李守信祖先原為清代山東漢族，到此地後由佃農而入贅蒙古族地主家庭，以此進入蒙古籍，留居蒙地，後世子孫也不再與漢族通婚，從此蒙古化，成為蒙古族[18]。「漢民若欲滲透到蒙旗社會，其主要手段就是通過與蒙古人通婚而達成。然而，因為蒙旗方面常給漢民在旗裡的活動制定種種限制，那些娶了蒙古婦女的人以及註冊到蒙旗籍的人仍被稱為『隨蒙古』來區別於普通旗民。這樣，原住蒙古人自然就成為『真蒙古』」[19]。隨著當地漢族移民的日益增多，清中期較為普遍的漢族蒙古化現象，逐步向著重新漢化的方向發展。「隨蒙古」的民族認同，在這種複雜進程中發生了一系列微妙的變化：祖先從漢籍入蒙籍，

---

17 李守信曾在熱河軍閥湯玉麟部下任職，而湯玉麟母親則為當地蒙古族，湯玉麟妻子同樣為蒙古族。對當地蒙漢界限模糊而利益集團對立日趨明顯問題的研究，參見孛兒只斤・布仁賽音著，謝詠梅譯：《近現代喀喇沁・土默特地區區域利益集團之形成》，載達利紮布主編：《中國邊疆民族研究》第五輯，北京：中央民族大學出版社，2011 年，第 330-338 頁。

18 李守信：《我出生前後的熱河南部蒙旗社會》，載李守信著，劉映元整理：《李守信自述》（內蒙古文史資料第二十輯），呼和浩特：內蒙古文史書店，1985 年，第 2-3 頁。

19 孛兒只斤・布仁賽音著，王晶譯，謝詠梅審校：《邊緣地區異族衝突的複雜結構——圍繞 1891 年「金丹道暴動」的討論》，達利紮布主編：《中國邊疆民族研究》第五輯，北京：中央民族大學出版社，2011 年，第 345 頁。

學習蒙古語，與蒙古族通婚，以蒙古人的身份獲得當地實際權益；但這樣的蒙古化並未受到當地原有蒙古人的完全認可，在「真蒙古」面前，「隨蒙古」只能在經濟方面享有相仿的利益，卻始終不能獲得文化上同等的看待；隨著漢族移民的急劇增長和當地原有蒙古族的普遍農耕化，所謂「隨蒙古」的非蒙古屬性似乎已經不再重要。而當地原有「真蒙古」，也開始漢化，甚至只會說漢語而不再會講蒙古語。「位於族裔和語言的交匯處」的華語蒙古族文學，正是在不同文化此消彼長的反復變化中展開的。蒙疆復興蒙古文化的努力，也必然陷於漢化蒙古族知識份子自身的文化困境。

二、蒙古族知識份子的身份轉換與「面具」困境

出於政治上宣揚民族「自決」的意圖，蒙疆政權主導下各文化組織創辦的刊物大多抱有復興蒙古文化的宗旨。其中最著名的蒙文刊物《復興蒙古之聲》，由蒙古文化會於 1940 年 10 月創辦，「系綜合性刊物，以傳承並豐富本民族的語言文字，啟迪民智，復興民族為宗旨。內容有論說、意見、教育、時事、科學知識、小說、謎語、笑話、詩歌、書簡集、感想、小故事、日蒙語詞彙、日蒙語解釋、蒙日語會話、歷史、專載、衛生保健、本會啟事等欄目，因每期的稿件不同而有所差異。」而印刷該刊的蒙文書社，其蒙文鉛字則由蒙

古文化會同仁從偽滿控制下的內蒙古東部王爺廟帶出[20]。

除了一些專門的蒙古文刊物之外，蒙疆還有眾多蒙漢合璧的雙語刊物，其中《蒙古文化》最具民族主義特徵。1938年 4 月蒙疆政府開始籌備蒙古文化館[21]，同年 6 月在原綏遠省立圖書館、綏遠民眾教育館和綏遠通志館的基礎上，正式成立蒙古文化館[22]。1939 年 1 月蒙古文化館創辦新年特刊《文化專刊》，1939 年 6 月第 2 期開始辦為正式月刊，獲德王漢文題詞「文以載道」和蒙文題詞「普及蒙古文化」，及其它蒙疆政要題詞。1939 年 9 月三個偽政權完全合併之後，11月蒙古文化館改名蒙古文化研究所，1940 年 1 月《文化專刊》亦改名《蒙古文化》。該館館長尹德欽，字規成[23]，父親尹廷翰（巴圖鄂齊爾）曾在內蒙古首次引入現代文化教育並創辦《嬰報》的貢王（貢桑諾爾布）卓索圖盟喀喇沁右旗，任管旗章京[24]。尹德欽自幼受過良好教育，留學日本[25]，辛亥革

---

20 忒莫勒：《蒙古文化會及其蒙文月刊〈復興蒙古之聲〉》，載二木博史、烏雲畢力格、沈衛榮主編：*QUAESTIONES MONGOLORUM DISPUTATAE*, No. 3, Tokyo: Association for International Studies of Mongolian Culture, Dec. 15, 2007, 159-165.

21 《蒙古文化館概況》，厚和：蒙古文化館總務部，成紀七三四（1939）年。

22 忒莫勒：《從蒙古文化館到蒙古文化研究所》，載《呼和浩特文史資料》第 10 輯，呼和浩特：呼和浩特市政協文史資料委員會，1995 年，第 131頁。

23 忒莫勒：《內蒙古舊報刊考錄（1905-1949.9）》，呼和浩特：內蒙古出版集團遠方出版社，2010 年，第 279-281 頁。

24 房建昌：《偽蒙疆時期蒙古文化館與蒙古文化研究所始末》，《西北民族研究》，1999 年第 2 期，第 61-71 頁。

25 黃奮生：《邊疆人物志》，重慶：正中書局，1944 年，第 60 頁。抗戰期間黃奮生寫作該書時，已與尹德欽失去聯繫，尚不知尹德欽已經附逆，才將其收入作為「中國邊疆學會叢刊」的《邊疆人物志》一書，書中作

命期間一度參與內蒙古政治運動[26]。貢王任北洋政府蒙藏院總裁期間，尹德欽任教於北京蒙藏學校，編寫蒙文教科書。曾與阿拉坦敖其爾（金永昌）等參加內蒙古人民革命黨[27]，後出席德王組織自治的第一屆百靈廟大會，蒙疆政權佔領歸綏後一度受德王委派試圖掌控厚和豪特《蒙古日報》社的宣傳主導權，未果而後接替金永昌出任蒙古文化館館長[28]。改版後的《蒙古文化》封面刊名，即由尹德欽題寫，而封底圖畫則是草原營帳之間蒙古騎兵高舉蒙疆政權新的四色七條旗幟，其民族主義宣傳的含義頗為明顯。蒙古文化館研究部長郭象伋，原為北洋時期綏遠學務局長、教育廳長[29]，國民革命後任國民政府創辦的綏遠省通志館館長[30]，戰前曾組織榮祥、楊令德等人負責《綏遠通志》編修工作。綏遠淪陷後郭象伋保存了大量史料，出任蒙古文化館偽職後，與日方一同赴北京接收由傅增湘於 1939 年 3 月編成的《綏遠通志》[31]。

「伊德欽」。

26　常寶：《漂泊的精英——社會史視角下的清末民國內蒙古社會與蒙古族精英》，北京：社會科學文獻出版社，2012 年，第 271 頁。

27　朝魯孟：《內蒙古人民革命黨烏蘭巴托特別大會述評》，《內蒙古師範大學學報》（哲學社會科學版），2013 年第 5 期，第 20 頁。

28　韓雲琴：《歸綏淪陷時期的報紙和通訊社》，《呼和浩特史料》第二集，中共呼和浩特市委黨史資料徵集辦公室、呼和浩特市地方誌編修辦公室，1983 年，第 269 頁。

29　楊令德：《塞上憶往——楊令德回憶錄》，內蒙古文史資料第三十輯，呼和浩特：內蒙古文史書店，1988 年，第 251 頁。

30　郭象伋：《郭象伋先生綏遠省沿革講述》，《長城》，1937 年第 2 卷第 3 期，第 1-6 頁。

31　白光遠：《偽蒙疆時期傅增湘修成〈綏遠通志〉經過概述》，載《內蒙古文史資料》第二十九輯，呼和浩特：內蒙古文史書店，1987 年，第 88-94 頁。

除該館編纂主任汪國藩和日本調查官久下司之外，《蒙古文化》的編務實際上主要由回文系長孟克寶音、蒙文系長格什克巴圖和漢文系長文都爾護負責。

　　日本殖民者出於利用回族文化繼續向西殖民擴展的企圖，在蒙疆蒙古文化館設有回文系。但回文系長孟克寶音仍是蒙古族，生於蒙古族穆斯林（俗稱「蒙回」）聚居的阿拉善旗。孟克寶音漢名田濟、田協安，祖先為清廷公主的陪嫁「媵戶」「滿洲人」，世代為蒙古化的王府家臣，逐步成為蒙古人，他本人自幼作為侍讀，隨王爺常居北京[32]。國民革命時期在郭道甫等影響下接受民族主義革命思想，參加內蒙古人民革命黨[33]，1927 年與加入阿拉善蒙籍的回族官員孟雄等在阿拉善發動武裝暴動[34]，一度推翻當地王公統治，遭國民政府制裁而撤往寧夏，後逃亡，成為畫家。綏遠淪陷後隨尹德欽在蒙疆蒙古文化館任《蒙古文化》總編，並兼美工，該館回文系則有名無實，僅留下一篇對厚和豪特清真大寺的調查報告《調查回教清真寺概況》[35]；日方更多的回教調查工作，則由善鄰協會及蒙疆西北回教聯合會等其他組織完成。該館蒙文系長格什克巴圖，精通古代蒙古文，主要從事《蒙古文化》的編譯工作，和孟克寶音一起負責該刊蒙文內

---

32 卓力克：《關於阿拉善旗「小三爺事件」》，《內蒙古文史資料》第四輯，呼和浩特：內蒙古人民出版社，1979 年，第 7-8 頁。

33 郝維民：《第一、二次國內革命戰爭時期的內蒙古人民革命黨》，《內蒙古大學學報》（哲學社會科學版），1979 年第 2 期，第 149 頁。

34 羅永壽：《「小三爺事件」始末》，《內蒙古文史資料》第四輯，呼和浩特：內蒙古人民出版社，1979 年第 21 頁。

35 孟克寶音，鮑翼：《調查回教清真寺概況》，《蒙古文化》，成紀七三五（1940）年 2 月，第 2 卷第 2 期，第 8-11 頁。

容。而該刊的漢文內容,則由該館漢文系長文都爾護負責。《蒙古文化》雖是蒙漢雙語合璧,卻以漢文為先,佔據主要篇幅;蒙文在後,且多為漢文的對應翻譯[36]。被文都爾護自命為「宣傳蒙古文化之利器」[37]的《蒙古文化》,究竟如何能夠以漢文創作與研究來復興蒙古文化?

　　非常值得注意的是,這位出任蒙古文化館漢文系長偽職的文都爾護,正是戰前曾為綏遠省蒙古文化促進會編輯《醒蒙月刊》的文琇。1937 年日軍全面侵華,綏遠淪陷後,經天祿等具有國民黨背景的蒙古族知識份子,和榮祥等主持綏境蒙政會的少數蒙古族上層貴族,同綏境蒙政會撤往黃河南岸的伊克昭盟,甚至陝北榆林等地。而被困淪陷區的文琇等蒙古族知識份子,則成為德王政權拉攏的對象。在這樣的背景下,蒙古文化館成立後文琇改名文都爾護,出任漢文系長。既郭象伋之後,文都爾護與該館趙崇福等,在蒙疆民教育署處長陶布新的率領下,審查原有教員,審定新教科書。廢棄民國原有教科書,也不採納華北偽政府具有中國特質的教科書,而在偽滿的國文課本基礎上,刪去滿日特色而加入蒙疆內容[38]。文都爾護同時參與修改當年郭象伋、傅增湘編訂的

---

36 忒莫勒:《偽蒙疆時期的〈文化專刊〉和〈蒙古文化〉》,《蒙古學資訊》,2004 年第 1 期,第 48 頁。

37 《本刊啟事》,《蒙古文化》,成紀七三五(1940)年 2 月,第二卷第 2 期,封裡。

38 當時還出現了日本書商急於承印,盜版偽滿教材改作「蒙古聯盟自治政府編印」的事件。卻因未刪除「殲滅元寇入侵日本紀念日」等帶有傾向性的歷史敘述文字,而遭到德王斥責,最終追回該批盜版教材銷毀,重新編訂。陶布新:《偽蒙疆教育的憶述》,載《內蒙古文史資料》第七輯,呼和浩特:內蒙古人民出版社,1981 年,第 170-175 頁。

《綏遠通志》[39]。

　　在一個標榜蒙古文化復興的少數民族傀儡政權下，文琇將自己具有「如玉美石」意義的典型漢語名字，改回蒙古語名字文都爾護，意為「高郎」，從內到外恢復了對本民族文化的認同。從晚清到民國的統治，文化專制在不同民族不同地區間形成了巨大的等級差距[40]。文琇在這種不平等的文化等級體系下，使用漢化的姓名字型大小，努力學習漢文化，創作舊體詩詞，赴文化中心求學，在北平師大中文系從旁聽生轉為正式本科生，不斷地將自己表現得和漢族知識份子相似。極力掩飾自己的蒙古族身份[41]，為自己帶上一張漢化的

39 伖莫勒：《偽蒙疆時期的〈文化專刊〉和〈蒙古文化〉》，《蒙古學資訊》，2004 年第 1 期，第 49 頁。
40 專制形態在文化層面的表現，正如李怡所描述的「中國傳統文化承受政治上中央集權的體制，也表現為主流文化在區域分佈上的文化等級現象，也就是說，不同的區域並沒有文化觀念上的平等權利，以北京為中心的文化理所當然地具有更高的文化支配權與發言權，北京擁有最豐富的文化資源和數量最密集的知識份子，而他們幾乎主宰著中國文化的解釋權、主導權。進入近現代社會以後，文化發展的資源開始改變了方向，域外文化成為了新的文化發展的動力，這對傳統文化的格局無疑是重大的挑戰，不過，域外的資源歸根結底也必須通過國內自身的文化基礎來加以吸納、消化和播散，而在中國，這樣的『基礎』本身卻不是平均的，傳統等級文化的高端依然佔據了最主要的文化資源，在一個較長的時間裡，極少數中心城市依然把握著文化的主導權，只不過它可能已經由傳統文化的傳播者變身而為了西方文化的傳播者，當然，唯一的中心也可能產生某些調整，比如由單一的京城如北京這樣的城市演變為雙中心如增加了最接近西方文明登陸地的上海，不過，這並不足以從總體上改變中國文化中心單一、等級森嚴的基本狀態，廣大的其他地區的文化創造力和表達力都還被各種力量束縛。」見李怡：《少數民族知識、地方性知識與知識等級問題》，《民族文學研究》，2010 年 2 期，第 53 頁。
41 與文琇同時在北平師範大學就讀的地理系綏遠籍學生月如，描繪平綏路沿線墾殖區域漢化的蒙民心態為「久不欲人知其為蒙人矣。若呼以蒙古，必引為羞恥而目為侮辱。」見月如：《平綏線考查觀感》，《長城》，

「面具」。甚至在傳統文化與現代文化之間更傾向於前者，以標明自己捍衛中國傳統文化的保守立場。雖不完全同於「黑皮膚，白面具」式的殖民地所謂精英[42]，卻站在漢文化的精英角度，來喚醒蒙古同胞，啟迪庸眾。而蒙疆政權的建立，令蒙古族知識份子不必繼續專以崇尚漢文化為榮，可以轉而恢復自己的民族文化身份，改用蒙古語名姓，以蒙古族血統為豪，更要刻意凸顯自己在文化上的族裔屬性。然而，作為蒙古文化館的漢文系長，文琇/文都爾護以往所接受的漢文化教育，使得他所編輯的《蒙古文化》始終還是難脫漢文化色彩。

　　在《文化專刊》改名為《蒙古文化》的 1940 年第 2 卷第 1 期新年號上，「成吉思汗聖像」和「德主席肖像」以及蒙古文化研究所（前身即蒙古文化館）所長以下成員照片之後，開卷第一篇文章即是文都爾護的《新年感言》。文章追述成吉思汗統一並光大蒙古的偉業之後談到：

> 　　迨至民國成立，以五族共和相號召，蒙古秉性純厚，信為待遇平等，竭誠擁護，未嘗稍渝；不期念載以來，直視蒙古為外府，權術羈縻，無所不用其極；我德主席宿負復興蒙古之念，會以軍閥之橫暴與疆隸之挑撥，日益加甚，爰以群情籲請之下，毅然奮起，義旗高揭，高唱自治之聲，響徹海外，當時鄰國友邦，

1936 年第 1 卷第 4 期，第 21 頁。

42　法儂從精神分析的角度分析了來自殖民地的黑人「精英」努力模仿白人殖民者，卻在同胞面前顯出高人一等的奇特心態，見弗朗茲・法儂著，萬冰譯：《黑皮膚，白面具》，南京：譯林出版社，2005 年。

同情共贊，於是我蒙古中興之業，遂於萬民擁護之
下，乃經數載之經營而奠定矣……

這篇文章道出了蒙疆民族主義文學最主要的意識形態訴
求，即以反抗國民政府專制統治為理由，試圖在「友邦」日
本扶助之下，由蒙古民族的自治走向「自決」。此外，附逆
的蒙古族知識份子對本民族身份的認同，也與以往有所不
同。政治格局的改變，使得問題討論的背景，不再僅僅是內
蒙古和國民政府之間那種少數民族自治地方與中央的關係。
所謂「友邦」的出現，使得原有的二元結構被打破，形成了
一種討論民族問題的三元結構[43]。偽政權不僅與國民政府對
抗，也時刻處於同日方的博弈之中。蒙疆政權與日方在政權
名稱、旗幟尤其是人事等一系列問題上的衝突[44]，同樣應和
著民族主義思潮的反殖民傾向。蒙古族知識份子復興蒙古文
化的意願，正是在這種三元結構中展開。

---

43 參見烏・額・寶力格：《人類學的蒙古求索》，載王銘銘主編：《中國
　人類學評論》第 20 輯，北京：世界圖書出版公司，2011 年，第 100-117
　頁。

44 1937 年「蒙古聯盟自治政府」成立後，德王與眾多蒙古族官員並不樂於
　同另外兩個漢族偽政權一道納入「蒙疆聯合委員會」的節制之下，並對
　於蒙疆政權名稱與日方發生嚴重分歧。1938 年訪日期間，德王拒絕使用
　漢語名稱「蒙疆」，堅持「蒙古」原有名稱，更聯名各旗箚薩克、總管
　向日本軍部反對「蒙疆聯合委員會」，最終德王被迫接受「總務委員長」
　的任命，就連各旗王公推選儀式亦被日方強行取消；在「遷都」問題上
　尤其可以看出日方與德王政權之間的權力之爭；而蒙疆政權最終採用的
　四色七條旗，亦受到眾多蒙古族官民的嘲諷，被戲稱為「彩虹道子」。
　關於德王與日方就「蒙疆聯合委員會」等問題發生爭執後，一度聯絡國
　民政府並試圖出走重慶最終被日方揭穿的具體經過，參見陶布新整理：
　《德穆楚克棟魯普自述》（內蒙古文史資料第十三輯），呼和浩特：內
　蒙古文史書店，1984 年，第 77-87 頁，第 95-102 頁。

　　在這篇作為新發刊詞的《新年感言》中，文都爾護說：
「本刊初為研究部同仁等，館課之餘，抽暇合力編印，歷史
既淺，迄今發行僅至六期；至於刊之內容，其文則用蒙漢合
璧，其體則專尚文言，內分論著、雜俎、名人略傳、文藝、
專載及國際簡訊等六欄，附以過去與將來工作報告等項……」
[45]既然以發揚蒙古民族的故有文化並輸入現代新文化為宗
旨，討論如何復興蒙古文化的文章自然是刊物最重要的內
容。蒙古文化研究所編纂主任汪國藩的《發展蒙古文化之我
見》開篇即說：「文化一名詞，東西學者，定義各殊，亦各
有精意；簡括言之，即民族解決生活救弱圖強之工具也。文
化發展則民族興盛，文化沒落則民族衰弱。我蒙古文化，舊
的文化沒落幾無，新的文化尚未建設起來，民族之生活如斯
其簡陋，社會之結構如斯其單純，推原其故，胥由文化不克
發展之故……」[46]把文化定義為「民族解決生活救弱圖強之
工具」，十分功利化。把蒙古社會生活的落後歸因於文化不
克發展，正顯示了編纂者對文化的政治功能的看重。除了汪
國藩的《我蒙古文化發展史》、李步青的長文《蒙古民族史
略》和文都爾護的《成吉思汗登基三日考》《蒙古史書略舉》
《黃河沿岸文化變遷之大略》等歷史文化討論之外，專門針
對文化的討論還有賀炳麟的《改良蒙古戲劇以振興教育而促
進其文化發展》、田協安（孟克寶音）的《以美術繪畫促進

---

45 文都爾護：《新年感言》，《蒙古文化》，成紀七三五年（1940 年）新
　　年號，第 2 卷第 1 期，第 1-4 頁。
46 汪國藩：《發展蒙古文化之我見》，《文化專刊》，成紀七三四年（1939
　　年）第 3 期，「論著」第 2-4 頁。

我蒙古之文化》、卜文瑞的《電影事業對於文化普及之使命》、
王庭振的《圖書館與蒙古教育》等等，幾乎涉及了發展現代
文化的各個方面。

　　蒙語文學作為發展蒙古文化最重要的一環，自然必不可
少。文都爾護在該刊發表的文章《蒙古女郎之情詩》，意在
介紹蒙古族女詩人「巴殺阿」的詩歌，卻使自己陷入了一種
失語症式的「面具」困境。文都爾護首先敘述精通蒙古音樂
的美麗女詩人「巴殺阿」，因思念參軍的丈夫「鄂勒德尼哈
什」而作詩歌。「惟其原作既以蒙文綴成，不識蒙文者，無
由賞其隱衷焉；不佞不揣冒昧，謹將其句酌量譯成漢文，以
其相近詞曲，並將其句排成『謝秋娘』（一名憶江南）詞調
數闋，以張女郎之才藝嫻淑，用標其美德也。」[47]文都爾護
這裡先譯有四首，並逐一解讀賞析。

> 何處訴　子規黃昏後　那堪愁羅久恨綺
>
> 陽關點點寒鴉數　秋水望穿霧
>
> 　　此寫其盼夫心切，黃昏晚近，愁怨倍增，遠望丈
> 夫歸路，只見暮霞遠處，隱隱綴著幾點歸巢寒鴉而
> 已！其詞二云——
>
> 那堪憶　空帳餘歎氣　翡翠衾寒怨鐘聲
>
> 花移窗影微微擬　看月閒無意

47　文都爾護：《蒙古女郎之情詩》，《文化專刊》，成紀七三四年（1939
　　年）第3期，「文藝」第3頁。

夜既闌，女郎獨自歸帳，顧悵惘之心，總不能安定；回視合卺時所用之衾被固在，但新郎卻不在矣！撩人之皓月，將花影映於窗櫺紙上，隱隱飄動，是何等無聊？此時女郎之惆悵怨懟，不知其有如何深創焉。其詞三云——

夜已靜　掩扉悄對影　尤似伊人歸戶矣

神情脈脈欵親親　詎旅黃粱境

俗雲「夢是心中想」，誠然，女之意中人，既不見歸，只有孤燈隻影，作為長年伴侶，故其「掩扉自寢」非僅一日一夜然也，乃終年終月之孤寂寫景；由孤淒而入夢，由夢而見伊人，由神情脈脈而欵親親，此皆白日思之過度，夜間夢遇其人，亦人之常情也；但不知阿誰一驚，好夢中斷，此又未免無情甚矣。其詞四云——

數不盡　日月似流螢　方才合歡便離去

寂寞孤燈聽漏聲　夜闌難自寢

在此一霎那之夢中，不知道盡多少溫情，誰知好夢驚醒，仍在孤燈一盞，兀自一身！斯時夜已將半，不克重入睡矣！

且不論陷入離愁思婦套路的譯作文筆是否模式化，文都爾護的文章固然起到了向漢語文壇介紹這位蒙古族女詩人及

其創作的效果，但是與蒙古音樂有密切關係的蒙語詩歌，被
譯在「憶江南」的漢語詞牌格律限定之下，究竟在何種意義
上仍能保持原作的蒙古特色？與其說這幾闋詞是對女詩人蒙
語原作的翻譯，倒不如說是文都爾護自己沿著原作主題重新
作了幾首漢語舊體詞。而這種模仿漢語舊體詞的翻譯本身，
既未能如白居易那三首著名的《憶江南》一般在詞句上文采
出眾，甚至由於未押平聲韻且未對仗，事實上也已經不再嚴
格貼合「憶江南」詞牌的格律要求。無論這種模仿是否真的
能如論者所述[48]，像小寫的英語 english 之於大寫的英語
English 那樣[49]，在典範的華語創作之外進入一種不夠地道的
華語創作路數，進而表達某種混雜的自主性；漢化的蒙古族
知識份子在向漢語世界介紹蒙古文化時，自身都面臨雙重尷
尬：一方面所謂復興蒙古文化的努力，落在具體的蒙古文學
作品上時，若非翻譯成漢語，則不能在漢文化佔據主導的蒙
疆境內達成宣傳效果；另一方面，文都爾護所接受的中國傳
統文學教育，使得他所翻譯的蒙古詩歌，事實上成為了受漢

---

48 史書美曾討論華語語系的克裡奧爾語化（creolized）問題，即混合當地
　語言的非標準的漢語，如何對標準的作為書面語存在的普通話，構成某
　種意義上的拒斥或抵抗。See Shu-mei Shih,「Against Diaspora: the
　Sinophone as Places of Cultural Production」, in *Global Chinese Literature:
　Critical Essays*, ed. Jing Tsu and David Der-wei Wang (Leiden & Boston:
　Brill, 2010), 37-38.
49 《逆寫帝國》一書討論了宗主國典範的英語文學，與（前）殖民地模仿
　的不標準的地方英語文學創作之間的關係，並以大寫的英語 English 和小
　寫的英語 english 來區別。見趙稀方：《「後殖民理論經典譯叢」總序》，
　載比爾‧阿希克洛夫特、格瑞斯‧格里菲斯、海倫‧蒂芬著，任一鳴譯：
　《逆寫帝國：後殖民文學的理論與實踐》，北京：北京大學出版社，2014
　年，第 4 頁。

語舊體詩詞格律限定，又不完全吻合格律要求的一種重新創作[50]，根本無法呈現這些蒙古詩歌本來的蒙古音樂特性。在華語文化環境內，以漢化蒙古族知識份子的華語創作和譯介來復興蒙古文化，恐怕既不能「發揚蒙古民族的故有文化」，也不能「輸入現代新文化」。

　　蒙疆的民族主義文學書寫，面臨的最大障礙已非國民政府的政治壓力，或抗戰陣營對附逆者的輿論討伐，反而是接受中國傳統文化教育的蒙古族知識份子，在復興本民族文化時的文學失語症。曾經在國民政府治下心心念念要與漢族爭得平等地位，甚至要在文化上將自己表現得如同漢族一模一樣的蒙古族知識份子，在蒙古族的傀儡政權下企圖恢復本民族文化身份時，卻發現自己已然異化，偽裝的文化「面具」已經深著肌理，難於摘下。無論怎樣高呼復興民族文化，即便是把漢化的姓名字型大小全都改回蒙古文，落筆剎那寫出的仍是方塊字，民族主義言說的聽眾依然只能是漢族知識份子，或是同自己一樣只會講漢語的漢化蒙古族文人。蒙疆文壇的華文創作本身，反而成了該政權復興蒙古文化最大的諷刺。

　　而真正的蒙古族文學，往往是以民間文學形態存在的，尤以史詩和民歌為著。蒙古族的民族史詩《江格爾》，是中國少數民族三大史詩之一。民歌則多無固定版本，具有民間文學變異性的特徵。兩者均難以在刊物上以固定形態刊登。

---

50 另外，文都爾護的《論舊詩之久遠性與新詩之曇花一現》（《蒙古文化》成紀七三五年第 2 卷第 1 期，第 13-16 頁），及其「專尚文言」的約稿原則，在傳統文化與現代文化之間，呈現了較為保守的傾向。

除民歌外，由作為個體的文人創作的蒙文詩歌，也是蒙古文
學最主要的文體形態之一。該刊刊有賽葉寧布的《頌贊太祖
成吉思汗之誕生及兄弟五人之公德》、額爾德尼布拉格的《蒙
古青年奮力前進》、僧格仁欽的《蒙古復興詩》等蒙文詩歌，
尤其值得一提的是後來成為蒙古族著名詩人的賽春嘎，1940
年留日期間，也以《是時候了，我廣大蒙古青年》一詩在《蒙
古文化》上嶄露頭角[51]。

　　賽春嘎（1914-1973）幼名紫嘎普利布，生於察哈爾正藍
旗牧民民間歌手家庭，1932 年從那日圖小學畢業後擔任正藍
旗公署文書，1936 年入張北察哈爾青年學校學習，接受日語
教育，1937 年作為「蒙古軍政府」選派的第一批留學生[52]，
留學日本東洋大學師範系[53]，並組織「留日蒙古學生修養會」
[54]，與留日的蒙古同學在東京編輯出版蒙文刊物《新蒙古》[55]。
1941 年回國後，在德王家鄉蘇尼特右旗主持蒙疆唯一的蒙古
族女校家政女子學校。出版有《心之伴侶》等描繪日本風光
以及民族復興理想的蒙文詩集。而 1939 年暑假回鄉的日記，

51 對該刊蒙文詩歌的介紹，參見忒莫勒：《偽蒙疆時期的〈文化專刊〉和
　　〈蒙古文化〉》，《蒙古學資訊》，2004 年第 1 期，第 49 頁。
52 陶布新：《偽蒙疆教育的憶述》，載《內蒙古文史資料》第七輯，呼和
　　浩特：內蒙古人民出版社，1981 年，第 176 頁。
53 關於賽春嘎蒙疆時期蒙文創作的詳細研究，參見榮蘇赫、趙永銑主編：
　　《蒙古族文學史》第四卷，呼和浩特：內蒙古人民出版社，2000 年，第
　　92-119 頁。
54 《內蒙古教育志》編委會編：《內蒙古教育史志資料》第二輯，呼和浩
　　特：內蒙古大學出版社，1995 年，第 578-580 頁。
55 忒莫勒：《內蒙古舊報刊考錄（1905-1949.9）》，呼和浩特：內蒙古出
　　版集團遠方出版社，2010 年，第 298 頁。

結集為蒙語散文集《沙漠，我的故鄉》[56]，和散文論文合集
《蒙古民族興盛之歌》、譯作《心之光》一同由德王在張家
口的主席府出版處出版[57]，成為蒙疆最重要的蒙語詩人。有
趣的是，1944 年賽春嘎參加組建以留日蒙古族青年為骨幹的
反日秘密組織「蒙古青年革命黨」，1945 年 8 月配合蘇聯與
外蒙聯軍發動起義[58]，戰後赴蒙古人民共和國蘇赫巴托黨校
學習，1947 年回國後改名納‧賽音朝克圖，1959 年更發表千
行長詩《狂歡之歌》，與賀敬之的《十月頌歌》一同向共和
國國慶十周年獻禮[59]，成為受毛澤東接見的蒙古族愛國詩
人。而他在蒙疆政權時代的蒙文詩歌創作，則帶有鮮明的蒙
古民族主義色彩。

　　不過，蒙疆《蒙古文化》所刊登的蒙文詩歌，大多並無
漢文翻譯[60]；除有限的原創蒙文詩歌外，該刊的蒙文部分，

---

56 溫中和：《蒙古族現代文學概述》，《中國現代文學研究叢刊》，1981
　　年第 4 期，第 237-240 頁。
57 「《蒙古民族興盛之歌》是作者 40 年代初由日本回國後在蘇尼特右旗家
　　政實習女子學校任教期間寫成的著作，分上、下二冊，於 1944 年 4 月出
　　版。上冊為 16 篇書信體散文，抒發作者對振興自己民族的熱切心情和改
　　變民族精神的進步主張；下冊為 7 篇論說文，闡述作者對如何使蒙古民
　　族興盛起來的具體意見。」在《文化與生活》一篇當中，賽春嘎提出：
　　「那麼，我們將來開創的事業是什麼呢？我們不僅要從外國和異族引進
　　高等文化為己之用，而且要用自己的智慧、特藝和力量創作光輝燦爛的
　　文化。」見彭書麟，於乃昌，馮育柱主編：《中國少數民族文藝理論集
　　成》，北京：北京大學出版社，2005 年，第 79-80 頁。
58 德力格爾朝克圖憶述，趙鳳歧整理：《我所瞭解的「蒙古青年革命黨」》，
　　《烏蘭察布盟文史資料》第二輯，集寧：中國人民政治協商會議內蒙古
　　自治區烏蘭察布盟委員會文史資料研究委員會，1984 年，第 89-115 頁。
59 烏‧納欽：《宏大抒情表層下的隱喻儀式現場──重讀納‧賽音朝克圖
　　抒情長詩〈狂歡之歌〉》，《民族文學研究》，2015 年第 5 期，第 6 頁。
60 關於該刊蒙文作品的研究，參見韓那順：《報刊與蒙古族現代文學──

大多只是漢文作品的對應翻譯，顯示了原創蒙文作品的匱乏。而與漢化蒙古族知識份子所編華語刊物不同，純系蒙古文的《復興蒙古之聲》「詩歌欄幾乎每期必有，多表達復興民族的美好願望。」「數量之多，反映出蒙人偏愛詩歌的文學傳統。」[61]在復興蒙古文化方面，華語語系蒙古族文學顯然不及蒙語文學更為有力。在漢文化佔據主導的各中心城市，如果不以漢語漢字宣傳蒙古文化，則根本無法達到宣傳目的。而華語蒙古族文學在民族文化上的無力，又使得這樣的宣傳本身陷入進退兩難的困境。

　　在民歌之外，民間故事和傳說同樣是蒙古族民間文學的重要組成部分。《蒙古文化》及其前身《文化專刊》，也刊有一些介紹蒙古族英雄人物，如成吉思汗四傑之中的穆呼哩（木華黎）、齊拉袞（赤老溫）、保而渾（博爾忽）、孛斡兒出（博爾術），和蒙古建國初期名相耶律楚材的民間故事，多為蒙漢雙語合璧，並配有插圖，以普及蒙古文化常識。其中一則蒙古族民間傳說《阿蘭郭斡折箭教五子》，講母親阿蘭郭斡所生五子分別為別勒古訥台、不古訥台、不忽哈塔吉、不合禿撒勒只、孛端察兒。五子不睦，於是阿蘭郭斡教五子每人折一支箭，每箭立斷；五支箭合為一束，則不能折斷，

以現代八家蒙文報刊為中心》（蒙古語），內蒙古大學碩士學位論文，2009 年。

61　忒莫勒：《蒙古文化會及其蒙文月刊〈復興蒙古之聲〉》，載二木博史、烏雲畢力格、沈衛榮主編：*QUAESTIONES MONGOLORUM DISPUTATAE*, No. 3, Tokyo: Association for International Studies of Mongolian Culture, Dec. 15, 2007, 164.

母親以此教導五兄弟同心[62]。這個故事其實是蒙古族的族源傳說之一，阿蘭郭斡又有雅蘭花等不同漢譯名稱寫法，她的五子就分別成為後來成吉思汗等蒙古部族的祖先。類似教子團結的民間故事在漢族當中也廣為流傳，只是所折的多是筷子而非箭，且故事主人公不是蒙古族罷了。這一則民間傳說是否與其他民族的傳說有特色區別倒還在其次，關鍵在於，其中五箭合一就無法折斷的寓意，既含有呼籲分別處於國統區與淪陷區的蒙古族同胞團結一致共同復興蒙古民族大業的寓意，又與國民政府所宣揚五族共和道理相通，甚至與日本殖民者「東亞各民族協進」的意識形態偽裝不無相似。同一故事的寓意，正可為不同層面的民族主義宣傳各自找到可供利用之處，恰恰顯示了民族主義背後無法去除的特定意識形態陰影。

　　其他文學作品如汪寧的雜文《逢迎者與被逢迎者》，認為逢迎者固然卑鄙，但要被逢迎者不喜逢迎，恐怕更難。最後感慨「捧拍吹」充斥於今日之社會，若不如此則大有「此路不通」之危險，對偽政權治下種種怪像頗具諷刺意味。賀默癡的《聽月軒隨筆》，記述了一則關於「石匣古跡」的趣事。北京密雲縣北石匣鎮，有一石匣半埋於地表。「友邦」日軍到達後，命人開掘，並使用炸藥，始終不能挖出石匣。傳說這是元世祖入主中原奠都燕京時，刻茲石匣，以鎮邪僻。如此一來，蒙古祖先留下的寶物，要鎮的「邪僻」，豈不反倒成了「友邦」日軍？作者筆下雖稱「友邦」，心中卻未免

62　《阿蘭郭斡折箭教五子》，《文化專刊》，成紀七三四年（1939 年）第3 期，第 159-160 頁。

沒有厭惡之意。小說《閒話麻面張三之厄運》等，很難體現蒙古民族文學特色。莫泊桑小說《項鍊》的蒙文翻譯《首飾夢》，是在蒙語文化圈中譯介外國文學。此外還有關於墨索里尼、希持勒、甘地、羅斯福和伊藤博文、箭內亙等人的小傳，以及文都爾護的同學王淩雲的舊體詩。戰前在《醒蒙月刊》為綏遠蒙古文化促進會供稿的文人，此刻搖身一變，又為蒙疆的蒙古文化館供稿，究竟有多少是出於自主，多少是出於形勢所迫？該刊對本地漢文詩歌的介紹，除了《元人在本境所詠諸詩匯紀》、《清人在本境所詠諸詩匯紀》之外，牧之的《詠昭君墓詩匯紀》是對蒙疆名勝昭君墓相關詩歌的介紹。作者將民國時期來綏遠討論修著《綏遠通志》的傅增湘，和清代綏遠城將軍彥德耆英，以及民國時期綏遠道尹周登皋詠昭君墓的詩歌，逐一詳加介紹[63]。作為名勝古跡，昭君墓固然極具地方特色，但昭君恰恰是歷史上漢族被迫與北方少數民族和親的典型，甚至已成為某種文化符號，在漢文化中極具抵抗外族侵略的意味。這恐怕與蒙疆政權的性質頗為衝突。

　　《蒙古文化》上不乏大聲疾呼復興民族文化的宣言，但具體到文學層面，不僅在華語創作層面上很難找出具有鮮明民族特色的作家作品，而且那些反抗原國民黨專制統治的民族主義表述，亦在經過偽裝的日本殖民統治之下，顯得頗為諷刺。文都爾護為紀念被國民黨憲兵殺害的百靈廟蒙政會蒙古族青年韓鳳林而作的《明矣韓公鳳林之死事》，即顯示了這種反抗專制的有限性。文章開篇即說：「韓鳳林者，蒙古

---

63 牧之：《詠昭君墓詩匯紀》，《文化專刊》，成紀七三四年（1939 年）第 3 期，「文藝」第 1-2 頁。

民族英雄也；今已逝矣！」隨即闡釋了作者對民族復興的鮮明態度：

> 夫天下盛德大業，孰有過於復興民族者乎？志在
> 復興民族者，復興民族以外，舉無足以用其心，故舍
> 復興之事無嗜好；舍復興之事無希望；舍復興之事無
> 憂慮；舍復興之事無憤激；舍復興之事無爭兢（競）；
> 舍復興之事無歡欣焉。志在復興民族者，其視復興事
> 業無所謂艱；無所謂險；無所謂不可為；無所謂成與
> 敗；惟具有一往無前之精神。志在復興民族者，其所
> 以行其術者不必同，或以舌，或以血，或以筆，或以
> 槍，或以機。今國於世界者殆百數十，其稱雄也者，
> 不過十之一耳，彼其鼓之鑄之，締造之，歌舞之，莊
> 嚴之，燦耀之……孰有不從一二志在復興民族者之心
> 之力之腦之舌之血之筆之槍與機而來者哉！[64]

文都爾護以慷慨激昂的文言排比句式，營造出一種恰似梁啟超鼓吹「少年中國」的蒙古復興聲勢，而為蒙古民族復興事業「犧牲」的韓鳳林，則彷彿有了梁啟超筆下為中華變法而犧牲的譚嗣同般豪壯。文都爾護更把「鼓之鑄之，締造之，歌舞之，莊嚴之，燦耀之……」作為構建現代民族國家的途徑，認為這一目標的最終實現，要從「志在復興民族者之心之力之腦之舌之血之筆之槍與機而來」，正是典型的民族主義表述。隨後文都爾護經兩重轉引，將韓鳳林生平事蹟及被捕經過加以介紹。頗為諷刺的是，被文都爾護稱作「舍

---

64 文都爾護：《明矣韓公鳳林之死事》，《文化專刊》，成紀七三四年（1939
年）第 3 期，第 4-8 頁。

復興之事無嗜好」的「志在復興民族者」韓鳳林，其實是在赴北平戒除大煙癮時遭國民黨憲兵密捕殺害[65]，而文都爾護則借轉引前人敘述的方式回避了對這一問題的澄清。事實上韓鳳林遭國民黨暗殺，恰是因其通日嫌疑，專制統治者的暴政非但未能阻止蒙古民族主義為日本殖民者所利用，反而將德王蒙政會更加推向以「友邦」自居的殖民者。國民黨憲兵的暗殺誠然是專制統治的暴行，但文都爾護此刻此文則在反專制名義下服務於殖民者，卻忽視了日本的殖民統治本身就是其所追求的民族「自決」最大的障礙，正與復興民族的「天下盛德大業」相悖。在殖民者的「扶助」之下反專制，非但不能求得真正的民族復興，反而會淪為殖民者變相的殖民意識形態輸出工具。

　　曾經悲歎「復興民族者」韓鳳林死於專制統治者之手的文都爾護，無法料到自己在殖民統治之下也會有相仿的經歷。1943 年日本憲兵隊在蒙疆第二次大規模抓捕文教界抗日分子，刑訊逼供導致大批無關此案者被捕，文都爾護也被牽連入獄[66]，據曾在蒙疆教育署任處長的文都爾護上司陶布新回憶：「文都爾護被捕入獄後，他的哥哥曾到張家口托我設法營救，我因文都爾護曾在蒙古文化館從事考證研究成吉思汗事蹟的工作，德穆楚克棟魯普對他還有印象，所以我曾請德王設法營救，但因這時德王勾結蔣介石之事已暴露，說話

---

65 陶布新整理：《德穆楚克棟魯普自述》（內蒙古文史資料第十三輯），呼和浩特：內蒙古文史書店，1984 年，第 12 頁。

66 聶德俊：《偽蒙疆時期的一大血案》，載《內蒙古文史資料》第七輯，呼和浩特：內蒙古人民出版社，1981 年，第 191-245 頁。該文後所附被捕名單中，記有「文秀（文都爾護）」「巴盟教育科宗教系長」「出獄病死」（237 頁），對文都爾護的死亡記錄有誤。

也無效力。」[67]足見日本殖民統治與蒙古民族所追求的「自決」之間，存在難以跨越的巨大鴻溝。作為政治傀儡的德王與殖民者矛盾重重[68]，像文都爾護這樣的附逆蒙古族知識份子，也難逃殖民者更勝於專制統治者的暴政。這也使得蒙古民族主義不得不在殖民者的偽善「扶助」，與專制統治者的文化歧視之間，輾轉往復，卻始終無法真正復興民族。

　　然而淪陷區的政治高壓，使得抗日言論很難在公開出版物當中呈現。與漢族文人一同遭受殖民者欺壓與歧視的蒙古族知識份子，只能以相對曖昧的姿態，在反對專制的同時，婉轉地表達對殖民統治的不滿。由此方可理解，蒙疆文壇中即便是少數民族附逆知識份子，其宣導的民族「自決」與文化復興，恐怕不僅是針對國民政府；也在某種層面上以「自決」言說，對日本殖民統治構成潛在抵抗。

三、被殖民者利用的少數民族文學反專制言說

　　除了《蒙古文化》之外，蒙疆文壇的其他刊物，也不乏民族主義色彩濃厚的文學作品。日本殖民者除了利用蒙古族的「自決」意識之外，還在不斷對蒙疆境內回族的民族意識

---

67 陶布新：《偽蒙疆教育的憶述》，載《內蒙古文史資料》第七輯，呼和浩特：內蒙古人民出版社，1981 年，第 189 頁。關於文都爾護的死亡時間，陶布新所聽傳聞有誤。實際上文都爾護死於 1949 年之後。

68 關於德王在抗戰期間秘密聯繫重慶國民政府的經過，參見陳紹武：《德穆楚克棟魯普和蔣介石之關係》，載《內蒙古文史資料》第一輯，呼和浩特：內蒙古人民出版社，1979 年，第 28-55 頁。

加以利用，並在文學方面有相仿的呈現。

　　孟黎的小說《瘋狗》，是《蒙疆文學》第 3 卷第 1 期「創作特輯」當中一篇非常獨特的作品。儘管這一期的《編後語》當中並未對作者身份作更多介紹，但小說中強烈的民族意識還是凸顯了作者的身份及立場。作品使用大量東北方言口語，將信仰伊斯蘭教的回族稱為「小教人」，而將漢族稱為「大教人」[69]。小說寫單親回族兒童小鎖和母親尹大嫂，與眾多漢族鄰居同住一院。小鎖將一隻花狗引入院中玩，鄰居申大胖子打狗時被咬，由此引出一段鄰里風波。但是被漢族鄰居蔑稱為「回崽子」的小鎖，不捨得丟棄這隻在鄰居看來患有狂犬病的花狗，有錢的申大爺就派他的廚子「大黑騾子」要把花狗打死，因此和「那十二歲的黑瘦孩子」小鎖起了肢體衝突。

> 　　「打死你個雜種×的！」
>
> 　　大黑騾子不說罵狗，抑或罵人，喊著便舉起了棒子。……
>
> 　　……
>
> 　　這功夫劲兒小鎖拾起一塊磚頭子便往大黑騾子的頭上投去，大黑騾子激了眼：
>
> 　　「好小兔羔子，吃豬肉的！」一火性，上去就是

---

69 關於民國時期回族及伊斯蘭教均被稱為「回教」的用語混亂問題，及將回族稱為「漢回」以與「纏回」相區別等用語流變與實質界定問題，參見華濤，翟桂葉：《民國時期的「回族界說」與中國共產黨〈回回民族問題〉的理論意義》，《民族研究》，2012 年第 1 期，第 12-24 頁。由於涉及引文中大量民國時期原文用語，本書不再對此問題作專門概念辨析，僅保留各種原文用語方式，以免造成二度歧義。

　　**兩個耳瓜子，小鎖死命的哭踢著他，但他竟踢不到大
黑騾子一腳。**

　　原本是富人欺負孤兒寡母的鄰里風波，因對方以「小回
崽子」、「雜種」、「吃豬肉的」等具有特殊意味的詞彙刻
意侮辱小鎖，演變成一場帶有民族歧視意味的文化衝突。小
鎖的母親尹大嫂因兒子受氣，想起丈夫被抓丁入伍一直杳無
音訊，「那離了家鄉八年於茲的漢子，那鐵一般黑硬的胸膛，
飯碗般的拳頭，高高的身軀，鋼絲的筋肉，尖刀般的眼睛……」
尹大嫂認為「如果他在家，我們那會受這幫氣呀，他是氣粗
的」，但隨即想到「不，他在家在這時候，准又要惹禍呢」，
終只能感慨「小教人不也是一樣人嗎？」小鎖聽媽媽說爸爸
是「給人家要兵要去了」，驚奇地想到「一個回教人，連別
人的飯都不吃，而自己在學校的時候連別人使用完了的水碗
都不使喚，簡直不喝學校的水，不和大教同學嘴接觸得近
些……等等的，他疑惑爸爸怎麼和大教人去一起過活呢？」
在媽媽的淚水中得到的答案，卻是小教人除了挨他們的罵、
折磨之外，是沒有什麼特別的。在現實中受氣的小鎖夢裡仍
耿耿於懷，甚至夢裡連同學「也不怎麼他也認得申大胖子
了」，還幫著「大黑騾子」欺負小鎖，說無父的小鎖是「私
家孩子」，並侮辱小鎖說他吃「黑毛子肉」，小鎖在夢裡自
豪地告訴欺負他的同學「我爸爸回來是大官哪」，和母親一
樣幻想著「『回回』也能出息的，看人家王司令，倒是小教
人哪，當多大的官呀！」白天的現實，在小鎖夢裡投射為各
種「敵人」的聯合欺壓，「大教人都向著大教人的」，而反

抗的方式只能是對想像中父親角色/本族威權統治者的遙遙
期許。

　　清晨見到花狗確實咬人，孤苦無依的小鎖似乎和那被打
腫了脖子的花狗之間產生了同病相憐的情感，「瘋狗」再次
被領進院子，幾乎被「大黑騾子」打死，小鎖則被媽媽「熱
的燙人而顫抖的」手拉住。在鄰居張大嫂「小教人就是那麼
回事，真兩路！」的罵聲中，母親終於病倒，小鎖去姥姥家
求救的路上，在人群中感到莫名的孤獨。

> 　　小鎖沒顧戴帽子便走出了，他害怕媽媽的病，他
> 更恐怖媽媽的病會沉重下去，他又想到了媽媽也許因
> 此死去……
>
> 　　這時候，他幼稚的心裡才發現自己在世界上最親
> 愛的人是媽媽了，因為現在他覺得怕失掉了母親了。
>
> 　　太陽已經很高，顯然時刻比昨天小鎖起來的時間
> 還晚。
>
> 　　街上充滿了朝氣，賣東西的滿街喊，尤其是買菜
> 的更多，偶爾也有幾個賣貴族吃的火腿的走過。
>
> 　　小鎖什麼也不看，斷續的跑了幾步，而姥姥的家
> 仍離這很遠。
>
> 　　幾天來不曾落雨，土道上的土末被小鎖小腳翻了
> 起來，遠遠有兩個時髦的女事務員似的女人匆匆走
> 來，又掩著鼻子匆匆走過，小鎖急的伸長了步子，但
> 他的步子只能有成年人的一半長，他非常氣苦，時間
> 在著急裡馳去，回頭一看路程馳去得太慢了。

　　求救路上所經過的整個世界依舊如故，小鎖童稚內心第一次感受到失去唯一親人的威脅，卻無從獲得外在世界的共鳴與同情。絕望迫近的氣氛中，鄰居「住國際的男人」騎車追上了小鎖，說尹大嫂恐怕命在一刻，立即騎車帶小鎖回家見母親最後一面。可回家後，母親已從幾近「彌留」的狀態復甦。在近於大團圓的結尾處，小說又突然轉折，留下了更多衝突和悲劇的可能。

> 　　「不好了！申大爺買醬肉叫老尹家瘋狗和一群野狗給撕倒了！」
>
> 　　尹大嫂猛然驚恐的把身子一動想起來，但他卻無論如何坐不起來了！
>
> 　　小鎖跪在那裡，快感的一咧嘴。[70]

　　小說結束在瘋狗的「復仇」舉動中，不曾詳寫尹大嫂的病情是否能夠徹底好轉，而瘋狗的這種「復仇」給小鎖一家帶來的，恐怕是更大的災難。

　　在這篇奇特的民族主義文學作品中，並未出現日本人或蒙古族，甚至未呈現中日戰爭的歷史背景。但回漢之間鄰里矛盾隱藏著的文化上的不平等，正是日本殖民者最樂於加以利用的主題[71]。小說中反覆出現的「大教人都向著大教人的」，將回漢民族區隔開來，與日本殖民者鼓吹的民族主義

---

70 孟黎：《瘋狗》，《蒙疆文學》，成紀七三九年（1944 年）1 月，第 3 卷第 1 期，第 49-50；51；52；54；59 頁。

71 王柯：《宗教與戰爭──1930 年代日本「回教圈」話語的建構》，《二十一世紀》，2016 年 4 月號，第 61-78 頁。

宣傳頗為一致。除了策動蒙古族尋求「民族自決」之外，日本殖民者還不斷試圖煽動西北地方回族以「民族自決」的名義投日[72]，以圖在偽滿和偽蒙疆之外建立「第三滿洲國」[73]。早在 1933 年，日本陸軍大將林銑十郎即創立「日蒙協會」，隨後改名「善鄰協會」，從事對蒙工作；到 1938 年，卸任首相的林銑十郎任「大日本回教協會」會長，在東京善鄰協會成立「回教圈考究所」，後更名為「回教圈研究所」。在所長大久保幸次組織下，派出小林元、竹內好等大量調查人員赴華從事調查研究[74]。善鄰協會本部 1938 年從偽滿「首都」新京（長春），遷往偽蒙疆所轄的張家口[75]，隨後開設回民

72　新保敦子：《日本军占领下における宗教政策》，早稻田大学教育学部《学术研究—教育‧社会教育学编—》第 52 号，2004 年 2 月号，第 1-15 頁。

73　楊靜之著：《日本之回教政策》，重慶：商務印書館，1943 年，第 1 頁。

74　值得注意的是，日本「回教圈」研究所派往蒙疆及華北等地考察回教的，正是曾經創建「中國文學研究會」的魯迅研究專家竹內好，也是戰後日本重要的思想家。而就在這次看似無關的考察前幾個月，竹內好針對珍珠港事變，代表「中國文學研究會」一千位會員在會刊《中國文學》上發表了《大東亞戰爭與吾等的決意》，聲稱「從東亞驅逐侵略者，對此我們沒有一絲一毫進行道德反省的必要。」「能否使這場戰爭真的為民族解放而戰，取決於東亞的諸民族今日的決意如何。」「我們熱愛支那。我們與支那攜手共進。」（引自竹內好著，孫歌編，李冬木、趙京華、孫歌譯：《近代的超克》，北京：生活‧讀書‧新知三聯書店，2005 年，第 167 頁。）隨後竹內好解散了經營多年的「中國文學研究會」，停辦《中國文學》，加入「回教圈考究所」並赴華考察回教（參見竹內好：《北支‧蒙疆回教》，《回教圈》月刊，1942 年 9 月，第 36-57 頁）。正是在這種標榜「解放」東亞各民族並驅除西洋殖民者的奇特殖民意識形態影響下，此前曾一度因日本侵華戰爭不義而感到愧疚的竹內好，在珍珠港事變後即日本對英美宣戰的「大東亞戰爭」爆發後，卻把對華北和蒙疆回教的考察，視為一種比中國文學研究更為迫切的工作。

75　房建昌：《日本興亞院蒙疆聯絡部與蒙古善鄰協會西北研究所始末及其對西北少數民族的調查研究》，《西北民族研究》，2002 年第 3 期，第 131-141 頁。

女執[76]，蒙疆地區的回族社會成為善鄰協會考察的重要對象
[77]。日方甚至以回教考察為名從事間諜活動[78]。1939 年日本
駐蒙軍更在包頭成立軍事組織偽西北保商督辦公署，由回族
軍官蔣輝若出任督辦，負責對西北回族軍閥的策反和間諜工
作[79]。而蒙疆毗鄰中國西北地方回族聚居地[80]，加之蒙疆西部
回族人口較多[81]，就成為日本方面以各種「扶助」方式策動

---

76 新保敦子：《蒙疆政権におけるイスラム教徒工作と教育—善隣回民女
　塾を中心として—》，中国研究所《中国研究月報》615 号，1999 年 5 月
　号，第 1-13 頁。譯文為早稻田大學博士研究生孫佳茹譯出，未再次以中
　文公開發表。

77 善鄰協會調查部的蓮井一雄，於 1942 年 5 月至 11 月對蒙疆的包頭、薩
　拉齊、厚和等地回族抽樣 122 戶進行了為期半年的詳細調查，包括家族、
　職業、保險衛生、居住、被服、食物、社會組織、宗教與教育、文化娛
　樂、風俗習慣等十個方面。考察的細緻程度令人難以想像，甚至包括一
　年內每個家庭外出及來訪者的具體時間事由，整個調查報告長達 300 餘
　頁，幾乎全部為表格資料。見柴亞林譯：《蒙疆回教徒實態調查資料》，
　載《呼和浩特回族史料》第九集，呼和浩特：內蒙古人民出版社，2012
　年，第 66-190 頁。

78 丁曉傑：《日本大東亞省西北研究所及其調查活動》，《社會科學研究》，
　2010 年第 1 期，第 155-159 頁。

79 李士榮：《日寇在包頭族中進行特務活動的內幕》，《包頭文史資料選
　編》第八輯，包頭：包頭政協文史資料研究委員會辦公室，1986 年，第
　68-70 頁。

80 針對臨近的寧夏、青海等地回族軍閥，「包頭善鄰協會曾派人向馬鴻逵
　部隊進行策反活動，並派人深入西北地方收集過政治、軍事、經濟等情
　報」，見李士榮：《關於蒙疆善鄰協會情況》，載《內蒙古文史資料》
　第二十九輯，呼和浩特：內蒙古文史書店，1987 年，第 115 頁。

81 據善鄰協會組織編撰的《蒙疆年鑑》統計，位於蒙疆西部的包頭市市區
　（不含周邊各旗、縣）總人口 94108 人，其中漢族 88397 人，回族 5008
　人，蒙古族 692 人，回族人口在當地超過蒙古族，成為僅次於漢族的第
　二大民族。見鈴木青幹：《蒙疆年鑑》，張家口：蒙疆新聞社，昭和十
　六（1941）年，第 264 頁。

的重點[82]。在蒙疆政權多次變換的四色旗幟中，象徵回族的
白色條紋也始終得以保留[83]。

　　1937 年 11 月 22 日，就在「蒙疆聯合委員會」成立的當
天，在張家口成立了「西北回教民族文化協會」，日軍在蒙
疆的最高顧問「太上皇」金井章二，也被同時選為「西北回
教民族文化協會」顧問[84]，足見日軍「回教工作」在蒙疆地
區的重要性。1938 年 12 月 15 日，蒙疆「西北回教聯合會」
本部在厚和豪特成立，下設厚和豪特、包頭、張家口和大同
四個支部[85]，出版其機關刊物《回教會報》。到 1939 年 12
月，蒙疆「西北回教聯合會」舉行了本部成立一周年紀念會。
紀念會由《回教會報》進行報導，不寫成吉思汗紀年七三四
年或中華民國十八年，而記為回曆一三五八年[86]，體現出鮮
明的回教特色及回族的主體性，並獲德王和李守信等蒙疆政
府各級高官題詞祝賀。日本殖民者利用回族煽動進一步「民
族自決」的政治目的，顯然不是蒙疆政府所秉持的蒙古民族
主義可以限制的。在《回教會報》這一期紀念專號上還發表

---

82 例如善鄰協會包頭支部設有回民診療所，以及培養回族醫生的回民醫生
　　養成所，見《日本善鄰協會包頭支部》，《包頭文史資料選編》第 10 輯，
　　中國人民政治協商會議包頭市委員會文史資料研究委員會編，1988 年，
　　第 55-60 頁。

83 新保敦子：《西北回教聯合会におけるイスラム工作と教育》，早稻田大
　　学教育学部《学术研究—教育・社会教育・体育学编—》48 号，2000 年
　　2 月号，第 2-3 页。

84 王柯：《日本侵華戰爭與「回教工作」》，《歷史研究》，2009 年第 5
　　期，第 92 頁。

85 房建昌：《日寇鐵蹄下的蒙疆回族》，《寧夏社會科學》，1999 年第 3
　　期，第 96 頁。

86 西北回教聯合會本部啟：《西北回教聯合會一周年紀念宣言》，《回教
　　會報》，「西北回教聯合會一周年紀念號」，1940 年 1 月，第 1 頁。

了「西北回教聯合會」包頭支部長吳耀成的《西北回教聯合會本部一周年紀念感言》。畢業於北平師大，曾接受過中國傳統文化培養和現代高等教育的回族知識份子吳耀成[87]，在日本殖民者操縱下，對以往專制時代中自己的民族和信仰做出了這樣的評述：

> 夫我回教民族，擁有四億五千萬教胞及千三百餘年之歷史，與其他各民族，本應平流共展，不能單獨遺落，孰料自穆聖以後，一切不特不見進步，且有今

---

[87] 吳耀成（1908-1991），字懋功，以字行。吳耀成小學就讀於包頭回教俱進會1913年創辦的私立清真學堂，從綏遠五族中學畢業後，考取國立北平師範大學體育系，當時體育系主任為著名教育家袁敦禮。據北京師範大學成績檔案可知，袁敦禮三十年代在體育系主導開設一系列體育之外的課程，包括英文誦讀、國文誦讀、生理實驗、教育心理、唱歌、舞蹈，甚至音樂史以及二胡等不同課程。吳耀成大學期間除綏遠省教育廳不定期的津貼之外，每年還可從包頭回教俱進會獲得25元銀洋的資助。畢業後，吳耀成先後在包頭中學、綏遠女子師範等學校任教，1935年吳耀成擔任綏遠省公共體育場場長。日軍佔領綏遠後，1938年吳耀成擔任母校包頭清真小學校長、回民青年學校校長，並利用日方經費支持改善回族教育條件。1939年5月5日西北回教聯合會「包頭支部長楊立堂勞疾病逝」，吳耀成就任支部長。並隨「蒙疆回教徒訪日觀光團」赴日考察（參見吳懋功、王質武供稿，鄧英整理：《日軍佔領時期的包頭回族人民》，載《包頭回族史料》，包頭市民族宗教志編修辦公室、政協包頭市東河區文史委員會合編，1987年，第44-55頁）。1940年吳耀成被任命為蒙疆西北保商督辦公署調查組少校主任，在西北保商督辦回族上將蔣輝若屬下工作，1941年升任該署調查組中校處長。1941年9月蒙疆成立正式的「部級」行政機構回教委員會，吳耀成就任委員（參見《時人月旦·吳懋功》，《利民》，成紀七三六年，第1卷第1期，第9頁）。戰後包頭清真小學被國民政府收回，去回族化，吳耀成則與其弟吳佑龍等協助創建成當地唯一的清真中學包頭私立崇真中學，後任該校校長。1949年後歷任多所民族學校校長，成為內蒙著名的民族教育家（參見佟靖仁、李可達主編：《民族教育家吳懋功》，呼和浩特：內蒙古人民出版社，2000年）。

> 不如古之情勢，故在舊政權時代，無時無地無不受人
> 之排擠，被人藐視，吾人撫今追昔，能不愧然？[88]

　　吳耀成的感言和孟黎的小說《瘋狗》，都體現出一種民族主義情緒。小說中並未出現民族自治或「自決」的表述，卻以兒童的視角呈現了專制統治下少數民族所遭受的歧視，與民族間不平等的現象。而吳耀成的感言則在感慨「舊政權時代，無時無地無不受人之排擠，被人藐視」之後，最終落實到「以求我回教民族之自決」上來。兩者雖都感慨回族處境，然而在小說和政治感言之間，還是存在著某種微妙的差異。

　　儘管小說文本當中回族兒童所受欺侮，是由普通市民造成而非專制政體導致，但小鎖夢境的奇妙呈現，卻讓人感受到了無形而無所不在的壓力，正是作者作為長期處於專制統治和文化歧視下的少數民族知識份子內在情緒的自然流露[89]。北洋政府和國民政府專制統治下公立的普通學校，無視

---

88 吳懋功：《西北回教聯合會本部一周年紀念感言》，《回教會報》，「西北回教聯合會一周年紀念號」，1940 年 1 月，第 22 頁。

89 例如 1931 年由國民黨意識形態理論家戴季陶主持創立的《新亞細亞》月刊，不僅含有民族歧視並努力推行同化政策，更在「亞洲園地」欄目刊登魏覺鐘的《南洋回人不吃豬肉的故事》，介紹了南洋華僑當中的三種傳說，其中第三種認為馬來的回教徒是豬八戒的子孫。儘管作者明知這「完全是一種神話」，仍與其他兩種同樣無根據的說法一併分述，並認為「有很多是很有趣的」。該文引發中國國內回族強烈反應，回族刊物《月華》致信戴季陶抗議此文，方獲該社來函澄清。見魏覺鐘：《南洋回人不吃豬肉的故事》，《新亞細亞》，1931 年第 2 卷第 4 期，第 113-116 頁；《本刊致戴季陶書──新亞細亞月刊登載辱教文字》，《月華》，1931 年第 3 卷第 22 期，第 1-5 頁；《新亞細亞月刊社來函》，《月華》，1931 年第 3 卷第 24 期，第 9 頁。

回族教育的基本需求，使得回族兒童在普通學校的就學面臨
諸多問題，「小鎖想起夢裡的情形，以及每天上學的情形，
他不禁憤憤的了，而也就由於這個，他竟有些對學校都討厭
了起來。」[90]小鎖在學校裡和同學之間在飲食等方面的隔閡，
甚至夢裡同學聯合「申大胖子」和「大黑騾子」一起欺負、
侮辱小鎖，恰恰呈現了現實中設立回族學校的少數民族自身
訴求。民國以前回族早已普遍使用漢語，並非被迫接受漢語
教育，也不存在設立民族語言學校的訴求。但回族中小學的
設立，不僅提供清真飲食與同族交往環境，更以民族文化傳
承的獨特教育方式成為回族延續自身信仰與文化的重要媒
介。回族的傳統教育模式是經堂教育，即由阿訇在清真寺中
講授阿拉伯語和信仰方面的經、訓知識，學生被稱為「海力
凡」，在阿拉伯語中指「繼承者」。蒙疆回族將傳統的經堂
教育發展成為一種新型的現代學校教育，既包含信仰知識的
傳播，又包含其他現代知識如漢語和日語等教學內容。而這
種設立回族學校的少數民族基本訴求，在偽政權控制下被日
本殖民者所利用，1941 年 6 月蒙疆西北回教聯合會本部在厚
和豪特創立了「蒙疆回民教育促進會」，興辦大量公立回族
學校[91]，成為「扶助」回族「協進」的具體措施[92]。

---

90 孟黎：《瘋狗》，《蒙疆文學》，成紀七三九年（1944 年）1 月，第 3
　　卷第 1 期，第 54 頁。

91 《蒙疆政府扶植回民教育撥給小學教育補助金》，《回教週報》，1941
　　年第 59 期，第 3 頁。

92 除了張家口著名的善鄰回民女塾之外，僅張家口及周邊的宣化、沙城、
　　新保安等地就建有十座回民小學。日偽當局將包頭和薩拉齊原本私立的
　　清真小學改為公立清真小學，以解決其資金困難，到 1939 年薩拉齊公立
　　清真小學共收有 99 名學生。自 1938 年秋，包頭共舉辦七屆回民青年學

　　由於回族的外來屬性和長期使用漢語的傳統，很難將回族的華語文學創作，與華語語系文學研究當中所謂的「漢語殖民霸權」問題相聯繫[93]。回族在使用漢語作為日常交際用語的同時，還保留了大量阿拉伯語和波斯語的宗教詞彙，在回族華語文學創作中亦可見到。但這種在回族遷徙與宗教傳播歷史進程中形成的語言交匯現象，即便可以與克裡奧爾語化現象相比較，仍與滿洲國出現的漢語寫作混入日文漢字詞彙的「協和語」創作模式，即所謂「日語殖民霸權」極不相同，自然不能類比地作為所謂「漢語殖民霸權」問題來看待。然而，蒙疆回族華語文學作品卻在主題上呈現出鮮明的反抗專制與欺壓的意味。更值得注意的是，這些反專制的文學作品中，除了呈現民族之間的歧視與隔閡等問題之外，其中出現的欺壓往往同時源自階層的差異。正如尹大嫂的感慨「人

校，以灌輸殖民思想。優秀的回族青年畢業之後，可以獲得進一步深造的機會，例如王德、王金明被送往張家口回民商業學校學習，白俊到厚和豪特蒙疆學院學習，馬文祥則留學日本。參見馬文義：《包頭回族教育事業發展概況》，載《包頭回族史料》，包頭市民族宗教志編修辦公室、政協包頭市東河區文史委員會合編，1987 年，第 212 頁。

93 史書美最初提出相關論述是針對台灣，「Sinophone, in a sense, is similar to anglophone and francophone in that Chinese is seen by some as a colonial language (in Taiwan).」 See Shu-mei Shih, 「Global Literature and Technologies of Recognition」, *PMLA* 119, 1 (January 2004), 29. 其後才逐步涉及中國大陸境內少數民族，「In today』s China, the imposition of the standard Hanyu and the Sinitic script on its non-Han others—Tibetans, Uyghurs, Mongolians, etc.—is akin to a colonial relationship that most dare not criticize for fear of the government』s ire.」 See Shu-mei Shih, 「Against Diaspora: the Sinophone as Places of Cultural Production」, in *Global Chinese Literature: Critical Essays*, ed. Jing Tsu and David Der-wei Wang (Leiden & Boston: Brill, 2010), 37.

家有錢呀，有錢這年頭就是有勢力」[94]，孟黎小說中的「申大胖子」及其廚子「大黑騾子」，不僅具有漢族身份，更是富人勢力的具體體現。儘管小說中尹大嫂反覆強調「大教人都向著大教人的」，並受到鄰里的言語擠兌，但在她病重之際，騎車去接小鎖回來見她「最後一面」的人，同樣是作為漢族的「住國際的男人」。在少數民族反專制的作品中，民族歧視並非唯一要反抗的物件，對社會階層間的不平等的揭示，同樣是其重要主題之一。

　　而與文學作品不同，在《回教會報》上述政治宣言中呈現的，其實是日本殖民者利用民族主義，分區佔領中國少數民族地區的變相殖民訴求。1941 年，蒙疆西北回教聯合會將會刊《回教會報》改名為《回教月刊》，由楊崇德編輯，日本穆斯林小村不二男監修，以「發揚回教文化，提高民族地位」等為辦刊的根本宗旨[95]。利用民族主義煽動回族反抗國民政府專制統治和英美殖民的《回教月刊》，正與自命為「宣傳蒙古文化之利器」的《蒙古文化》扮演著相似的角色，成為日本殖民者的意識形態工具。事實上反抗專制統治並不一定需要借助於殖民者，例如國統區由南京蒙藏學校西遷重慶而改立的邊疆學校的回族刊物《突崛》雜誌上，回族詩人「目

---

94 孟黎：《瘋狗》，《蒙疆文學》，成紀七三九年（1944 年）1 月，第 3 卷第 1 期，第 55 頁。

95 與華北偽政府的中國回教聯合總會刊物《回教》不斷報導巴勒斯坦反英鬥爭相仿，西北回教聯合會《回教月刊》重點報導的內容之一，就是西北回教聯合會在蒙疆各地組織的反英大會。1941 年 6 月 3 日包頭支部的回教群眾反英大會共有五千人參加，而此後的 6 月 6 日，在該會的組織下蒙疆「首都」張家口也在六個地方舉行回民反英大會。見房建昌：《日寇鐵蹄下的蒙疆回族》，《寧夏社會科學》，1999 年第 3 期，第 96 頁。

灘」同樣可以在抗戰的大前提下喊出「『回族』並沒有歸化在某族裡面」的反專制聲音[96]。而殖民統治的到來，也不意味著原有專制文化已經不復存在。在日偽統治下，新民會要求學生參拜文廟，甚至在學校懸掛孔子像並令學生叩拜，因叩拜人像而違背回族信仰，遭到回族學者唐宗正以演說和廣播加以反對，並著書闡明強令崇拜人像導致回族學生退學甚至造成事端。任職於「中國回教總聯合會華北聯合會總部刊物課」的唐宗正[97]，在華北日偽統治下反對文化專制的舉動，獲得偽蒙疆包頭市長金朝文和西北保商督辦蔣輝若等回族高級官員的支持[98]，正說明日偽統治並未真正消除原有的專制因素。當然，反殖民的回漢團結抗戰言說，也未必能夠真正理解少數民族對專制文化的抵抗心理[99]。殖民與專制的並存，正是少數民族發展自身文化所面臨的雙重壓抑。處於蒙

---

96 該詩明確表達了抗戰主題，與反對國民黨回漢同源論的思想：「今日，我們共赴國難，/危急中誰再挑戰？！/奪取我們的民權？！/歷史是正大的，/中國伊斯蘭載著來源/總理是崇尚的，/『回族』並沒有歸化在某族裡面。」最後號召「起來吧，中國的伊斯蘭，/享受平等的民權，/敵抗一切的摧殘！」見目灘：《起來吧!獻給中國伊斯蘭》，《突崛》，1940年第7卷第3-4期，第4頁。「目灘」為阿拉伯語譯音，中文多譯作「穆薩」，源自歷史上的摩西之名，為穆斯林常用名字。

97 《中國回教總聯合會華北聯合會總部職員名系表》，《中國回教總聯合會第二周年年報》，1940年，第21-22頁。

98 唐宗正：《回教與尊孔》，北京：世界回教書局，1941年。

99 滿族作家老舍與曾在綏遠生活的劇作家宋之的，抗戰期間在中國回教協會的邀請下，于重慶撰寫了回漢民族團結抗戰並揭穿日偽間諜的劇本《國家至上》，卻多處寫到回族人物對人下跪的場景，同樣與回族信仰不符，無法真正切入回族自身的文化與信仰體系。見宋之的、老舍：《國家至上》，《抗戰文藝》，1940年第6卷第1期，第65-80頁；1940年第6卷第2期，第151-165頁。另見宋之的、老舍：《國家至上》，重慶：南方印書館，1943年。

疆傀儡政權統治下的少數民族，在殖民者的扶助之下既無法有效地反抗專制，更不可能真正實現「民族自決」。

這種文學和政治之間的表述差異，恰恰為考察淪陷區少數民族傀儡政權下的文壇環境，提供了絕佳的切入口。蒙疆淪陷區的少數民族作家無論是蒙古族還是回族，其民族主義創作本身更多的是作家內心情感的自然流露，和文化認同的文學呈現；但外在的殖民意識形態對民族主義的反向利用，使得這些奇特的民族主義書寫，和眾多媚敵作品一道構成了對所謂東亞民族「協進」謊言的文學支撐。

而小說《瘋狗》中小鎖那句充滿方言味道的話，或許具有某種隱喻意味，比任何清晰的表態，更能呈現民族主義文藝在殖民與專制之間真正的心聲[100]：

> 「啥瘋狗呀！准是他遭了它，它激了眼才咬他的，沒錯！攔誰不激眼，誰願受欺負呀！」

100　孟黎：《瘋狗》，《蒙疆文學》，成紀七三九年（1944 年）1 月，第 3 卷第 1 期，第 48 頁。

第三章　蒙疆漢族作家的
華語創作

　　以文學的方式構築蒙古「民族國家」想像，不僅僅包含直接呈現民族主義論述的作品，同時包含與之相關的其他許多不同種類的文學作品形態。儘管蒙疆文壇最主要的特徵是對蒙古民族文化的復興，但也有與其他各淪陷區文壇相似的一面，同樣充斥著大量豔情、武俠等商業氣味濃厚的舊小說。在大量通俗文學作品之外，尚有相對較少顯露政治傾向的部分「純文藝」作品。然而這些通俗文學作品與其他淪陷區文學的共性，並不能掩蓋少許「純文藝」作品的獨特意義。

　　與這些不涉政治的作品極為不同的是，眾多諂媚日本殖民者的文學作品則有意向政治靠攏。而在蒙疆政府所宣導的民族主義文藝宣傳，與日本方面所宣揚的殖民意識形態之間，實際上還存在著並不那麼輕易就能跨越的隱秘鴻溝。

一、夾在通俗文學中去政治化的
「純文藝」

　　為了控制輿論宣傳，以日本人金井章二為最高顧問的「蒙

疆聯合委員會」，於 1938 年 5 月在張家口成立「蒙疆通訊社」。1939 年 9 月三個偽政權正式合併後，該社改為「蒙疆新聞株式會社」，在其他各淪陷區設有眾多分社及通訊部。其發行量達十萬多份的華文《蒙疆新報》和發行量三萬多份的日文《蒙疆新聞》，成為該政權最主要的意識形態輸出視窗[1]。

　　日本殖民者與偽蒙疆政權之間的「同床異夢」，在「遷都」過程中最為明顯。與德王原來屬意的「首都」厚和豪特不同，張家口作為以漢族為主的城市，並非該政權作為所謂蒙古「民族國家」最理想的「首都」，卻是日本殖民者硬塞給偽蒙疆政權的「禮物」。日本殖民者顯然並不樂於偽政權真正實現「民族自決」，有意以漢族聚居地來沖淡該政權的蒙古特色。隨著三個偽政權合併與「遷都」，原來設在「舊都」厚和豪特的「蒙古日報社」也相應降級為「蒙疆新聞社厚和支社」[2]，其《蒙古日報》只能降級為《蒙疆日報》厚和版，由張家口派來的夏鐵漢負責編輯。夏鐵漢與日方特務機關人員關係極為密切，編務完全由夏鐵漢的故舊人員控制。而德王所委派的蒙古族知識份子尹德欽，則未能從日方手中獲得該報主導權，終轉向「蒙古文化館」及《蒙古文化》的宣傳工作[3]。蒙古民族主義及其文學宣傳，所獲日本方面的支

1　關於張家口「蒙疆新聞社」內日系、滿系與現地系工作人員之間的矛盾，參見李沛澤：《日偽時期的「蒙疆新聞社」》，《抗戰時期的張家口》（張家口文史資料第 26-27 輯），張家口：中國人民政治協商會議張家口市委員會文史資料委員會，1995 年，第 346-350 頁。

2　倩影：《蒙疆新聞社厚和支社》，《呼和浩特史料》第七集，呼和浩特：中國呼和浩特市委黨史資料徵集辦公室、呼和浩特市地方誌編修辦公室，1986 年，第 145-153 頁。

3　夏鐵漢曾在北平辦過《真報》《大早晚》《女子日日新聞》《鐵報》《漢

持其實是有限度的，更與殖民意識形態訴求之間隱含著內在差異[4]。

　　在這樣的背景下，成紀七三六年（1941年）10月15日，《利民》半月刊在蒙疆「首都」張家口「蒙疆新聞社」創刊，由夏鐵漢主編。封面刊名由德王題寫。編者在《創刊詞》中闡明了刊名的由來：「蓋民為邦本，本固邦寧，古有明訓，故欲期國基之永固，且使之發榮滋長，日新月異，而歲不同，必須解民困，阜民財，啟民智，培民氣，一言以蔽之，莫非利民之要道而已。」[5]

　　然而如此高蹈的《創刊詞》和刊名，卻與刊物內容大相徑庭，無論是時政宣傳和圖片新聞，還是漫畫與文藝作品，事實上都根本不能完成「利民」這一刊名所包含的民生意圖。雖設有「婦女與家庭」、「青春線」、「兒童」等不同欄目，卻多含刺激性內容的介紹，以吸引眼球為目的，討論實際民

蒙日報》等，後參與華北漢奸管翼賢的《實報》工作。隨夏鐵漢來厚和控制《蒙疆日報》厚和版的記者白雪橋、周友蓮，均來自原《鐵報》舊部。而夏鐵漢之妾張琢如，則接替曾在厚和《蒙疆日報》文藝版連載長篇小說《絕代佳人》的副刊編輯黃秋雲，黃秋雲此後轉而參與蒙疆《白薔薇》等女性文藝刊物的工作。關於謝鐵漢與日方特務機關的密切關係，及該報相關人事糾葛，參見韓雪琴：《歸綏淪陷時期的報紙和通訊社》，《呼和浩特史料》第二集，呼和浩特：中共呼和浩特市委黨史資料徵集辦公室、呼和浩特市地方誌編修辦公室，1983年，第269-271頁。

4　厚和《蒙疆日報》社為解決蒙文出報而鑄造的蒙文鉛字，後來還用於偽蒙古軍司令部出版其蒙漢雙語的軍事宣傳刊物《鐵壁》，其中包含部分歌頌偽蒙古軍的文學作品，由此改變了偽蒙古軍系統只有日系集團出版日文刊物《挺身》的局面。見韓壽松：《解放前歸綏的印刷業》，《呼和浩特文史資料》第10輯，呼和浩特：呼和浩特市政協文史資料委員會，1995年，第109-110頁。

5　《創刊詞》，《利民》，成紀七三六（1941）年10月，第1卷第1期，第4頁。

生問題的較少。由於《利民》創刊後不到兩個月，日本於 1941
年 12 月 7 日發動珍珠港事變，日本與美英開戰，戰爭進入全
新的階段，《利民》隨即對所謂「大東亞聖戰」展開不遺餘
力的宣傳。還專門在 1942 年元旦出了《利民》第 2 卷第 1
期「大東亞戰爭號」。此後最常見的封面諷刺漫畫便是以英
國首相邱吉爾為原型的醜化形象，出現次數排在第二位的則
是以美國總統羅斯福為原型的漫畫形象。戰事新聞報導，以
及鼓吹日本優勢的時事評論，成為每期必不可少的開篇內
容。而日軍戰績與蒙疆建設成就等照片「寫真」，亦成為每
期《利民》圖片插頁的主要選題。

　　佔據《利民》文學作品版面最多的，是長篇通俗文學作
品的連載。從創刊號開始，高風的武俠小說《雙俠劍》，和
燃犀的言情小說《愛欲海》就一直連載，幾乎成為《利民》
半月刊的文學「招牌」。《雙俠劍》不無幽默之處，且並不
止於武俠，更以法術玄幻吸引讀者。燃犀的《愛欲海》雖非
純粹色情小說，卻以浪漫史和各種曖昧關係為核心，充滿挑
逗意味。後來又有金貝的言情小說《落花流水》長期連載。
在這些長篇通俗文學作品的連載之外，《利民》所刊登的作
品多為零星的短篇小說。李樹花的諷刺小說《僵屍的第二
代》，寫張二牛在京包鐵路線工作之餘偷販私鹽，一次偷鹽
時鹽山崩塌被埋，發現時屍體早已僵硬。二牛遺孀靠放高利
貸守住了家業。兒子頭腦更靈活，「事業」頗大，卻流連「外
家」，兒媳更與人私奔[6]。小說題目雖與內容勉強相連，卻頗

---

6 李樹花：《僵屍的第二代》，《利民》成紀七三六（1941）年 11 月，第
　1 卷第 3 期，第 29 頁。

為不當，大有吸引眼球的用意。此外因主編夏鐵漢愛好京劇等舊戲，每期《利民》上都要或多或少地介紹一些舊戲名角軼事，以及戲曲雜談等等。對於這種通俗化的內容，《利民》創刊號的「編後語」中解釋道：「蒙疆向屬文化落後的區域，近年來雖有幾種刊物出現，究嫌為量太少，前本市《宏聲月刊》也一度出現，然內容側重於文藝方面且取材水準較高，似與地方人民程度稍差，以致中途停刊，雖屬令人惋惜實亦無可如何事也。本刊有鑑於此，內容力趨淺俗，趣味也力趨大眾化，使一般民眾都能瞭解。」[7]然而夏鐵漢的這種淺俗觀念，終因編輯變換而得以改革[8]。《利民》當中偶然也可見一些清新的文藝作品。

　　司空鹿（劉樹春）的小說《淺藍色地手帕》，在錯亂的時空設置中，寫德國士兵洛斯在蘇聯作戰，時常懷念故鄉的愛人安娜，拿出那塊淺藍色的手帕撫慰。而冰雪中優美的歌聲讓洛斯和一位俄羅斯姑娘相戀，卻被上級懷疑是俄國間諜有意接近洛斯。洛斯始終不願相信，最終失掉了手帕，哼著俄羅斯姑娘的歌兒在冰雪中感慨[9]。雖不得不扣上世界大戰的主題，但小說並未站在德國立場描繪蘇德之間的戰爭，而是

7　《編後語》，《利民》，成紀七三六年（1941），第 1 卷第 1 期，第 32頁。

8　成紀七三八（1943）年 6 月 1 日《利民》第 3 卷第 11 期開始改革，由劉少曾（劉紹曾）接替夏鐵漢擔任主編，隨後開始長期連載金貝的小說《落花流水》，「蒙疆文藝懇話會」即《蒙疆文學》漢族作家群在《利民》逐漸佔據主導地位；而蒙疆文藝懇話會的劉景備和沐華，在此次改革前已長期在《利民》發表隨筆。

9　司空鹿：《淺藍色地手帕》，《利民》成紀七三九（1944）年 1 月，第 4 卷第 2 期，第 26-27 頁。

以個人化的視角寫了士兵的內心世界。儘管不曾明確表達對戰爭的厭惡或反思，卻令讀者同情被戰爭所折磨的士兵及其精神上的痛苦。正與作者本人遠離家鄉忍受戰爭折磨的情形相仿。而王令（王黛英）的短篇《生》，寫狗「自從分清主人和外人的時候，就被一條鐵鍊子鎖上了」，「它見到主人，就把尾巴來回的不停搖擺，鼻子裡還『替！替！』的作響，向小孩子和母親撒嬌希冀博得母親憐愛一樣，可是，它的希望和現實總不一樣，主人一味的板著鐵硬的臉孔，從沒有對它笑過一笑」，偶然一次衝出家門去尋找同類伴侶，卻被同類咬得遍體鱗傷而歸[10]。王令所寫，在其他文壇環境中或許不能產生特殊意味，然而在淪陷區文壇，則不言自明地隱喻著附逆文人「悲慘」的生活境遇，更道出了其內心無法尋得同類歸屬感的痛苦。作為日本殖民者在文化上的前驅，附逆文人並不能真正獲得「主人」的欣賞，不過被其利用如走狗。小說題目《生》，隱隱透露著作者處於當下文壇環境中的無奈。

　　值得注意的是乃帆（王承琰）的詩《疲勞的恢復——過磨房所感》，以第一人稱口吻抒寫騾馬整日勞作非但不得報酬反遭鞭打的悲慘生活：

> 當東方塗起了
> 絳色的朝雲，
> 背上又結起那

---

10 王令：《生》，《利民》成紀七三九（1944）年1月，第4卷第2期，第28-29頁。

半生磨得光滑的皮韁，
眼睛又給褂上那塊臭布，
生生的被奪去
這一瞬間的光亮。

耳畔吟著俏皮的小鞭稍
還有人的叫喚
和那肉感的唐山調，
悶悶的低下頭
走這走不完的轍，
背上到每天都有
新添的血的記號。

聽磨盤隆隆像春雷，
鼻端有白粉香的誘惑，
有時在心裡打個問號；
「這些個，
曾由我來耕出，
這些個，
又由我來載回，
更由我，
磨成香噴噴的粉，
眼瞅著
一碗一碗的
都送進人們的嘴！」

強按下這肚裡
轆轆的空腸，
真奇怪祖先是怎麼鬧的？
給兒孫們留下的日子
是這樣！
「我彷彿也不能逃出例外？」
儘量伸長脖子，
儘量地把汗水浸向土
究竟給人們拉回多少，
才會換出他們真的滿足。

黑夜和白天彷彿不回轉，
不然為什麼
扯下眼布又是黑乎乎的一片
摘下套板也不感到輕鬆！
屁乎上又隱隱有些創疼，
沒閒心
去數水桶裡禿髮，
強把自己耕出來的禾根
慢慢吞下。

不管是人們尿過的污泥裡，
不管是乾燥的沙土上，
趁月牙兒還沒西落，
把酸楚的身子

不妨恣意的躺躺，

再不扯起嗓子來個長籲

疲勞的恢復；

這是今天的！

　　　——陽曆二月二那天——[11]

　　乃帆的詩對被驅使的騾馬飽含深切的同情，卻顯然缺乏抗爭精神。明明意識到「這些個，/曾由我來耕出，/這些個，/又由我來載回，/更由我，/磨成香噴噴的粉，/眼瞅著/一碗一碗的/都送進人們的嘴！」卻只能「強按下這肚裡/轆轆的空腸，」不敢搶回原本屬於自己東西。對待不公，只在心裡呻吟並埋怨祖先，而無力反抗。對「究竟給人們拉回多少，才會換出他們真的滿足」的感慨，其實已是淪陷區文人最大限度的自我表達。「背上到每天都有/新添的血的記號」則是屈辱之下的內心寫照。結尾呼應了頗為不協調的題目「疲勞的恢復」。「這是今天的！」更意味著日復一日地忍受與繼續勞作。若簡單地將這樣的詩當作抗日隱喻未免陷於過度解讀，但無論詩中騾馬所遭受的苦難是源於現實中的殖民者，還是源於富人階層，乃帆的詩都與媚日文學和通俗文藝顯出了極大的差異。

　　由於日偽意思形態管控相對嚴密，不太容易見到旗幟鮮明的抗戰文藝[12]，卻很容易見到赤裸裸的諂媚作品。而蒙疆

11　乃帆：《疲勞的恢復》，《利民》成紀七三九（1944）年4月，第4卷
　　第8期，第11-12頁。
12　儘管並未直接描繪抗戰，但劉樹春以「蕭沉」的筆名發表的小說《蠢流》，

文藝當中在藝術表現力方面最優秀的作品,往往是那些如《淺
藍色地手帕》《疲勞的恢復》般架空時代背景,在虛幻的歷
史空間隱喻現實的小說或詩體寓言。這類文學作品既不是純
粹的政治諷喻或隱秘的抗日抒寫,又在隱去歷史時空的虛構
域境中呈現了作者尚未泯滅的關懷與悲觀情態[13]。換言之,
在這樣的虛構域境中,作者不曾向日偽俯首詔媚,也不敢公
然地或不願刻意地去宣揚抗日主題,有意回避現實的寫作方
式反而成為現實無奈的最真實寫照,並由此引出了作者無法

以「司空鹿」的筆名發表的小說《動盪》,都描繪了淪陷區人民的不滿
與掙扎,對日偽統治加以諷刺,這種寫作引起了偽蒙疆批評界的注意,
最終劉樹春被迫逃離偽蒙疆。見蕭沉:《蠢流》,《蒙疆文學》,成紀
七三九(1944)年 5 月,第 3 卷第 4 期,第 88-112 頁;司空鹿:《動盪》,
《蒙疆文學》,成紀七三九(1944)年 6 月,第 3 卷第 5 期,第 66-89
頁;啞瘋:《評「蠢流」》,《蒙疆文學》,成紀七三九(1944)年 7
月,第 3 卷第 6 期,第 9-12 頁;啞瘋:《創作三題》,《蒙疆文學》,
成紀七三九(1944)年 8 月,第 3 卷第 7 期,第 16-19 頁。

13 1946 年在八路軍已經光復並作為晉察冀邊區政府駐地的前蒙疆「首都」
張家口,蕭軍讀到了《蒙疆文學選輯・散文之卷》,2 月 25 日的日記中
稱「他們全是以個人的空虛,悲哀,絕望,灰色的生活為題材,哭泣著,
歎息著,悲艾著,訴苦著。看不見具體的生活、理想、以及青年的熱力、
開闊的人生觀!我預備讀完寫一篇文字。他們的文筆卻很簡明秀麗。」
是夜至第二日元宵節,蕭軍「以一種謹慎的態度」寫完了約三千字的感
想(見蕭軍:《蕭軍全集》第十九卷・日記第二輯,北京:華夏出版社,
2008 年,第 722 頁)。這篇文章發表于 1946 年成仿吾在張家口主編的
《北方文化》,蕭軍對蒙疆的散文創作表達了自己的看法「我很願意說,
這書中底作者們,一般都具備著很敏銳的文學感覺和優秀的寫作技能
的。也正因為如此,它內容所含那種灰敗、蒼白以至更可厭的毒素 —— 大
東亞民族的思想和感情之類 —— 就更容易害人於不知不覺之中。」「它
們一般對於人生是採取否定的甚至是絕望的態度。即使偶而有一些朦朧
的對於『理想』底憧憬,而這種理想也只是一種胰子泡似的,偶而閃耀
一點虹彩,緊跟著這虹彩它本身就被碎滅了。」見蕭軍:《灰白思想底
根源一解》,《北方文化》,1946 年第 1 卷第 1 期,第 42-44 頁。

徹底抹去的現實關懷。無論作者在作品中體現出對哪一陣營的同情傾向，都不構成妨害作品藝術感染力的因素。從這個層面上講，作家在這一特定的虛幻時空內反倒是相對真誠的。

對於這種情況的分析，必須置於當時的現實言論環境當中去考察。在隨手翻開一份刊物就是諂媚作品和民族自誇滿天飛的文壇環境中，夾在眾多日偽意識形態俘虜作品當中偶然一見的清新文藝，決不能說就是有抗戰意識，但至少已顯得難能可貴，保留了作家最後的堅守。這種有意去除政治意味的寫作，本身就是一種不願同流合污的氣節。而偽蒙疆漢族作家的民族「氣節」，更多地體現在對蒙古文化的「復興」無力上。

二、「偽」蒙古風與「大東亞文學」的衝突

在復興蒙古文化的政策導向下，蒙疆文壇最重要的文學刊物，卻是擁有眾多漢族作家的《蒙疆文學》。司馬驪曾在此發表詩歌《草原上的旅人》：

> 我踏上這靜謐的草原，
> 那是一個初秋的傍晚，
> 飛鳥在頭頂劃著長長的曲線，
> 西天抹上一層金色的豔妝，
> 大地像一面慈祥老人的睡顏，

野草讓風兒推動著搖籃。

花香給嗅覺以美好的誘惑，
綠草給大地鋪上無限的青氈，
大群的羔羊像在暮氣中滾燙的白浪，
黑蠢的老牛似波浪衝擊裡的石岩。

徘徊於草叢中遠眺那嬝嬝的炊煙，
耳鼓裡送進幾聲征駝的鈴響，
前面的路已經陷入蒼茫迷惘，
眼底有古廟孤立在這荒涼的草原。

　　初讀彷彿給人一種清新的草原氣息，然而細細品味下去即可發現這草原並無蒙古的豪情，旅人的孤寂讓所有景致染上清冷的色彩：

月色下我邁進已頹廢的山門，
秋蟲在腳下奏著黃昏的哀曲，
高簷間有鴿子在咕嚕著夢之囈語，
頭頂掠過蝙蝠幽靈般的黑翼。

龜裂的石階上我卸下背上的行囊，
無力再舉起疲腳去覓那理想的宿店，
鐵罐中僅餘冷水醫治了我的煩渴，
袋囊裡幾斤幹餅充填了我轆轆的饑腸，

燃起一堆野火讓它照給我一些溫暖，
泥塑的偶像權作我今夜的侶伴。

頹然的臥倒於長方圖案形的磚面，
悲哀又襲進已破碎的心房，
扯開沙啞的喉嚨吟起生之哀歌，
高空的皎月似在笑我怯懦，
閃閃的小星也在眨眼譏我癡癡。

午夜涼風吹起我神經戰抖，
今宵的殘夢又將無處尋拾。
仰視月輪跨上西山的頂巔，
我渴望著東方升起溫暖的太陽。

（七三九，三，寫於塞上雲中）[14]

　　且不論詩作本身的優劣，單從用語和意象選取已可看出作者有意描繪的並非草原，而是借各種外物抒寫自己蕭索的心緒。雖非漢族傳統文學尤其是閨閣詩詞中常見的傷春悲秋，卻仍不免自憐自哀的調子，與草原和蒙古氣概相去萬里。而這種偽蒙古特色的寫作風格問題，正是《蒙疆文學》漢族作家群共同面臨的難題。

　　偽蒙疆政權之偽，在於其由殖民者「扶持」而建立的傀儡性質；漢族文人寫作偽蒙古風之「偽」，在於其模仿之作

---

14 司馬驤：《草原上的旅人》，《蒙疆文學》，成紀七三九（1944）年第
　　3卷第6期，第39-40頁。

的文化異質性。此刻處於少數民族傀儡政權下的漢族作家對蒙古特色的模仿，與以往蒙古族知識份子在漢族專制統治下對漢文化的模仿，雖然面臨著可對比的政治形勢，卻有著不同的文化氛圍和相異的心理狀態。何況傀儡政權的真正統治者並非蒙古族，蒙古文化的復興仍帶有反抗原有專制統治的意味，與日本殖民者的文化輸出畢竟不同。偽蒙疆的漢族作家固然身處殖民地，其華語寫作面對異質文化，確在殖民與反殖民之間具有曖昧的自主性與反抗意味；但此地的蒙古族知識份子又何嘗不處於殖民統治之下？因此，「蒙疆」根本不能構成真正意義上的「域外」，亦不是簡單的「反向殖民」，只不過是在原有專制因素之外，又加入了複雜的殖民因素與意識形態偽裝而已。

　　而要在一個聲稱復興蒙古文化的蒙古「民族國家」當中完成其文學的「民族國家」想像，《蒙疆文學》究竟怎樣自命「蒙疆」？漢族作家究竟如何不斷試圖凸顯而又始終缺乏蒙古特色？

　　1940 年春，在蒙疆「首都」張家口成立了日僑「蒙疆詩人協會」，專門發表朗誦日本在蒙詩人作品[15]。1941 年 4 月在張家口成立了「蒙疆文藝墾話會」，小池秋羊任幹事長。1942 年 7 月首先出版《蒙疆文學》日文版，由赤塚欣二主編。1942 年 10 月 8 日召開華文版籌備會，到 12 月 1 日《蒙疆文學》華文版正式創刊，在偽蒙疆及汪偽、偽滿各淪陷區甚至

15　忒莫勒：《內蒙古舊報刊考錄（1905-1949.9）》，呼和浩特：內蒙古出版集團遠方出版社，2010 年，第 307 頁。

日本同步發行[16]。12 月 26 日在張家口日本商工會議所召開
「蒙疆文藝懇話會華文部第一屆會員大會」，選出華文部的
和正華、王承琰、劉紹曾三位編輯，徐秋潸、王秀雄、鄭西
園三名總務，及宣化支部主任劉延甫[17]。除了蒙疆弘報局理
事愚勒布圖格其，和後來增加的陶克托胡、超克巴圖爾及日
本人門馬誠等四位顧問外，《蒙疆文學》華文版還有劉延甫、
孫世珍、和正華、彭雨、劉景備、張文瀾、宗丕誠、陶然、
王雅楓、劉紹曾、王黛英、張子岐等不分排名先後的同仁，
由華文部最初的三十餘名會員後漸增至 68 位同仁之多，絕大
多數為漢族作家[18]。《蒙疆文學》以大量小說、詩歌、戲劇、

16 「本刊每期出版後除分佈於疆內各地外，華北，華中，滿洲，日本，均
可見到，自本期起，開始收納廣告，有欲利用者即希從速接洽為盼。」
見《本刊啟事》，《蒙疆文學》，成紀七三八（1943）年 3 月，第 2 卷
第 3 期，第 92 頁。

17 彭雨、非鳴輯記：《蒙疆文藝懇話會華文部第一屆會員大會輯錄》，《蒙
疆文學》，成紀七三八（1943）年 2 月，第 2 卷第 2 期，第 90-98 頁。
此後 1943 年 2 月「茲由第一次幹部座談之決定增聘陶然先生為編輯，宗
丕城先生為事務」（見《會告》，《蒙疆文學》，成紀七三八年 2 月，
第 2 卷第 2 期，第 99 頁）。到 1943 年 7 月 24 日召開第二屆「蒙疆文藝
懇話會」華文部全體會員大會，改選編輯部人員為宗丕城、田孝武、曹
清，事務部人員為和正華、李清如、高海波，而宣化支部主任劉延甫、
大同支部主任李素、厚和支部主任王保溥，則繼續擔任原職（見《會告》，
《蒙疆文學》，成紀七三八年 8 月，第 2 卷第 8 期，第 106 頁）。1944
年 2 月起，「本刊編輯事宜由宗丕城、王秀雄、和正華負責，事務由宗
丕城、程有章、王忠、何行負責，對本刊一切事項，直函寄蒙疆新聞社
文化部交宗丕城收」（見《會告》，《蒙疆文學》，成紀七三九年 2 月，
第 3 卷第 2 期，第 104 頁）。

18 「蒙疆文藝懇話會」同仁作家大多為初登文壇的新晉作家，而非受到日
偽拉攏的戰前成名作家。例如 1944 年日本大阪《華文每日》「蒙疆文藝
特輯」（下）介紹作者張波（張文瀾）「今年十八歲，是蒙疆文壇上的
小弟弟」（見《華文每日》1944 年 2 月號，第 30 頁）；當選首屆「蒙
疆文學賞」華文短篇小說第三名的席金吾在《作者自白》中說「我是一

散文及詩論文論作家論等豐富內容[19]，成為蒙疆文壇最厚實的文學刊物[20]，並代表「蒙疆文藝界」與各淪陷區甚至日本華文刊物交換作品發表[21]。每期《蒙疆文學》的扉頁，都印著德王的《教書》，號召蒙日團結共赴「興亞」大業[22]。作

個剛剛二十多歲的青年」，同一期《編輯後記》中也說「會員中張文瀾、盧蘊，都是年齡不到二十歲的青年」（見《蒙疆文學》，成紀七三八年2月，第2卷第2期，第89頁；第99頁）。

19 作家作品論是《蒙疆文學》華文版的重要內容，除了經常對前幾期所刊發的作品加以評論之外，還有王雅楓（王秀雄）對彭雨、沐華等蒙疆重要作家的系統作家論《關於沐華》《彭雨論》等。另外陳炬的《詩與詩人》對蒙疆的杜若、黃鴿、乃帆加以系統評述（見陳炬《詩與詩人》，《蒙疆文學》，成紀七三八年11月，第2卷第11期，第4-13頁）。而天放的《簡評〈焰與小曼〉》則對華北《婦女》雜誌1943年第4卷第8期推出的「蒙疆女作家作品特輯」中盧蘊（孫世珍）和品清（李清如）的小說加以評述（見天放：《簡評〈焰與小曼〉》，《蒙疆文學》，成紀七三八年11月，第2卷第11期，第43-47頁）。

20 1943年7月在蒙疆「首都」張家口召開「全蒙古首屆文化人決戰大會」期間，由田牛（田孝武）組織的「蒙疆黃土文學會」及其刊物《黃土》，與「蒙疆文藝懇話會」及其《蒙疆文學》合併，為《蒙疆文學》加入了一部分新的成員，並改選了編輯人員。見田牛：《文化工作和我們這一群——寫在「黃土」和「文墾」合併的前夜——》；承琰：《集中總力·自體發展》，《蒙疆文學》，成紀七三八（1943）年8月，第2卷第8期，第4-5頁。

21 一方面《蒙疆文學》接受偽滿《新潮》雜誌編輯鐵漢和南京《文編》主編夏炫提供稿件，曾在《蒙疆文學》推出「華中青年文藝輯」，並發表偽滿詩人作品；另一方面也向外界推薦蒙疆作家作品。除大阪《華文每日》和南京《文編》、華北《婦女雜誌》都曾推出「蒙疆文藝」的特輯之外，「濟南《中國青年月刊》向本刊同仁約稿，提出作品計有王令、陸亞、谷梁異、杜若、乃帆、黃鴿、張波等人」（見《圈內動靜》，《蒙疆文學》，成紀七三九年9月，第3卷第8期，第66頁）。而「本刊與徐州《古黃河》交換之文藝作品，已發出，計為吳彥之《烏裡亞圖之風》，雅楓之《黑夜裡的風波》，乙文之《生活線上》，張波之《往事》（以上小說），王令之《夢》，谷梁異之《四根小殘燭》（以上散文），乃帆之《端午夜》，杜若之《張北城外》（以上新詩），全部共計八篇」（見《圈內動靜》，《蒙疆文學》，成紀七三九年7月，第3卷第6期，第15頁）。

22 《蒙疆文學》華文版自第2卷第2期起，封面繪飾由「蒙疆文藝懇話會」會員王忠負責（見《編輯後記》，《蒙疆文學》，成紀七三八年2月，

為獲得官方承認的民間同仁性質的文藝組織而非官辦組織，「蒙疆文藝懇話會」華文部及其《蒙疆文學》華文版雖受蒙疆弘報局監管，卻並不能從日偽當局獲得大量直接資助[23]。

在《蒙疆文學》華文版創刊號上，編者以「本刊」的名義發表《蒙疆文學華文版踏出之第一步》，對文化與政治的關係及蒙古文化發展的困境加以分析：「古來，國家每逢遇到一次的興亡治亂，文化就發生與其適應現實的必然消長，

第 2 卷第 2 期，第 99 頁）；前四期封面刊名使用印刷體，自第 2 卷第 4 期起封面刊名「蒙疆文學」由「蒙疆文藝懇話會」會員兼「蒙疆書畫協會」成員陶然題寫（見《編輯後記》，《蒙疆文學》，成紀七三八年 4 月，第 2 卷第 4 期，第 72 頁）。「陶然，是客居張家口的一位名士，詩書畫之外兼通金石音律，為人頗有六朝的風味」（見《編輯後記》，《蒙疆文學》，成紀七三七年 12 月，第 1 卷第 1 期，第 50 頁）。

23 「蒙疆文藝懇話會」華文部會員需繳納會費並交稿，在該會《會告》中要求「外地會員繳納會費，除宣化外一律用一分之『蒙疆郵票』寄至『張家口郵電局私書函第二十一號蒙疆懇話會華文部總務系』為要，此次請將十二月份及一、二月份會費共一元五角繳為荷，此後按月於每月末以前繳納不另函通知。總務系收到會費後當即寄送領收證。」「本刊現已發刊至第三期，仍有多數會員欠稿，自本期起務請按月交萬勿推延，為盼。」（見《會告》，《蒙疆文學》，成紀七三八年 2 月，第 2 卷第 2 期，第 99 頁）甚至偽蒙疆弘報局日籍事務官門馬誠出席「蒙疆文藝懇話會華文部第一屆會員大會」時表示「蒙疆文學華文刊，因未得到法人資格，所以政府方面不便給予津貼」（見彭雨、非鳴輯記：《蒙疆文藝懇話會華文部第一屆會員大會輯錄》，《蒙疆文學》，成紀七三八年 2 月，第 2 卷第 2 期，第 96 頁）。而門馬誠空頭許諾的「政府弘報局方面明年或可給予五百元之贊助」始終未兌現，到 1943 年 7 月號的《編輯後記》中，編者不得不承認「本刊自發刊以來，在資財與經費諸般困難之下，同仁等始終是抱著絕大的犧牲，與堅忍，固然曾經博得多方面的贊助和協力，給了我們相當的安慰，可是『債』並不因了同仁等的堅持而好轉。所以自五月號以次，只好把篇幅縮短，這也是編者方面所不得已的事，如果短期中情形轉佳，絕對提前仍使之恢復本來面目，不過最低限度，絕對不能使之比現在再減，此點敬希各方愛護的讀者諒解。」（見《編輯後記》，《蒙疆文學》，成紀七三八年 7 月，第 2 卷第 7 期，第 60 頁）印刷精良的《蒙疆文學》，由初期的每期約百頁篇幅，暫時縮減至每期七八十頁甚至最少時五六十頁的篇幅，以應對資金缺口，到第 3 卷第 1 期才恢復至一百五十餘頁。足見其作為文學愛好者同仁刊物的性質，與日偽鼎力支持的純粹附逆刊物略有不同。

這種消長的結果，會產生出一代獨特而卓異的光芒來。史事上已給我們不少的實例，自從大蒙古帝國到晚近，將近八百年的時光，蒙古文化一直在日就凋落著，一方面是由於民族的不去播種，不去開拓，一方面就是被國家視為藩籬之地，根本就不去加以扶持加以栽培，所以歲月裡儘管飛去無數個春天，始終那顆文藝的嫩芽在希冀裡迷離著，與外界的文壇相比之下，顯得是那麼弱小和孤零！」這篇「發刊詞」表面上看仍是復興蒙古文化的老調，但其中關於內蒙古「被國家視為藩籬之地」的說法，並未站在蒙古文化自身的立場發言，僅僅是對國家「不去加以扶持加以栽培」有所指摘，而在論述邏輯上仍將內蒙古地區視為中國的邊疆地區，這同蒙疆政權一貫的「民族國家」表述實際上並不一致。

　　緊接著，這篇宣言就為這份文學刊物作了一種充滿歧義的定性：「現在隨大東亞戰爭的著著進展，益感到站在北方第一線的我們，仔肩的重大！我們冷靜的觀察一下，今日的新亞細亞共榮圈裡，為了亞洲民族的再抬頭，各地一切都是在緊張中推進著，磨練著，我們站在大時代的當前，由於民族的崛起，深感到文化事業的復興和切實的再建，實為必要！這便是孕育發刊的一顆胚珠。」[24]為了在新的「亞細亞共榮圈」裡復興和再建民族文化而發刊，似乎不言而喻地指蒙古民族的重新崛起和文化復興，但《蒙疆文學》作為一份華語刊物，漢族作家的創作究竟在何種意義上構成了蒙古文化的復興？

24　本刊：《蒙疆文學華文版踏出之第一步》，《蒙疆文學》，成紀七三七（1942）年12月，第1卷第1期，第7頁。

　　在一個蒙古族傀儡政權統治下，面對宣傳蒙古文化的意識形態要求，華語文學的創作，事實上處於非常尷尬的地位。該刊在創刊之前先行舉辦了第一屆「蒙疆文學賞」，評出三部獲獎華文短篇小說[25]，從創刊號開始分別刊登。然而從北京聘請的評審專家張鐵笙，在創刊號發表的《讀蒙疆文藝應徵諸作的幾點感想》中，卻說「所有作品，惜均缺乏地方色彩」。評審者身處華北文壇，本以為閱讀「蒙疆」文學「可以領略一點塞外剽悍強壯草莽英雄氣概十足的代表作品」，不料應徵作品「卻使我們感覺不到濃厚的蒙疆氣息，反而有好些詞句，是地道的北京口語」。最後表達了華北文壇對「蒙疆文學」的期待：「不過蒙疆既為蒙疆，我們總希望不久能看見有真正塞北蒼勁落拓氣概雄健的文藝作品問世」[26]。

　　這次「蒙疆文學賞」當選的三部華文短篇小說，以彭雨（王承琰）的《玲子》為首，另外兩部是張子岐《愛情的復

25　除創刊之前已經評選出的短篇小說外，「蒙疆文藝懇話會」及「蒙疆新聞社」還在《蒙疆文學》創刊號上發佈了「長篇小說應募規程」，規定「範圍及資格」為「日蒙華文三種投稿限居住蒙疆或曾住蒙疆者」，規定「題材及構想」為「以蒙疆地區內取材或具有關連性之未發表創作」，而「截止日期」是「成紀七三七年十二月末日」即 1942 年底，晚於《玲子》等短篇小說作品的評選；規定「賞金」為「入選各一篇蒙古政府顧問賞及副賞金一千圓，佳作各二篇賞金百元，入選無該當時賞金另定」，規定「成紀七三八年三月於《蒙疆文學》及《蒙疆新報》」「發表」；「審查員」則是「日文　上泉秀信，川端康成，橫光利一」，「華文　錢稻蓀，張鐵笙」，「蒙文　未定（目下聘請中）」。見《蒙疆文學賞·作品募集》，《蒙疆文學》，成紀七三七（1942）年 12 月，第 1 卷第 1 期，封裡。以日本文壇及華北文壇要人來評定「蒙疆文學賞」而聘請不到合適的蒙古文專家評委，足見其所標榜的蒙古特質之不純。

26　張鐵笙：《讀蒙疆文藝應徵諸作的幾點感想》，《蒙疆文學》，成紀七三七年（1942 年）12 月，第 1 卷第 1 期，第 23-24 頁。

活》和席金吾的《升平》[27]。當選作品《玲子》寫美麗的鄉
村少婦玲子受浪蕩丈夫和無賴欺侮，復仇後最終自盡的悲慘
故事[28]。情節曲折而文筆流暢，近於通俗文學，只是少了時
代感受力和更深層面的精神感染力[29]。副賞作品《愛情的復
活》寫一段被他人破壞的師生戀的悲劇故事，由兩位戀人多
年後的重逢展開倒敘，將清純美好的故事娓娓道來，原本可
期的師生戀卻因諸多變故和誤解而成悲劇，前情的追憶與當
下的不可挽回形成強烈對比，最終誤會解除之際已是陰陽相
隔，《羅密歐與茱麗葉》般的結尾設計令人唏噓不已[30]。小
說文筆優美而情感真摯，情節安排亦不落俗套，並且隨處流
露著作者的哲思，可稱得上佳作，更勝於《玲子》。不過，

27　「第一回蒙疆文學賞徵文，應徵之短篇小說，華文者已在本刊創刊號上
　　發表，日文及蒙文者亦已決定，計日文一席為張家口石塚喜久三氏之《纏
　　足之傾》，佳作五篇為小池秋羊氏之《綠山莊》，八雲鬱重氏之《生活》，
　　小柳哲夫氏之《生在蒙疆》，森江守氏之《鐵道與少年》，仲田六郎氏
　　之《初期之經驗》等，蒙文者一席為阿格登嘎之《歸還》，佳作為布雅
　　音彥之《道爾吉與圖拉瑪》。」見琰：《見聞記》，《蒙疆文學》，成
　　紀七三八（1943）年 2 月，第 2 卷第 2 期，第 89 頁。

28　在《作者自白》中，彭雨寫到：「這次受了多數朋友的鼓勵，叫我寫這
　　個短篇應徵，寫什麼呢？拿什麼寫！？一『馬虎』就是兩個月過去了。」
　　「一個夜晚和人談鬼……聽了之後，覺得很有意思，便用了五天的業餘
　　時間，給寫了下來……」，而小說落款為「七三七・八・一三」，《作
　　者自白》落款為「七三七・一一・一五日」，由此可知此次「蒙疆文學
　　賞」至少在 1942 年 6 月已經開始徵集作品。見彭雨：《玲子》，《蒙疆
　　文學》，成紀七三七（1942）年 12 月，第 1 卷第 1 期，第 34-49 頁。

29　司徒蘊秀曾評價說：「可是《玲子》，任憑我再讀上幾次，也無從發覺
　　作者所欲表現的是什麼？至多我覺得那只是一個近於警世的俚俗而又牽
　　強的故事。」見司徒蘊秀：《〈玲子〉讀後》，《蒙疆文學》，成紀七
　　三八（1943）年 3 月，第 2 卷第 3 期，第 52 頁。

30　之岐：《愛情的復活》，《蒙疆文學》，成紀七三八（1943）年 1 月，
　　第 2 卷第 1 期，第 44-59 頁。

除了故事發生地在六年前尚未成為「首都」的張家口之外，小說與「蒙疆」並無特別聯繫，甚至不曾寫到作為時代背景本應無法回避的戰爭。所寫故事似乎可以發生在任何時代，正屬於那種抽離時代背景、回避現實政治的純文藝創作。而獲得「蒙疆文學賞」華文短篇小說第三名的《升平》，則是徹頭徹尾的媚敵之作，寫一對兄弟被裹挾抗日的毫無出路，與後來投靠日軍的前途無量，極力美化「皇軍」而貶低國軍，情感虛偽而諂媚姿態畢現[31]。三部小說文筆上均不乏可取之處，《愛情的復活》尤其懸念叢生，並有細膩的心理描繪。但在創刊號上極力推出的「蒙疆文學賞」當選作品，尚且缺乏「蒙疆」特色，其它華文詩歌散文創作，自然也無法完成復興蒙古文化的任務。

　　來自華北文壇的張鐵笙這段「審查的話」，其實顯示了一種漢文化的「蒙疆想像」。遊牧民族生活的草原，無論是在「民國」統轄之下「自治」，還是在所謂「友邦」的扶助之下「自決」，在中原的想像當中都應當與內地都市不同。「蒙疆文學」自然要被華語文壇的想像賦予某種特殊性，以「寄其『出塞』熱情」。對「蒙疆」這種特殊的「出塞」遐想，究竟在多大程度上可以區別於西方漢學家曾一度熱情寄託的神秘「東方」想像？華語語系在蒙疆地區的文化統攝局面，不僅僅使蒙語文學無法脫離華文譯介而發展自身，更使當地華語文學也不得不面對這種來自中原的奇特「蒙疆」想像。

31　席金吾：《升平》，《蒙疆文學》，成紀七三八（1943）年 2 月，第 2
　　卷第 2 期，第 73-89 頁。

儘管《玲子》將被大東亞文學者大會的組織機構日本「文學報國會」翻譯為日文並刊載在其機關報《日本學藝新聞》上[32]，而該小說的作者王承琰後來還曾將蒙古民歌《成吉思汗挽歌》從日語譯文再次轉譯為華文，刊登在《蒙疆文學》上[33]，並且在《蒙疆文學》特設了「蒙古風」欄目；但缺乏民族特色或地方特色的困境，正是《蒙疆文學》華文版，夾在殖民者日語語系文學和少數民族傀儡政權宣導的蒙語文學之間，最為尷尬的處境。

在 1943 年第 2 卷第 9 期的《卷頭語》當中，《蒙疆文學》編者曾經不無謙虛地自嘲作品品質[34]，因當地特產土豆，而

---

32 《見聞記》，《蒙疆文學》，成紀七三八（1943）年 2 月，第 2 卷第 2 期，第 23 頁。

33 王乃帆試譯：《成吉思汗挽歌》，《蒙疆文學》，成紀七三九（1944）年 9 月，第 3 卷第 8 期，第 20-26 頁。

34 事實上《蒙疆文學》華文版作品品質參差不齊，優劣差異明顯，並不一味的低下，例如蒙疆弘報局事務官桓公的小說《水》寫 1943 年 6 月 29 日張家口水災，在寫實筆法中融入諷刺，以廚房大師傅的視角，寫貨站囤積居奇待價而沽的麻子臉暴發戶李掌櫃，最終和囤積的貨物一起葬身洪水泥淖之中（見《蒙疆文學》成紀七三八年 8 月第 2 卷第 8 期，第 6-10 頁）。正可與丁玲 1931 年在《北斗》創刊號至第三期連載的小說《水》形成對比。作者桓公雖未站在左翼立場描繪底層民眾災後的「吃大戶」行為，卻從僕人的視角對大掌櫃囤積居奇大發不義之財最終抱財而死加以諷刺，藝術上手法上不乏值得稱道之處，反而與丁玲小說《水》獲得轉向肯定而遭受藝術方面批評的情況不同。而新焰的小說《孩子，我想他們》以教師離別學生的視角來寫戰亂造成的家國破碎，亦流露出潛在的愛國情懷（見《蒙疆文學》成紀七三九年 1 月第 3 卷第 1 期，第 4-13 頁），可與法國作家都德描繪普法戰爭的小說《最後一課》，以及「九・一八」事變後滿族作家李輝英 1932 年在丁玲主編的《北斗》上發表的小說《最後一課》相比較。對於《蒙疆文學》作品水準高低的巨大差異，編者曾從文學愛好者同仁的角度予以解釋：「近來有人說本刊選材水準往往太不一致，這正是本刊堅持本刊的立場所使然，本刊並不是出刊物賣錢，主要的是啟發文藝的興趣，而喚起大多數喜愛文藝的人來共同推

文學作品似乎也較為土氣：

> 也許有所謂「作家」者流會不齒地笑笑，認為我
> 們不過在此胡鬧，在糟踏白紙，甚而認為我們的東西
> 是「土豆」文學，拿著「土豆」文學向世界狂散般的
> 懷有可笑的野心！

> 假如文學由地域來分開時，我們底是「土豆」文
> 學，那麼華北底該是「白薯」文學，滿洲底該是「高
> 粱米」文學了，可惜的是這樣分法底的不可能，這樣
> 他們底對我們不屑一顧，非獨阻礙不了我們的前進
> 心，反到替我們注射了一針強心劑。

　　不料 1944 年 2 月號的日本大阪的《華文每日》「熱風」
欄目中，評論者巴客的文章，竟然抓住《蒙疆文學》編者自
謙的話加以諷刺，認為《蒙疆文學》以糧食文學來標奇立異：
「最近隨著糧食五穀一類物資的珍視，我們底『文壇』上也
就點綴出來了應時的花絮。譬如某某刊物所鼓吹的『土豆』
文學呀，『白薯』文學呀，『高粱米文學』呀等等，便為其
具體的佳例。而且不僅流行這類糧食文學（恕我杜撰）的新
名詞也已，同時該刊還要硬行指定某一地域有某一扇文學的
匾額，這匾額的上面，便鮮明地標榜著該地域有地域性的主
要的糧食。」[35]隨後 3 月號《華文每日》「熱風」欄目中袁

動蒙疆文運的發軔……」見《編輯後記》，《蒙疆文學》，成紀七三八
　（1943）年 6 月，第 2 卷第 6 期，第 56 頁。
35 巴客：《糧食文學與標奇立異》，《華文每日》，1944 年 2 月號，第 28
　頁。

敬的《立此存照》一文更諷刺道：「這實在是上年度文壇裡的特殊收穫，想來不久土豆文學一名詞就會列入文藝大辭典裡了。」「按；『土豆』是比較『不大眾化』名詞，若為了迎合現在鄉土文學我鄉我土化，應改作『山藥豆子文學』。」[36]

　　《華文每日》原名華文《大阪每日》，由日本「大阪每日新聞社」和「東京日日新聞社」發行，並非日刊或日報，而是半月刊。作為日本向各淪陷區發行的最重要的華文文學刊物，1938 年 11 月創刊，初期由從偽滿《大同報》社遷居日本的滿族作家柳龍光等編輯。1943 年更名為《華文每日》，由「大阪每日新聞社」單獨發行，並一度於第 9 卷第 9 期開創上海版，滬版隨即因日偽內部政治鬥爭停辦。而大阪的《華文每日》一直堅持到 1945 年，不僅受到日偽各方高層支持，更以日本殖民意識形態為主要宣傳導向。曾多次推出「滿洲文藝特輯」和「華北文藝特輯」，梅娘和爵青等作家的許多重要作品在此刊發。1943 年底預告了隨後兩期的「蒙疆文藝特輯」[37]，1944 年 1 月大阪《華文每日》第 12 卷第 1 期的「蒙疆文藝特輯」（上），刊載了吳彥的《壯烈的心影》、王令的《驢》、司空鹿的《哈巴嘎之夜》、品清的《玫瑰色的夢》、谷梁異的《夜記》和杜若的詩《影（外二章）》，並附有王承琰介紹「蒙疆文藝」的《小言》。隨後由半月刊改為月刊

36　袁敬：《立此存照》，《華文每日》，1944 年 3 月號，第 28 頁。
37　《預告一月一日十五日號兩期「蒙疆文藝特輯」目次》，《華文每日》，1943 年 12 月，第 11 卷第 12 期，第 124 號，第 34 頁。

的 2 月號《華文每日》[38]，又推出了「蒙疆文藝特輯」（下），
刊載張波的《燭影》、盧蘊的《九弟》、朝熹的《默禱》、
沐華的《禁錮的生命》、乙文的《有一天》和乃帆的詩《烏
梅茶（外一章）》。並在每部作品之後附有「蒙疆」作者的
簡介和照片。然而巴客的評論《糧食文學與標奇立異》恰好
排版於 2 月號《華文每日》「蒙疆文藝特輯」（下）之前，
顯然有意諷刺「蒙疆文藝」，並且提出了自己反對「糧食文
學」的見解：

> 用糧食文學來標奇立異，藉資賣弄才能和炫耀學
> 識，實為千古罕見的大發明，不，或許可以說做我們
> 某某文壇諸公底卓見吧；確非如在下不學無術似的小
> 子所敢附驥，不但無能望其項背，卻正感到與此輩袞
> 袞諸賢相背道而馳呢！因為我底見解，凤昔以為文學
> 是無界限可言，何況我們共處身於同一個大東亞共榮
> 圈，同一個集中的信念之下？雖然，我們是從每一個
> 偏僻的角落於其互異的境遇中育成起來的，不免有些
> 差別；可是，請毋健忘，我們是並流或交流著共同血
> 液和共同文化的啊！豈其為了區區的糧食差異之問

---

38 王承琰在隨後《蒙疆文學》「出土特輯」的「藝文情報」欄目當中，有
意指出「《華文每日》編輯陣容由二月起略有更調」，並借介紹「北京
中國文藝及華北作家月報合併改題之《中國文學》已問世創刊號由柳龍
光編輯」之機，順帶點出已於 1941 年回國的柳龍光等原有《華文每日》
編輯，與此次對《蒙疆文學》的諷刺無關（見巴圖爾：《藝文情報》，
《蒙疆文學》，成紀七三九年 3、4 月號合刊，第 3 卷第 3 期，第 59 頁；
第 101 頁）。下一期的「藝文情報」欄目則明確點名「據大阪來訊，楊
鮑在《華文每日》編撰『熱風』版」（見魯人：《藝文情報》，《蒙疆
文學》，成紀七三九年 5 月，第 3 卷第 4 期，第 38 頁）。

題，而產生出各有招牌的文學來了呢？

　　拋開巴客的刻意挖苦不論，其對地方特色文學的反對意見，來自對「並流或交流著共同血液和共同文化」的所謂「同一個大東亞共榮圈」、「同一個集中的信念」，正顯示出日本殖民者有意構造的「東亞共榮」意識其實與蒙疆的「民族國家」言說之間始終存在著難以調和的內在衝突。最終巴客提出以「大東亞文學」泯除各種地域文學的要求：「廢話說了如許多，設若它能變做一枚清血針，而注射在標奇立異的君子底心臟上，那麼，我們事後應當覺悟，處於同一個的『大東亞文學』大纛之下，一致鞏固地團結起來，向著建設永生不滅的『大東亞文學』之路邁進！」

　　巴客和袁敬的這種嘲笑，激怒了《蒙疆文學》的同仁，在極短的時間內組織了《文學上的代用品》等九篇用字極為尖銳的雜感予以回擊，諷刺《華文每日》熱風欄目的文章，尚不及精神食糧，不過如糧食代用品一樣為文藝上的「代用品」[39]。其中一位作者乾脆將筆名起作「馬鈴薯」，以此表達自我認可。編者甚至將 1944 年 3、4 月號合刊的《蒙疆文學》第 3 卷第 3 期，辦成「出土」特輯，專門回應「某刊物的編輯人」所謂「山藥豆子文學」的非難[40]。

---

39 破車：《文學上的代用品》；陳默：《不禁欲言》；嚴土：《「假如」「那麼」與「批評家」》；馬鈴薯：《不是色盲》；北丁：《冷嘲和熱諷》；巴歌：《咱也架架秧子》；吾木：《閒扯與扯淡》；武言：《請袁敬睜睜眼》；古完：《怪現象》，《蒙疆文學》，成紀七三九（1944）年 3、4 月號合刊，第 3 卷 3 期，第 15-24 頁。

40 吳彥：《卷頭語》，《蒙疆文學》，成紀七三九（1944）年 3、4 月號合刊，第 3 卷 3 期，第 1 頁。

　　這場筆仗看似是不同淪陷區華語文學作家，在蒙疆刊物和日本刊物上展開的無聊筆墨官司[41]，實際上依然是蒙疆華語文學創作一直面臨的風格特色問題。《蒙疆文學》華文版一再標榜的「蒙古風」，其實只不過是一種偽蒙古風。一方面華北淪陷區文壇如張鐵笙等對蒙疆的「民族國家」表述有著種種神秘的「蒙疆想像」而無法從《蒙疆文學》華文版中獲得這種想像的滿足，另一方面日本華文刊物又以「東亞共榮」來否定甚至挖苦蒙疆文壇這種有意凸顯特色的失敗努力。夾在兩種完全相反的外在要求之間，《蒙疆文學》華文版的尷尬，正是其「偽」蒙古風進退兩難處境的顯現。

　　然而值得思考的是，袁敬在挖苦「山藥豆子」文學之時，為何還要以「迎合現在鄉土文學我鄉我土化」來諷刺《蒙疆文學》？其中根本原因在於蒙疆淪陷區文壇所標榜的蒙古特色，正與華北淪陷區「鄉土文學」論調在某一層面上相通，

---

41 吳彥曾在「出土特輯」的《編後小記》中說「不過今後與此類似的無謂相罵，我們不願意再出現在蒙文裡，誠意的批評和正當的論戰對文學上是有功勞的，這樣的東西，能給我們什麼呢？所以今後無論巴袁二位作如何反擊，在他失卻理性時是以沉默視之的。」（見吳彥：《編後小記》，《蒙疆文學》，成紀七三九年 3、4 月號合刊，第 3 卷 3 期，第 109 頁）此後 1944 年 9 月《華文每日》「蘋果園」欄目又刊發常良的文章批評蒙疆譯者梁移在「出土特輯」（第 3 卷 3 期，第 54-55 頁）上多處錯譯芥川龍之介的短篇小說《蜜柑》，稱「這實在是開芥川龍之介的玩笑，而且也是和那群塞外大將一再呼喊標榜的拓荒工作開玩笑。」同一期《華文每日》「蘋果園」欄目也在諷刺「鄉土文學」（見常良：《譯文談》，《華文每日》，1944 年 9 月號，第 24 頁；齊楚鬥：《爭論二三事》，《華文每日》，1944 年 9 月號，第 24 頁）。而當月《蒙疆文學》則僅在《編輯後記》中表示「可是我們覺得『戰士不以無賴為對手』，所以我們便只有以無言來證明我們的態度和心胸！」（見《蒙疆文學》，成紀七三九（1944）年 9 月，第 3 卷第 8 期，第 110 頁）雙方論戰至此告一段落。

共同構成了對所謂「大東亞文學」的婉轉抵制。早在 1943
年 7 月，華北作家上官箏（關永吉）就在《華文每日》第 11
卷第 1 期「華北文藝特輯」發表《揭起鄉土文學之旗》，上
承「五四」鄉土文學餘脈，以魯迅和蘇俄作家為例，認為鄉
土文學並非單純描繪農村生活的「農民文學」，提出「任何
一個國家，都有其獨自的國土（地理環境），獨自的語言、
習俗、歷史，和獨自的社會制度，由這些歷史的和客觀的條
件限制著的作家，他在這國土、語言、習俗、歷史，和社會
制度中間生活發展，其生活發展的具象，自然有一種特徵。
把握了這特徵的作品，就可以說是『鄉土文學』。」[42]上官
箏不僅論及魯迅、沈從文等人作品，甚至將茅盾的《子夜》
和《春蠶》作為其獨特「鄉土文學」概念的代表，在周作人
《與友人論國民文學書》中「國民文學」概念上更進一層，
區別於譴責小說和民族自誇，有意將那些真正具有現實性、
社會性特質的中國文學，視為「鄉土文學」，以「我鄉我土」
的婉轉表述，來對抗日本殖民者泯除東亞文化內在區別的意
識形態導向[43]。上官箏的文章進一步激起華北淪陷區與蒙疆
淪陷區關於「鄉土文學」的討論[44]，直到戰爭即將結束時才

---

42 上官箏：《揭起鄉土文學之旗》，《華文每日》，1943 年第 11 卷第 1
　　期，第 27 頁。

43 上官箏（關永吉）最早提出「鄉土文學」是在 1942 年 11 月華北《中國
　　文藝》「滿洲作家特輯」的評論《讀滿洲作家特輯兼論華北文壇》當中，
　　對關永吉「鄉土文學」系列論述及獨特意義的考察，見范智紅：《中國
　　淪陷區文學大系新文藝小說卷·導論》（上），南寧：廣西教育出版社，
　　1998 年，第 8-10 頁；范智紅：《關永吉論》，《中國現代文學研究叢刊》，
　　1994 年第 1 期，第 113-133 頁。

44 事實上在《華文每日》發表上官箏此文之前，蒙疆淪陷區已經展開對「鄉

終止。除了《蒙疆文學》之外，北京的《中國文藝》《藝術與生活》《中國公論》《新民生》《華北新報》，甚至上海的《文運》都捲入其中[45]。就在大阪《華文每日》刊登巴客諷刺《蒙疆文學》的文章同一期統一欄目中，上官箏本人也因提倡「鄉土文學」而受到牛旁《新作家補論》的挖苦[46]。而《蒙疆文學》「出土」特輯在回擊巴客與袁敬時，也不忘對牛旁的文章加以回擊。《蒙疆文學》作家群之所以與上官箏在大阪《華文每日》同一期上受到有意嘲諷，倒不是因其鄉土經驗的匱乏，而是因其突出地方特色的努力正和上官箏在華北淪陷區文壇揭起的「鄉土文學」一道，對所謂「大東亞文學」構成了理念上的威脅。恰恰是殖民地少數民族傀儡政權下漢族作家的寫作困境本身，使得這些缺乏真正蒙古特色的華文創作，成為夾縫中漢族知識份子精神世界的奇妙展現。

土文學」相關討論，例如蒙疆作家曉僧就曾以通俗文學的流毒以及詩人與乞兒對月夜的不同感受來討論「鄉土文學」與「大眾文學」問題，見曉僧：〈「鄉土文學」與「大眾文學」〉，《蒙疆文學》，成紀七三八（1943）年 6 月，第 2 卷第 6 期，第 17-18 頁。而此後華北淪陷區柳龍光主編的《中國文學》，亦發表邱一凡的相關討論，借反對英美自由主義「文學無國籍」口號而婉轉表達中日文學的區別，見邱一凡：〈東亞文學的國籍問題——文學是無國籍的麼？〉，《中國文學》，1944 年第 1 卷第 4 期，第 6-7 頁；邱一凡：〈文學的民族與鄉土〉，《中國文學》，1944 年第 1 卷第 8 期，第 2-3 頁。

45 黃萬華：《史述和史論：戰時中國文學研究》，濟南：山東大學出版社，2005 年，第 259 頁。

46 牛旁：〈新作家補論〉，《華文每日》，1944 年 2 月號，第 28 頁。此前上官箏曾在華北《中國文藝》發表「新作家論系列」，僅上卷就擬作六篇，見上官箏：〈劉萼（雷妍）論——新作家論之一〉，《中國文藝》，1943 年第 9 卷第 1 期，第 1-10 頁；上官箏：〈袁犀論——新作家論之二〉，《中國文藝》，1943 年第 9 卷第 3 期，第 1-8 頁。

三、漢族作家身處「異國」的屈辱體驗

在 1944 年 1 月大阪的《華文每日》「蒙疆文藝特輯」中，「蒙疆」作家司空鹿（劉樹春）的小說《哈巴嘎之夜》，以張家口北面察哈爾正藍旗牧區當中真實存在的一個商業小鎮哈巴嘎為原型，顯出了奇妙的「蒙疆想像」：

> 漫天地黃砂，昏暗地飛揚與咆哮，哈巴嘎地帶——蒙古中部地區的一個城市——的季節，永遠過的是冬天。
>
> 「哈巴嘎」的大街上有落難的漢人在喊叫——
>
> ——老爺們！提把手吧？救救我們這失家離國落難的人啊！
>
> 沒有迴響，幾個穿皮毛襖漢人，依然大搖大擺的向前彳亍地走著，他們並沒有聽到，他們的兩眼不夠用似地流覽著這蒙古的古城，但；兩個乞丐仍不饒地，死死的跟隨在後邊，用極可憐的聲調，把枯澀的手長長的伸著——

在這座蒙古小城裡，「失家離國落難的」漢族乞丐最終遭到「本國人」——漢族富人的辱罵。兩個漢族乞丐的自尊被激起，黑砂遮滿天的深夜裡，乞丐老馬憤慨道：「記住，他們說咱是給中國人洩氣，是的，咱是洩氣，他們不知道咱是受了騙來的，誰又能諒解咱們呢？我們走！絕定離開此

地，天下這麼大，走到那兒，只要我們肯幹，都會生活下去
的。」然而另一個漢族乞丐老朱並無這種重新面對生活的勇
氣，最終兩人分道揚鑣，「次日，『哈巴嘎』的人們，看見
一對漢人乞丐，卻只剩了一個。」[47]小說儘管只截取了一小
段生活流，描寫細緻而情節極少，卻無疑是作者自身體驗的
流露，生活在蒙疆政權下的漢族作家，時時感受到屈辱，乞
丐那句「救救我們這失家離國落難的人啊！」正是作家對自
我身份的確認，而蒙疆則被視作異國，儘管遭到來自「本國
人」的辱罵，心中卻只承認中國才是「本國」。這種現象不
僅存在於偽蒙疆，在偽滿政權下也同樣存在。梅娘、山丁等
偽滿作家出於各自不同的原因先後從偽滿輾轉遷居華北等地
[48]，雖仍處於淪陷區，卻至少從「國籍」上的「滿洲國」，
回歸到了「中華民國」[49]。儘管遷居前後的所謂「國籍」皆

---

47 司空鹿：《哈巴嘎之夜》，《華文每日》，1944 年 1 月，第 12 卷第 1
　　期，第 31-32 頁。
48 張泉：《淪陷區中國作家的文化身份認同與政治立場問題──以移住北
　　平的台灣、偽滿洲國作家為中心》，載李建平，張中良主編：《抗戰文
　　化研究》第二輯，桂林：廣西師範大學出版社，2008 年，第 236-252 頁。
49 梅娘在丈夫柳龍光回國後，1942 年春也從日本回到汪偽治下的北京，梅
　　娘稱「我只盼望，被重稱為北京的北平，即傳統的北平、北京，還沒有
　　被摧毀殆盡，還能尋覓到中華民族的神魂。這神魂是托擁著我們這一代
　　在殖民地長大了的中華兒女的精神支柱。」（引自梅娘著，張泉選編：
　　《梅娘：懷人與紀事》，北京：中央廣播電視大學出版社，2014 年，第
　　79 頁）而偽滿《青年文化》1943 年第 5 期推出的「華北文藝特輯」多為
　　流寓華北的偽滿作家作品，如辛嘉的《離開滿洲》和梅娘的《寄吳瑛的
　　書》等（參見劉曉麗：《流寓華北的東北作家的「滿洲想像」──以〈青
　　年文化〉雜誌「華北文藝特輯」為中心》，《上海師範大學學報》哲學
　　社會科學版，2008 年第 3 期，第 116-120 頁）。梅娘的遷居雖然更多受
　　到家庭實際情況影響，未必能夠單純地視為文化回歸；但梅娘的民族認
　　同則可在其旅日期間描繪旅日的滿洲國主人公感慨韓裔「僑民」對日卑

因傀儡政權的性質而成為實際上的虛妄想像，但就文化意義而言，這種遷居與回歸，確實從異質文化回歸到了本民族文化，因而仍是淪陷區文人甚至附逆文人自我身份重新確認的體現。這種從少數民族傀儡政權回歸汪偽控制下所謂「中華民國」的遷居行為，在蒙疆作家當中，尤以王承琰和劉延甫二人所做與所寫最值得玩味。

　　與曖昧的民族認同相應的，是淪陷區文人在作品中無意間流露的真實情感。與司空鹿的《哈巴嘎之夜》相較，彭雨（王承琰）的《一個俘虜的悲哀》所流露的感情，更顯五味陳雜。彭雨將民間廣為流傳的楊家將「四郎探母」的古老故事，置於現代背景重寫，表面上看似乎毫無新意，實際上卻借古代戲曲中家國難兩全的俗套故事來抒寫自己內心困境。小說開篇以唐代詩人陳陶《隴西行》中名句「可憐無定河邊骨，猶是春閨夢裡人！」作為現實與夢憶的對照，展開哀惋的古代宮廷場景：

　　　深宮裡扯出了修長的永巷，殿角上月起月落，梧桐樹是那麼挺拔而高大，掌大的葉子層層密密，不過是幾陣秋風秋雨，便辭掉了故枝而飄向那不可揣測的命運裡。歲月，像潮水一樣的，滾來滾去，而今又到了陽春煙雨的季節了，回憶那蕭蕭逼人的秋意，真彷

躬屈膝對妻對友頤指氣使姿態的《僑民》等作品中找到依據，「他剛才就曾被那兩位豔裝的姑娘投以白眼」，「我無端地對他起了憎怒，他剛爬上一級便學會了作威作福」，見梅娘：《僑民》，《新滿洲》，1941年第3卷第6期，第182頁，184頁。相關研究參見岸陽子著，郭偉譯：《論梅娘的短篇小說〈僑民〉》，載李建平，張中良主編：《抗戰文化研究》第一輯，桂林：廣西師範大學出版社，2007年，第143-159頁。

> 佛還是昨晚的夢境，夢境裡徘徊著人生，人生就在這
> 異國的夢境裡擺佈著，折磨著……

「人生就在這異國的夢境裡擺佈著，折磨著……」，究竟是在寫誰？是古代戲曲中背叛祖國而為敵國駙馬的楊四郎，還是現實中生活在蒙疆政權下的漢族作家本人？兩者難道不都是「辭掉了故枝而飄向那不可揣測的命運裡」嗎？已經隱姓埋名卻始終不忘本姓「楊」的駙馬「木易」，被三月的陽光吻醒，然而駙馬府的寂靜很快被作家所設定的混亂時空注入「現代焦慮」而打破：

> 黃鸝的呼喚，聲聲打在駙馬心扉上，他不耐煩的坐在沙發上，扭開了無線電，這時正在放送著飛虎峪的戰事消息，大致和昨天韓昌的情報差不多，怎麼這種消息也會公開的廣播呢？因為休戰已是一個時期了，前方為什麼又無端的緊張起來！

在一部非通俗文學的作品中，將古人故事置於現代時空，出現無線電、汽車與現代戰爭，絕不僅僅是為了以「穿越」感來製造刺激效果吸引眼球，更多地是以此為故事中的遼宋敵對注入日華戰爭的現代體驗，將民間流傳數百年的古人故事作為現代人（包括作家與讀者）內在情緒的變形抒泄。木駙馬疑惑「怎麼這種消息也會公開的廣播呢？」尤其是在一致對外宣稱「休戰」的和平階段。在此插入戰事的廣播，不僅因小說情節需要木駙馬由此得知母親就在前線，同時也是作者有意對現實中廣播報紙每天鋪天蓋地的戰事宣傳表達

反感情緒[50]。

　　母親雖近在咫尺，沒有令箭通過軍事戒嚴區就無法相見。木駙馬感慨於上次大戰哥哥戰死，自己同母親和兄弟骨肉分離；也感慨於「十五年的緘口，欺騙著他的同僚，欺騙著他的愛人」，「他抽出張紙，把滿腔的悲哀和悵惘宣洩下來：」

> 八月裡落下了皚皚的白雪，
> 夜風卷起了狂的鬼嚎，
> 我的同胞兄弟們啊！
> 俱都以熱血報答了君王。
> 我不敢再嗅聞了，
> 那血腥膻的屠場，
> 我不敢再想像了，
> 那無情的彈雨槍刀。
> 踏進了異國森嚴的宮門，
> 開始泯沒了真的姓氏，
> 劫後殘餘的命運喲，
> 複投入綺麗的羅幃。
> 錦瑟喚不回似箭的歸心，
> 嬌語空慰藉了多情的種子，

---

50 許多淪陷區報刊上可見到大量誇張的戰事宣傳，且往往佔據頭版頭條和各刊顯著位置，例如「七七事變」五周年時作為所謂「興亞紀念日」的新聞《敵棄屍二百卅三萬餘——中國事變五周年綜合戰果》，《蒙疆新報》，成紀七三七（1942）年7月7日（星期二），第1版。

今夕吞飲著錐心的熱淚，

明朝仍送那陣陣的鴻雁南歸，

我是個籠中的小鳥喲，

空空生長了雙翅，

我是個被囚猛虎啊，

悵望那重重的環翠！

山坡又生起碧綠的春草，

這悠悠苦人的歲月，

天倫的聚會畢竟在何時？

我孤孤單單的一個在淪落。

征塵滾過了千古的黃河，

王旗遮布了沙漠的北國。

野風沖洗著第二代的子孫，

號角悲壯的響徹子夜。[51]

　　作為生活在蒙疆傀儡政權下的漢族作家王承琰，他不能公然以自己寫過《疲勞的恢復》的詩人身份去寫這樣的反戰思國之詩，只能以小說家的身份，在古代故事中插入看似不倫不類卻飽含真情實感的現代詩，借楊四郎的筆，寫自己的心。「我不敢再嗅聞了，/那血腥腥的屠場，/我不敢再想像了，/那無情的彈雨槍刀。/踏進了異國森嚴的宮門，/開始泯沒了真的姓氏，」在淪陷區公開的文藝刊物上直接以詩歌如此書寫對所謂「大東亞聖戰」的感受，是根本不可想像的；

---

51 彭雨：《一個俘虜的悲哀》（上），《蒙疆文學》，成紀七三八（1943）年4月，第2卷第4期，第45-55頁。

只有借助小說中人物的筆，才能隱秘地表達自己內心真實的戰爭體驗和屈辱感受。

無論是小說中遼國公主明知駙馬意圖仍含淚相助的內心掙扎，還是從蕭太后處巧妙騙取令箭的緊張氣氛，與偽裝出關環環推進的情節設計[52]，都不足以使一部舊戲改寫而成的古代故事成為現代小說當中的佳作[53]，但小說的思歸主題和奇異的歷史背景設定，與現實中淪陷區作家自身生命體驗的契合，則令這部小說具有了特殊的意味。而木駙馬詩中所寫「錦瑟喚不回似箭的歸心」、「明朝仍送那陣陣的鴻雁南歸」，在情節設計上是宣洩楊四郎的回歸故國之心，在小說外部的蒙疆文壇域境中，卻正是作家自我心緒的自然流露。

值得追問的是，《一个俘虜的悲哀》的作者王承琰[54]，

---

52 彭雨：《一個俘虜的悲哀》（下），《蒙疆文學》，成紀七三八（1943）年 5 月，第 2 卷第 5 期，第 69-79 頁。

53 進言：《一個俘虜的悲哀讀後》，《蒙疆文學》，成紀七三八（1943）年 5 月，第 2 卷第 5 期，第 42-44 頁。

54 封世輝考證王承琰生於 1918 年，「1940 年起，在張家口任蒙疆電業局職員，不久因被人告發有反日言論遭日本憲兵逮捕，後經人保釋出獄」（見封世輝：《中國淪陷區文學大系史料卷》，南寧：廣西教育出版社，2000 年，426 頁）；但據王向遠《「筆部隊」和侵華戰爭——對日本侵華文學的研究與批判》，1943 年王承琰參加第二次「大東亞文學者大會」時「31 歲，在蒙疆電業株式會社工作」（見王向遠：《日本侵華史研究》，銀川：寧夏人民出版社，2007 年，第 169 頁），當生於 1912 年，與王承琰描繪 1941 年入獄經歷的《在牢獄裡》「三十年的鮮血要滲入祖國大地」詩句大體吻合；而王承琰本人在 1942 年《玲子》當選首屆「蒙疆文學賞」華文短篇小說後的《作者自白》中稱：「『文筆的生涯』，根本沒那種修養，十年前確實也曾愛好過並且，不自量力投過一氣稿，後來一場精神衰弱便扔了那枝筆，永遠不再想動它了，如今算來，整整八年。」見彭雨：《玲子》，《蒙疆文學》，成紀七三七（1942）年 12 月，第 1 卷第 1 期，第 49 頁。

作為《蒙疆文學》的最重要的組織者，既然當選「蒙疆文學賞」華文短篇小說獎，此後又能够作為「蒙疆文藝代表」赴日本參加第二屆「大東亞文學者大會」[55]，在東京《朝日新聞》發表《大東亞魂の再生》等文章，并能够在大阪朝日會館與片岡鐵兵、關露、吳郎等「日滿蒙華」當紅作家一同發表演講[56]，那他為什麼還會在小說中如此婉轉地表達自己內心的壓抑，書寫身處異國貴為駙馬的木易作為「一個俘虜的悲哀」？為什麼還要在詩歌《疲勞的恢復》中以騾馬的視角抒寫感同身受的屈辱？究竟是什麼構成了當紅附逆文人的屈辱感，使其在寫作成功獲得日偽承認之際，仍不忘「故國」，遙托「回歸」之夢？

王承琰在偽蒙疆文壇以「彭雨」、「巴圖爾」的筆名寫

---

55 彭雨：《大東亞文學者決戰大會參加筆記》；王承琰：《大東亞文學者大會後蒙疆文藝界新動向》，《蒙疆文學》，成紀七三八（1943）年 10 月，第 2 卷第 9 期，第 92 頁；第 4-5 頁。《蒙疆文學》華文版第 2 卷第 9 期則作為「大東亞文學者大會紀念號」出版，記錄王承琰、包崇新及赤塚欣二、石塚喜久三等 1943 年 8 月赴東京參加第二屆「大東亞文學者大會」的情況；而事實上早在 1942 年 12 月，《蒙疆文學》華文版創刊號就原擬作為「大東亞文學者大會」紀念號出版，以記錄 1942 年 11 月「蒙疆文藝懇話會」小池秋羊、和正華和「蒙疆新聞社」恭布縶布作為「蒙疆文藝代表」赴東京參加第一屆「大東亞文學者大會」的情況，但因編輯人選未定而備案手續上暫定的主編和正華又赴日參會，代替和正華編輯創刊號的陳言未能及時收到向各方所約通訊稿件，故未能將創刊號辦為「大東亞文學者大會」紀念號（見陳言：《編輯後記》，《蒙疆文學》，成紀七三七年 12 月，第 1 卷第 1 期，第 50 頁）；僅在 1943 年 1 月第 2 卷第 1 期刊登了和正華的參會見聞記（見乙文：《參加大東亞文學者代表大會記》，《蒙疆文學》，成紀七三八年 1 月，第 2 卷第 1 期，第 15-24 頁）。
56 尾崎秀樹著，陆平舟、间ふさ子译：《舊殖民地文学的研究》，台北：人間出版社，2004 年，335-336 頁；第 38 頁。

小說，以「乃帆」的筆名寫詩和文論，在《蒙疆文學》《利民》，及「蒙疆文藝懇話會」會員王令（王黛英）編輯的《蒙疆新報・文圃》等各處文藝報刊「紅得發紫」，然而在其寫作成名之前，在《蒙疆文學》華文版創辦之前，王承琰曾於1941 年 11 月以「思想不良」、「秘密運動」的理由在張家口入獄，釋出後又遭日本憲兵看管，曾留下《在牢獄裡》的小詩，戰後發表於《魯迅文藝月報》[57]。

> 小窗是自由的眼睛，
> 白天有黑夜似的幽暗，
> 鐵柵欄磨盡英雄的手；
> 燈光把蒼白抹一臉。
>
> 鐐響在長夜才有意味，
> 饑鼠，臭蟲，糞尿，疥癬，
> 溫暖使我們更要靠緊，
> 相互間都是最高的沉默。
>
> 烙印是倔強的表記，
> 損傷是血債的祭文，

---

57 詩末還說：「審訊我的是西村，河野，賀田，逮捕我的是花形，這些人我永遠忘不掉他們。」見王乃帆：《在牢獄裡》，《魯迅文藝月刊》，1946 年第 1 卷第 3 期，第 4 頁。另外，王承琰妻子瑞祺「在戰亂的年月裡」亡故，見彭雨論：《看雲草》，《蒙疆文學》，成紀七三九（1944）年 6 月，第 3 卷第 5 期，第 18 頁；王雅楓：《彭雨論》，《蒙疆文學》，成紀七三九（1944）年 9 月，第 3 卷第 8 期，第 15 頁。

階刑不能永遠獰笑；

屠夫的魔手終久要會爛掉。

時序看在牆外的樹尖上，

每天有新人填補死亡的空子，

平心靜待最後的一次指押；

三十年的鮮血要滲入祖國大地。

　　恰如珍珠港事變後香港淪陷，戴望舒因宣傳抗日而被捕入獄，據日偽的煽動性報導稱，戴望舒出獄後也曾和王承琰同於 1943 年夏赴東京參加第二次「大東亞文學者大會」[58]。戴望舒戰後雖一度遭附逆指控[59]，而他戰後發表的《獄中題

58　「二屆大東亞文學家大會業于八月二十五日在東京舉行。華中代表為周越然，丘韻鐸，陶亢德，魯風，柳雨生，陳廖士，陳學稼，謝希平，章克標，陳大悲，關露等。華北代表為沈啟無，陳綿，張我軍，徐白林，柳龍光等。華南代表為戴望舒陳璞等。」見《文化瑣聞》，《古黃河》，1943 年第 1 卷第 6 期，第 18 頁。《申報月刊》的報導中，「代表團行蹤及名單」則記載有二十八名「出席之外國代表」，其中華南代表為陳樸，並無戴望舒；不過該報導僅刊登二十六人名單（見《第二次大東亞文學者大會紀實》，《申報月刊》，1943 年復刊第 1 卷第 9 號，第 132 頁）。而戴望舒本人戰後在至文協港粵各位會員的申辯信中，對此予以否認：「我拒絕了參加敵人的文學者大會（當時同盟社的電訊，東京的雜誌，都已登出來香港派我出席的消息了）」（見戴望舒：《我的辯白》，《收穫》，1999 年第 6 期，第 156-157 頁）；對戴望舒遭受附逆指控的考證，參見李輝：《難以走出的雨巷》，《收穫》，1999 年第 6 期，第 147-155 頁。尾崎秀樹整理的第二次「大会议员一览」当中，也未出現戴望舒的名字；且未见于会议期间各项活动名单，也未见于代表演说及发表文章的署名之中（见尾崎秀树著，陆平舟、间ふさ子译：《旧殖民地文学的研究》，台北：人间出版社，2004 年，第 53 页）。

59　《來件二：留港粵文藝作家為檢舉戴望舒附敵向中華全國文藝協會重慶總會建議書》，《文藝生活》，1946 年光復版第 2 號，第 47 頁。

壁》和《我用殘損的手掌》等詩歌反日情感的真摯，卻感人
至深。乃帆（王承琰）詩中「時序看在牆外的樹尖上，/每天
有新人填補死亡的空子，/平心靜待最後的一次指押；/三十
年的鮮血要滲入祖國大地」的感觸，正與戴望舒《獄中題壁》
「如果我死在這裡，/朋友啊，不要悲傷，/我會永遠地生存/
在你們的心上」的詩句相對應[60]。無論乃帆戰後方得發表的
這首《在牢獄裡》是否已經改寫甚至重寫[61]，抑或本就如戴
望舒《我用殘損的手掌》一般是戰後新寫[62]，當年被日偽當
局意識形態高壓管控，隨時受監視的經歷，無疑構成了王承
琰這些淪陷區文人最大的精神壓力。事實上，由於交通中斷
和文化管制，淪陷區的附逆文人面臨的最主要精神壓力並不
來自國統區或解放區作家對漢奸文化的批判。綏遠抗戰刊物
的發行量及在淪陷區傳播的可能性[63]，決定了其在蒙疆淪陷

---

60 戴望舒：《獄中題壁》，載戴望舒：《災難的歲月》，上海：星群出版
　　社，1948 年，第 46-48 頁。

61 僅有范泉主編的《中國現代文學社團流派辭典》認為王承琰為「偽電業
　　局職員、中國地下黨員」，見范泉主編：《中國現代文學社團流派辭典》，
　　上海：上海書店，1993 年，第 549 頁。

62 王文彬考證戴望舒戰後於 1946 年 12 月在《文藝春秋》發表的《我用殘
　　損的手掌》，寫作日期並非詩末所標注的「一九四二，7 月 3 日。」而
　　是戰後戴望舒受到附逆指控時在 1946 年 1 月前後《斷篇》一詩基礎上修
　　改而成，見王文彬：《〈我用殘損的手掌〉：透視戴望舒》，《文藝理
　　論與批評》，2000 年第 1 期，第 82-87 頁；戴望舒：《詩二章》，《文
　　藝春秋》，1946 年第 3 卷第 6 期，第 35 頁。

63 事實上綏遠抗戰刊物不僅經費缺乏，印製條件也十分簡陋，遠不及蒙疆
　　淪陷區刊物印製精良。例如位於傅作義綏遠省臨時省會陝壩的綏遠青年
　　文藝社所辦的《文藝》雜誌，主編蕭離就曾感慨「第一個，紙張不如後
　　方，造紙的方法固然不好，造紙的原料也太缺乏，以致紙質不佳，紙面
　　不平，其次呢，印刷器材舊而不全，只有一副不新不舊的五號字，還缺
　　少許多銅模，線條不夠用，夾條僅能用木片作『代用品』。二號楷字就

區的影響力非常微弱。真正對淪陷區構成政治高壓的，恰恰不是國統區或解放區的抗戰意識形態，而是日偽當局的殖民意識形態。淪陷區作家要時刻警惕的，是日偽當局嚴密文網對抗戰文藝的監控。淪陷區的這種「低氣壓」，總讓作家感到文壇的「荒蕪」，有說不出的苦悶。也正因此，另一位蒙疆文學代表作家——在各淪陷區甚至在日本《華文每日》如魚得水的當紅附逆作家沐華，竟然以《文藝的良心》為題，來談自己在文藝寫作上嘗到的切實的苦悶，恰與乃帆的詩歌《名利的奴隸》中所感歎的「還不如沖淡些吧！發動起聖潔的良知」[64]相仿。

　　沐華原名劉延甫，生於張家口宣化縣，曾在天津南開中學就讀[65]。「九‧一八」之前曾發表《綏蒙問題之我見》，分析了中國的民族情況和文化歧視問題，認可「國內各民族一律平等」和「世界各種族一律平等」的主張，提出自己對民族主義和民族自決的看法，並主張用「民族主義的文化綏蒙政策、民權主義的政治綏蒙政策、民生主義的經濟綏蒙政策」去綏撫蒙古，以此應對蘇聯的影響[66]。劉延甫從私立北

只那麼些，沒有銅模，用壞了，就算了。因此，引響我們編排的醒目，印刷的清晰，熱心愛護本刊的讀者們，在費勁來看之餘，還得用心來猜，一切的責難我無可推卸，但莫可奈何的事實問題也不是一天半天可以得到完全的解決的」，見蕭離：《我所欲言》，《文藝》，1942 年 10 月第 5 期，第 34-35 頁。

64 轉引自王雅楓：《彭雨論》，《蒙疆文學》，成紀七三九（1944）年 9 月，第 3 卷第 8 期，第 18 頁。

65 劉延甫：《亡書記——南居北憶之一》，《新動向》，1944 年第 94 期，第 38-41 頁。

66 「我們中國，雖然是由漢滿蒙回藏五大種族組合而成，但是自古及今，卻是漢族為主體，一統相傳下來的。雖然在歷史上也不少有外族入主中

平民國學院肄業[67]，「七・七事變」後任張家口商會會長，水升元茶莊經理，以及其它一些與經濟相關的偽職[68]。在偽蒙疆文壇，劉延甫常以「貫洋」的筆名寫詩，以「沐華」的筆名寫小說、散文和文論，長期在《蒙疆新報・文圃》和《利民》發表隨筆[69]，同時成為《蒙疆文學》華文版最重要的作家。並向蒙疆之外各淪陷區甚至日本華文文壇發展[70]，在上海的《風雨談》《雜誌》《文友》和南京的《文編》《新東方雜誌》等刊物均以蒙疆作家身份發表作品[71]，受華北作家

原的事實，但他們根本上沒有文化，不過乘中原多事之秋，憑著強兵力馬，征服華夏。可是一旦到了中原，他們仍得被漢族同化了，被漢族文明征服了……但是漢族還有一個最大的弱點，就是因為自己的文化比別族的好，（這當然是本著歷史上的事實而言，那時和漢族常有事的，僅僅是滿蒙回藏幾族，不但加西洋各種族沒有交往，就和最鄰近的日本也絕少交通。）生了一種驕傲的心理，對於他族的人，十分的看不起，甚至連牲畜都不如。」見劉延甫：《綏蒙問題之我見》，《新民月刊》，1930 年第 2 期，第 129-136 頁。

67 封世輝：《中國淪陷區文學大系史料卷》，南寧：廣西教育出版社，2000年，第 360 頁。該書認為劉延甫出生年於 1917 年，並稱其在張家口無公職身份，與《蒙疆年鑒》認為其生於 1902 年的記載不同，且按封世輝所考證的年齡推算劉延甫 1930 年發表《綏蒙問題之我見》時僅十三歲，有悖於常理。劉延甫 1944 年所作散文《蚌珠》中自稱三十多歲，則與《蒙疆年鑒》及封世輝所記的出生時間皆不相符（見沐華：《蚌珠》，《蒙疆文學》，成紀七三九年 7 月，第 3 卷第 6 期，第 16-21 頁）。

68 鈴木清幹：《蒙疆年鑒・人名錄》，張家口：蒙疆新聞社，昭和十六（1941）年，第 45 頁。

69 沐華：《默禱》，《蒙疆新報》，成紀七三七（1942）年 7 月 7 日（星期二），第 4 版。

70 劉延甫：《中國文化內容之檢討》，《華文大阪每日》，1941 年第 6 卷第 6 期，第 5-11 頁。

71 沐華：《簡》，《風雨談》，1944 年第 11 期，第 88-94 頁；貫洋：《常州之遊》，《文友》，1944 年第 2 卷第 10 期，第 28-30 頁；貫洋：《塞上風》，《雜誌》，1944 年第 13 卷第 6 期，第 61-68 頁；劉延甫：《中國新文學的來路與去向》，《新東方雜誌》，1942 年第 5 卷第 5 期，第 479-481 頁。

協會柳龍光之邀擔任「蒙疆文藝消息聯絡事務」[72]，向華北
文壇作第一篇對蒙疆文壇加以系統介紹的文章[73]，卻表達了
對要求蒙疆文壇突出蒙古特色的反對意見，也不贊同上官箏
（關永吉）等的「鄉土文學」[74]。沐華不僅在《談精神問題》
等隨筆中鼓吹所謂「大亞細亞主義」，還以作品《新生》當
選北京《國民雜誌》長篇小說徵文的副選作品，寫俞氏父子
加入漢奸組織「維持會」，經小人「誣陷」其投日誠意，遭
受懷疑和磨難，終得以「洗冤」而重獲「新生」的媚敵故事[75]。
沐華更先後憑藉《告重慶的朋友們》《和平文化的指標》兩
篇投日傾向鮮明的文章，以反歐美殖民的論調試圖分化重慶

72　琰：《見聞記》，《蒙疆文學》，成紀七三八（1943）年 6 月，第 2 卷
　　第 6 期，第 30 頁。

73　劉延甫文中不僅向華北文壇介紹「蒙疆文藝懇話會」和《蒙疆文學》華
　　文版，還介紹了其他一些文學組織與刊物、文集：「蒙疆銀行同人組織
　　的黃土文學會，由田牛君主編的黃土叢編第一輯題目為《作品》的，于
　　本年四月十日出版了。」「黃土從編第二輯出版於五月十日，還是以如
　　前的姿態出現，含有了詩歌五篇，譯詩一篇，散文二篇譯文二篇，印刷
　　是改為鉛印了，題名為《刊物》。黃土叢編第三輯將於六月十日出版，
　　仍是詩歌散文，定名為《文筆》。」「此外並聞該會擬輯會外人作品，
　　作為黃土叢編副版，亦為不定期之活字印刷品，第一輯為《寫作輯》。」
　　「又該會決定出刊之文藝專集，除第一冊谷梁異之散文集《小竹籃子》
　　已於六月一日出版外，現擬出刊者，第二冊為艾鄉之詩集《懷鄉曲》；
　　第三冊為艾鄉之短篇創作集《東邊道》，第四冊為黃鴿之詩集，題名未
　　定，第五冊為谷梁異之譯文集，題名未定。」見劉延甫：《蒙疆文藝界
　　的現狀》，《華北作家月報》，1943 年第 6 期，第 16 頁。

74　劉延甫表示：「但現在卻有人提出鄉土文學的口號，打算在作品上塗上
　　一層雄壯的蒙古風的色調。但文筆人多數是在北京天津上過學，更有些
　　是來自華北，這種現象是必然的吧。」劉延甫這裡雖未明確站在所謂「大
　　東亞文學」的立場反對上官箏的「鄉土文學」口號，卻認為所謂蒙疆實
　　與京津臨近，兩處文壇也密切相關，實在難以做到突出蒙古特色，指出
　　漢族作家創作的這種蒙古風之「偽」，以及蒙古特色事實上根本無法在
　　這群從京津受教育的漢族作家筆下真正實現。見劉延甫：《蒙疆文藝界
　　的現狀》，《華北作家月報》，1943 年第 6 期，第 16 頁。

75　貫洋：《新生》，《國民雜誌》，1943 年，第 3 卷第 5 期，第 62-71 頁；
　　第 3 卷第 6 期，第 60-67 頁；第 3 卷第 7 期，第 46-53 頁；第 3 卷第 8
　　期，第 44-53 頁。

國民政府的抗日同盟，以「普遍」和「平等」來包裝所謂「共榮」的「和平文化」，在日本《華文大阪每日》三周年、四周年紀念大徵文中兩度評為當選作品[76]。

然而在南京《文編》雜誌的「蒙疆文藝輯」上[77]，沐華這位屢次獲獎的當紅附逆作家竟然在《文藝的良心》這篇創作談中，表達了自己寫作的如此苦悶：「想寫的寫不出來，不想寫的卻非寫不可」，以致「不是為了處理人生而寫作，反是為了寫作而處理人生」。

> 文藝本是良心。如果失去了良心的文藝，它自身的動搖，將給你從事文藝者以最大的失望。
> 所以生活的貧乏尚在其次，唯有內心的貧乏，實難挽救。

沐華認為「所謂文藝的良心者，還不僅僅是坦白而已，作家必須有忠於藝術，忠於寫作，以至忠於讀者大眾的先提觀念，同時對於自己的出產的東西，更要負完全責任。」「真正可以叫作寫作的，是不得不寫，為了自己的信仰，為了由自己的確信之中而對於所觀察到的現實有所衝動，才不得不

---

76 沐華：《告重慶的朋友們》，《華文大阪每日》，1942 年第 8 卷第 5 期，第 30-35 頁；沐華：《和平文化的指標》，《華文大阪每日》，1942 年，第 9 卷第 11 期，第 30-34 頁。

77 1944 年第 2 卷第 2 期《文編》的「蒙疆文藝輯」，還刊登了舒望、朝熹、吳彥的小說，以及田牛翻譯法國詩人瓦雷裡的詩，見舒望：《蝕》；巴雷裡作，田牛譯：《足踏》；朝熹：《後方》；吳彥：《芭特門姑娘》，《文編》，1944 年第 2 卷第 2 期，第 12-21 頁；第 23 頁；第 24-25 頁；第 26-30 頁。作為交換，《文編》向《蒙疆文學》提供「華中文藝輯」稿件，見《後記》，《文編》，1944 年第 2 卷第 2 期第 31 頁。而《蒙疆文學》則在南京《文編》主編夏炫的支持下以第 3 卷第 1 期作為「創作特輯・華中青年文藝輯」推出《文編》作家群的作品。

篇。」「如果放棄了文藝的藝術的立場而歸於純粹的鼓吹，我想那不僅是文藝本身的毀滅，而失去了文藝的現實，也將會招來另一方面的困難吧。」[78]

很難想像這些表白竟是出自一個無恥的附逆文人之口。一邊在各處撰寫媚敵之作，一邊卻大談「良心」和「信仰」，反對純粹的政治鼓吹。其實這樣的「苦悶」倒未必子虛烏有，淪陷區作家總有一種時時受到監控的無形壓力[79]，故而才有「想寫的寫不出來，不想寫的卻非寫不可」的傾吐。由此可以解釋為何漢奸文人總是對自我民族身份不斷加以確認，因為他們日常面對的正是來自日方的意識形態壓迫。對炎黃子孫的自我身份確認，成為包括附逆文人在內的淪陷區作家，對日本殖民者政治高壓的一種自然反彈。同時也是「友邦」唯一允許的壓力排解管道。一方面附逆文人的自我辯白並不能作為其內心完全清白的有效證據，而另一方面附逆舉動與投敵言行也不足以判定其作品中偶爾流露的複雜情態完全虛偽。甚至在同一作品當中，既有為日本殖民者「大亞細亞主義」張目的卑劣言說，同時也存在著曖昧的民族認同。

而漢族作家自我身份的確認在蒙疆政權統治下更具有獨特意義。正如王承琰《一個俘虜的悲哀》中身陷敵國縱享榮華仍不忘故國的木駙馬一樣，「錦瑟喚不回似箭的歸心」，蒙疆淪陷區的當紅附逆作家王承琰、劉延甫，1943 年先後離

---

78 沐華：《文藝的良心》，《文編》，1944 年 3 月第 2 卷第 2 期，第 21-23 頁。

79 沐華關於「文藝的良心」的見解，也被蒙疆文壇作為解讀沐華文學創作的決定性因素而納入對沐華的作家論當中，見王雅楓：《關於沐華》，《蒙疆文學》，成紀七三九（1944）年 8 月，第 3 卷第 7 期，第 7-13 頁。

開「首都」張家口移居汪偽治下的天津和南京、上海，從蒙疆政權的「異國」統治之下，象徵性地「回歸」了那個想像的「民國」[80]。

　　值得反思的是，即便去除了日本殖民者的假意扶助與變相殖民，難道在蒙疆真的建立一個蒙古「民族國家」就可以解決當地的民族問題嗎？戰前處於國民政府專制統治下的漢化蒙古族文人，通過模仿時時刻刻將自己偽裝得有如漢族知識份子，以此補償自我內心因飽受歧視帶來的創傷心理。而偽蒙疆政權的建立，雖不能真正構成蒙古民族國家，卻讓當地漢族知識份子地位翻轉，體驗到了在蒙疆發揚蒙古文化時作為華語作家的屈辱感受，以及日本殖民統治更勝於專制的蠻橫。無論當年的漢族移民墾殖正義與否，經過晚清至民國數十年的移民拓展，已經造就了蒙漢雜居局面的內蒙古，究竟如何建立一個純粹的蒙古「民族國家」？在蒙漢回不同民族雜處的地區，哪一族的所謂「民族國家」的建立，不構成對他族的統治？難道被視為解決民族問題不二法寶的「民族國家」，僅僅意味著統治民族與被統治民族地位的翻轉？如果這樣也能構成所謂「民族國家」，又將如何區別於一族統治多族的帝國？民族主義的最終目標，究竟何在？

　　而蒙疆文壇當中一部可與《黃人之血》形成對照的「蒙

80　「自彭雨兄赴津後，最近田牛兄轉勤張北，朝熹兄返回奉天，歸否未定，沐華兄赴南京尚未歸，霄層兄也到南京去了，乙文兄因為職務的變更忙了些，以至本刊的全部責任遂落在我們一兩個人身上，這是十分危險的事，這幾位同仁的離開首都，雖都仍然在為蒙文盡著力，但畢竟有遙遠之感……」見吳彥：《編後記》，《蒙疆文學》，成紀七三九（1944）年2月，第3卷第2期，第103頁。另「作家沐華在滬任中央某校國文教官，課餘寫作頗豐。」見老漢：《藝文情報》，《蒙疆文學》，成紀七三九（1944）年5月，第3卷第4期，第12頁。

古帝國西征」作品[81]，則是從滿洲國遷來蒙疆的漢族作家朝熹所作[82]，呈現了對民族主義的奇妙反諷。在《可憐的老人》這部小說中，朝熹讓一位流落蘇聯哥薩克草原的蒙古族後裔老人，與自己撿來的蒙古族孩子「野馬」，不斷在歷史遺跡的宮殿廢墟中撫摸念誦「成吉思汗西征時凱旋過此」的模糊碑文，以此憑弔自己的民族身份：「那是我們蒙古族歷史上偉大的光榮，可惜現在這民族和這殿堂一樣地頹廢下去了」。「然而當地的俄羅斯小市民，對著它卻懷著十分的恐怖與憎厭，他們把古代一個極繁盛的都市，荒涼而寂寞下來了，他們彷彿覺得那廢墟裡埋藏著他們最大的威脅，他們覺得過去的大風暴，真也太嚴厲了，所以誰也不希望再接近它，他們

81　1934 年 11 月魯迅曾在英文刊物《現代中國》上發表《中國文壇上的鬼魅》，以左翼立場批判宣揚國民黨意識形態的「民族主義文學」：「他們研究了世界上各種人的臉色，決定了臉色一致的人種，就得取同一的行為，所以黃色的無產階級，不該和黃色的有產階級鬥爭，卻該和白色的無產階級鬥爭。他們還想到了成吉思汗，作為理想的標本，描寫他的孫子拔都汗，怎樣率領了許多黃色的民族，侵入斡羅斯，將他們的文化摧殘，貴族和平民都做了奴隸。」引自魯迅：《中國文壇上的鬼魅》，載魯迅：《且介亭雜文集》，上海：三閒書屋，1937 年，第 183-194 頁。

82　朝熹曾在《蒙疆文學》發表眾多媚敵作品，然而在小說《鄰家》當中，朝熹以寓言的形式抒寫了對自己身處偽蒙疆文壇的感慨。《鄰家》寫公園裡搬來一些新動物，「以先本是很陌生地，它們雖然生於一大地上，但相互間卻過著完全不同的生活，既使有時在草原上，或是山林裡偶然的遇見了，它們從來也不曾說過一句話，」「如今相同的命運使它們認識了，而且熟悉了，它們同具有一顆囚居於寂寞裡的心，也同有熱愛那綠色大地的希望呵！」「於是它們開始接近了，它們企圖打破那不同族類的連鎖和撕掉那陌生的面孔，而開始了熱情的交流，雖然它們的話語是不同的。」只有狼不願困在柵欄之中，仍念念不忘外面的大地，並鄙視被人類馴化了的鹿：「這東西是慣住於這狹小的圈子裡，不想再回到大地的懷抱裡了吧！」狼雖「憎惡這些人類的面孔，也憎惡這放浪的笑聲」，卻始終無法逃出牢籠，而遭到人類取笑將來「會變成像狗一樣的馴服」，只能對羞辱報之以憤怒的沖跳。見朝熹：《太陽下及其他》，《蒙疆文學》，成紀七三八年（1943 年）11 月號，第 2 卷第 11 期，第 15-22 頁。

都遠遠地躲開了那裡」，無論是俄羅斯人還是當地的哥薩克人，都對當年的蒙古西征抱有「恐怖而厭憎的感覺」，「他們怕那暴風雨更要襲來一次」。包圍在熱情而魯鈍的哥薩克人中間，蒙古族老人感到無限的寂寞，無處傾訴他對民族偉業的追思。甚至老人的陳列室裡都擺滿了與蒙古西征相關的畫片、箭頭和弓矢。就連身邊忠實的老女僕也不能理解他的愁思，老人只能將希望寄託在養子身上。而養子野馬「頭髮卻是很黑像一個東洋人的孩子」，撿來的孩子不認得碑文上記錄蒙古西征的文字，老人只能用俄語反復教孩子蒙古民族的歷史與祖先的偉業。終於有消息從遙遠的東方傳來，「當這大陸上的砲火，動盪的最激烈的時候，於是這砲火的暴力，分解了許多衰弱的國家和民族，有的人群失卻了他們的國家了，也有的人群獲得了他們的國家了，大陸上露出一種更新的氣息，因之，在沙漠裡作了已經不算短促幾百年安靜的夢的蒙古族，也扯起了他們再建的旗幟了。」老人遂與養子歡慶，並最終將養子遣回東方，重新回歸蒙古民族的懷抱，親身投入「民族復興」的偉業。

　　作為典型的漢奸文學表述，將日本侵略戰爭及偽蒙疆政權的建立描述成「偉業」，使得這篇小說極具媚敵意味。表面上看，小說飽含深情地表達了對蒙古民族的認同，將老人那種被遺棄的悲痛寫得頗具另一種「亞細亞孤兒」色彩；拯救這「亞細亞孤兒」的正是標榜東亞各民族「協進」的日本殖民者，並具有強烈的反蘇意味。然而，這篇用世界上或許最富歧義的「華語」創作的小說，終究還是留下無數民族主義敘述的裂痕。有意思的是，歷史上成吉思汗西征並未親自

過南俄草原，哲別與速不台遠征高加索而歸，並不完全符合老人的模糊記憶。「歷史的進化，總不會太輕易的混合了兩個不同民族的血」[83]，究竟是對蒙古族老人在哥薩克人村莊堅守民族身份的肯定，還是對日本殖民者標榜東亞各民族「協進」的嘲諷？

　　小說的後半部，老人日夜思念遠赴東方蒙疆的養子，企盼著重見蒙古西征的當代偉業，以致憶子成狂。好心的哥薩克老女僕日夜哄騙她「可憐」的蒙古主人，竟編造了蒙古再次西征的假新聞，甚至因不悉地理不斷隨口捏造蒙古軍攻陷的蘇聯城池，以致謊稱莫斯科淪陷。直到衛國戰爭爆發，哥薩克人遠赴西方前線，軍事訓練的砲聲和誓師開拔的號角，都讓「可憐的老人」誤以為是蒙古軍的到來。最終，老人孤獨而亢奮地高喊著「蒙古民族萬歲」，在眾多哥薩克婦女對「可憐的老人」的感慨聲中懷著迷夢逝去。小說結尾再次出現老人完全失去蒙古特色的俄語名字「安德索洛夫」。

　　生活優裕的老人為何是「可憐的」？這句「可憐的老人」，成為小說中不斷出現的感慨，既是身邊人無法理解蒙古老人民族認同的孤獨與痛苦的呈現，又未始不是對老人關於蒙古復興乃至征服世界迷夢的「悲憫」與諷刺。為何流落異國的蒙古老人總是「努力的使自己相信著這一句話：『只要國民精神不死，則那國家決不會滅亡的！』」漢族作家書寫蒙古民族在異族治下難以忘懷的民族認同，難道就不具有某種同病相憐的意味？

83　朝熹：《可憐的老人》，《蒙疆文學》，成紀七三九年（1944 年）2 月號，第 3 卷第 2 期，第 84 頁，第 86 頁，第 79 頁。

　　身處以蒙古「民族國家」自居的日本殖民地，無論這些漢族作家所寫是否能夠納入所謂「華語語系文學」的概念之中，其在「日語語系文學」的逼近之下繼續堅持發聲，即便不具有抵抗意味，也充滿了被壓抑的屈辱。而蒙疆這個殖民統治下的偽民族國家，則為透視民族主義於帝國與弱小民族、專制與少數民族、殖民者與被殖民者的翻轉可能，提供了多重的反思緯度。

第四章　日偽與國民政府的
文化領導權之爭

　　以往的中國現代文學研究對抗戰時期文學的探討，大多未能跨越淪陷區與國統區、解放區的界限[1]。

　　由於戰爭期間不同佔領區之間交通和郵政的不暢[2]，淪陷區與國統區、解放區文壇相互之間難以形成針鋒相對的直接論爭。但這並不妨礙雙方站在各自立場就同一問題在不同佔領區域發表完全相反的觀點，形成一種並不直接交鋒的話語權爭奪。對抗戰期間內蒙古地區民族主義文藝的研究，事實上不可能不涉及到偽蒙疆周邊國統區的文藝活動。既然蒙疆政權將民族主義視為蒙古民族尋求「自決」的理論資源，那國統區文人如何面對蒙古民族主義？既有研究對國統區文壇民族主義思想的關注，多集中於戰國策派等對日抵抗的方

1　韓傳喜：《抗戰文學的整體考察與區域互動研究》，《哈爾濱工業大學學報》（社會科學版），2015 年第 6 期，第 72 頁。

2　事實上，在國共合作抗日的背景下，中共控制的邊區和部分敵後根據地（即後來被文學史納入「解放區文學」的地域），與國統區之間，仍具有就某些問題展開討論的交通和資訊條件，例如關於通俗文藝運動與「民族形式」的論爭，就在這兩個不同區域中交錯展開，相關研究參見段從學：《「文協」與抗戰時期文藝運動》，北京：北京大學出版社，2012 年，第 121-154 頁。

面；而未能注意到國統區民族主義思想對國內少數民族問題的態度。雖然文壇環境和文學生產機制並不完全相同，但蒙疆淪陷區與綏遠國統區以各自方式對民族主義的利用，正構成了抗戰時期該地區文學生態的生動圖景，並與戰前戰後的沿革歷程，形成了緊密的發展鏈條。

在不同區域的這種間接交鋒中，一個非常有趣的現象是，儘管綏、蒙雙方都在借助民族主義作宣傳，然而雙方刊物封面、封裡及扉頁等處所刊登的照片畫像，卻在不經意間成為不同意識形態的標誌。國民黨討論蒙古民族問題的刊物往往會在刊物之首刊登總理遺像，如果是綏遠方面的抗戰宣傳刊物，還多在總理遺像之後附上傅主席像；而內蒙古自治運動的宣傳刊物及蒙疆的民族主義刊物中，放在最前面的一定是成吉思汗聖像，之後多附德王肖像。這種在刊首人物肖像方面的不同選擇，幾乎成為利用民族主義的兩種不同意識形態的外在顯現，即「五族共和」、「團結抗戰」，與「民族自決」、「東亞協進」之間的對抗。雙方對民族主義話語的爭奪，由此亦可見一斑。

而在偽蒙疆刊物《利民》上發表的《談精神問題》中，沐華（劉延甫）曾經提到「現代是以思想理論給人憧憬的時代，自由主義也吧，全體主義也吧，社會主義也吧，這些分割了人類的集團且以拼命的戰爭來解決的，無非為了爭取文化的領導權而已。」[3]為了給「大亞細亞主義」爭取文化領導權，沐華將其他各種主義都歸結為白種人的精神支配，以東

3　沐華：《談精神問題》（續前），《利民》成紀七三九（1942）年9月，第2卷第17期，第18頁，原文將「也罷」寫作「也吧」，此處保留原文。

亞的特殊性為藉口抵制西方思想。然而各種作為所謂「白種人精神支配」的主義，都不過是日本殖民者所設置的假想敵。在以反對西方殖民為藉口的殖民意識形態偽裝下，這些「主義」根本無力與日本殖民者在戰爭區域內爭奪文化領導權。日本殖民者與中國抗戰陣營之間真正展開文化領導權爭奪的，其實是在對民族主義的不同闡釋當中。

一、日偽「大亞細亞主義」與國民黨「新亞細亞主義」

在這篇連載了三次才續完的隨筆《談精神問題》中，作者沐華首先談了精神問題對立國的重要性[4]，隨後提出：

> 自十八世紀以來英美利用了自由主義的思潮造成莫大勢力，同時也用了虛偽的代議制與自治統治了廣大的海外殖民地，亞洲各地，受了那樣的自由的習染，已非一日，現在雖說那種潮流已經過去，大東亞的解放戰的勝利已將東亞的大部分土地由英美的壓迫下收復回來，但本身沒有獨立文化的南洋各民族，又慣處於虛偽的自由思想的治理下的因襲觀念，難免在意識上對於東亞新局勢不很理解，這些劣質的種子如果聽其存留在一部分的心中，那便是給未來的東亞

---

4 沐華：《談精神問題》，《利民》成紀七三九（1942）年 8 月，第 2 卷第 15 期，第 12 頁。

留下一點惡因。為永久的安寧與幸福起見，我們在驅
逐英美的實力於東亞的天地以外的同時，必須連他們
的思想種子也剷除盡淨。

　　但思想的改正，卻不是武力所能做到，一種精神
方面的動向，還要用精神方法才能轉移。所謂大亞細
亞主義，那決不僅是政治上的一個口號，那裡含有了
未來的東亞人的全部生活一體向上的意義。我們東方
人有獨立的文化，有超乎近代偏狹的功利主義之上的
大同觀念，在將來的世界，我們東方人有政權支配思
想的權利。無論如何，歐洲文化領導世界的時代已成
過去，東方文化恰逢到代之而起的時機。那麼大亞細
亞主義的消極性雖是站在東亞的立場而言，但其積極
的發展，則是具有世界性的。[5]

　在這種氾濫於世的荒謬論述中，沐華以「我們東方人有
獨立的文化，有超乎近代偏狹的功利主義之上的大同觀念」
來判斷「在將來的世界，我們東方人有政權支配思想的權利。
無論如何，歐洲文化領導世界的時代已成過去，東方文化恰
逢到代之而起的時機。」這類論述表面上維護了東方的主體
性，實際上借助東西方的二元對立抹除了東方的內部差異，
將危害東方甚至危害世界的統治野心與權力膨脹，標榜為所
謂東方文化中的「大同觀念」，不過是為小寺謙吉等日本軍
國主義分子多年來臭名昭著的「大亞細亞主義」尋找藉口罷

---

5 沐華：《談精神問題》（續前），《利民》成紀七三九（1942）年8月，
　第2卷第16期，第26頁。

了[6]。

　　繼而沐華分析道：「我們東亞人所憧憬的是什麼呢？在現下說，有憧憬自由主義的，有憧憬全體主義的，也有憧憬社會主義的。但，總之這都是拋棄了自己的立場而接受了白種人的思想，如此下去！東亞便永遠受白種人的精神支配。」最後提出了解決辦法：「為了徹底地從白種人征服下解放出東亞民族，最根本的方法就是由東方文化上給他們一種共同的生活的憧憬，於自由主義、全體主義、社會主義這些歐洲文化的思想系統之外另給他們一種適應於東方文化的中心思想。所謂大亞細亞主義固是很確切的課題，然而不能那樣籠統空洞，那是需要實際的理論來加以充實的。經過理論的充實，才能使人對之由憧憬而深切地信仰。」作者惋惜了「七七事變不幸擴大」，「所以為了對抗那種抗戰意識，唯一重要的就是趕快樹立集團意識，以理論充實起大亞細亞主義，使其成為最高理想，將日本、中國，以及東亞各民族的國家

6　1916 年日本眾議院議員小寺謙吉在東京寶文館出版《大亞細亞主義論》，1918 年百城書舍即將其視作「足以代表彼國有識階級之思想」的名著，在中國推出「漢譯本」。小寺謙吉在該書序言中開篇即說「異哉吾聞哲人之叫囂呼黃禍。而未聞黃人之唱白禍也。」（見小寺謙吉著：《漢譯大亞細亞主義論》，天津：百城書舍，1918 年，第 3 頁）全書將日本描繪為率領中韓等黃種人抵抗白種人殖民的東亞英雄，大肆吹捧日俄戰爭是為中國人抵禦俄國，並將中國鞏固十八省而放棄滿、蒙、回、藏等外藩描繪為實行大亞細亞主義的第一步。小寺謙吉這種「保全」中國本部領土而分化中國少數民族地區的日本右翼言論，正是顧頡剛反對使用「中國本部」等說法所針對的。對小寺謙吉《大亞細亞主義論》中軍國主義思想的詳細分析，參見王向遠：《日本侵華史研究》，銀川：寧夏人民出版社，2007 年，第 315-326 頁。

意識和民族意識都提供到更大的目標上，和平自然實現。」[7]

　　且不論沐華將自由主義、全體主義、社會主義限定於白種人的精神支配的這種論證邏輯是否荒謬，單是以大亞細亞主義為解決方案，已經可以看出其論述為日本殖民者侵略行徑辯護的意識形態色彩。而以這種所謂「集團意識」來超越民族國家，並充實大亞細亞主義的倡議，不經意間暴露了日本殖民者絕不可能真正幫助東亞各民族實現「自決」。所謂「大亞細亞主義」與民族主義之間，本就存在著無論怎樣掩飾都難以自圓其說的結構性衝突。

　　為了宣揚這種日本殖民者自我標榜的「大亞細亞主義」，1940 年 11 月偽蒙疆巴彥塔拉盟「興亞協進會」在厚和豪特創辦《大亞細亞》月刊。所謂「興亞協進會」實為偽蒙疆反共的親日組織，會長由該政權巴彥塔拉盟盟長補英達賴兼任，由日本人盛一五雄任事務長[8]。偽蒙疆《大亞細亞》月刊，仿照日本「大亞細亞建設社」1933 年 5 月在東京創刊的日文刊物《大亞細亞》月刊，定立了完全相同的刊名。並宣稱「從美英多年做就的鐵一般的層層黑幕下，解放出我們世界最優秀的東方民族來，這就是本刊革新唯一的宗旨。」[9]日本殖民者以拯救東亞各民族的「友邦」自居，宣傳要帶領東亞民族抵抗西方殖民者的侵略，尤以反英抗蘇為最。在這樣的殖民

7　沐華：《談精神問題》（續前），《利民》成紀七三九（1942）年 9 月，第 2 卷第 17 期，第 18 頁。
8　忒莫勒：《內蒙古舊報刊考錄（1905-1949.9）》，呼和浩特：內蒙古出版集團遠方出版社，2010 年，第 288 頁。
9　《怎樣經營我們的刊物（卷頭語）》，《大亞細亞》，成紀七三七（1942）年 6 月第 3 卷第 4 期，第 1 頁。

意識形態輸出策略下，真正的新殖民者與已經失勢的老殖民者之間形成了某種錯位。《大亞細亞》上所刊登的最為「奴顏婢膝」的媚敵劇本《是誰之過》，就在歌頌日本「友邦」協助禁除鴉片的反英主題，將從來不曾真正對中國實施過完全意義上的殖民統治的英國作為罪魁禍首，描繪張家一家人父親因英國人推廣鴉片而吸毒淪落，當盡家財，長子在馬來半島被英國殖民者害死等等慘劇。張家的極度貧困，仍不能阻止父親的毒癮，靠女兒洗衣掙錢購買鴉片。父親教育幼子一切惡果皆因英國人而起，使幼子痛恨英國人。之後老師又在課堂上借虎門銷煙的歷史令大家痛恨英人。消息傳來，太平洋戰爭爆發，「友邦」日本幫助中國「收回」了香港和京津的英美租界。一家人歡喜無限，一度有意參軍，終為日宣傳勸募[10]。作者中孚正是以這種奇特的邏輯，對歷史事件的意義任意編造，進而呈現所謂「大東亞戰爭」的「反殖民」意義[11]。而事實上在華尤其是在蒙疆地區大興鴉片貿易的日偽當局[12]，劇中倒成為「反殖民」的領袖獲得歌頌[13]。正義與

10 中孚：《是誰之過》，《大亞細亞》，成紀七三七（1942）年 4 月第 3 卷第 2 期，第 36-42 頁。

11 此外，在《大亞細亞》月刊上中孚還有描繪抗日分子不聽勸阻最終被捕的劇本《悔之晚矣》，見中孚：《悔之晚矣》，《大亞細亞》，成紀七三七（1942）年 2、3 月號合刊第 3 卷第 1 期，第 38-42 頁。

12 曹大臣、朱慶葆：《刺刀下的毒禍——日本侵華期間的鴉片毒化活動》，福州：福建人民出版社，2005 年，第 94-109 頁；農偉雄：《日據時期的蒙疆煙禍》，《抗日戰爭研究》，1998 年第 3 期，第 54-75 頁。

13 出於反英主題的需要，鴉片戰爭歷史成為偽蒙疆淪陷區頗為流行的選題，如文都爾護：《論鴉片之為害及其歷史》，《蒙古文化》，成紀七三五年（1940 年）2 月，第二卷第 2 期，第 8-11 頁。但文都爾護的敘述更多強調鴉片的危害，以及林則徐禁煙的歷史細節。

罪惡被徹底顛倒，虛置的西方殖民者假想敵，代替了本應批判的真正殖民者。奴役東亞各民族的日本殖民者，反而成了「解放者」。荒謬的辯護始終掩蓋不了歷史的本來面目，不過是自欺欺人罷了。

　　有意思的是，國統區復刊的《新亞細亞》與偽蒙疆創辦的《大亞細亞》，以不同的立場對東亞少數民族展開的爭奪，竟然使用著相仿的話語資源。日偽宣稱趕走英美白人殖民者進而「解放」東亞，完全無視日軍暴行給東亞各民族帶來的巨大災難，以及作為所謂「皇民」的日本人，與「被解放」的東亞民族之間嚴重的不平等[14]；而國民政府不過是借助歐美勢力清除日本勢力[15]，「為實現民族主義而研究東方民族

14 所謂的「皇民化」運動本身，就是殖民地人民與日本國民身份巨大差異的明證。事實上，日本殖民者的種族觀念十分狹隘，根本不承認淪陷區人民與日本人具有同等身份。例如「大東亞文學者大會」的組織者久米正雄在其表現「日滿親善」的小說《白蘭之歌》中，只有將女主角李雪香的「滿洲」身份去除，揭示其日本身世之後，才能和日本男主角松本康吉最終走到一起。然而，當時因丈夫柳龍光出任大阪《華文每日》編輯而從「滿洲國」遷居日本的女作家梅娘，在偽滿《大同報》上翻譯這部小說時，卻因內心的民族認同而在翻譯中作了一些修改。相關研究參見岸陽子著，趙暉譯：《另外一部〈白蘭之歌〉──淺析梅娘的翻譯作品》，載張泉編：《抗日戰爭時期淪陷區史料與研究》第一輯，南昌：百花洲文藝出版社，2007 年，第 190-201 頁。

15 新亞細亞學會的創建者馬鶴天、林競為了有意區別於「強權者欲侵略弱小民族或統一世界的藉口」如日本的「大亞細亞主義」，曾反復闡明「我們亞細亞三字之上，加一『新』字，這新字的意義，就是採取歐美各國的新的科學的方法，迎頭趕上來『振興』亞細亞文化，恢復亞細亞故有精神的意義。」見馬鶴天：《關於「大亞細亞」與「新亞細亞」題名的回憶》，《新亞細亞》，1930 年第 1 卷第 1 期，第 139-140 頁；林競：《新亞細亞學會成立會匯紀·開會詞》，《新亞細亞》，1931 年第 2 卷第 3 期，第 166 頁。

的解放問題」[16]，在「民族復興」的外衣下仍然保有強烈的文化偏見。

事實上國民政府的這種「新亞細亞」論述自戰前內蒙古自治運動時期已經展開，並一直延續到全面抗戰時期。三十年代除了顧頡剛主辦的《禹貢》半月刊之外，對邊疆民族史地尤為關注的，當屬戴季陶主辦的《新亞細亞》[17]。作為國民黨元老的戴季陶，協同馬鶴天等人於 1930 年創辦《新亞細亞》月刊。1931 年戴季陶、馬鶴天等人又創辦了以「信行三民主義，發揚中國文化，復興亞細亞民族」為宗旨的新亞細亞學會[18]。學會成立之初，國民黨中央黨部補助大洋 5000 元，1932 年再補助 2100 元。「蔣介石、陳立夫、于右任、蔡元培、顧頡剛等人都曾擔任學會的名譽董事、評議員等職務」，《新亞細亞》月刊社也由上海遷往南京，官方色彩十分濃厚。戰前曾經作為國民黨意識形態輸出刊物的《新亞細亞》，1937 年因日本全面侵華而一度終止，隨國民政府西遷，於 1941 年恢復了「新亞細亞學會」的活動，終在 1944 復刊[19]。身在陝北榆林的馬鶴天等新亞細亞學會負責人，還分別與當時在重慶的黃奮生、在成都的顧頡剛等，於不同國統區發起組織中國邊疆學會，後於 1941 年合併，並在綏遠抗戰文人集聚的

16　《新亞細亞之使命》，《新亞細亞》，1930 年第 1 卷第 1 期，第 1 頁。

17　孫喆：《全國抗戰前夕邊疆話語的構建與傳播——以〈禹貢〉與〈新亞細亞〉的比較為中心》，《中國邊疆史地研》，2013 年第 2 期，第 129-138 頁。

18　《新亞細亞學會成立會匯記：六、新亞細亞學會會章》，《新亞細亞》，1931 年第 2 卷第 4 期，第 141 頁。

19　范鐵權，李海健：《新亞細亞學會及其邊疆問題研究》，《中國邊疆史地研究》，2012 年第 4 期，第 133 頁；134 頁。

榆林設立分會。繼顧頡剛 1938 年底在昆明《益世報》創辦「邊疆週刊」並於 1939 年發表《中華民族是一個》之後，新成立的中國邊疆學會於 1942 年 1 月又創辦了《中國邊疆》月刊，以「建立治邊理論」、「研究建邊方案」、「介紹邊地智識」為中心目標[20]，成為戰前《禹貢》半月刊在抗戰期間對邊疆民族問題研究的繼續。而《中國邊疆》月刊創刊號在發刊詞和題詞之後，開篇第一篇文章就是許崇灝的《五族同本說》[21]。此外，還有黃奮生在「中華民族的一元性」基礎上討論民族自決自治問題的連載文章，對毛澤東所主張的蘇聯式民族方案予以否認[22]。各種同源論述正與顧頡剛《中華民族是一個》取消各民族存在的言論邏輯一致，認為宣揚同源論有利於團結抗戰，卻忽視了這種同源論本身正是文化歧視的所在，反而引起了少數民族的眾多反感[23]，更加不利於團結抗戰。抗戰時期新亞細亞學會關於邊疆民族的論述，體現了國統區在此問題上的政策導向。值得玩味的是，從戰前到戰時，國民政府為加強對邊疆少數民族地區的統治而宣揚的意識形態，正與日本殖民者推行的「反殖民」意識形態偽裝構成了

20　《發刊詞》，《中國邊疆》，1942 年 1 月創刊號，第 1 頁。

21　許崇灝：《五族同本說》，《中國邊疆》，1942 年 1 月創刊號，第 2 頁。

22　黃奮生：《中國邊疆民族自決自治問題之研究》，《中國邊疆》，1942 年創刊號，第 5-8 頁；《中國邊疆》，1942 年第 1 卷第 2 期，第 5-9 頁。

23　顧頡剛發表《中華民族是一個》之後，收到苗族知識份子魯格夫爾兩封來信說：「所以要想團結各民族一致對日，對變相的大漢族主義之宣傳須絕對禁止，以免引起民族間之摩擦，予敵人以分化之口實。」並署名「蠻夷之民三苗子孫魯格夫爾啟」。見《來函兩通》，《益世報‧邊疆》第 21 期，1939 年 5 月 15 日，第 4 版。

鮮明的對比[24]。

　　《新亞細亞》創刊號開篇就刊登了孫中山在日本的演講《大亞細亞主義》。1925 年孫中山北上聯馮途經日本時，於 11 月 28 日受神戶商業會議所等五團體邀請，並由對方指定題目而在神戶高等女校發表演講。孫中山首先批判了美國學者在歐洲中心主義立場上將民族解放視為文化反叛的論調，接著在承認日本通過明治維新廢除同歐美不平等條約而成為亞洲第一個獨立富強國家的同時，將日本人津津樂道的大亞洲主義引向東方朝貢文化層面的闡釋。值得深思的是，孫中山演講中關於東西方文化優劣的表述，與沐華的《談精神問題》相較，總有似曾相識之感：

> 　　專就最近幾百年的文化講：歐洲的物質文明極發達，我們東洋的這種文明不進步，從表面的觀瞻比較起來，歐洲自然好於亞洲；但是從根本上解剖起來，歐洲近百年是甚麼文化呢？是科學的文化。是注重功利的文化。這種文化應用到人類社會，只見物質文明，只有飛機炸彈，只有洋槍大炮，專是一種武力的

---

24 北川正明在《蒙疆文學》華文版上發表的《血和學生》，紀念在戰前北平學生運動及「山西平荊關的丘陵上」戰死的日本來華留學生，就曾感歎：「亞細亞是一體，原來就是一個亞洲，亞洲還是我們的亞洲，日華一體，中日一家。孫國父在三十年前在神戶女中講演過『大亞洲主義』說過我們亞洲人全是黃色皮膚。我回想三十年前中日盟友——在何處。頭山滿、北一輝、宮崎蹈天、菅原傳、山田弟兄等日本志士和陳少白、鄭士良、黃興、宋教仁、秋瑾之盟友各烈士援助中國革命事業還是不過三十年前的一場空夢而已麼⋯⋯亞洲永遠還是他們歐美的殖民地麼？」見北川正明作，王保溥譯：《血和學生》，《蒙疆文學》，1944 年 5 月第 3 卷第 4 期，第 42-46 頁。

文化。歐洲人近有專用這種武力的文化來壓迫我們亞
洲，所以我們亞洲便不能進步。這種專用武力壓迫人
的文化，用我們中國的古話說就是行霸道，所以歐洲
的文化是霸道的文化。但是我們東洋向來輕視霸道的
文化，還有一種文化，好過霸道的文化，這種文化的
本質，是仁義道德；用這種仁義道德的文化，是感化
人，不是壓迫人；是要人懷德，不是要人畏威。這種
要人懷德的文化，我們中國的古話就說是行王道。所
以亞洲的文化，就是王道的文化！自歐洲的物質文明
發達，霸道大行之後，世界各國的道德，便天天退步；
就是亞洲，也有好幾個國家的道德，也是很退步。近
來歐美學者稍為留心東洋文化，也漸漸知道東洋的物
質文明雖然不如西方，但是東洋的道德便比西方高得
多。

　　以功利的物質文明的霸道文化來概括西方文明，而將東
方文化想像為與之對應的王道文化，不過是在二元對立思維
下為被壓迫的殖民地文明尋求一種阿 Q 式的自我精神安慰。
模糊了所謂東方文明內部的民族差異，更迴避了其缺乏自由
平等精神的不完善之處，將原本普世的人類共有精神財富固
定為西方所特有，反而可能被專制利用來進行自我美化與自
我辯護。孫中山晚年接受蘇聯支持後的這樣一次對日姿態，
當然不足以作為孫中山一生革命思想的全部或主要方面來看
待；但也不能因為孫中山早期革命理想的崇高，就忽略這種
臨時權術當中的不合理因素。作為一個常年游走於各方勢力

之間的政治家，孫中山此次演講做出了一系列中日聯合的親善表態，甚至與日本眾議院議員小寺謙吉《大亞細亞主義論》相仿地，肯定了日本在日俄戰爭中打破白種人殖民統治的「功績」，並將其視作殖民地人民尋求「民族解放」的成功開端。但孫中山最終指出了日本所謂「大亞細亞主義」的危險性：「你們日本民族既得到了歐美的霸道的文化，又有亞洲王道文化的本質，從今以後對於世界文化的前途，究竟是做西方霸道的鷹犬，或是做東方王道的干城，就在你們日本國民去詳審慎擇！」[25]孫中山的演講一方面遷就日方固有的領導亞洲抵抗歐美設想，另一方面又提出中日等亞洲各國和平發展的願望。

　　而《新亞細亞》更看重孫中山演講中亞洲復興的意味：「總理所講演的『大亞細亞主義』，是主張以仁義道德即所謂王道做基礎，聯合各民族，恢復亞洲民族的地位，為被壓迫民族打不平，是所謂『大亞細亞主義』，實即『三民主義』。」[26]故而馬鶴天將刊名定為《新亞細亞主義》，並回憶了自己對曾琦等國家主義者的批判，指出「凡是『大……主義』都是強權者欲侵略弱小民族或統一世界的藉口」。然而無論是孫中山當年演講，還是馬鶴天後來的闡釋，這種「新亞細亞主義」事實上仍未擺脫「天朝大國」的朝貢文化偏見，始終未能有效甄別朝貢體系中的武力因素與文化因素的不同作用

---

25 孫中山：《大亞細亞主義》，《新亞細亞》，1930 年第 1 卷第 1 期，第 1-7 頁。

26 馬鶴天：《關於「大亞細亞」與「新亞細亞」題名的回憶》，《新亞細亞》，1930 年第 1 卷第 1 期，第 139-140 頁。

[27]。在國力不濟的近代中國，繼續「王道」文化的迷夢，將朝貢體系作為中國文化仍具實力的論據，這種保守主義的辯護只能隱藏中國文化當中固有的問題，缺乏對專制的必要反思。

更需要指出的是，國民黨所謂「新亞細亞主義」的「新」，相對於「舊」仍顯太過籠統，實在難以有效區別於各種對以往「亞細亞主義」論述的翻新和創想。事實上李大釗就曾提出自己的「新亞細亞主義」創想，與國民黨的相關論述有很大差異。李大釗 1919 年發表於《國民》雜誌第 1 卷第 2 號的這篇《大亞細亞主義與新亞細亞主義》，首先針對日本的所謂「大亞細亞主義」提出了批判：

> 第一，須知「大亞細亞主義」是併吞中國主義的隱語。中國的運命，全靠著列強均勢，才能維持，這也不必諱言。日本若想獨吞，非先排去這些均等的勢力不可。想來想去，想出這個名辭。表面上只是同文同種的親熱話，實際上卻有一種獨吞獨咽的意思在話裡包藏。

> 第二，須知「大亞細亞主義」是大日本主義的變

---

27 歷來對中國古代朝貢體系的論述往往忽略或回避宋遼及宋金之間的關係，而兩宋對遼金稱臣納幣顯然不是因為崇尚遼金文化。國力強盛才是朝貢體系得以維繫的最主要原因，其中武力因素的作用顯然大於文化因素。朝貢體系得以建立並維持，仍然是「霸道」而非「王道」起決定性作用。把朝貢體系想像為「王道」文化，並強調其中非武力的文化作用，不過是一種自我美化，有時甚至可能成為對陸上帝國專制統治的一種自我辯護。

名。就是日本人要借亞細亞孟羅主義一句話，擋歐、美人的駕，不令他們在東方擴張勢力。在亞細亞的民族，都聽日本人指揮，亞細亞的問題，都由日本人解決，日本作亞細亞的盟主，亞細亞是日本人的舞台。到那時亞細亞不是歐、美人的亞細亞，也不是亞細亞人的亞細亞，簡直就是日本人的亞細亞。這樣看來，這「大亞細亞主義」不是平和的主義，是侵略的主義；不是民族自決主義，是吞併弱小民族的帝國主義；不是亞細亞的民主主義，是日本的軍國主義；不是適應世界組織的組織，乃是破壞世界組織的一個種子。

李大釗對日本所謂「大亞細亞主義」的批判可謂一針見血，顯然不同於孫中山對日頗具曖昧姿態的政治演說。所謂「大亞細亞主義」不過是為日本在亞洲的侵略擴張披上一件抵抗歐美的虛偽外衣，其實「不是民族自決主義，是吞併弱小民族的帝國主義」。而李大釗所提倡的「新」「亞細亞主義」，首先著眼於廢除一切民族間的不平等[28]：「亞細亞人應該共倡一種新亞細亞主義，以代日本一部分人所倡的『大亞細亞主義』……我們主張拿民族解放作基礎，根本改造。凡是亞細亞的民族，被人吞併的都該解放，實行民族自決主義，然後結成一個大聯合，與歐、美的聯合鼎足而三，共同

---

28 趙京華認為「李大釗這裡所謂的『新亞細亞主義』明顯來自當時最新的威爾遜《十四點和平綱領》（1918），尤其是列寧提出的『民族自決』理論。」見趙京華：《在東亞歷史劇變中重估魯迅傳統——關於魯迅對「東亞」的淡漠與他在戰後該地區影響力的考察》，《學術月刊》，2015年第 1 期，第 127-134 頁。

完成世界的聯邦，益進人類的幸福。」[29]

　　相較於李大釗以民族自決為基礎的亞洲解放理論，馬鶴天的「新亞細亞主義」仍顯十分保守，稱不上什麼「新」。而《新亞細亞》月刊在這種自命「新」的保守主義思潮下，審視內蒙古及其戰前自治運動，只不過是將大漢族主義變更名稱罷了。《新亞細亞》月刊從東北淪陷前到抗日勝利後所一直崇尚的理論資源，始終是一種無視壓迫者與被壓迫者差異的民族同源論。在國民黨元老戴季陶的《東方民族與東方文化》一文中尤為明顯：

> 　　東方民族以蒙古為始基，東方文化以漢族為代表，漢族之與蒙古民族，系出一宗族同一祖，但視其面貌骨格便已足自信不疑。則兩族之當親睦協和，共圖其存在發展，不待更述而自明矣。惟民族之生存力厥為文化，漢民族之文化優於蒙古民族，而中國建國之基本為漢民族之文化。故今後漢民族應努力以其文化化蒙古民族，而蒙古民族應努力接受漢民族之文化，以複於上古同族同宗之本源，而造成真正統一之中華。

> 　　民國千載萬世發展而無窮，為人類文化之光。藏、回諸族，其理亦同然。今日之謀國事者，多不計於此，而論國事者多不敢明白主張以漢族為中心而為

---

29 李大釗：《大亞細亞主義與新亞細亞主義》，引自中國李大釗研究會編注：《李大釗文集》第二卷，北京：人民出版社，1999 年，第 253-255 頁。

> 同化，此蓋昧於漢滿蒙藏諸族在人種上本為同宗之歷
> 史，與文化為人類共同幸福之道理。既不能自信，而
> 複不敢信人耳。[30]

新亞細亞學會「明白主張以漢族為中心而為同化」來恢復上古東方民族東方文化的的辯護言論，認為可憑此「自信信人」，卻與日偽自欺欺人的「大亞細亞主義」之間總有抹不去的相似感：「我們東方人有獨立的文化，有超乎近代偏狹的功利主義之上的大同觀念，在將來的世界，我們東方人有政權支配思想的權利。」[31] 兩種「主義」都強調東方，都對東方各民族文化加以利用，卻也都漠視這些內在於東方的不同民族文化本身的訴求。

具體到內蒙古，最常被國民政府漠視的蒙古民族自身訴求，便是蒙古民眾反抗草原開墾的強烈意識。然而馬鶴天在《新亞細亞》創刊號上發表的《開發西北是解決中國社會民生問題的根本方法》一文，就號召造成社會動盪的「三多」——兵、匪、遊民都「到西北去」，到蒙古西藏青海新疆去移民墾殖[32]。此後陳惟儉的文章《移民墾殖與民族生存》，更認為在滿蒙墾殖熱綏察寧夏「設欲求吾民族生存與發展之途

---

30 戴傳賢：《東方民族與東方文化》，《新亞細亞》，1931 年第 2 卷第 1 期，第 11-14 頁。該文寫於 1930 年 11 月，原系戴季陶為「新亞細亞學會」負責人馬鶴天所著《內外蒙古考察日記》所作的序（見馬鶴天：《內外蒙古考察日記》，南京：新亞細亞學會，1932 年），原文為手稿影印，無句讀，標點為引者所加。

31 沐華：《談精神問題》（續前），《利民》成紀七三九（1942）年 8 月，第 2 卷第 16 期，第 26 頁。

32 馬鶴天：《開發西北是解決中國社會民生問題的根本方法》，《新亞細亞》，1930 年第 1 卷第 1 期，第 37-40 頁

徑，則移民墾殖，有刻不容緩者矣！」[33]正與顧頡剛戰前在
《禹貢》上對王同春開墾蒙地的高度推崇如出一轍。這樣的
移民墾殖意識，與清代內蒙古的封建王公自治相比，究竟哪
一種更接近於史書美所謂「陸上殖民主義」？

　　直到全面抗戰時期，1941 年馬鶴天的《蒙地農墾歷史的
檢討》仍對內蒙古土地開墾問題強加辯護。開篇即展示了一
種匪夷所思的「檢討」態度：「關於蒙地農墾問題，到現在
還有許多蒙古同胞固守著一種觀念，以為是於蒙民有害。甚
至於受了別人的有意挑撥離間，以為滿清初年保護蒙古牧
地，是滿清對蒙民的恩德，而以後尤其是革命後蒙地的農墾，
是侵佔了蒙人的牧地，將蒙古土地，無代價的劃分於漢人。
如偽蒙首領日本傀儡的德逆，在百靈廟開會時，便如此演說，
可以代表一般中毒於惡意宣傳的心理。這個問題，遂成了蒙
漢團結的一個障礙，變了蒙漢隔閡的一道鴻溝。」[34]隨後試
圖以歷史上北方邊疆的農墾來證明農墾未必無利，蒙古族古
代也曾發展過一些農墾事業，以此掩蓋國民政府大規模開墾
引發的民族衝突。更缺乏對少數民族投日並建立偽蒙疆政權
內在原因的深入反思。與之相仿的，傅作義綏遠政府在綏西
臨時省會陝壩支持創辦的《新綏蒙》月刊，也刊登曹繼賢的
《蒙旗同胞對於墾殖應有的認識》，卻始終未能反省國民政
府對蒙地墾殖的認識[35]。

---

33 陳惟儉：《移民墾殖與民族生存》，《新亞細亞》，1931 年第 2 卷第 4
　　期，第 59-63 頁。
34 馬鶴天：《蒙地農墾歷史的檢討》，《邊疆》，1941 第 5 期，第 3-6 頁。
35 曹繼賢：《蒙旗同胞對於墾殖應有的認識》，《新綏蒙》，1945 年 5 月
　　第 1 卷第 1 期，第 28-30 頁。

　　而一直為這樣的移民墾殖辯護的，正是種種東方民族同源論。1942 年 8 月蔣介石在西寧演講《中華民族整個共同的責任》[36]，否認五大民族而提出宗族說[37]。1943 年 3 月時任國民黨總裁的蔣介石，由陶希聖代筆出版了《中國之命運》一書，提出中華民族同宗論，稱「我們中華民族是多數宗族融合而成的」，以「一個種族和一個體系的分支」來否認各民族的存在[38]。隨後黃奮生和馬鶴天先後發文附和《中國之命運》一書[39]。馬鶴天為中國邊疆學會第二次年會準備的文章《中華民族同源考》發表於該會會刊《中國邊疆》，專門論證蔣介石的中華民族同宗論。甚至曲解拉鐵摩爾《中國的邊疆》一書作為論據，專以蒙古族為例論證蒙漢同源，認為「中國舊日所謂漢、滿、蒙、回、藏、苗各族，實皆中華民族之一宗族，均為同源。」[40]無論是《新亞細亞》月刊，還是作為「新亞細亞學會」在抗戰時期延續的「中國邊疆學會」，其所謂「今後漢民族應努力以其文化化蒙古民族，而蒙古民族應努力接受漢民族之文化」的國民黨的官方意識形態，始終以同源論來否定各民族的存在，無視少數民族自身文化，

36　蔣介石：《中華民族整個共同的責任》，重慶：中國國民黨中央委員會宣傳部，1943 年。

37　王柯：《民族與國家：中國多民族統一國家思想的系譜》，北京：中國社會科學出版社，2001 年，第 258 頁。

38　蔣中正：《中國之命運》，重慶：正中書局，1943 年，第 2 頁。

39　黃奮生：《「中國之民運」與民族政策》，《中國邊疆》，1943 年 3 月第 2 卷第 1・2・3 期合刊，第 4-7 頁；馬鶴天：《「中國之民運」與中國邊疆》，《中國邊疆》，1943 年 9 月第 2 卷第 7・8・9 期合刊，第 2-7 頁。

40　馬鶴天：《中華民族同源考》，《中國邊疆》，1943 年 12 月第 2 卷第 10・11・12 期合刊，第 2-5 頁。

以漢文化為中心大力推行同化政策，有意迴避民族間的不平
等問題，顯示了其「新亞細亞主義」不過是專制統治的偽裝，
正與日本殖民者用以偽裝其殖民意識形態的「大亞細亞主義」
形成鮮明對比。而蒙古民族主義夾在所謂「大亞細亞主義」
與「新亞細亞主義」之間，只能淪為被利用的意識形態宣傳
工具。

二、黃種迷夢的文學構織與自我消解

　　除了明確爭奪文化領導權的《談精神問題》這類政論文
之外，這位大談「文藝的良心」的作家劉延甫，更以文學作
品呈現了對日本「大亞細亞主義」的無恥鼓吹。貫洋（劉延
甫）的《長城曲》是蒙疆文壇最為著名的長詩。長城是歷史
上漢族為抵抗北方遊牧民族侵略而修建的防禦工事，在戰爭
期間成為愛國抗戰的象徵。如果說貫洋寫作《長城曲》是要
和國統區、解放區的文藝工作者爭奪對長城的文化闡釋，那
麼這場爭奪對附逆作家來說必然是困難重重的。在第一詩章
中，貫洋首先有意瓦解歷史上長城的偉大意義：

> 歲月積累成無限蒼老，
> 人事變作一串串記憶。
> 如今，又是一度春的溫暖，
> 繁華掩蔽了幾許憔悴？

沒有愉快，也沒有感傷，
任風雨描它歷年留下的斑跡，
雉堞落掉了牙齒，
鬍鬚枯萎了黃草。

……

秦皇漢武的豐功，
成吉思汗的偉烈，
霸業、雄心都逐流水逝去，
千古披上了一件夢的禮服。

　　將漢族與少數遊牧民族在長城腳下的征戰，視為毫無意
義的自相殘殺：

聽見山下的溪流嗎？
晝夜不斷在飲泣嗚咽，
古代騎士的雄姿，
踐踏了它胸前的傷痕。

古英雄的稜威，
掩蓋了大陸的原野，
落日西風裡，至今
彷彿還有胡馬的悲嘶！

畫角唱起了愁人的哀號，

　　朔風捲動著青色幕帳，
　　萬里赴征的軍士們，
　　日日來長城飲馬。

　　鮮血染遍了河山，
　　白骨委棄於沙場，
　　人類的精英呵，暮夜青磷，
　　追逐著一聲聲魂鬼的嚎叫。

　　第二詩章極言長城所見證的中國古代輝煌的文明，似乎頗為自豪，卻又為後面跌宕的歷史留下伏筆：

　　說什麼希臘埃及的彪炳？
　　什麼巴比倫印度的燦爛？
　　經歷砌成了無限唏噓，
　　盛衰興廢佈滿了人寰！

　　長詩在第三詩章由鴉片戰爭簽訂《南京條約》轉而進入近代西方列強的入侵，描繪黃種文明在西方科學面前的挫敗：

　　風雨摧毀了黃金之夢，
　　硝煙籠罩著東南水域。
　　石頭城下的一盟，
　　百年沉淪於屈辱！

江海拆去重重關門，
都市繁華了十里洋場，
建築排比成無數的方塊，矗立著，
梵亞玲飄揚起異國的歌曲。

火輪穿梭般在內河往來，
炮口震懾了黃臉人的神經，
高視闊步的男男女女，
勝利讓他們錯亂了人的感情。

是文明的沒落？
還是歷史的哀愁？
科學瘋魔了人類，
生存激蕩起鐵血的交流。

而長城面對西方近代科技與制度如此強勢的入侵，根本
無力抗拒：

時代伸張開巨大的齒輪，
撕碎並吞噬了一切，
時而吐出怒吼的威焰
汽笛、煙囪交織成大地的憂鬱。

鐵鳥鳴著馬達掠頂而過，
長蛇噴著黑煙在腳下爬行，

對此，誰不悄然歎一聲呢？
失落了鎖鑰的長城！

世紀委棄了大陸的鎖鏈，
長城的壯闊雄偉徒供後人憑弔。
黃炎子孫也失去了往日的自信，
任歐風美雨卷起滾滾狂潮。

　　寫到此處彷彿長詩的民族主義傾向已經十分明顯，要以一種古老東方文明，對西方近代文明入侵的無奈，來構成二元對立的保守敘述，由此《長城曲》似乎成為典型的反殖民書寫。然而隨著對長城無力反抗的悲歎，詩中隱含著的反英抗蘇意味，很快就在那種黃種人聯合起來的「亞細亞」式敘述中流露出來。顯出了《長城曲》中民族主義思想來源的奇特背景，正是一種在反殖民偽裝下隱藏著的東亞殖民意識形態。

希求燃起了革新的火焰，
唾棄伴隨著時代的憧憬，
自由毀壞了倫理的鎖鏈，
主義惑亂了千萬顆奔放的心。

心的奔放，熱的燃燒，
古國喧騰起激流的的喊叫。
西比利亞吹來兇猛的風，

搖撼了整個大陸。

在日本殖民者這種奇特的反殖民偽裝下，變味的民族主義敘述將中國的一切災難都描述為英美自由主義與蘇聯社會主義革命帶來的惡果：

　　貧困，動亂，還有荒淫的無恥，
　　山河分裂而又破碎。
　　文明的萎縮呵，幾曾忍受襲擊，
　　歷史正作著可憐的掙扎和抗拒！

第四詩章從「七・七事變」寫至太平洋戰爭的爆發，極力美化罪惡的戰爭。要在「友邦」日本扶助的蒙疆內，以長城為圖騰言說民族主義，必然是欲言又止，充滿了含混：

　　事實布成了宿命的陷阱，
　　戰火驚醒了百年歷史的噩夢。
　　時代又展開另一熾烈場面，
　　蘆溝橋畔遺留下新的喜悅和憾恨！

　　多麼清脆的爆裂聲
　　震盪在寂靜的夜氣裡。
　　酣睡中失落了香甜安謐的靈魂。
　　毀滅了多少的癡妄、愚拙、和自私。

誰說不是一幕悲劇呢？
然而它正開始著驚人的表演，
世紀課與我們慘痛的負擔，
又何必徒作無益的哀惋！

……

蛟龍鼓動起大海的怒濤，
戰火沸騰了中華全土，
炮聲隱隱追回了長夜枕上疲勞的夢
朦朧中似乎看見了血的搏鬥，肉的飛舞

星空閃爍著無數的淚眼，
長城夜夜在暗中哭泣，
兩千多個慘澹的日子，
飽看了東亞民族的自相喋血！

……

老大古國呵，何處有你的希求？
你所尋求的光明究竟在何處？
長城揩拭著迷離的老眼，
老眼裡充滿了歷史的疑愁。

最終回到「團結起來，黃種的人們，/萬里長城是復興東亞的紐帶！」將日本殖民者鼓吹的「大亞細亞主義」，標榜為民族主義訴求。五十節共計兩百行的《長城曲》，恰與戰

前國民黨鼓吹民族主義文學的黃震遐長詩《黃人之血》形成奇妙的對照[41]。《黃人之血》中蒙古人西征的最初成功，源於蒙、漢、女真、契丹等黃種人的團結，最終失敗則是黃種人內部鬥爭的結果[42]。黃震遐自己也承認有「大亞細亞主義」的傾向，卻又不得不以「各民族紛起反抗」來體現這種「軍國主義」的「不大可靠」[43]，民族主義意識的混亂導致詩歌主題的表現不清[44]。而《長城曲》認為黃種的漢族和蒙古族，不應和日本人之間自相殘殺，而應在日本人的帶領之下，一起協進，來反抗西方列強。荒謬的立論基點只能將抵抗侵略的長城，視作「東亞民族自相喋血」的歷史見證者。《長城

41　出於「左聯」批評國民黨「民族主義文學」的目的，茅盾和魯迅曾先後將《黃人之血》看作鼓吹日本攜華進攻蘇聯。魯迅討論的背景為「九‧一八」事變後，以日本侵佔東三省來諷刺「民族主義文學」。而茅盾則在 1931 年 9 月未能預見「九‧一八」事變時，延著萬國安的小說《國門之戰》，繼續將《黃人之血》的討論背景置於 1929 年國民政府與蘇聯爆發所謂「國門之戰」的「中東路事件」之後：「尤其在《黃人之血》這詩劇更無恥地居然替日本人的大亞細亞主義作鼓吹。大亞細亞主義本來不是專對蘇聯的，但是《黃人之血》特取了蒙古人西征的故事來暗中鼓吹大亞細亞主義，這就表示了民族主義的作家們的民族主義就是仰承英美日帝國主義的鼻息而願為進攻蘇聯的鷹犬！」見石崩：《〈黃人之血〉及其他》，《文學導報》，1931 年第 1 卷第 5 期，第 12-16 頁；晏敖：《「民族主義文學」的任務和運命》，《文學導報》，1931 年第 1 卷第 6 期第 7 期合刊，第 16-20 頁。姑且不論當年「中東路事件」背景下茅盾的這種解讀是否合適，不過以黃種人聯合起來去征服白種人的模式來解讀《長城曲》，倒十分適用於珍珠港事變後的東亞及太平洋局勢。

42　黃震遐：《黃人之血》，《前鋒月刊》，1931 年第 1 卷第 7 期，第 5-167 頁。

43　黃震遐：《寫在黃人之血前面》，《前鋒月刊》，1931 年第 1 卷第 7 期，第 3 頁。

44　倪偉：《「民族」想像與國家統治——1928-1948 南京國民政府的文藝政策及文學運動》，上海：上海教育出版社，2003 年，第 150-151 頁。

曲》非但不是歌頌長城的，反而是消解長城歷史意義的。

　　然而也正是在這首漏洞百出的民主主義長詩中，作為蒙疆的漢族作家，貫洋究竟還是在諂媚的漢奸文學中，使用了大量隱含著悲痛意味的表述，來描繪這場戰爭帶來的苦難：

> 炸彈沖起了漫空的煙霧，
> 腥風送來一陣陣淒絕的喊殺，
> 自然懾服於人類的威猛，
> 草木山川都在危懼失色。
>
> 野外流溢著逃難的人群，
> 遲緩而漫散的曲曲行列。
> 饑餓、驚恐、失掉了神智的面孔，
> 塵土封閉了所有的表情和意識。

　　以及淪陷區民眾在戰爭苦難與殖民者傲視下度日的無奈，

> 家園化成一片焦土，
> 瓦礫灰燼殘留著火藥的氣息。
> 歸來，流亡的人們——
> 過客似地小著膽在門前躑躅！

「半空中飄揚起旭日的旗章，/生活又喚回了幾分希冀，

幾分忍耐。」[45]無論作者對戰爭責任如何含糊其辭，把苦難的根源歸咎於哪一方，至少民眾的慘痛經歷及內心苦楚仍在詩作的關懷之中。這當然算不得什麼「文藝的良心」，然而歧義紛紛之處，既是其民族主義表述自我瓦解之所在，同時也是殖民地知識份子自我民族身份的殘缺體認。

一部歌頌「大亞細亞主義」的媚敵之作，最終還是以長城這個最具代表性的文化符號，作為自我言說的不二選擇，這本就是無法去除的內在民族認同。附逆文人的媚敵之作當然不值得肯定，但其中微妙的情感掙扎也不應忽視。正是在這些細微之處，仍可見到附逆者畢竟與日本「筆部隊」有內在區別。兩者對「大東亞」「偉業」的歌頌，終究分得出由衷與違心。文學的奇妙正在於即便是違心的書寫，也無法掩蓋內心真實感受的偶然流露。

而抗戰時期與淪陷區這種曖昧宣揚亞細亞黃種迷夢的漢奸文學相對應，國統區也出現了不少以內蒙古各民族團結抗戰為主題的文學作品。例如從北平南遷的滿族作家老舍，1940年1月發表於《政論》第2卷第6期的《蒙古青年進行曲》，以成吉思汗來言說對日作戰的意義：

> 北風吼，馬兒歡，
> 黃沙接黃草，黃草接青天；
> 馬上的兒女，蒙古青年──
> 是成吉思汗的兒女，有成吉思汗的威嚴！

---

45 貫洋：《長城曲》，《蒙疆文學》，成紀七三八（1943）年10月，第2卷第10期，第17-20頁。

　　北風吹紅了臉，雪地冰天，

　　馬上如飛，越過瀚海，壯氣無邊！

　　蒙古青年是中華民族的青年！

　　國仇必報，不准敵人侵入漠北，也不准他犯到海南！

　　五族一家，同苦同甘。

　　蒙古青年，是中華民族的青年，

　　快如風，人壯馬歡！

　　把中華民族的仇敵，東海的日寇，趕到東海邊！

　　蒙古青年，向前！

　　守住壯美的家園，成吉思汗的家園！

　　展開我們的旗幟，蒙古青年！

　　叫長城南北，都罩似陰山，

　　中華民國萬年萬萬年！[46]

　　在老舍高揚的抗戰激情當中，蒙古青年當然「是中華民族的青年」；但在日偽的文學作品中，蒙古則作為與中華對抗性的存在。在老舍看來「五族一家」共同抗日的正義性是不由分說的；而在貫洋的《長城曲》中，蒙漢各黃種民族在日本的帶領下反抗西方殖民者似乎也具有天然的合理性。正是《長城曲》這類媚敵之作的荒謬，才為重新看待老舍抗戰文藝當中民族主義言說邏輯的這種不證自明，提供了反思的可能。在日本侵華戰爭中，中日之間哪一方更具正義性是有歷史公論的，不容任何狡辯與反駁。然而不顧國內專制問題，

46　引自老舍：《老舍全集》第十三卷，北京：人民文學出版社，2008年，第490頁。

只在外來殖民視野下看待蒙古民族在雙方之間的抉擇，就能說得清哪一種才算是絕對正義的抉擇方向嗎？

　　作為滿族作家，老舍 1941 年的話劇歌舞混合劇《大地龍蛇》以簡筆劃的粗線條描繪了全民族抗戰的情景。其中第一幕第二節寫綏西抗戰前線，讓蒙古族士兵巴彥圖、回族士兵穆沙、漢族士兵李漢雄，在漢族知識份子趙興邦的領唱下，同唱「何處是我家？我家在中華！揚子江邊，大青山下，都是我的家，我家在中華。為中華打仗，不分漢滿蒙回藏！為中華復興，大家永遠攜手行。嘔，大哥；啊！二弟；在一處抗敵，都是英雄；凱旋回家，都是弟兄。何處是中華，何處是我家；生在中華，死在中華！勝利，光榮，屬於你，屬於我，屬於中華！」此外還描繪了以不同形式一同參加中國抗戰的印度醫生、朝鮮義勇兵，與投誠的日本士兵馬志遠，及前來慰問的南洋華僑、記者和西藏高僧。然而其中並未出現正面或反面的滿族形象，間接呈現了老舍因清廷統治及偽滿投日而飽含愧疚的隱秘心理。與《四世同堂》當中在淪陷區承受民族苦難的滿族形象不同，在呈現綏遠前線全國各民族團結抗戰的「宣傳漫畫」中唯獨不見滿族，這種迴避作家本民族的民族主義言說，為揭開老舍內心諸多創傷記憶提供了獨特的探尋路徑，成為老舍抗戰文藝當中最不引人注意卻最值得深入挖掘之處。

　　最後由抗戰大軍合唱，將滿族之外的各民族都描繪為綏遠戰場抗戰的英雄，構織了一幅理想的中華民族團結對敵圖畫：

綏遠，綏遠，抗戰的前線。

黃帝的子孫，蒙古青海新疆的戰士，

手攜著手，肩並著肩，

還有壯士，來自朝鮮。

在黃河兩岸，在大青山前，

用熱血，用正氣，

在沙漠上，保衛寧夏山陝，

教正義常在人間。

雪地冰天，蓮花開在佛殿，

佛的信徒，馬走如風，

榮耀著中華，榮耀著成吉斯汗！

來自孔孟之鄉的好漢，

仁者有勇，馳騁在紫塞雄關！

還有那英勇的伊司蘭，

向西瞻拜，向東參戰！

都是中華的人民，都為中華流盡血汗！

炮聲，槍聲，歌聲，合成一片，

我們凱旋！我們凱旋！

熱汗化盡了陰山的冰雪

紅日高懸，春風吹暖，

黃河兩岸，一片春花燦爛！

教這勝利之歌，

震盪到海南，

傳遍了人間，

教人間覺醒，

中華為正義而爭戰！

弟兄們，再幹，再幹！

且先別放下刀槍，

去，勒緊了戰馬的鞍韉，

從今天的勝利，像北風如箭，

一口氣打到最後的凱旋！

中華萬歲，中華萬年！

並在最後一幕描繪「大中華民國五十年春，和平節」的
1961 年抗戰勝利紀念日時，重唱「何處是我家？我家在中
華！」[47]。老舍最初雖是受重慶「東方文化協會」之托來撰
寫這部以「東方文化」為題的戲劇[48]，後來卻在寫作過程中
轉而以綏西抗戰前線的勝利來表現各民族團結抗戰的主題，
與 1940 年春傅作義在綏西五原大捷取得中國軍隊抗戰以來
首次收復失地的勝利一致。老舍對漢、蒙、回各民族團結抗
戰的讚揚，以及對朝鮮義勇軍、印度醫生、日本投誠人員和
南洋華僑等協助抗戰的描繪，以寧夏回族軍閥馬鴻賓部配合
傅作義綏西抗戰，及蒙古族女王公奇俊峰和巴雲英參加抗戰
的史實，和國際反法西斯陣線的聯合等為基礎，正可與偽蒙
疆《長城曲》所描繪的蒙、漢民族在日本「扶助」下「抵抗」
西方殖民者的無稽之談，形成鮮明對照。儘管老舍寫作的急

---

47 老舍：《大地龍蛇》，《文藝雜誌》，1942 年第 1 卷第 1 期，第 67-84
　　頁；《文藝雜誌》，1942 年第 1 卷第 2 期，第 49-57 頁

48 老舍：《〈大地龍蛇〉序》，《文藝雜誌》，1942 年第 1 卷第 2 期，第
　　58-59 頁。

促和粗糙使得這樣的「活報劇」算不上佳作，但其中的抗戰史實基礎卻讓漢奸文學《長城曲》的詭辯暴露無遺。然而抗戰的正義性，並不意味著國民政府專制統治本身不存在問題，文化歧視和移民墾殖等民族間的不平等在老舍等國統區抗戰文人的筆下並未得到有力呈現。這種一切服務於抗戰的表現方式，也使得老舍的《大地龍蛇》《國家至上》等戲劇作品，對各民族生存現實的描繪缺乏深度，而流於淺顯的政治宣傳。

淪陷區《長城曲》所構織的黃種民族同文同種共同抵抗西方侵略的迷夢，即便沒有來自國統區的那種並不直接交鋒的「反駁」，也必將在混亂的邏輯和曖昧的表述中最終自我消解。而國統區老舍的民族主義想像，又何嘗不帶著理想化的色彩而忽略了現實中從未得到根本解決的問題？老舍當然不是國民黨官方意識形態的附庸者，但留存在每一個個體身上的集體無意識，更能展現民族主義思潮的種種隱秘之處。

三、綏遠抗戰陣營的蒙漢同源論

民族主義不僅是蒙疆文壇最重要的文藝思潮，同時也是退守綏西陝壩和陝北榆林國統區的綏遠抗戰知識份子討論的主題。綏遠戰前文壇曾有左翼詩歌運動[49]和戲劇運動[50]，「九·

---

49 劉志中：《略論「左聯」影響下的 1930 年代綏遠文學》，《文藝理論與批評》，2015 年第 6 期，第 98-101 頁。

50 「1932 年 4 月，北方左聯和『文總』（中國左翼文化界總同盟）的成員

一八」事變後，尤其是偽滿吞併熱河後，開始出現抗戰詩歌。由於 1936 年冬綏遠抗戰早於全國抗戰，綏遠抗戰文學的形成亦早於內地其它地區。民族主義也就成為綏遠抗戰文學無法繞開的話題。

1936 年洪深在上海主編《光明》半月刊，內容以抗戰救亡的「國防文學」為主。綏遠作家劉映元在《光明》發表詩歌《我們收復了百靈廟》[51]：

> 偉大的
> 十一月二十四日。
> 收復失地的號聲，
> 從這偉大的日子開始——
> 在炮火下，
> 在深夜裡，
> 蒙古包深處
> 豎起我們的國旗。
> 綏遠省的軍隊開進百靈廟的街市。
>
> 我們收復了百靈廟，
> 父老們在

于伶率領北平文化總同盟所屬的一個話劇團來綏公演，宣傳抗日。在歸綏地下黨組織的支持協助下，成立了綏遠反帝大同盟，創辦了《血星》雜誌。」見奎曾：《三十年代塞北文學簡述》，《中國現代文學研究叢刊》，1992 年第 3 期，第 250 頁。

51 劉映元：《我們收復了百靈廟》，《光明》，1936 年第 2 卷第 2 期，第 906-908 頁。

垂淚，
歡笑，
淪亡的蒙古少女，
狂呼祖國的騎士。
「萬歲！百靈廟！」
「萬歲！晉綏軍！」
「萬歲！中華民族！」

百靈廟，
叛徒的窩巢，
百靈廟
爆發起「東征」的瓦斯；
這瓦斯
彌漫著
察哈爾的草原
多倫，滂江，嘉蔔寺。

從火線沖出的英雄們
又要衝向火線裡去。
聽呵：百靈廟的街上
英雄們這樣喊著：
「沖向東北！」
「沖向東北！」

在山海關外

還有我們
淪亡的羊群，
淪亡的土地。

「寫在國防線上」

詩中不僅描繪綏遠抗戰取得的「百靈廟大捷」，更對德王建立的偽蒙古軍政府抱有強烈的敵意，表達了鮮明的抗戰立場。作為戰前內蒙古自治運動成果的百靈廟蒙政會，自1934年成立以來就成為傅作義的心頭大患。1936年2月綏遠省政府終在榮祥、經天祿等國民黨系統蒙古族文人的協助下，於綏遠省首府歸綏市成立了綏境蒙政會，分化了德王的百靈廟蒙政會。隨後百靈廟蒙政會保安隊雲繼先等起義脫離德王，迫使德王將蒙政會遷往嘉蔔寺。而這年冬天綏遠抗戰中，傅作義在紅格爾圖、百靈廟大勝日偽軍，是「九・一八」事變以來中國軍隊首次取得勝利的戰役，更摧毀了百靈廟殘存的德王武力。劉映元詩中並未直接出現日軍或偽軍，僅僅隱晦地通過「叛徒」、「蒙古包深處」等用語暗示德王和蒙政會。並以「察哈爾的草原」、「滂江」、「嘉蔔寺」等德王駐地地名，表示要「東征」已經投日的偽蒙古軍政府。詩中「淪亡的蒙古少女」，被描繪為和漢族「父老們」一同歡慶百靈廟大捷，將中華民族的晉綏軍，作為祖國的騎士來呼喚[52]。

就在同一期《光明》上，劉映元寫給洪深的信也以《綏

---

52 至於現實中蒙古民族對百靈廟之戰究竟持何態度，則從未進入綏遠抗戰文學的視野。

遠的文藝界》為題發表，是第一篇對綏遠文藝尤其是抗戰文
藝加以介紹的文章。介紹了塞原社、燕然社等文藝團體，和
《塞風》《洪荒》等文藝副刊，以及楊令德、袁塵影、章葉
頻等作家[53]。

　　綏遠抗戰文人的核心是作為國民黨員的《大公報》駐綏
遠記者楊令德，和蒙古族文人榮祥。楊令德（1905-1985），
綏遠托克托縣人，中學時期曾嘲諷有「塞北文豪」之稱的老
師榮祥，並多次參與學生運動，被校方勒令退學。1925 年馮
玉祥在包頭創辦《西北民報》，次年楊令德成為該報編輯，
並創辦綏遠第一個文藝副刊《火坑》。《火坑》在北京印刷，
在綏遠自主發行，不受《西北民報》干涉，《西北民報》因
馮玉祥撤離而停辦後，《火坑》週刊依然靠自費斷續堅持。
楊令德的「火坑社」成員主要有的霍世休、馬士瑛、李記今
等。1931 年「九・一八」事變後《火坑》週刊即「擬彙集同
人所著抗日文字發表」[54]，成為綏遠最早的抗日文藝，到 1932
年 9 月停刊。楊令德的綏遠新聞社，1935 年又接手了綏遠民
眾教育館的《綏遠社會日報》，由中共地下黨員章葉頻主編
副刊《洪荒》，刊登大量救亡詩歌[55]。楊令德的外甥袁塵影
於 1933 年 12 月借助《綏遠社會日報》副刊創辦《塞原》，
與章葉頻、武達平、李穆女等組成「塞原社」[56]。楊令德的

---

53 劉映元：《綏遠的文藝界》，《光明》，1936 年第 2 卷第 2 期，第 937
　　頁，第 940 頁。

54 令德：《編輯餘談》，《火坑》，1931 年第 27 期，第 29 頁。

55 此外《綏遠社會日報》還設有《新女性》《新綏遠》《民眾原地》等多
　　個文藝副刊。

56 1934 年《塞原》第 22 期曾推出「新詩歌專號」，在綏遠發起現實主義

綏遠新聞社日益獲得傅作義系統的國民黨官方支援,到 1936
年綏遠抗戰時已有書報部、新聞部和印刷部,成為綏遠國民
黨文人最主要的宣傳機構。以楊令德等國民黨文人為中心,
出現了《綏遠西北日報》副刊《塞風》《邊防文壘》,和綏
遠省國民黨黨部宣傳科「心波社」主辦的《綏遠青年》等一
系列早期抗戰文藝報刊。

　　1936 年 4 月在塞原社的基礎上,成立燕然社,出版《燕
然》半月刊,由原「火坑社」成員、清華研究院畢業的朱自
清弟子霍世休主編。其中謝鐘據日本吉村忠三所著《內蒙古》
一書中收錄的蒙古民歌,由日文轉譯為漢語,在《燕然》發
表[57]。而這種對蒙古文化的介紹卻需要通過日文輾轉譯介而
來,正顯示了綏遠文化界的漢文化主導地位及其對蒙語文化
本身的缺乏瞭解。恰與日後偽蒙疆王承琰從日語譯文再次轉
譯《成吉思汗挽歌》一樣[58],呈現了漢族知識份子對蒙語文
化的宣傳與介紹,遠遠落後於假意扶助蒙古民族的日本殖民
者。無論是處於專制時代,還是處於殖民統治之下,這種情
況並無根本改變。到 1936 年綏遠文藝界成立救國會,革新了

新詩歌運動。1936 年 6 月塞原社詩歌研究會又在《綏遠社會日報》創辦
副刊《塞北詩草》,注重「詩歌國防化」和「詩歌大眾化」。參見章葉
頻:《塞原社與綏遠新詩歌運動》,載內蒙古文史研究館編:《穹廬譚
故》,上海:上海書店,1992 年,第 107-108 頁;章葉頻:《塞北文苑
萍蹤》(文史資料選編第五輯),呼和浩特:中國人民政治協商會議呼
和浩特市委員會文史資料研究委員會內部資料,1985 年,第 10-11 頁,
第 28-51 頁。

57 謝鐘譯:《蒙古情歌》,《燕然》,1936 年 7 月第 1 卷第 8 期,第 11-13
頁。

58 王乃帆試譯:《成吉思汗輓歌》,《蒙疆文學》,成紀七三九(1944)
年 9 月,第 3 卷第 8 期,第 20-26 頁。

《燕然》半月刊。1937 年 5 月在「塞原社、燕然社、綏中文藝研究會、挺進會、心波社、生活討論會、小喇叭社等七個文藝社團」基礎上成立了「綏遠文藝界抗敵協會」，並將《燕然》半月刊作為會刊[59]。

　　值得思考的是，戰前綏遠文藝報刊如《火坑》《燕然》等所持啟蒙立場「只是因為看不慣我們的父兄們在火坑裡弄得焦頭爛額……打起喉嚨替我們小百姓在這暗夜中作希望光明的喊聲！」[60]「在這荒蕪沉悶的塞外，人人都感到寂苦，窒息……要打破這沉悶，開拓塞外這塊荒蕪的園地」[61]，甚至紀念魯迅特輯中的反專制意味，如何轉變為綏遠文藝界協會會刊《燕然》中的救亡主題？又與退守榆林卻繼續「論幫忙與幫閒」的《塞風》（1939-1942）所解釋的《抗戰與文藝》《抗戰與蒙古》[62]形成了怎樣的沿革關係？

　　1937 年綏遠淪陷後，國民黨系統的抗戰文人大批南渡黃河，遷至伊克昭盟，隨後又遷至陝北榆林，在較為左傾的國民黨抗日將領鄧寶珊支持下，1939 年楊令德恢復《塞風》雜誌，並先後出版了抗戰言論集《抗戰與蒙古》《抗戰與蒙古續編》[63]，和《塞風》上的文學作品合集《登廂集》[64]，以及

59 范泉主編：《中國現代文學社團流派辭典》，上海：上海書店，1993 年，第 535-536 頁；第 440-441 頁。

60 《發刊詞》，《火坑》，1926 年第 1 期，1-2 頁。轉引自忒莫勒：《內蒙古舊報刊考錄（1905-1949.9）》，呼和浩特：內蒙古出版集團遠方出版社，2010 年，第 211 頁。

61 《編後》，《燕然》，1936 年 4 月第 1 卷第 1 期，第 24 頁。

62 許如（楊令德）：《論幫忙與幫閒——兼答蒙古工作人員臨時聯合會》，《塞風》，1940 年第 6 期，第 99-100 頁；郝公玉：《抗戰與文藝》，《塞風》，1940 年第 6 期，第 124-126 頁；令德：《抗戰與蒙古》，《塞風》，1941 年第 11-12 期合刊，第 197-200 頁。

63 楊令德主編：《抗戰與蒙古》，榆林：塞風社，1940 年；楊令德主編：

楊令德的通訊集《活躍的北戰場》等塞風社叢書[65]，繼續宣傳蒙漢團結一致抗日。1940 年傅作義取得五原大捷後，綏遠省政府在綏西河套地區支援綏遠青年文藝社於 1942 年創辦了《文藝》月刊，此後又出現了《綏遠文訊》《綏遠青年》等文藝刊物[66]。《塞風》和《文藝》就成為綏遠流亡知識份子利用民族主義宣傳抗日的最主要陣地。

1939 年第 4 期、第 5 期《塞風》合刊推出了「蒙古問題專號」，發表了馬鶴天的《中國少數民族問題與中國國民黨政策》，和榮祥的《從蒙漢同源說到精誠團結》。而 1940 年被楊令德塞風社叢書《抗戰與蒙古》收錄的第一篇文章，即是馬鶴天的這篇《中國少數民族問題與中國國民黨政策》。馬鶴天在文章中呈現出非常強烈的漢族中心意味：

> 中國境內各民族誠如中國國民黨臨時全國代表大會宣言所說：「經過幾千年歷史的演進，本已融合而成為整個的國族。」因為幾千年來經過許多次的混合，相互通婚的結果，在血統上已經分不開彼此。就是宗教的信仰上，也都大致差不多，尤其漢人方面，更較自由，大部分漢人固然是信佛教，但是信回教的也不少。至於風俗習慣，那就更容易混合，到今日，熱察綏的蒙民，大部分漢化，而青康的漢人，反有許多藏化，就是藏人方面也何嘗沒有漢化？更進一層來

《抗戰與蒙古續編》，榆林：塞風社，1941 年。

64 楊令德主編：《登廂集》，榆林：塞風社，1942 年。

65 楊令德：《活躍的北戰場》，榆林：塞風社，1940 年。

66 劉映元：《抗日戰爭時期陝壩的文化宣傳活動》，《內蒙古文史資料》第二輯，呼和浩特：內蒙古人民出版社，1980 年，第 226-254 頁。

說，東北四省和察綏的滿人蒙人已大半不會說原來的
滿洲話和蒙古話，不認得滿洲文和蒙古文；就是甘、
寧、青的回民也有許多不知道回語和回文，（實在說
來這幾處回民根本是回教徒，而非回民族）說到南方
的苗擺羅羅，他們的宗教，實在就是古代的巫教，他
們的服裝，也就是和古代漢族的服裝差不多。所謂構
成民族的要素，已經大半不復存在，中國境內只有一
個中華民族，似乎沒有民族的問題了。[67]

馬鶴天雖然承認了國內各族之間種種不平等現象，並在
解讀國民黨政策基礎上提出許多改善的主張，但這種否認甘
寧青回族存在的言論[68]，尤其是「中國境內只有一個中華民
族」的言論，恰與顧頡剛《中華民族是一個》如出一轍。在
團結抗戰的形勢下，綏遠抗戰陣營的文藝宣傳從戰前的左翼
傾向，戰時逐步倒向國民黨所宣揚的蒙漢同源論。階級之間
的不平等，與民族之間的不平等，最終淹沒在團結抗戰的洪
流之中，不再成為綏遠抗戰文藝關注的焦點。而對民族主義
的變相利用，則成為政治宣傳的需要。

作為綏遠抗戰文人的核心，楊令德除了在《抗戰與蒙古》
《抗戰與蒙古續編》中收錄馬鶴天《辛亥革命與蒙民解放》、
韓澤敷《綏蒙的過去與現在》等與民族主義相關的抗戰論著

---

67 馬鶴天：《中國少數民族問題與中國國民黨政策》，《塞風》，1939 年
第 4、5 期合刊，第 51-54 頁；又見楊令德主編：《抗戰與蒙古》，榆林：
塞風社，1940 年，第 1-14 頁。
68 關於國民政府對內地回族的否認及中國共產黨《回回民族問題》對此的
批判，參見華濤，翟桂葉：《民國時期的「回族界說」與中國共產黨〈回
回民族問題〉的理論意義》，《民族研究》，2012 年第 1 期，第 12-24
頁。

外，還在自己的通訊集《活躍的北戰場》中，撰寫了大量對
鄧寶珊、傅作義等抗戰將領和戰地情況的報導。其中有一篇
《蒙古抗日詩人榮耀宸先生和他的詩》，楊令德對自己曾經
鄙視的老師榮祥大加讚揚。長期追隨傅作義堅持抗戰的蒙古
貴族文人榮祥，戰前已因其與國民黨的關係備受《新亞細亞》
推崇。《新亞細亞》曾專門刊載榮祥的七言古風《平綏道中
雜詠》，並加以介紹：「綏遠土默特旗，歸漢最早，在明之
中葉，即受漢封，青山黑水之間，代有豪傑，著於史者，率
多跨馬彎弓之流，獨土默特旗，有榮耀宸者，夙稱望族，善
文嗜詩，性之所至，不落凡響。」[69]歸漢最早的土默特旗文
人，和對漢文詩文的精通，顯然是《新亞細亞》稱讚榮祥的
著眼點所在。

　　榮祥（1894-1978），字耀宸。其父是清末土默特旗控制
旗務的十二參領之一都格爾紮布[70]，因精通蒙漢語，在辛亥
革命時隨烏、伊兩盟正副盟長赴京覲見袁世凱「翊贊共和」
而晉級至副都統銜。榮祥本姓蒙古族姓氏雲碩布（永紹不）
氏，卻與堂兄同盟會成員經權一樣，採用漢語姓名字型大小。
榮祥在漢化最為明顯的土默特旗接受漢文私塾教育。民國成
立後 1913 年榮祥即加入由同盟會改組而成的國民黨，就讀於
北京中央政法專門學校，由前清歸化城副都統文哲琿介紹到
桐城派姚鼐後裔姚永概門下。榮祥文名頗盛，年輕時即被稱

69　《一位蒙古詩人》，《新亞細亞》，1932 年第 3 卷第 6 期，第 59 頁。
70　榮祥：《略談辛亥革命前後的家鄉舊事》，載中國人民政治協商會議內
　　蒙古自治區委員會文史資料研究委員會編：《內蒙古辛亥革命史料》，
　　呼和浩特：內蒙古人民出版社，1979 年，第 16 頁。

為「塞北文豪」[71]。1922 任教於新成立的綏遠師範學校，因反對白話文貶低胡適而遭到學生董怡、楊令德嘲諷，並因開除楊令德等人而引發北京《綏遠旅京同學會刊》的批判[72]。榮祥追隨土默特籍蒙古族晉軍將領滿泰，一度入主綏遠都統署政務廳，後在權力爭奪中失勢。1928 年榮祥隨土默特旗總管滿泰任總管公署秘書長，1930 年出版舊體詩集《瑞芝堂詩鈔》。1931 年起同時在綏遠省通志館兼任編纂主任，隨館長郭象伋組織楊令德等編撰人員，負責《綏遠通志》的編修等工作[73]。1934 年土默特旗總管滿泰去世[74]，榮祥接任總管職務。百靈廟蒙政會成立時，為蒙政會委員之一。榮祥在德王與傅作義之間一直與後者關係更為緊密。作為籌備處主任，榮祥協助傅作義於 1936 年在歸綏成立綏境蒙政會，拉攏伊克昭盟盟長沙王（沙克都爾箚布）等部分蒙古王公，分化德王的百靈廟蒙政會。綏遠抗戰期間，榮祥作為土默特旗總管，代理綏境蒙政會秘書長，在 1937 年綏遠淪陷時南渡黃河[75]，帶領任秉鈞、經天祿等少數綏境蒙政會人員先赴伊克昭盟，後一度遷往陝北榆林，拒絕德王的來信拉攏。在國民黨將領

---

71 王德恭：《從塞北文豪到愛國志士》，《世紀》，2007 年第 1 期，第 26-31 頁。

72 楊令德：《塞上憶往——楊令德回憶錄》（內蒙古文史資料第三十輯），呼和浩特：內蒙古文史書店，1988 年，第 7-8 頁。

73 白光遠：《偽蒙疆時期傅增湘修成〈綏遠通志〉經過概述》，載《內蒙古文史資料》第二十九輯，呼和浩特：內蒙古文史書店，1987 年，第 88 頁。

74 榮祥：《土默特總管公署呈蒙古地方自治政務委員會文》，《新蒙古》，1934 年第 2 卷第 2 期，第 65 頁。

75 榮祥與妻子渡河時遭遇日軍飛機轟炸而落入黃河，榮祥曾有詩句「笑謂老妻今日浴，毋乃盆闊湯太涼」來描繪，見楊令德：《憶榮祥先生》，載楊令德：《塞上憶往——楊令德回憶錄》，內蒙古文史資料第三十輯，呼和浩特：內蒙古文史書店，1988 年，第 250 頁。

鄧寶珊策劃下組織蒙旗宣慰使署，擔任秘書長[76]，始終與國民黨抗戰陣營保持一致。

而綏境蒙政會為避免被日本殖民者利用，1939 年甚至出現了作為成吉思汗大祭祭司的蒙政會委員長沙王，將成吉思汗陵遷往甘肅的事件[77]。然而對殖民者的拒絕，並不能避免專制統治者的壓迫。1943 年國民黨伊盟守備軍總司令陳長捷在伊克昭盟強行大面積開墾蒙地，更將成吉思汗陵屬地劃入墾區，並強徵巨額物資，激起沙王箚薩克旗保安隊與烏審旗王府保安隊起義抵抗，爆發震驚中外的「伊盟事變」[78]。綏境蒙政會委員長沙王王府和烏審旗王府被國民黨軍隊攻陷，綏境蒙政會也被摧毀[79]，戰前曾主辦《蒙古嚮導》的綏境蒙政會委員賀耆壽被國民黨軍隊槍殺[80]。即便沒有殖民者的煽動，國民政府的暴政仍然使得蒙古民族各個階層在堅持抗戰的大前提下也不得不對專制統治做出被迫地反抗。

而因一直堅持綏境蒙政會與國民黨合作抗戰的立場，榮祥不僅被昔日曾挖苦他的學生楊令德尊為「民族詩人」、「蒙旗抗日的領袖」[81]，更在楊令德主編的《塞風》上發表《從漢蒙回同源到精誠團結》等文章，牽強附會地認為漢語中

76　黃奮生：《邊疆人物志》，重慶：正中書局，1944 年，第 65 頁。
77　陳育寧：《成吉思汗陵寢遷移始末》，《西北民族學院學報》（哲學社會科學版），1989 年第 3 期，第 42-47 頁。
78　經革陳：《伊盟「三‧二六」事變親歷記》，《內蒙古文史資料》第二輯，呼和浩特：內蒙古人民出版社，1980 年，第 25-37 頁。
79　經革陳：《綏境蒙政會始末記》，《內蒙古文史資料》第五輯，呼和浩特：內蒙古人民出版社，1979 年，第 27-35 頁。
80　經革陳：《箚薩克旗事變親歷記》，載《伊盟事變》（內蒙古文史資料第四十三輯），呼和浩特：內蒙古文史書店，1911 年，第 29-33 頁。
81　楊令德：《蒙古抗日詩人榮耀宸先生和他的詩》，載《活躍的北戰場》，榆林：塞風社，1940 年，第 111-116 頁。

「戎」、「夷」等字都是漢語方言「人」字的異音，而「胡」、「狄」等字與匈奴語的「人」相通，以此來證明這些帶有極端歧視意味的漢語詞，並非以動物侮辱少數民族，反而是以人相稱[82]。正和國民參政員馬毅在《益世報》以「圖騰」來強辯「四裔名稱加蟲犬字旁，亦無鄙賤之意」相仿[83]。儘管榮祥對蒙古語譯詞「特」具有「部族」、「人群」之意等部分考察，具有一定學理性，但這並不能證明上述「戎」、「夷」和「胡」、「狄」等字沒有歧視意味。榮祥基於黃種人同源的假說，全篇整體論調仍是在極力辯解，以各種牽強的語音論據來證明蒙漢同源。而宣揚蒙漢同源論早已成為綏西抗戰文藝的標誌，凡抗戰文藝刊物，幾乎必刊登各種對蒙漢同源的考證[84]。然而十分諷刺的是，黃種人同源的假說，不但可以用於證明蒙漢一家，似乎更有利於日本殖民者以黃種人「同文同種」來論證東亞各民族協進，抵抗西方列強的變相殖民意識形態。淪陷區與國統區關於蒙古民族問題的論辯雖未直接交鋒，雙方卻使用著相仿的論證邏輯。

　　如果說貫洋等偽蒙疆附逆知識份子對「大亞細亞主義」的鼓吹，是無恥地投降於殖民文化，那麼顧頡剛、榮祥等國

82　榮祥：《從漢蒙回同源到精誠團結》，《塞風》，1939 年第 4、5 期合刊，第 55-57 頁；又見楊令德主編：《抗戰與蒙古》，榆林：塞風社，1940 年，第 15-24 頁。

83　國民參政會參政員馬毅，在顧頡剛發表《中華民族是一個》之後，將《說文》當中「南蠻蛇種」解釋為「原始民族『圖騰』的標誌，因以為族名」。無論古代東南西北各民族是否真的使用「豸」、「蟲」、「羊」、「犬」為圖騰，馬毅的辯解顯然忽視了「貉」、「蠻」、「羌」、「狄」這些稱謂使用過程中，對各民族的文化歧視意味。見馬毅：《堅強「中華民族是一個」的信念》，《益世報》，1939 年 5 月 7 日，第 2 版。

84　例如曾厚載：《蒙漢同源之初步探討》，《新綏蒙》，1945 年 5 月第 1 卷第 1 期，第 6-13 頁。

統區堅持抗戰的文人否認民族存在與民族歧視的言論，則出於赤誠的愛國熱情，無意間為專制文化作了辯護。在全國各民族以不同形式抵抗殖民侵略的大背景下，哪一方更具正義性是自不待言的。然而反殖民的正義性並不意味著專制文化值得辯護，尤其當專制與殖民分享著共同的民族主義理論資源，卻以相反的論述方向為各自利益張目之時。榮祥、經天祿等受漢文化影響較深的蒙古族知識份子，在戰前已為傅作義拉攏，與德王自治運動分庭抗禮。綏遠淪陷後撤往榆林，依然在國民政府主導下將民族主義解釋為蒙漢團結一致對外的理論資源。然而偽蒙疆淪陷區的文琇等人，卻在傀儡政權下重拾本民族身份認同，將民族主義視為從自治走向「自決」的文化法寶。兩派蒙古族知識份子對民族主義的不同闡釋，背後其實是中日戰爭雙方在文化上的爭奪[85]。

　　而這種文化上的爭奪，表現在文學方面卻十分乏力。雙方主辦的各種文學刊物都充斥著上述兩種不同民族主義論述，但往往在數篇頗為有力的論述之後，小說詩歌戲劇等創作並無多少能夠直接表現上述兩種主題。只能以與蒙古民族有關的文學作品來作為對本派民族主義論述的文學展現。傅作義在綏西陝壩重整旗鼓後支持創辦的綏遠青年文藝社《文藝》月刊上，漢族譯者其曉對蒙古族民歌這筆「豐富的民族文化遺產」[86]發掘整理近百首，卻因對蒙文還不算精通，只能以意譯的方式選譯了《雁》《走後》《思鄉》《箚薩克將

---

85 參見妥佳寧：《偽蒙疆淪陷區與綏遠國統區文壇對民族主義話語的爭奪》，《哈爾濱工業大學學報》（社會科學版），2015 年第 6 期，第 82-88 頁。

86 其曉譯：《蒙古歌調選譯》，《文藝》，1942 年第 2 期，第 20-21 頁。

軍》等十餘首。而編者就在「蒙古歌調選」的同一頁排版了
頗具信天遊風格的「兩個人相好一對對，鍘草刀剮頭也不後
悔」等綏西漢族民歌「山曲」[87]。編者闡明，之所以「特意
把『蒙古歌調選』和『山曲』排在一起，因為綏西的民歌，
都有著與蒙古歌調不可分的血統關係。以後，我們更將繼續
刊登這種民間作品以及有關的文字。」[88]以此來展現蒙漢文
化的同源同種。直到抗戰勝利前夕，綏蒙指導長官公署在綏
西陝壩主辦的《新綏蒙》月刊，仍在不斷刊發蒙古歌謠諺語，
及對蒙古民間文化的相關整理研究[89]。

　　抗戰時期在綏境蒙政會幫助下赴伊克昭盟考察蒙古民歌
長達半年的音樂家陶今也，在記錄音樂曲調的同時，有意將
內蒙古傳唱的外蒙古《紅旗歌》歌詞，改為漢語的《國旗歌》：
「青天白日滿地紅。我們的國旗飄揚遠東。民族平等，民權
樹立，民生發展，世界大同！」[90]並將陶今也本人的自創與
改編，同眾多蒙古民歌合編為《蒙古歌曲集》在國統區出版。
音樂家的愛國之心赤誠可見，交流蒙漢文化的努力亦十分感
人。然而陶今也將蒙語《國際歌》歌詞改為《打倒日本》，
由蒙旗指導長官公署的蒙古族知識份子趙城璧以蒙語重填新
詞，仍然顯出去除共產主義痕跡的意圖，正同其將外蒙古《紅
旗歌》改為「青天白日滿地紅」相仿，顯然並非蒙古民歌本
來面貌。在國統區出版這種經過人為改寫的《蒙古歌曲集》，

87　《山曲八首──綏西情歌》，《文藝》，1942 年第 2 期，第 21 頁。
88　《編輯後記》，《文藝》，1942 年第 2 期，第 30 頁。
89　辛苦：《從蒙古歌謠諺語中窺察出的蒙胞一斑》，《新綏蒙》，1945 年
　　5 月第 1 卷第 1 期，第 62-65 頁。
90　陶今也編譯：《蒙古歌曲集》，西安：新中國文化出版社，1940 年，第
　　5 頁。

又如何能夠真正起到交流蒙漢文化的作用？

　　無論是蒙疆淪陷區，還是綏遠國統區，文學創作對於各自民族主義主題的展現，其實並不充分。多以對現有蒙古民間文學尤其是民歌和傳說的整理，來代替新的文學創作。儘管搜集整理蒙古族民歌和傳說是非常有價值的學術工作，並有利於蒙古族文化的傳承與保護，但殖民者與專制統治者對於蒙古文化和文學的利用，最終目的只在於文化領導權的爭奪。

　　若不能看清雙方行為背後的意識形態動機，則無法理解民族主義文學思潮在蒙疆淪陷區和綏遠國統區完全相反的闡釋模式。無論是民族「自決」論，還是蒙漢同源論，都不過是戰爭雙方為實現各自功利的政治目的，而製造出的宣傳工具。這樣的文化領導權爭奪，在日語語系文學和華語文學之間，顯然既不能在殖民者的「扶助」之下走向「自決」，也不可能在國民政府的顢頇統治下發展蒙古文化。殖民勢力與專制集團對民族主義的文化領導權之爭，始終無法給少數民族文化以真正的出路。

　　殘存的綏遠國統區雖不在淪陷區範圍內，其蒙漢同源論等專制思想卻成為蒙疆淪陷區文學及其民族主義言說的先在語境。蒙古民族主義的興起，不是單靠殖民者的煽動造就而成；正是國民政府專制文化和移民墾殖的壓迫，促成了蒙古民族主義的反抗，才給殖民者以可乘之機。無論是被殖民者利用的民族主義者，還是奴役於專制文化的民族精英，都不值得研究者為之辯護。而一旦忽視專制勢力的存在及其幾乎無處不在的滲透，僅著眼於殖民語境來看待少數民族傀儡政

權及其文學想像，必將陷入簡單的附逆／抗戰二元模式，遮蔽不同陣營中蒙漢知識份子更深層的精神世界。

第五章　戰後少數民族文化走向

　　如前所述，蒙疆民族主義文學，與戰前內蒙古自治運動密不可分；那麼經過偽政權時代的大力宣揚，民族主義思潮在戰後又有怎樣的發展？隨著蒙疆政權的覆滅，與戰後德王再次發起自治運動的徹底失敗，民族主義神話最終如何破滅？又昭示了民族主義本身——甚至是民族本身怎樣的構建性？

　　而在殖民與專制之間始終無法尋得出路的少數民族文化，戰後經中共「內蒙古自治運動聯合會」所宣導的民族區域自治運動，又如何在蒙漢雙語的《內蒙古週報》上，對殖民與專制的雙重壓抑展開具有復仇意味的批判？少數民族文化真正的出路，究竟何在？只有在解答這一系列問題的基礎上，才有可能對蒙疆民族主義文學思潮及其前後沿革，做出更深層面的反思。

一、民族主義神話的破滅

　　1945 年 8 月蘇聯與外蒙聯軍進入偽滿和偽蒙疆地區對日作戰。蘇蒙聯軍攻至張北，偽蒙疆「首都」張家口則由八路

軍光復。從 1936 年偽蒙古軍政府建立至 1945 年偽蒙古自治邦覆滅，偽蒙疆的一系列政權作為日本殖民者的傀儡，前後統治內蒙古西部地區長達九年。標榜蒙古族「民族國家」的偽蒙疆政權的覆滅，以及德王、李守信等「民族領袖」的倉皇出逃，顯示了殖民者扶助下民族「自決」的虛妄。

　　戰後內蒙古東部、中部與西部各地，重新展開了不同形式的民族自治運動。在偽滿統治下的內蒙古東部地區，隨著蘇蒙聯軍對日作戰，以蒙古族為主的部分偽興安軍 1945 年 8 月發動起義。在內蒙古人民革命黨地下黨員哈豐阿等人組織下，於 8 月 14 日成立內蒙古人民解放委員會，18 日發表《內蒙古人民解放宣言》。恢復了內蒙古人民革命黨東蒙黨部的組織與活動。10 月哈豐阿等赴外蒙尋求「合併」遭喬巴山等外蒙領導人拒絕後，1946 年 1 月正式成立「東蒙古人民自治政府」，在起義官兵基礎上改組成立「東蒙古人民自治軍」。

　　而在內蒙古中西部的偽蒙疆「首都」張家口，早在 1944 年 8 月就成立了以德力格爾朝克圖、賽春嘎（納‧賽音朝克圖）等留日蒙古族知識份子為核心的秘密組織——蒙古青年革命黨。該黨後轉入蘇尼特右旗德王府地區暗中發展，1945 年 8 月配合蘇聯與外蒙聯軍發動起義，與部分起義的偽蒙古軍等人員於 9 月 9 日成立「內蒙古人民共和國臨時政府」[1]。此後雲澤（烏蘭夫）、奎璧等蒙古族中共黨員被派往蘇尼特右旗，經過談判，於 10 月改組了「內蒙古人民共和國臨時政

---

1 德力格爾朝克圖憶述，趙鳳岐整理：《我所瞭解的「蒙古青年革命黨」》，《烏蘭察布盟文史資料》第二輯，集寧：中國人民政治協商會議內蒙古自治區烏蘭察布盟委員會文史資料研究委員會，1984 年，第 89-115 頁。

府」，由中共黨員烏蘭夫擔任主席，並將「政府」駐地遷往
張北地區。進而遷往由八路軍控制的張家口，於 11 月將「內
蒙古人民共和國臨時政府」改組為「內蒙古自治運動聯合會」
[2]。

　　1946 年 4 月 3 日，從原偽滿統治區發展出的「東蒙古人
民自治政府」，與從原偽蒙疆統治區發展出的「內蒙古自治
運動聯合會」，在承德舉行「四三會議」，經過激烈爭論最
終決定由「內蒙古自治運動聯合會」統一東西兩個蒙古族自
治領導機構[3]。此外，採用「東蒙古人民自治政府」旗幟，為
合併後的「內蒙古自治運動聯合會」旗幟；並解散內蒙古人
民革命黨，哈豐阿等東蒙領導人員轉為中共黨員[4]。儘管聯合
會駐地張家口幾個月之後即被國民黨軍隊攻陷，1947 年 4 月
仍然在原「東蒙古人民自治政府」駐地王爺廟召開了內蒙古
人民代表大會，5 月 1 日正式成立了「內蒙古自治政府」，
烏蘭夫、哈豐阿當選正副主席，並將政府駐地名稱由王爺廟
改名為蒙古語名稱烏蘭浩特（意為紅色的城市），正與自治
政府主席雲澤的蒙古語名字烏蘭夫（意為紅色的兒郎）相對
應。「內蒙古自治政府」的成立，開創了此後的民族區域自
治模式[5]。

2　烏力吉那仁：《烏力吉那仁憶在內蒙古民族解放運動的洪流中》，載《和
　　子章與蒙騎四師》（赤峰市文史資料選輯第五輯），赤峰：中國人民政治
　　協商會議赤峰市委員會文史資料委員會，1989 年，第 157-172 頁。
3　李玉偉：《「四三」會議與內蒙古自治運動的重大進展》，《中央民族大
　　學學報》（哲學社會科學版），2006 年第 5 期，第 9-13 頁。
4　劉春：《內蒙工作的回憶》，載《中共黨史資料》第十七輯，北京：中共
　　黨史資料出版社，1986 年，第 111-166 頁。
5　李國芳：《中共民族區域自治制度的形成——以建立內蒙古自治政府為
　　例》，《近代史研究》，2012 年第 6 期，第 88-104 頁。

　　1949 年，「內蒙古自治政府」變為內蒙古自治區，成為了新成立的共和國的一個省級行政單位。五十年代熱河、綏遠等省先後取消；曾經劃歸寧夏等各省的盟旗，也先後劃入新的內蒙古自治區。1954 年，內蒙古自治區首府遷往原綏遠省省會歸綏，廢除了具有歧視意味的漢語名稱，重新改回蒙古語名稱呼和浩特（意為「青色的城市」），與偽蒙疆政權時代「厚和豪特」使用了不同的漢字音譯。省級的自治區，成為了從戰前到蒙疆再到戰後一系列內蒙古自治運動的最終結果。

圖示 2. 戰後內蒙古自治運動

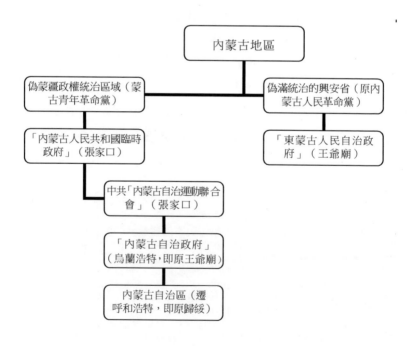

　　而就在中共領導的戰後內蒙古自治運動展開的同時，不斷收復失地的國統區也展開了一場關於民族自治問題的爭論。1946 年 3 月，面對各方要求國民黨結束「訓政」的呼聲，與內蒙古自治運動的再度興起，及其他少數民族邊疆地區出現的重大事變，國民黨六屆二中全會通過《邊疆決議案》，避免了抗戰時期否認各民族存在的做法：「查我蒙藏回三族同胞，具為構成我大中華民族之一員，而其分佈之地區，更為我領土不可分之一部」，進而對國民黨抗戰時期「綏撫容有未周，致使邊胞願望或未能盡如所期」的現象作了檢討，最終決定「中央對於邊疆各地自治制度，須按各該地實際情形，作合理之規定」，「恢復原有之蒙古地方自治政務委員會」[6]。然而具體的自治方案卻遭到綏遠等省政府的反對，要求取消各盟，由各省直接統治各旗。直到 1946 年底的「國民代表大會」即所謂「制憲國大」，最終也只在憲法中作了關於蒙旗地方自治的籠統規定，未能通過具體方案。內蒙古自治問題，尤其是盟旗與省縣之爭，在國民黨結束「訓政」的背景下，重新成為蒙漢知識份子關注的焦點。綏遠省反對蒙古族「跨省」自治的論據，正來自傅斯年的相關論述[7]。1947年傅斯年發表《內蒙古自治問題──駁盟等於省旗等於縣說》，雖主張「不特必須平等，並且多數民族須提攜少數」，卻反對內蒙古作為高於省一級的行政單位實行自治，也反對

6　《邊政資料（四則）：二中全會三月十七日第十七次大會通過邊疆決議案》，《邊疆通訊》，1947 年 1 月第 4 卷第 1 期，第 26-27 頁。

7　島田美和：《戰後中國知識份子的內蒙自治辯論》，載石川禎浩主編，袁廣泉譯：《二十世紀中國的社會與文化》，北京：社會科學文獻出版社，2013 年，第 348-350 頁。

將各盟單獨劃出來分別自治[8]。事實上傅斯年對內蒙古自治等相關問題的影響力並不是到抗戰勝利後才顯現。早在全面抗戰爆發前的 1935 年，傅斯年就在《獨立評論》發表《中華民族是整個的》，反對日本殖民者煽動的所謂華北「自治」[9]，與日後的書信責備一道，對顧頡剛《中華民族是一個》等相關言論構成重要影響。而抗戰期間顧頡剛又與黃奮生及馬鶴天等分別組織中國邊疆學會，並於 1942 年 1 月創辦《中國邊疆》月刊。戰後中國邊疆學會遷往南京。1947 年 3 月中國邊疆學會在南京召開的蒙古問題座談會上，參加「制憲國大」後暫留南京的榮祥，發表演說要求統一各省蒙政會，實行全內蒙古自治而非省縣自治[10]。這次演說的記錄稿由黃奮生在《中國邊疆》發表，該文之後緊接著便是馬鶴天的文章《蒙古自治問題的幾個要點》，主張旗、縣分劃，各自治理，與榮祥的觀點截然不同[11]。

　　在長期堅持抗戰的綏遠國統區，對自治運動以反對聲音為主。秉承著抗戰時期國民政府一貫的蒙漢同源論調，由綏蒙指導長官公署主辦的《新綏蒙》月刊，1945 年 5 月在傅作義控制的綏遠西部臨時省會陝壩創刊。抗戰勝利後，傅作義光復了偽蒙疆的厚和豪特，將該市名稱重新改回漢語名稱歸

8　傅斯年：《內蒙古自治問題——駁盟等於省旗等於縣說》，《觀察》，1947 年 1 月第 1 卷第 22 期，第 3-5 頁。

9　孟真：《中華民族是整個的》，《獨立評論》，1935 年 12 月第 181 號，第 5-8 頁。

10　榮祥演講，黃奮生筆記：《內蒙古自治問題》，《中國邊疆》，1947 年第 2 卷第 9 期，第 3-7 頁。

11　馬鶴天：《蒙古自治問題的幾個要點》，《中國邊疆》，1947 年第 2 卷第 9 期，第 7-10 頁。

綏，1946 年 10 月《新綏蒙》月刊社遷回綏遠省首府歸綏市，刊行第二卷。隨著綏蒙指導長官公署改組為綏遠省蒙旗福利委員會，1947 年 6 月 15 日該刊改名為《新蒙》半月刊[12]，以蒙漢雙語合璧的形式刊發。關瑞升在《新蒙》發表《蒙務實施芻議》等文章[13]，主張在蒙旗推行類似縣政的管理模式，相當於以地方自治取代了蒙古民族自治[14]。

非常值得玩味的是，《新綏蒙》月刊自遷回綏遠省首府歸綏市的第二卷起，就由戰後再度將名字改回漢語的文琇主持。偽蒙疆政權覆滅，厚和豪特重新成為歸綏，「當這個『興民更始』『鹹與作新』的機會下」[15]，文都爾護也再次以文睿華的漢語姓名字型大小不斷發表文章，並重新主持傅作義陣營的刊物。還參與了傅作義創辦的三民主義團體「蒙古青年勵志社」，並為其編輯《蒙古青年》。雖始終無法剝去民族身份，卻一次又一次地在政權更迭中投向曾經敵對的陣營，1951 年終於自盡。

抗戰時期榮祥追隨傅作義綏境蒙政會，堅持蒙漢同源論；文琇則改名文都爾護，在偽蒙疆政權主編《蒙古文化》

---

12 編者：《卷頭語》，《新蒙》半月刊，1947 年 6 月 15 日，第 3 卷第 4 期，第 1 頁。《新蒙》半月刊「卷頭語」對 1945 年 5 月創刊的《新綏蒙》月刊刊名記憶有誤，稱初創時名為《綏蒙》，後來增加「新」字；實際上該刊初創已經名為《新綏蒙》。

13 關瑞升：《蒙務實施芻議》，《新蒙》，1947 年第 3 卷第 13 期，第 4-7 頁；1948 年第 3 卷第 14 期，第 7 頁。

14 相關研究參見島田美和：《戰後中國知識份子的內蒙自治辯論》，載石川禎浩主編，袁廣泉譯：《二十世紀中國的社會與文化》，北京：社會科學文獻出版社，2013 年，第 348-350 頁。

15 編者：《復刊詞》，《新綏蒙》，1946 年 10 月第 2 卷第 1 期，第 1 頁。

並為《大亞細亞》撰稿，試圖尋求民族文化的復興。而戰後
榮祥反倒成為蒙旗自治的呼籲者，並要求統一蒙政會，超越
綏遠等各省對蒙旗的控制；文琇卻重新回到傅作義陣營，協
助綏遠省政府籠絡蒙古族知識份子，要求建立蒙旗參議會而
反對王公統治[16]。榮祥與文琇再次易位，足可見這些整日將
民族復興掛在口邊之人，雖不乏民族主義思想，卻並非完全
的民族主義者，只是在不同的階段應和不同的政治需求，偶
爾流露自己的民族觀。

　　與文琇和榮祥略有不同，曾經留日的蒙疆蒙古族詩人賽
春嘎，因參加內蒙古青年革命黨，並起義響應蘇聯與外蒙聯
軍對日作戰，戰後得以赴外蒙留學，歸來後成為共和國時期
著名的少數民族革命詩人；而曾擔任蒙疆西北回教聯合會包
頭支部長的回族知識份子吳耀成，戰後雖一度遭冷落，卻在
1949 年因參與綏遠「九‧一九」和平起義，而在共和國時期
重新成為「民族教育家」[17]。少數民族知識份子在殖民與專
制之間，無論出於被迫還是自主，種種屈從和投機只能帶來
個人的宦海沉浮，而無法真正發展民族文化。各人戰後不同

---

16 編者：《蒙旗參議會及其他》，《新蒙》，1947 年第 3 卷第 9 期，第 1
　　頁。該文稱：「專制主義是封建時代的思想，專制政體是封建時代的產
　　物，現在，封建時代過去了，封建時代的產物和思想，都已站立不穩，
　　其跟著潮流應運而產生者是民主政治。今天的民主政治，才是時代的必
　　需品呢；世界各國都在需要民主，中國也在必需要民主，中國的蒙古人
　　民更在需要民主！」儘管該文是針對蒙旗箚薩克王公制度所發表的議
　　論，同樣適用於戰後標榜「憲政」卻並未真正實現民主政治的國民政府。
17 正是吳耀成戰後的少數民族學生之一，後來成為共和國內蒙古自治區主
　　席的蒙古族學生雲布龍，為吳耀成題詞「民族教育家」並以此定位吳耀
　　成一生的教育成就，參見佟靖仁、李可達主編：《民族教育家吳懋功》，
　　呼和浩特：內蒙古人民出版社，2000 年。

的結局，仍與從戰前延續至蒙疆政權時代的民族主義思潮，有著密不可分的關係。

而正是在戰後德王再次發動的「西蒙自治運動」當中，民族主義神話最終徹底破滅。1945 年偽蒙疆「首都」被八路軍光復，德王、李守信等出逃至北平，企圖再次投靠還都南京的國民政府，雖未獲成功，但國民政府亦未追究其附逆罪行，而予以瞻養保護。德王遂隱居北平，卻派李守信於 1946 年前往東北蒙旗地區，以民族主義思想召集蒙古騎兵，獲國民政府收編為「新編騎兵第一旅」，1948 年遼沈戰役期間該旅逃至華北，由入主華北的傅作義再度收編，派往包頭與歸綏之間的察素齊駐防。1949 年 8 月德王在阿拉善建立「蒙古自治政府」，隸屬綏遠省的該旅騎兵隨即嘩變，開赴陝壩受德王屬下李守信、寶貴廷等掌控[18]。而這支由東部蒙古族士兵構成的部隊，在「西蒙自治運動」當中，非常鮮明地呈現了民族主義的構建性。

任何「原生的」民族也未必天然具有單一血統，蒙古本來就是構建而成。蒙古原為國名，成吉思汗將不同的草原部族統一起來，都成為後來的蒙古族。其中居住在西北方向的斡亦剌剔部，本就與蒙古許多部族語言相異，歸附成吉思汗之後仍保留原部族特徵，並由自己的首領管轄。後來被明代漢文文獻記為瓦剌。瓦剌一度參與北元及隨後蒙古汗廷的權

---

18 蘇阿慶著，額爾敦倉譯，朝格圖審校：《新一旅西竄及在阿拉善投誠經過》，載《德王在阿拉善》（阿拉善盟文史第五輯），巴彥浩特：中國人民政治協商會議阿拉善盟委員會文史資料研究委員會，1988 年，第 247-255 頁。

力爭奪,後與達延汗所統一的東部蒙古並存,向西北方發展。
清代時被稱為衛拉特、厄魯特。衛拉特人甚至在蒙古文基礎
上創造了更能清晰表現本部族語言特點的托忒文。清代所設
阿拉善、額濟納兩旗原屬衛拉特部,並不在內箚薩克蒙古的
49 旗範圍之中,語言也與東部的蒙古族有所差異。但阿拉
善、額濟納兩旗在地裡位置上,與東部的 49 旗內箚薩克蒙古
毗鄰,臨近大戈壁以南的漠南地區,反而與地處新疆的漠西
衛拉特本部較遠,民國時期遂逐漸捲入內蒙古問題當中。

戰後一度隱居北平的德王,於 1949 年 4 月輾轉抵達阿拉
善,在阿拉善箚薩克王公達王(達理紮雅)的一度支援下,
組織「蒙古自治籌備委員會」,隨即赴廣州向代總統李宗仁
及新任行政院長閻錫山請願自治,未獲許可。卻在廣州召集
李守信、箚奇斯欽、陶布新等舊部,回到阿拉善於 8 月建立
「蒙古自治政府」[19]。然而阿拉善地處沙漠地帶,人口稀少,
難以保障從東部開來的德王部隊「騎一旅」的給養。德王部
隊強行向當地阿拉善牧民徵收糧食,甚至出現縱兵搶掠的情
形,與阿拉善達王部隊對峙,所謂「蒙古自治政府」內部兵
戎相見。

德王下屬東部蒙古族士兵與阿拉善當地衛拉特牧民語言
不通,強征糧食、駱駝等財物時,在牧民家中只能以「這個」、
「那個」等簡單詞語指向所要強征之物,搶掠行為幾近於強

---

19 何兆麟:《「西蒙自治運動」始末紀要》,載《內蒙古文史資料》第一
    輯,呼和浩特:內蒙古人民出版社,1979 年,第 6-27 頁;戚濤:《對〈西
    蒙自治運動始末紀實〉一文的質疑》,載《德王在阿拉善》(阿拉善盟
    文史第五輯),巴彥浩特:中國人民政治協商會議阿拉善盟委員會文史
    資料研究委員會,1988 年,第 145-158 頁。

盜[20]。當地衛拉特牧民遂稱呼德王及其部隊為「這個那個」，甚至以此稱呼東部蒙古族。這種充滿了敵視意味的稱呼，後來一直沿用。一場宣稱為蒙古民族尋求「自治」的政治運動，卻使得當地衛拉特部牧民與東部蒙古族之間形成更為巨大的裂痕。

一生從事民族主義運動的德王、李守信等，於 1950 年進入蒙古國境內，被遣返後在共和國時期成為戰犯。1963 年德王獲得特赦出獄。其所宣揚的民族主義，最終被構建「現代民族國家」的失敗嘗試本身所解構。

二、少數民族文化的前景

抗戰前後的內蒙古民族主義運動，始終未能使少數民族文化真正衝破殖民與專制的雙重壓抑機制。而中共「內蒙古自治運動聯合會」則從民族主義的視角，對殖民與專制展開了批判。

抗戰勝利八路軍收復張家口後，1946 年 3 月 17 日中共「內蒙古自治運動聯合會」在原蒙疆「首都」張家口，創辦蒙漢雙語合璧的雜誌《內蒙古週報》，由內蒙古報社發行。在《內蒙古週報》創刊號的封面漫畫中，身著蒙漢服飾的農牧民攜手站起，身後跌倒者分別丟下「大漢族主義」和「東

---

20 在阿拉善縱兵搶掠也成為日後德王本人最為自責的事件，見陶布新整理：《德穆楚克棟魯普自述》（內蒙古文史資料第十三輯），呼和浩特：內蒙古文史書店，1984 年，第 156-188 頁。

亞共榮」的小旗，對殖民與專制的雙重批判寓意鮮明。《內蒙古週報》每頁上半頁用蒙文書寫，下半頁對應漢文內容；或蒙漢文左右分頁。有些內容甚至只有蒙文部分。而漢字已經改為從左至右橫排的書寫方式。以往綏遠國統區和蒙疆淪陷區刊物，分別以刊登孫中山、傅作義像與成吉思汗、德王像的方式，表達不同的意識形態訴求。而在戰後中共「內蒙古自治運動聯合會」的《內蒙古週報》中，身為蒙古族共產黨員的聯合會主席雲澤（烏蘭夫）的照片，與具有鮮明民族主義象徵意味的成吉思汗畫像，都先後出現各期封面上，正預示著一種融合了不同方面訴求的民族理念。

編者在《創刊辭》中說：「我們內蒙古民族，過去是最受壓迫的一個民族，滿清時代，受著清朝的壓迫；民國以來，號稱『五族共和』，實際則被大漢族主義者所歧視；『九一八』後，我內蒙民族的處境更慘。日本法西斯成了我們的主宰，沒有自由，也沒有平等，完全處在奴役狀態，數世紀來，我內蒙古民族從沒有得到一個民族的應有的待遇！今天，由於中國共產黨赤忱的援助，由於全國各民主黨派以及進步人士的熱望與贊助，我內蒙二百萬人民，方始從奴役的境地，開始重新獲得主人的地位，這不僅是全國人民奮鬥的成果，也是我內蒙廣大人民多年來奮鬥的榮光！」[21]這種對以往民族苦難史的敘述，自然為此刻「內蒙古自治運動聯合會」所領導的民族區域自治，提供了合法性的來源。

創刊號上刊登了艾青的詩歌《獻給內蒙古人民》，並配

---

21 《發刊辭》，《內蒙古週報》，1946年第1卷第1期，第1頁。

有蒙文翻譯。與國民政府方面宣揚蒙漢同源並否認蒙古民族存在的文化歧視觀點完全相反，艾青的詩歌對蒙古民族充滿了敬意與同情；不過，艾青所寫與其說是詩歌，不如說是直白的政治宣傳：

向英雄的民族致敬！
向成吉思汗的子孫致敬！
你們從古為自由平等鬥爭！
你們的勇敢世界聞名；

……

一天，災難從東方來臨，
在地平線上出現了敵人，
沉重的馬蹄擊破了寂靜，
緊密的槍聲驅散了羊群……
你們的房屋被燒，牲口被殺，

你們的糧食被搬運，土地被佔領，
你們的父母被毆打，兄弟被捆，
你們的姊妹被捉，在沙地上蹂躪。

且不論蒙古民族是否真的「從古為自由平等鬥爭」，艾青對戰爭苦難的描繪儘管生動，但「房屋」、「糧食」等等中原意象的使用，卻更多地是以內地漢民族所受戰爭苦難來對蒙古民族作想像性的描繪。何況德王政權的偽蒙古軍，在

1937 年秋攻佔綏遠大部之時，進軍速度更勝於東條英機率領
的日本關東軍察哈爾派遣兵團，這場戰爭的苦難，究竟是哪
個民族在承受？艾青之所以要沉痛地描繪戰爭苦難，主要是
為後面的政治宣傳導向做鋪墊。

在批判偽蒙疆政權德王、李守信等人與日本殖民者的關
係之後，艾青並未直接走到民族主義的反面，而是在一種國
際主義的視野下，展開了不同以往的民族主義表述：

> 歷盡了黑暗恐怖的年月，
> 苦難的人民終於得到翻身；
> 我們感激偉大的蘇聯紅軍，
> 在我們的土地上消滅了敵人；
>
> ……
>
> 我們要反對內戰，保衛和平！
> 反對「大漢族主義」把我們併吞！
> 願你們團結在雲澤主席周圍，
> 向自由民主的大路起步前進……
>
> 一九四六年三月四日[22]

艾青最終在純粹政治口號式的結尾中，道出了這種民族
主義表述所要反對的，正是國民政府的專制統治。

---

22 艾青：《獻給內蒙古人民》，《內蒙古週報》，1946 年第 1 卷第 1 期，
第 21-22 頁。

　　此外蕭三的詩歌《贈內蒙古同胞》,也以「蒙人,漢人……本是一家人。/全世界各民族都是兄弟」的國際主義視野,作了和艾青類似的政治宣傳。避免了蒙漢同源論的文化歧視,而採用了「一家人」、「兄弟」等表述,肯定了民族自治的合理性,並高喊「打倒壓迫其他民族的大漢族主義!」成為這種民族主義敘述的標誌。這種既要紀念成吉思汗又要講蒙漢團結的民族主義敘述,不同於國民政府對各民族存在的否認,也不同於德王所標榜的「自決」,而試圖在各民族平等的前提下討論民族區域自治[23]。

　　事實上中共對少數民族概念的運用,自戰前左翼文學運動時期已經開始[24]。此後 1935 年 12 月毛澤東以「中華蘇維埃人民共和國中央政府主席」的名義在陝北發表《中華蘇維埃政府對內蒙古人民宣言》,首先「認為原來內蒙六盟,二十四部,四十九旗,察哈爾土默特二部,及寧夏三特旗之全域,無論是已改縣制或為草地,均應歸還內蒙人民,作為內蒙古民族之領土,取消熱、察、綏三省之名稱與實際行政組織,其他任何民族不得佔領或借辭剝奪內蒙古民族之土地。」[25]而在抗戰期間,中共的民族政策發生了一系列微妙變化[26]。

23 勇夫:《紀念成吉思汗——在成吉思汗紀念會上的演說辭》,《內蒙古週報》,1946 年第 1 卷第 6 期,第 3 頁。
24 杜國景:《左翼文學與少數民族話語的展開》,《中國現代文學研究叢刊》,2015 年 7 期,第 109-123 頁。
25 毛澤東:《中華蘇維埃政府對內蒙古人民宣言》,載中央統戰部 中央檔案館編,《中共中央抗日民族統一戰線檔選編》(中)北京:檔案出版社,1985 年,第 41-44 頁。
26 蘇建淩、周昆雲:《抗日戰爭時期中國共產黨民族政策的發展》,《廣西民族研究》,1995 年第 4 期,第 1-6 頁。周昆雲:《民族自決權·聯

1938 年，中共中央宣傳部副部長楊松在中共中央馬列學院開設「民族、殖民地問題」系列講座[27]，並在中共《解放》週刊連載三份講稿《論民族》《論資本主義時代民族運動和民族問題》《論帝國主義時代民族運動和民族問題》，傳播了史達林關於民族具有共同語言、共同領土、共同經濟及民族性（民族心理、民族精神）等四特徵的觀點，在承認中國境內各少數民族的前提下，肯定「中國人是一個近代的民族」，而「中國是一個多民族的國家」[28]。楊松對中華民族概念的討論，既肯定近代意義上作為國族（nation）的中華民族，又承認各個不同的少數民族作為族群（ethnic groups）的存在，論述邏輯完全不同於顧頡剛否認各民族存在的言論。此外，楊松還否定了日本殖民者以所謂「黃色人種」取代近代民族概念而推行的變相殖民意識形態。並以歐美近代歷史為基礎，詳細介紹了以建立「民族國家」為目標的各國民族主義思潮[29]。最後在帝國主義殖民歷史的背景下，一分為二地闡述了「民族自決權」：「每一個民族有權自由決定自己的命運，它有自由分離與自由聯合之權，就是說，它有脫離某一個異民族的集體，而建立獨立的民族國家之權，它也有同

邦制・民族區域自治──抗日戰爭時期中國共產黨民族理論思想的再探討》，《廣西民族研究》，2001 年第 2 期，第 1-13 頁。

27　鄭大華：《論楊松對民主革命時期中國共產黨民族理論的歷史貢獻》，《民族研究》，2015 年第 3 期，第 1-13 頁。

28　楊松：《民族殖民地問題講座：論民族（第一講）》，《解放》，1938 年第 47 期，第 20-24 頁。

29　楊松：《民族殖民地問題講座：論資本主義時代民族運動和民族問題（第二講）》，《解放》，1938 年第 48 期，第 22-25 頁；第 49 期，第 13-18 頁。

另外某一民族自由聯合，共同建國之權，這是每個民族的神聖不可侵犯的權利。」同時，楊松強調「民族自決權不能曲解為文化的民族自決權，也不能縮小為地方的民族自治權。當然，我們承認地方的民族自治是解決民族問題的形式之一」[30]。

1939 年初在延安成立了中共「西北工作委員會」，其中劉春負責的民族問題研究室，下設「回回民族問題研究組」、「蒙古民族問題研究組」。劉春撰寫了《回回民族問題》《蒙古民族問題》兩書。並起草了中共中央文件《關於回回民族問題的提綱》《關於抗戰中蒙古民族問題的提綱》[31]。此外，1940 年李維漢發表了《長期被壓迫與長期奮鬥的回回民族》[32]和《回回問題研究》[33]兩文。相較於重慶國民政府的顢頇，中共「西工委」細緻研究歷史與現實問題[34]，指出了國民黨否認民族存在的政策，反而給日本殖民者提供了口實；只有承認並保護少數民族的基本利益，才能真正發展少數民族文化，實現中國內部的民族互助與團結，共同抵抗外來殖民者

---

30 楊松：《民族殖民地問題講座：論帝國主義時代民族運動和民族問題（第三講）》，《解放》，1938 年第 50 期，第 19-24 頁；第 52 期，第 23-26 頁；第 54 期，第 22-26 頁。

31 《關於回回民族問題的提綱》，《共產黨人》，1940 年，第 5 期，第 20-28 頁；《關於抗戰中蒙古民族問題提綱》，《共產黨人》，1940 年第 9 期，第 5-15 頁。

32 羅邁：《長期被壓迫與長期奮鬥的回回民族》，《解放》，1940 年，第 105 期，第 13-15 頁；第 106-107 期合刊，第 17-22 頁。

33 羅邁：《回回問題研究》，《解放》，1940 年，第 109 期，第 11-22 頁。

34 張劍平：《抗戰時期延安的回回民族研究》，《延安大學學報》（社會科學版），1997 年第 1 期，第 77-82 頁。

35。

　　事實上，即便在本民族個別政客軍閥的專制統治下，無論是否以民族自治為名，少數民族文化也不可能取得真正的發展。例如西北回族軍閥控制區域就仍然處於專制統治之下，較之戰前南京國民政府直接控制區，並不更為自由開放。而戰後中共「內蒙古自治運動聯合會」在推行民族自治的同時，也對軍閥專制統治展開了批判。

　　《內蒙古週報》分三期連載了蒙古族題材的歌劇劇本《血案》，該劇曾於 1946 年 4 月 22 日（農曆 3 月 21 日）「內蒙古自治運動聯合會」在張家口舉行的成吉思汗大祭典禮上演出[36]。主人公蒙古族青年「巴根本來是個青年健悍的狩獵者，在日寇統治下，他被騙去當了兵。日寇投降後，傅作義在歸綏屠殺蒙古青年，巴根從血泊中逃了出來，被八路軍收容優待。」隨後八路軍送巴根回家，巴根感慨「千年的恨來萬年的仇，傅作義是我們的死對頭。/壓迫我蒙古人沒有活路，他對我蒙古人不如馬牛。/八路軍待我們恩有義有，我本當跟隨他又愁骨肉……」[37]刻意渲染蒙古民族對傅作義的仇視，並有意改變日本殖民者反共宣傳給蒙古民族造成的印象。

　　巴根的妻子則在家中歎息「日本人來了八年整，說是幫助蒙古人，咱們家中多窮困啊！牛病馬瘦羊發瘟。有的人不來親眼看，只要巴結作大官。問一問你們到底為了誰？害得

35　李維漢：《回憶與研究》（下），北京：中共黨史出版社，第 348-362頁。

36　莊坤：《成吉思汗大祭典禮》，《內蒙古週報》，1946 年第 1 卷第 6 期，第 3-4 頁。

37　周戈：《血案》，《內蒙古週報》，1946 年第 2 期，第 19-20 頁。

我一家不團圓。誰來真心幫蒙古，誰是咱們的大靠山，抬頭遠看外蒙古，為什麼他們把身翻？」[38]對日本殖民者的「扶助」加以質疑，而以外蒙古模式為期待的前途。短暫的一家團圓隨即被傅作義部隊搶劫馬匹槍殺巴根的叔父而打破，巴根的弟弟亦被傅軍打死。最終八路軍幫助巴根一家報了仇，巴根參加八路軍而去[39]。整部歌劇唱詞都採用陝北民歌式的詞句創作，極度渲染傅作義部隊給蒙古民族帶來的災難，而對日本殖民者的所謂「扶助」只作了較少的揭示與批判。全劇復仇意味濃重，將蒙古民族主義思潮置於不同的外部力量之間，探問「誰來真心幫蒙古」的問題。

　　與戰前及戰時民族主義刊物相較，戰後《內蒙古週報》的文學作品，同樣充滿了民族主義色彩，卻以尋求民族自治、反對軍閥專制為主要論述方向。在尚無法預料戰後內蒙古自治運動最終走向的創刊之初，包括蕭軍在內的許多知識份子的期待，正是少數民族文化衝破殖民與專制的雙重壓抑。

　　　　冬天已去，這已是春天的季節了。……

　　這是 1946 年 2 月 20 日蕭軍在張家口為《內蒙古週報》創刊而作的祝詞結束語。早年從偽滿洲國「回歸」中華民國而成為左翼作家的蕭軍，此刻將外蒙公投視為繼波蘭之後「又一朵標誌著人類向上鮮美而可貴的花朵」，並在最後說：「如今我們又將看到這另一枝自由的花朵在準備開放了。它也許

---

38 周戈：《血案》，《內蒙古週報》，1946 年第 4 期，第 19-21 頁。
39 周戈：《血案》，《內蒙古週報》，1946 年第 6 期，第 28-30 頁。

開放的遲一些或艱難一些……但是不管艱難或容易，遲或早……它卻是終要有開放的一天罷。」[40]

　　然而，從戰前到戰後的內蒙古民族主義思潮，是否真的衝破了殖民與專制的雙重壓抑？蕭軍所期待的那一天，又曾否真的降臨？即便在民族主義神話破滅之後，對殖民與專制的雙向反思，恐怕仍是探討民族主義問題所必須面對的。

---

40 蕭軍：《我的祝詞──為內蒙古週報創刊志賀》，《內蒙古週報》，1946年第 1 卷第 1 期，第 24 頁。

結　語

殖民與專制之間的文學言說機制

　　殖民與專制，並非研究蒙疆民族主義文學所得出的結論，而是理解蒙疆民族主義文學及其前後沿革與話語爭奪的前提。只有對殖民與專制之間的文學言說機制有足夠的認識，才能更為清晰地理解中國現代文學當中這一特殊的現象。殖民與專制不僅是蒙疆的外部環境，德王政權本身亦非純粹的「民族國家」，該政權同時兼有殖民與專制的雙重屬性，一方面對外淪為日本殖民者的傀儡，另一方面又對內實行任人唯親的專制統治，引發蒙古族民眾不滿。而戰前的內蒙古自治運動和戰後的「西蒙自治運動」，都表明即便沒有殖民者的煽動，民族主義仍會成為蒙古上層貴族反抗國民黨專制的有力理論資源；可戰前戰後與殖民並無直接聯繫的反專制，所尋求建立的依然是蒙古本民族貴族的專制統治。至於蒙疆的民族主義文學，本就是該政權殖民與專制雙重屬性的顯現。對外來殖民者的無恥諂媚與對本民族專制統治的卑躬屈膝，使得這樣的民族主義文學淪為政治宣傳工具。附逆知識份子偶然流露的「想寫的寫不出來，不想寫的卻非寫不可」的情緒，正是對殖民與專制雙重壓抑的自然反彈。

　　中國現代文學研究之所以長期未能注意到蒙疆淪陷區文學不同於華北淪陷文學的獨特性，其中一個重要原因就在於對民國歷史尤其是抗戰史細節的不夠熟悉，對蒙疆政權的偽民族國家性質，及其較之與偽滿更為鮮明的民族主義傾向，認識不足。在既有淪陷區文學研究中，僅有學者張泉注意到這種差異，並就各淪陷區「殖民體制差異」劃分出日本所採用的三種不同殖民方式：「第一種是納入日本本土的殖民地模式。包括中國台灣以及東北的關東州」；「第二種是另立『滿洲國』的新國家模式」；「第三種是大陸內地的偽政權模式」。依照這樣的劃分標準，蒙疆政權的偽民族國家屬性顯然應劃入上述第二類「滿洲國模式」，不同於將台灣和旅順大連劃入日本版圖的直接殖民，更迥異於汪精衛偽中華民國的「中華民族認同」。[1]。而對於蒙疆這種違背中華民族認同的民族「自決」主義，眾多研究者不僅認識不足，有些甚

1 張泉的劃分依據為「日本在中國不同佔領區所實施的殖民思想統治均有所不同，各地的中國區域文化面貌和特點也呈現出相應的差異性，特別是在關內的華北、華東等淪陷區，中國認同、中華文化認知、中華民族認同仍具有合法性，言說環境迥異於其他日本佔領區」，見張泉：《深化中國淪陷區文學研究的一種方式──東亞域中共時的殖民體制差異/歷時的時代轉換維度》，《上海大學學報》（社會科學版），2012 年第 2 期，第 99-109 頁。但張泉也曾一度誤將蒙疆政權歸入上述第三種的「關內淪陷區模式」（見張泉：《中國現代文學史亟待整合的三個板塊──從具有三重身份的小說家王度廬談起》，《河北學刊》，2010 年第 1 期，第 99 頁）。蒙疆地區在地理上並不宜稱為「關內」，該政權的最初建立，也早於 1937 年的全面侵華戰爭，民族認同方面則更與「關內」相悖。事實上張泉自己此前也早已指出偽蒙古聯盟自治政府與偽滿洲國「別無二致」（見張泉：《談談淪陷區文學研究中的歷史感問題──以〈中國抗戰時期淪陷區文學史〉中的華北部分為例》，《中國現代文學研究叢刊》，1997 年第 2 期，第 308 頁）。

至不願過多觸碰，遑論研究。事實上研究並不意味著認同，
也不止是褒貶評價，研究者必須站在相對客觀的立場來看待
問題，並有所反思。就此意義上講，值得批判與反思的問題，
或許比反復讚揚的物件，更具某種獨特的研究價值。

　　而蒙疆淪陷區的民族主義文學最獨特之處，恰恰在於它
同國統區、解放區的民族主義文學完全相反的言說路徑。這
種奇特現象的原因，正在於東亞殖民歷史當中的一種錯位關
係。日本作為東亞後起國家，從一度被西方殖民者覬覦欺壓
的准殖民地，經明治維新轉而成為東亞帝國，開始向中韓等
亞洲鄰國擴張版圖，其對外殖民擴張始終都為自己設定了假
想敵。甲午戰爭戰勝中國，被日本自詡為幫助朝鮮擺脫中國
控制；日俄戰爭更戰勝所謂西方，並被日本近代思想界想像
為帶領東亞黃種民族反抗西方殖民統治的開始。這種「大亞
細亞主義」，最終成為日本殖民者的「反殖民」偽裝。蒙疆
政權的建立，正是在日本這種標榜「反殖民」的殖民意識形
態下完成的。日本殖民者宣稱「扶助」蒙古民族尋求「自決」，
利用蒙古民族主義，以反抗英美殖民統治及國民政府專制統
治為藉口，展開宣傳。而國統區、解放區的民族主義文學，
則以反抗日本殖民者為主要敘述方向，故而與蒙疆淪陷區的
民族主義文學形成了巨大的差異。正是在殖民與專制之間，
蒙古民族主義文學才會在不同陣營中出現民族「自決」論與
蒙漢同源論兩種相反的闡釋。

　　以往的抗戰文學研究當中，專制視角的缺失導致文學研
究本身染上濃重的民族主義色彩。一度頗具影響的「救亡壓

倒啟蒙」說[2]，雖並不能完全釐清中國現代思想流變史中彼此
交錯的各種意識根源，卻未失專制視角。儘管後來對這種「壓
倒」說的一系列反思[3]，更豐富地呈現了本就內在於啟蒙之中
的救亡意識，或現代民族國家意識；但這種翻轉的思路一旦
在運用於對抗戰時期文學的考察，則會忽視從來未曾消亡的
專制問題。當然，新的研究決不能再次建立在立場的翻轉之
上，那樣只會使研究本身從一種民族主義傾向走向另一種民
族主義傾向。對殖民與專制的反思，並不意味著要將民族主
義絕對合理化，而是要同時反思民族主義。

　　殖民與專制是中國現代文化的雙重壓抑力量，不僅蒙疆
淪陷區如此，整個中國現代文學的發生與發展都處於殖民與
專制之間，從啟蒙到救亡的各種「感時憂國」主題，也始終
面對著殖民與專制展開。忽略其中任何一方面，都將帶來視
野的盲區，從而產生誤解。劉禾曾指出魯迅國民性話語與殖
民者文化歧視之間的相仿，卻忽視了魯迅所面對的專制環境
[4]；史書美將殖民問題引入中國內部來思考，卻模糊了原有專
制統治對少數民族構成的壓抑。事實上，殖民與專制往往並
存，二者並非此消彼長的二元對立關係，甚至在某種特殊情

2　李澤厚：《中國現代思想史論》，北京：東方出版社，1987 年，第 7-49
　　頁。
3　李揚：《「救亡壓倒啟蒙」？──對八十年代一種歷史「元敘事」的解構
　　分析》，《書屋》，2002 年第 5 期，第 4-15 頁；羅崗：《五四：不斷重
　　臨的起點──重識李澤厚〈啟蒙與救亡的雙重變奏〉》，《杭州師範大學
　　學報》（社會科學版），2009 年第 1 期，第 1-10 頁。
4　劉禾著，宋偉傑等譯：《跨語際實踐：文學，民族文化與被譯介的現代性
　　（中國，1900-1937）》（修訂譯本），北京：生活‧讀書‧新知三聯書
　　店，2008 年，第 73-109 頁。

境下可以達成共謀，或分享/爭奪相同的話語資源。蒙疆淪陷
區的民族主義文學，不過是殖民與專制之間最為複雜的獨特
例證。而整個中國現代文化在殖民與專制之間的折衝往返，
恐怕仍未結束。

　　在缺乏自由的空間內，知識份子的文學抵抗和內心掙
扎，可能對於討論自由精神更具有意義。故而殖民與專制未
必只是壓抑性力量，在殖民與專制之間的折衝往返，更構成
了中國現代文學的一種複雜話語機制。忽視專制問題的殖民
研究，必然背離中國問題的實際情況。事實上從孫中山、李
大釗到毛澤東，都在各自革命話語中討論過「亞細亞主義」
和民族形式等相關問題。整個中國現代文學並非殖民與專制
的此消彼長，而是知識份子在殖民與專制之間的進退與自我
探尋。蒙疆這一特例雖不足以論證整個中國現代文學的總體
機制，卻為探尋此問題提供了獨特的切入視角，由此展開的
進一步思考，必將有助於理解中國現代文學發生與發展不同
於其他西方宗主國/東方殖民地的獨特域境。

　　值得繼續思考的是，對所謂東方國家專制問題的批判本
身，又是否僅僅源於一種東方主義的思維模式[5]？研究者不應
陷入殖民/本土反抗的二元對立模式中，需要注意到除了外來
殖民勢力之外，當地知識份子還要面對本土專制統治。並不
是所有的排外言論都具有反殖民屬性，有些不過是本土專制
統治者自我封閉的藉口；反過來也不是所有反專制言論都只
具有殖民屬性，即便不「別求新聲於異邦」，當地知識份子

5　Figueira, Dorothy M,「Oriental Despotism and Despotic Orientalisms」, *The Bucknell Review* 38, 2(Jan 1, 1995), 182-199.

也會對本土專制勢力展開批判,在接受西方啟蒙思想資源的魯迅一代知識份子之前,歷代都不乏李贄這樣特立獨行的(少數民族?華語?)文人,從本土文化內部質疑專制統治的思想根基。只是近代以來的反專制言說,已經不可避免地與殖民進程同時存在,而且無法繞開西方啟蒙思想資源。反專制未必與殖民同謀,亦未必與之反目。而比起西方的啟蒙,日本殖民者更善於利用反專制和反殖民言說來掩蓋其殖民罪行。故而專制與反殖民,殖民與反專制,絕非簡單的同謀論可以一語道盡。

華語語系的提出,無疑為中國現代文學研究提供了全新的後殖民視角。然而在這一研究領域內,仍然需要以大量細節史實展開論述,來實證並豐富華語語系文學的真實面貌。至於史書美提出的所謂清代「陸上殖民主義」之說,至少在內蒙古地區是不適用的。而華語語系文學較之英語語系文學、法語語系文學,其在少數民族地區的展開,也不僅僅意味著所謂「漢語殖民霸權」。更在蒙疆這個由殖民者建立的少數民族傀儡「民族國家」中,即所謂「國族與國族性邊緣之上」,呈現了蒙古族知識份子如何在該政權復興蒙古文化的大勢中,難於摘除早已深入肌理的漢化「面具」;而被迫宣揚蒙古文化的漢族知識份子,又時時流露出「歸漢」的曖昧心態。無論是歷史的當事人,還是後來的研究者本身,也都是具有各自族裔屬性的,而「知識份子總是很容易且經常落入辯解和自以為是的模式,對自己族裔或國家社群所犯下

的罪行視而不見。」[6]不僅竹內好等日本左翼知識份子在戰爭中言辭閃爍地「轉向」，華語語系內不同族裔知識份子同樣在各自陣營中陷入彼此間甚至同族間的懷疑敵視與百口莫辯。而在淪陷區殖民者的「扶助」下展開反專制言說，正與國統區在專制統治下反殖民相類，展現出了遠比單一殖民視角更為豐富的精神掙扎。

後殖民理論不僅僅提供了對啟蒙思想的反思路徑，也同時對本土文化本身的絕對合理性加以消解。在解構「白色神話」的同時，後殖民理論並不有意構建另一種本土的「有色神話」。任何民族主義都在構建民族歷史，甚至構建民族本身——將血統與體質差異本質化，將歷史改寫為民族神話。正因此，認識民族主義神話的構建性，並以這種認識來隨時質疑各種民族歷史敘述，就成為展開相關研究的最基本前提。然而有必要認真區分的是，在「漢民族」與「中華民族」兩種概念中，究竟哪一種概念的產生更符合這種後結構主義視域之下的構建模式，哪一種概念的產生遠遠早於現代社會進程。無論是以「疑古」精神來消解「漢民族」存在歷史的顧頡剛，還是在後結構主義視域下與新清史研究者力爭西方「民族」概念不適用於描述滿漢關係的那些當代中國學者，其質疑「漢民族」概念的本質性之時，未必不出於構建「中華民族」的意圖。若不能有效區分這種「意在構建的質疑」，與「意在消解的質疑」之間不同的目的，質疑本身反而可能淪為構建歷史並壓抑其他歷史敘述的最漂亮的手段。

---

6 愛德華‧W. 薩義德著，單德興譯，陸建德校：《知識份子論》，北京：生活‧讀書‧新知三聯書店，2002 年，第 41-42 頁。

　　蒙疆這一傀儡「民族國家」依靠殖民者的「扶助」來反抗專制統治並尋求民族「自決」，其民族主義神話註定走向破滅。今日學者對蒙古民族主義的研究，決不能像近代日本思想界那樣，從最初反對西方殖民的立場，到後來發展出「大亞細亞主義」這類以反殖民為偽裝的東方殖民思想。然而在消解民族主義神話的同時，研究者若不能意識到專制統治也在不斷以「國民革命」、「和平建國」等不同的現代話語，來構建另一套關於統治合法性即「道統」的神話，則無法從後殖民理論的解構思維中獲得真正的啟發，並以專制視角來補足後殖民研究，從而進入到「內在於現實與歷史的真問題」當中[7]。值得警惕的是，一旦完全將西方國家現在所面臨的問題誤以為是中國自身面臨的問題，陷入所謂「問題殖民」的研究意識當中[8]，研究者所急切關注的危機與困境大多在中國尚未真正形成，有時甚至連產生類似危機與困境的基本機制都未形成；而中國歷史與現實當中長期未得到解決的真正困境，則往往被這種「問題殖民」式的研究思路忽略。

　　回到抗戰時期的基本史實，更具體的說，從單一區域的淪陷區文學研究視角，進入到貫通國統區、解放區與淪陷區的更廣闊視角，並注意到類似上海「孤島」這樣的「飛地」，從而將視野拓展至殖民與專制之間的抗戰時期文學言說機

7　賀照田：《制約中國學術思想界的幾個問題》，《開放時代》，2002 年第 1 期，第 8 頁。

8　秦暉：《警惕「問題殖民」：西學東漸中的問題誤置》，復旦大學社會科學高等研究院「中國深度研究高級講壇」2009 年 11 月 11 日，見「復旦大學新聞文化網」http://news.fudan.edu.cn/2009/1117/22816.html，發佈時間：2009-11-17。

制，甚至是整個中國現代文學的言說機制，便可發現蒙疆民族主義文學的聚焦效應。透過對蒙疆這一複雜特例的研究，正可補足華語語系文學研究在本土專制問題方面的視野盲區，進而以本土專制問題研究來拓展既有的後殖民研究。而在回到史實的同時，還應注意那些用以消解殖民話語和殖民邏輯的反思，不應成為另一種構建。「不簡單用現象和差異瓦解『主流』，或依靠過去結論的『反題』來推進認識」[9]，以免在解構的名義下重返另一種殖民或另一種專制。

　　只有去除各種先在的「意義的斑駁」[10]，回到原本就具有「破碎性」特徵的民國社會歷史，甚至需要「把對『文學』的關注融入社會歷史的總體發展格局之中」[11]，才能對各種紛繁複雜的文學現象及其背後因素，有更為清晰的瞭解，才能從「文學之外」真正返回「文學之內」。

9　姜濤：《「重新研究」的方法和意義》，《讀書》，2015 年第 8 期，第90 頁。
10　李怡：《中國現代文學史的敘述範式》，《中國社會科學》，2012 年第2 期，第 172 頁。
11　李怡：《回到「大文學」本身》，《名作欣賞》，2014 年第 10 期，第 8頁。

參考文獻

原始報刊

1.《蒙古農民》（1925，北京，中文）

2.《火坑》（1926-1932，歸綏，中文）

3.《綏遠旅平學會會刊》（1929-1937，北平，中文）

4.《新亞細亞》（1930-1937，南京，中文）

5.《蒙古前途》（1933-1936，南京，蒙漢雙語合璧）

6.《禹貢》（1934-1937，北平，中文）

7.《新蒙古》（1934-1937，北平，中文）

8.《突崛》（1934-1937，南京，中文；1939-1945，重慶，中文）

9.《蒙古嚮導》（1935，歸綏，蒙漢雙語合璧）

10.《長城》（1935-1937，歸綏，中文）

11.《醒蒙月刊》（1936，歸綏，中文）

12.《燕然》（1936-1937，歸綏，中文）

13.《蒙疆新報》（1938-1945，張家口，中文）

14.《回教》（1938-1940，北京，中文）——《回教週報》（1940-1945，北京，中文）

15.《回教會報》（1938-1941，厚和豪特，中文）——《回

教月刊》（1941-1943，厚和豪特，中文）

16.《蒙古文化》（1939-1940，厚和豪特，蒙漢雙語合璧）

17.《塞風》（1939-1942，榆林，中文）

18.《大亞細亞》（1940-1942，厚和豪特，中文）

19.《綏遠青年》（1941-1945，陝壩，中文；1946-1947，歸綏，中文）

20.《利民》（1941-1945，張家口，中文）

21.《中國邊疆》（1942-1944，重慶，中文；1947-1948，南京，中文）

22.《蒙疆文學》日文版（1942-1943，張家口，日文）

23.《蒙疆文學》華文版（1942-1944，張家口，中文）

24.《文藝》（1942-1943，陝壩，中文）

25.《綏遠文訊》（1943-1944，陝壩，中文）

26.《新綏蒙》（1945，陝壩，蒙漢雙語合璧；1946，歸綏，蒙漢雙語合璧）──《新蒙半月刊》（1947-1948，歸綏，蒙漢雙語合璧）

27.《塞光》（1945，北平，中文）

28.《內蒙古週報》（1946，張家口，蒙漢雙語合璧）

29.《北方文化》（1946，張家口，中文）

30.《蒙古青年》（1947-1948，歸綏，蒙漢雙語合璧）

原始書籍

1. 《北支‧蒙疆年鑑》，天津：北支那經濟通信社，1941年。

2. 冰心：《平綏沿線旅行記》，北平：平綏鐵路管理局，

1935 年。

3. 冰心：《冰心遊記》，上海：北新書局，1935 年。

4. 察哈爾蒙旗特派員公署編：《偽蒙政治經濟概況》，重慶：正中書局，1945 年。

5. 常醒元：《蒙古調》，出版地不詳：百合出版社，1944 年。

6. 陳國鈞：《蒙古風土人物》，貴陽：文通書局，1944 年。

7. 陳健夫編：《內蒙自治史料輯要》，南京：南京拔提書店，1934 年。

8. 陳玉甲：《察綏蒙旗分類表解》，陝壩：出版者不詳，1942 年。

9. 陳玉甲：《粉碎日寇割據烏盟之陰謀》，陝壩：出版者不詳，1941 年。

10. 大西齋：《蒙疆》，東京：朝日新聞社，1939 年。

11. 方範九：《蒙古概況與內蒙自治運動》，上海：商務印書館，1934 年。

12. 福島義澄：《蒙疆年鑒（附華北概觀）》，張家口：蒙疆新聞社，1944 年。

13. 高天：《我們的綏蒙》，西安：新中國文化出版社，1940 年。

14. 顧頡剛：《王同春開發河套記》，北平：平綏鐵路管理局，1935 年。

15. 何健民編：《蒙古概觀》，上海：民智書局，1932 年。

16. 黃奮生：《百靈廟巡禮》，上海：商務印書館，1935 年。

17. 黃奮生：《抗戰以來之編疆》，重慶：史學書局，1943

年。

18. 黃奮生：《邊疆人物志》，重慶：正中書局，1944 年。

19. 黃奮生編：《內蒙盟旗自治運動紀實》，上海：中華書局，1935 年。

20. 蔣介石：《中華民族整個共同的責任》，重慶：中國國民黨中央委員會宣傳部，1943 年。

21. 蔣中正：《中國之命運》，重慶：正中書局，1943 年。

22. 孔祥哲：《盟旗概觀》，天津：百城書局，1937 年。

23. 黎聖倫：《西蒙兩女傑》，重慶：獨立出版社，1940 年。

24. 鈴木青幹：《蒙疆年鑒》，張家口：蒙疆新聞社，1941 年。

25.《蒙古文化館概況》，厚和：蒙古文化館總務部， 1939 年。

26.《蒙古概觀》，張家口：蒙疆資料社，1941 年。

27. 秘書處畢業生事務部編印：《師範大學一九三三畢業紀念冊》，北平：海王商店，1934 年。

28. 秘書處畢業生事務部編印：《國立北平師範大學畢業同學錄（附前任職教員錄）》，北平：海王商店，1935 年。

29. 譚惕吾：《內蒙之今昔》，上海：商務印書館，1935 年。

30. 譚惕吾：《從國防前線歸來》，南京：新民報館，1937 年。

31. 唐宗正：《回教與尊孔》，北京：世界回教書局，1941 年。

32. 陶今也編譯：《蒙古歌曲集》，西安：新中國文化出版社，1940 年。

33. 陶布新整理：《德穆楚克棟魯普自述》（內蒙古文史資料第十三輯），呼和浩特：內蒙古文史書店，1984 年。

34. 王雲五、李聖五編：《蒙古與新六省》，上海：商務印書館，1933 年。

35. 烏拉吉米索夫著，瑞永譯：《蒙古社會制度史》，厚和：蒙古文化館，1939 年。

36. 西北研究社編：《抗戰中的綏遠》，延安：西北研究社，1941 年。

37. 小寺謙吉著：《漢譯大亞細亞主義論》，天津：百城書舍，1918 年。

38. 楊靜之著：《日本之回教政策》，重慶：商務印書館，1943 年。

39. 楊令德：《活躍的北戰場》，榆林：塞風社，1940 年。

40. 楊令德主編：《抗戰與蒙古》，榆林：塞風社，1940 年。

41. 楊令德主編：《抗戰與蒙古續編》，榆林：塞風社，1941 年。

42. 楊令德主編：《登廂集》，榆林：塞風社，1942 年。

43. 鄭振鐸：《西行書簡》，上海：商務印書館，1937 年。

44. 《最近的綏遠與綏境蒙旗》，山西九二軍：民族革命出版社，1939 年。

研究論文

1. 岸陽子著，郭偉譯：《論梅娘的短篇小說〈僑民〉》，載李建平，張中良主編：《抗戰文化研究》第一輯，桂林：廣西師範大學出版社，2007 年，第 143-159 頁。

2. 岸陽子著，趙暉譯：《另外一部〈白蘭之歌〉——淺析梅娘的翻譯作品》，載張泉編：《抗日戰爭時期淪陷區史料與研究》第一輯，南昌：百花洲文藝出版社，2007年，第 190-201 頁。

3. 孛兒只斤・布仁賽音著，謝詠梅譯：《近現代喀喇沁・土默特地區區域利益集團之形成》，載達利紮布主編：《中國邊疆民族研究》第五輯，北京：中央民族大學出版社，2011 年，第 330-338 頁。

4. 孛兒只斤・布仁賽音著，王晶譯，謝詠梅審校：《邊緣地區異族衝突的複雜結構——圍繞 1891 年「金丹道暴動」的討論》，達利紮布主編：《中國邊疆民族研究》第五輯，北京：中央民族大學出版社，2011 年，第 339-350 頁。

5. 孛兒只斤・布仁賽音著，白玉雙譯：《喀喇沁土默特移民與近現代蒙古社會——以蒙郭勒津海勒圖惕氏為例》，載達利紮布主編：《中國邊疆民族研究》第六輯，北京：中央民族大學出版社，2012 年，第 352-366 頁。

6. Carlos Rojas, 「Danger in the Voice: Alai and the Sinophone」, in *Global Chinese Literature: Critical Essays*, ed. Jing Tsu and David Der-wei Wang (Leiden & Boston: Brill, 2010), 296-303.

7. 朝魯孟：《內蒙古人民革命黨烏蘭巴托特別大會述評》，《內蒙古師範大學學報》（哲學社會科學版），2013 年第 5 期，第 18-23 頁。

8. 常保國：《西方文化語境中的專制主義、絕對主義與開

明專制》，《政治學研究》，2008 年第 3 期，第 47-57
頁。

9. 常保國：《西方歷史語境中的「東方專制主義」》，《政
治學研究》，2009 年第 5 期，第 107-113 頁。

10. 陳育寧：《成吉思汗陵寢遷移始末》，《西北民族學院
學報》（哲學社會科學版），1989 年第 3 期，第 42-47
頁。

11. 島田美和：《戰後中國知識份子的內蒙自治辯論》，載
石川禎浩主編，袁廣泉譯：《二十世紀中國的社會與文
化》，北京：社會科學文獻出版社，2013 年，第 348-350
頁。

12. 島田美和著，張雯譯：《顧頡剛的「疆域」概念》，載
田中仁、江沛、許育銘主編：《現代中國變動與東亞新
格局》第一輯，北京：社會科學文獻出版社，2012 年，
第 541-551 頁。

13. 丁曉傑：《日本在偽蒙疆政權時期實行的報刊及廣播統
制》，《黨史研究與教學》，2009 年第 1 期，第 80-85
頁。

14. 丁曉傑：《日本大東亞省西北研究所及其調查活動》，
《社會科學研究》，2010 年第 1 期，第 155-159 頁。

15. 杜國景：《左翼文學與少數民族話語的展開》，《中國
現代文學研究叢刊》，2015 年 7 期，第 109-123 頁。

16. 范鐵權，李海健：《新亞細亞學會及其邊疆問題研究》，
《中國邊疆史地研究》，2012 年第 4 期，第 131-150 頁。

17. 范智紅：《關永吉論》，《中國現代文學研究叢刊》，

1994 年第 1 期，第 113-133 頁。

18. 房建昌：《偽蒙疆時期蒙古文化館與蒙古文化研究所始末》，《西北民族研究》，1999 年第 2 期，第 61-71 頁。

19. 房建昌：《日寇鐵蹄下的蒙疆回族》，《寧夏社會科學》，1999 年第 3 期，第 95-102 頁。

20. 房建昌：《蒙疆善鄰回民女塾始末》，《寧夏社會科學》，2000 年第 6 期，第 61-65 頁。

21. 房建昌：《日本興亞院蒙疆聯絡部與蒙古善鄰協會西北研究所始末及其對西北少數民族的調查研究》，《西北民族研究》，2002 年第 3 期，第 131-141 頁。

22. 封世輝：《華北淪陷區文藝期刊鉤沉》，《中國現代文學研究叢刊》，1993 年第 1 期，第 164-183 頁。

23. 封世輝：《讀〈中國抗戰時期淪陷區文學史〉〉，《中國現代文學研究叢刊》，1996 年第 1 期，第 283-288 頁。

24. 馮天瑜：《中國近世民族主義的歷史淵源》，《湖北大學學報》（哲學社會科學版），1994 年第 4 期，第 1-5 頁。

25. 馮天瑜：《史學術語「封建」誤植考辨》，《學術月刊》，2005 年第 3 期，第 5-21 頁。

26. Figueira, Dorothy M,「Oriental Despotism and Despotic Orientalisms」, *The Bucknell Review* 38, 2(Jan 1, 1995), 182-199.

27. 韓傳喜：《抗戰文學的整體考察與區域互動研究》，《哈爾濱工業大學學報》（社會科學版），2015 年第 6 期，第 72 頁。

28. 郝時遠：《中文「民族」——詞源流考辨》，《民族研究》2004 年第 6 期，第 60-69 頁。

29. 郝維民：《第一、二次國內革命戰爭時期的內蒙古人民革命黨》，《內蒙古大學學報》（哲學社會科學版），1979 年第 2 期，第 137-161 頁。

30. 郝維民、其其格：《李大釗與內蒙古革命》，《近代史研究》，1981 年第 4 期，第 52-72 頁。

31. 郝文軍：《清代伊克昭盟行政制度內地化的起始時間與標誌研究》，《中國邊疆史地研究》，2015 年第 2 期，第 102-110 頁。

32. 賀照田：《制約中國學術思想界的幾個問題》，《開放時代》，2002 年第 1 期，第 6-16 頁。

33. 侯旭東：《中國古代專制說的知識考古》，《近代史研究》，2008 年第 4 期，第 4-28 頁。

34. 華濤，翟桂葉：《民國時期的「回族界說」與中國共產黨〈回回民族問題〉的理論意義》，《民族研究》2012 年第 1 期，第 12-24 頁。

35. 黃敏蘭：《質疑「中國古代專制說」依據何在——與侯旭東先生商榷》，《近代史研究》，2009 年第 6 期，第 79-107 頁。

36. 黃維梁：《學科正名論：「華語語系文學」與「漢語新文學」》，《福建論壇》（人文社會科學版），2013 年第 1 期，第 105-111 頁。

37. 黃興濤：《現代「中華民族」觀念形成的歷史考察——兼論辛亥革命與中華民族認同之關係》，《浙江社會科學》，

2002 年第 1 期，第 128-141 頁。

38. InYoung Bong,「A 『White Race』 without Supremacy: Russians, Racial Hybridity, and Liminality in the Chinese Literature of Manchukuo」, *Modern Chinese Literature and Culture* 26, 1 (2014), 137-190.

39. 姜　濤：《「重新研究」的方法和意義》，《讀書》，2015 年第 8 期，第 87-95 頁。

40. 金　海：《日本佔領時期蒙古族新聞出版活動述略》，《中央民族大學學報》（哲學社會科學版），2008 年第 4 期，第 60-67 頁。

41. Junko Agnew,「Constructing Cultural Difference in Manchukuo: Stories of Gu Ding and Ushijima Haruko」, *International Journal of Asian Studies* 10, 2 (2013), 171–188.

42. Junko Agnew,「The Politics of Language in Mangchuguo」, *Modern Asian Studies* 49, 1 (2015), 83-110.

43. 奎　曾：《三十年代塞北文學簡述》，《中國現代文學研究叢刊》，1992 年第 3 期，第 249-257 頁。

44. 李國芳：《中共民族區域自治制度的形成──以建立內蒙古自治政府為例》，《近代史研究》，2012 年第 6 期，第 88-104 頁。

45. 李輝：《難以走出的雨巷》，《收穫》，1999 年第 6 期，第 147-155 頁。

46. 李嘉穀：《論〈蘇日中立條約〉的簽訂及其對中國抗戰的實際影響》，《抗日戰爭研究》，1998 年第 1 期，第

54-73 頁。

47. 李　揚：《「救亡壓倒啟蒙」？——對八十年代一種歷史「元敘事」的解構分析》，《書屋》，2002 年第 5 期，第 4-15 頁

48. 李　怡：《少數民族知識、地方性知識與知識等級問題》，《民族文學研究》，2010 年 2 期，第 51-56 頁。

49. 李怡：《中國現代文學史的敘述範式》，《中國社會科學》，2012 年第 2 期，第 164-180 頁。

50. 李　怡：《作為方法的「民國」》，《文學評論》，2014 年第 1 期，第 78-86 頁。

51. 李　怡：《回到「大文學」本身》，《名作欣賞》，2014 年第 10 期，第 5-8 頁。

52. 李玉偉：《「四三」會議與內蒙古自治運動的重大進展》，《中央民族大學學報》（哲學社會科學版），2006 年第 5 期，第 9-13 頁。

53. 劉曉麗：《流寓華北的東北作家的「滿洲想像」——以〈青年文化〉雜誌「華北文藝特輯」為中心》，《上海師範大學學報》哲學社會科學版，2008 年第 3 期，第 116-120 頁。

54. 劉志中：《略論「左聯」影響下的 1930 年代綏遠文學》，《文藝理論與批評》，2015 年第 6 期，第 98-101 頁。

55. 羅　崗：《五四：不斷重臨的起點——重識李澤厚〈啟蒙與救亡的雙重變奏〉》，《杭州師範大學學報》（社會科學版），2009 年第 1 期，第 1-10 頁。

56. 馬　戎：《如何認識「民族」和「中華民族」——回顧

1939 年關於「中華民族是一個」的討論》，《中南民族大學學報》（人文社會科學版），2012 年第 5 期，第 1-12 頁。

57. 牛海楨：《簡論清代蒙古族地區的盟旗制度》，《甘肅聯合大學學報》（社會科學版），2005 年第 2 期，第 1-5 頁。

58. 農偉雄：《日據時期的蒙疆煙禍》，《抗日戰爭研究》，1998 年第 3 期，第 54-75 頁。

59. 歐立德：《傳統中國是一個帝國嗎?》，《讀書》，2014 年第 1 期，第 29-40 頁。

60. Patraicia Schiaffini, 「On the Margins of Tibetanness: Three Decates of Sinophone Tibetan Literature」, in *Global Chinese Literature: Critical Essays*, ed. Jing Tsu and David Der-wei Wang (Leiden & Boston: Brill, 2010), 281-295.

61. 祁建民：《從蒙古軍政府到蒙古自治邦——「蒙疆政權」的形成與消亡》，《內蒙古師範大學學報》（哲學社會科學版），2009 年 9 月，第 38 卷第 5 期，第 27-37 頁。

62. 任其懌：《日偽時期內蒙古社會的幾個奴化與殖民化現象》，《內蒙古社會科學》（漢文版），2007 年第 6 期，第 47-51 頁。

63. 石源華：《汪偽政府「收回」租界及「撤廢」治外法權述論》，《復旦學報》（社會科學版），2004 年第 5 期，117-125 頁。

64. 石源華：《論日本對華新政策下的日汪關係》，《歷史

研究》，1996 年第 2 期，第 105 頁。

65. 史書美著，趙娟譯：《反離散：華語語系作為文化生產的場域》，《華文文學》，2011 年第 6 期，第 5-14 頁。

66. Shu-mei Shih, 「Global Literature and Technologies of Recognition」, *PMLA* 119, 1 (January 2004), 16-30.

67. Shu-mei Shih, 「Against Diaspora: the Sinophone as Places of Cultural Production」, in *Global Chinese Literature: Critical Essays*, ed. Jing Tsu and David Der-wei Wang (Leiden & Boston: Brill, 2010), 29-48.

68. Shu-mei Shih, 「The Concept of the Sinophone」, *PMLA* 126, 3 (January 2011), 709-718.

69. 蘇建淩、周昆雲：《抗日戰爭時期中國共產黨民族政策的發展》，《廣西民族研究》，1995 年第 4 期，第 1-6 頁。

70. 孫　喆：《全國抗戰前夕邊疆話語的構建與傳播——以〈禹貢〉與〈新亞細亞〉的比較為中心》，《中國邊疆史地研》，2013 年第 2 期，第 129-138 頁。

71. 湯開建、張彧：《1891 年熱河金丹道起義中的蒙、漢民族衝突》，《西北民族大學學報》（哲學社會科學版），2005 年第 6 期，第 17-22 頁。

72. 忒莫勒：《從蒙古文化館到蒙古文化研究所》，載《呼和浩特文史資料》第 10 輯，呼和浩特：呼和浩特市政協文史資料委員會，1995 年，第 131-134 頁。

73. 忒莫勒：《蒙古文化會及其蒙文月刊〈復興蒙古之聲〉》，載二木博史、烏雲畢力格、沈衛榮主編：QUAESTIONES

MONGOLORUM DISPUTATAE, No. 3, Tokyo: Association for International Studies of Mongolian Culture, Dec. 15, 2007: 159-165.

74. 忔莫勒：《偽蒙疆時期的〈文化專刊〉和〈蒙古文化〉》，《蒙古學資訊》，2004 年第 1 期，第 46-50 頁。

75. 忔莫勒：《綏遠蒙古文化促進會及其〈醒蒙月刊〉》，《蒙古史研究》第八輯，2005 年，第 377-383 頁。

76. 田　宓：《「蒙古青年」與內蒙古自治運動》，《近代史研究》，2014 年第 5 期，第 4-21 頁。

77. 田中剛著，孟根譯：《論「蒙疆政權」的教育政策──以蒙古人的初等和中等教育為中心》，《內蒙古師範大學學報》（哲學社會科學版），2009 年第 5 期，第 38-48 頁。

78. 妥佳寧：《偽蒙疆淪陷區文藝研究述評》，《名作欣賞》，2013 年第 11 期，第 57-59 頁。

79. 妥佳寧：《偽蒙疆淪陷區與綏遠國統區文壇對民族主義話語的爭奪》，《哈爾濱工業大學學報》（社會科學版），2015 年第 6 期，第 82-88 頁。

80. Uradyn E. Bulag,「The Yearning for 『Friendship』: Revisiting 『the Political』 in Minority Revolutionary History in China」, *The Journal of Asian Studies* 65, 1 (Feb 2006), 3-32.

81. 汪丞，余子俠：《論偽蒙疆政權的留日教育活動及其特點（1937－1945）》，《江蘇師範大學學報》（哲學社會科學版），2013 年第 1 期，第 13-20 頁。

82. 王德恭：《從塞北文豪到愛國志士》，《世紀》，2007
    年第 1 期，第 26-31 頁。

83. 王德威：《華語語系文學：邊界想像與越界建構》，《中
    山大學學報（社會科學版）》，2006 年第 5 期，第 1-4
    頁。

84. 王德威：《中文寫作的越界與回歸——談華語語系文
    學》，《上海文學》，2006 年第 9 期，第 91-93 頁。

85. 王德威：《文學地理與國族想像：台灣的魯迅，南洋的
    張愛玲》，《揚子江評論》，2013 年第 3 期，第 5-20
    頁。

86. 王德威：《「根」的政治，「勢」的詩學——華語論述
    與中國文學》，《揚子江評論》，2014 年第 1 期，第 5-14
    頁。

87. 汪　暉：《當代中國的思想狀況與現代性問題》，《文
    藝爭鳴》，1998 年第 6 期，第 7-22 頁。

88. 王　柯：《日本侵華戰爭與「回教工作」》，《歷史研
    究》，2009 年第 5 期，第 87-105 頁。

89. 王克文：《歐美學者對抗戰時期中國淪陷區的研究》，
    《歷史研究》，2000 年第 5 期，第 170-179 頁。

90. 王平：《論尹湛納希對〈紅樓夢〉的接受》，《紅樓夢
    學刊》，2004 年第 1 期，第 277-290 頁。

91. 王文彬：《〈我用殘損的手掌〉：透視戴望舒》，《文
    藝理論與批評》，2000 年第 1 期，第 82-87 頁。

92. 王中忱：《民族意識與學術生產——試論〈禹貢〉派學
    人的「疆域」史觀與日本的「滿蒙」言說》，《社會科

學戰線》，2014 年第 10 期，第 231-242 頁。

93. 溫中和：《蒙古族現代文學概述》，《中國現代文學研究叢刊》，1981 年第 4 期，第 237-240 頁。

94. 烏‧額‧寶力格：《人類學的蒙古求索》，載王銘銘主編：《中國人類學評論》第 20 輯，北京：世界圖書出版公司，2011 年，第 100-117 頁。

95. 烏‧納欽：《宏大抒情表層下的隱喻儀式現場——重讀納‧賽音朝克圖抒情長詩〈狂歡之歌〉》，《民族文學研究》，2015 年第 5 期，第 5-11 頁。

96. 新保敦子：《蒙疆政権におけるイスラム教徒工作と教育—善隣回民女塾を中心として—》，中国研究所《中国研究月報》615 号，1999 年 5 月号，第 1-13 頁。

97. 新保敦子：《西北回教聯合会におけるイスラム工作と教育》，早稲田大学教育学部《学术研究—教育‧社会教育‧体育学编—》第 48 号，2000 年 2 月号，第 1-17 頁。

98. 新保敦子：《日本军占领下における宗教政策》，早稲田大学教育学部《学术研究—教育‧社会教育学编—》第 52 号，2004 年 2 月号，第 1-15 頁。

99. 星野昌裕著，蘇日娜譯，烏蘭校：《內蒙古自治區成立之歷史考察》，《中國邊疆史地研究》，2000 年第 2 期，第 98-112 頁。

100.徐志民：《抗戰時期日本對蒙疆地區留日學生政策述論》，《內蒙古師範大學學報》（哲學社會科學版），2009 年第 5 期，第 49-55 頁。

101.袁剛，翟大宇：《論明清之際「複封建"旗號下的分權反專制思想》，《哈爾濱工業大學學報》（社會科學版），2015 年第 3 期，第 33-38 頁。

102.臧運祜：《關於抗戰時期偽蒙疆政權史的研究（代序）》，《內蒙古師範大學學報（哲學社會科學版）》，2009 年第 5 期，第 25-26 頁。

103.張晨怡：《近代中國知識份子的民族主義思想研究》，北京：中央民族大學出版社，2012 年。

104.張劍平：《抗戰時期延安的回回民族研究》，《延安大學學報》（社會科學版），1997 年第 1 期，第 77-82 頁。

105.張麗萍：《試論近現代內蒙古報刊的「蒙漢合璧」編刊形式》，《中國出版》，2012 年第 8 期，第 77-79 頁。

106.張　泉：《關於「大東亞文學者大會」》，《新文學史料》，1994 年第 2 期，第 216-221 頁。

107.張泉：《談談淪陷區文學研究中的歷史感問題——以〈中國抗戰時期淪陷區文學史〉中的華北部分為例》，《中國現代文學研究叢刊》，1997 年第 2 期，第 298-312 頁。

108.張　泉：《淪陷區文學研究應當堅持歷史的原則——談淪陷區文學評價中的史實準確與政治正確問題》，《抗日戰爭研究》，2002 年第 1 期，第 1-23 頁。

109.張泉：《淪陷區文學研究回顧與反思》，《中國現代文學研究叢刊》，2002 年第 2 期，第 208-219 頁。

120.張　泉：《殖民語境中文學的民族國家立場問題——關於抗戰時期日本佔領區中國文學中的親日文學》，《汕頭大學學報》（人文社會科學版），2008 年第 2 期，第

5-13 頁。

121.張　泉：《淪陷區中國作家的文化身份認同與政治立場問題——以移住北平的台灣、偽滿洲國作家為中心》，載李建平，張中良主編：《抗戰文化研究》第二輯，桂林：廣西師範大學出版社，2008 年，第 236-252 頁。

122.張　泉：《試論中國現代文學史如何填補空白——淪陷區文學納入文學史的演化形態及存在的問題》，《文藝爭鳴》，2009 年第 11 期，第 60-68 頁。

123.張　泉：《中國現代文學史亟待整合的三個板塊——從具有三重身份的小說家王度廬談起》，《河北學刊》，2010 年第 1 期，第 98-101 頁。

124.張　泉：《深化中國淪陷區文學研究的一種方式——東亞場域中共時的殖民體制差異/歷時的時代轉換維度》，《上海大學學報》（社會科學版），2012 年第 2 期，第 99-109 頁。

125.章葉頻：《三十年代內蒙古西部地區——原綏遠省文藝界概況》，載中國人民政治協商會議內蒙古自治區委員會文史資料研究委員會編：《內蒙古文史資料第四十輯》，呼和浩特：內蒙古文史書店，1990 年，第 1-41 頁。

126.趙京華：《在東亞歷史劇變中重估魯迅傳統——關於魯迅對「東亞」的淡漠與他在戰後該地區影響力的考察》，《學術月刊》，2015 年第 1 期，第 127-134 頁。

127.趙京華：《周作人的民族國家意識》，《文學評論》，2015 年第 1 期，第 63-75 頁。

128.趙稀方：《後殖民批判》，《勵耘學刊》，2007 年第 2 輯，第 225-240 頁。

129.趙稀方：《從後殖民理論到華語語系文學》，《北方論叢》，2015 年第 2 期，第 31-35 頁。

130.鄭大華：《論中國近代民族主義的思想來源及形成》，《浙江學刊》2007 年第 1 期，第 5-15 頁。

131.鄭大華、鐘雪：《〈新路〉：大革命失敗後批判國民黨統治的第一刊——兼與〈新月〉比較》，《安徽大學學報》（哲學社會科學版），2010 年第 4 期，第 77-90 頁。

132.鄭大華、曾科：《國家主義與民族主義：國家主義派對「一戰」後民族自決思潮的回應》，《學術研究》，2013 年第 9 期，第 89-97 頁。

133.鄭大華：《論楊松對民主革命時期中國共產黨民族理論的歷史貢獻》，《民族研究》，2015 年第 3 期，第 1-13 頁。

134.周昆雲：《民族自決權·聯邦制·民族區域自治——抗日戰爭時期中國共產黨民族理論思想的再探討》，《廣西民族研究》，2001 年第 2 期，第 1-13 頁。

135.周文玖：《從「一個」到「多元一體」——關於中國民族理論發展的史學史考察》，《北京大學學報》（哲學社會科學版），2007 年第 4 期，第 102-頁。

136.周文玖，張錦鵬：《關於「中華民族是一個」學術論辯的考察》，《民族研究》，2007 年第 3 期，第 20-30 頁。

研究專著

1. 愛德華·W. 薩義德著，單德興譯，陸建德校：《知識份

　　子論》，北京：生活・讀書・新知三聯書店，2002 年。

2.　本尼迪克特・安德森著，吳叡人譯：《想像的共同體——
　　民族主義的起源與散佈》，上海：上海世紀出版集團，
　　2011 年。

3.　比爾・阿希克洛夫特、格瑞斯・格里菲斯、海倫・蒂芬
　　著，任一鳴譯：《逆寫帝國：後殖民文學的理論與實踐》，
　　北京：北京大學出版社，2014 年。

4.　曹大臣、朱慶葆：《刺刀下的毒禍——日本侵華期間的
　　鴉片毒化活動》，福州：福建人民出版社，2005 年。

5.　常寶：《漂泊的精英——社會史視角下的清末民國內蒙
　　古社會與蒙古族精英》，北京：社會科學文獻出版社，
　　2012 年。

6.　杜贊奇著，王憲民、高繼美、李海燕等譯：《從民族國
　　家拯救歷史：民族主義話語與中國現代史研究》，南京：
　　江蘇人民出版社，2009 年。

7.　段從學：《「文協」與抗戰時期文藝運動》，北京：北
　　京大學出版社，2012 年。

8.　范泉主編：《中國現代文學社團流派辭典》，上海：上
　　海書店，1993 年。

9.　封世輝：《中國淪陷區文學大系史料卷》，南寧：廣西
　　教育出版社，2000 年。

10.　馮天瑜：《「封建」考論》，北京：中國社會科學出版
　　社，2010 年。

11.　弗朗茲・法儂著，萬冰譯：《黑皮膚，白面具》，南京：
　　譯林出版社，2005 年。

12. 岡田英樹著，靳叢林譯：《偽滿洲國文學》，長春：吉林大學出版社，2001 年。

13. 漢娜‧阿倫特著，林驤華譯《極權主義的起源》，北京：生活‧讀書‧新知三聯書店，2008 年。

14. 郝維民：《內蒙古革命史》，呼和浩特：內蒙古大學出版社，1997 年。

15. 黃萬華：《史述和史論：戰時中國文學研究》，濟南：山東大學出版社，2005 年。

16. 霍布斯鮑姆著，李金梅譯：《民族與民族主義》，上海：上海人民出版社，2006 年。

17. 磯野富子整理，吳心伯譯：《蔣介石的美國顧問歐文‧拉鐵摩爾回憶錄》，上海：復旦大學出版社，1996 年。

18. 金　海：《日本佔領時期內蒙古歷史研究》，呼和浩特：內蒙古人民出版社，2005 年。

19. 金　海：《日本在內蒙古殖民統治政策研究》，北京：社會科學文獻出版社，2009 年。

20. Jing Tsu, *Sound and Script in Chinese Diaspora*, Cambridge: Harvard University Press, 2010.

21. 李曉峰：《被表述的文學：20 世紀中國文學史書寫中的民族文學》，北京：中國社會科學出版社，2013 年。

22. 李澤厚：《中國現代思想史論》，北京：東方出版社，1987 年。

23. 劉國銘主編：《國民黨百年人物全書》上，北京：團結出版社，2005 年。

24. 劉禾著，宋偉傑等譯：《跨語際實踐：文學，民族文化

與被譯介的現代性（中國，1900-1937）》（修訂譯本），北京：生活・讀書・新知三聯書店，2008 年。

25. 劉心皇：《抗戰時期淪陷區文學史》，台北：成文出版社，1980 年。

26. 盧明輝：《蒙古「自治運動」始末》，北京：中華書局，1980 年。

27. 羅伯特・揚著，趙稀方譯：《白色神話：書寫歷史與西方》，北京：北京大學出版社，2014 年。

28. 羅志田：《亂世潛流：民族主義與民國政治》，上海：上海古籍出版社，2001 年。

29. Mark C. Elliott, *The Manchu Way: The Eight Banners and Ethnic Identity in Late Imperial China,* Stanford: Stanford University Press, 2001.

30. 苗普生著：《伯克制度》，烏魯木齊：新疆人民出版社，1995 年。

31. 倪　偉：《「民族」想像與國家統治──1928-1948 南京國民政府的文藝政策及文學運動》，上海：上海教育出版社，2003 年。

32. Owen Lattimore, *Manchuria: Cradle of Conflict*, New York: The Macmillan Company, 1932.

33. Owen Lattimore, *The Mongols of Manchuria: Their Tribal Divisions, Geographical Distribution, Historical Relation with Manchus and Chinese and Present Political Problems*, New York: The Jone Day Company, 1934.

34. Owen Lattimore 著，趙敏求譯：《中國的邊疆》，重慶：

正中書局，1941 年。

35. Owen Lattimore, *Nationalism and Revolution in Mongolia*, Leiden: E. J. Brill, 1955.

36. Owen Lattimore, *Studies in Frontier History: Collected Papers 1928-1958*, London: Oxford University Press, 1962.

37. 佩里‧安德森著，劉北城、龔曉莊譯：《絕對主義國家的系譜》上海：上海人民出版社，2001 年。

38. 祁建民：《二十世紀三四十年代的晉察綏地區》，天津：天津人民出版社，2002 年。

39. 任其懌：《日本帝國主義對內蒙古的文化侵略活動》，呼和浩特：內蒙古大學出版社，2006 年。

40. 榮蘇赫、趙永銑主編：《蒙古族文學史》，呼和浩特：內蒙古人民出版社，2000 年。

41. 阮斐娜著，吳佩珍譯：《帝國的太陽下：日本的台灣及南方殖民地文學》，台北：麥田出版社，2010 年。

42. Sechin Jagchid, *Essays in Mongolian Studies*. Brigham: Brigham Young University, 1988.

43. Sechin Jagchid, *The Last Mongol Prince: The Life and Times of Demchugdongrob, 1902–1966*. Bellingham: Center for East Asian Studies, Western Washington University, 1999.

44. 史書美著，楊華慶譯，蔡建鑫校：《視覺與認同：跨太平洋華語語系表述‧呈現》，台北：聯經書房，2013 年。

45. Shu-mei Shih, *Visuality and Identity: Sinophone*

Articulations Across the Pacific, Berkeley and Los Angeles: University of California Press, 2005.

46. 松本真澄著，魯忠慧譯：《中國民族政策之研究──以清末至 1945 年的「民族論」為中心》，北京：民族出版社，2003 年。

47. 忒莫勒：《內蒙古舊報刊考錄（1905-1949.9）》，呼和浩特：內蒙古出版集團遠方出版社，2010 年。

48. 佟靖仁、李可達主編：《民族教育家吳懋功》，呼和浩特：內蒙古人民出版社，2000 年。

49. Uradyn E. Bulag, *Collaborative Nationalism: The Politics of Friendship on China』s Mongolian Frontier*, Lanham: Rowman& Littlefield Publishers, Inc, 2010.

50. 王德威：《想像中國的方法》，北京：生活・讀書・新知三聯書店，1998 年。

51. 王汎森：《權力的毛細管作用：清代的思想、學術與心態》，台北：聯經出版事業股份有限公司，2013 年。

52. 王柯：《民族與國家：中國多民族統一國家思想的系譜》，北京：中國社會科學出版社，2001 年。

53. 王銘銘：《超越「新戰國」──吳文藻、費孝通的中華民族理論》，北京：生活・讀書・新知三聯書店，2012 年。

54. 王向遠：《日本侵華史研究》，銀川：寧夏人民出版社，2007 年。

55. 尾崎秀樹著，陆平舟、间ふさ子译：《旧殖民地文学的研究》，台北：人间出版社，2004 年。

56. 徐迺翔，黃萬華：《中國抗戰時期淪陷區文學史》，福州：福建教育出版社，1995 年。

57. 閆天靈：《漢族移民與近代內蒙古社會變遷研究》，北京：民族出版社，2004 年。

58. Ying Xiong, *Representing Empire: Japanese Colonial Literature in Taiwan and Manchuria*, Leiden: Brill, 2014.

59. 鷹　揚：《在大漠那邊——近世的蒙古與戰爭》，台北：知兵堂出版社，2011 年。

60. 札奇斯欽：《我所知道的德王和当时的内蒙古》（一），东京：东京外国语大学アジア・アフリカ言语文化研究所，1985 年。

61. 札奇斯欽：《我所知道的德王和当时的内蒙古》（二），东京：东京外国语大学アジア・アフリカ言语文化研究所，1993 年。

62. 箚奇斯欽：《我所知道的德王和當時的内蒙古》，北京：中國文史出版社，2005 年。

63. 章葉頻：《塞北文苑萍蹤》（文史資料選編第五輯），呼和浩特：中國人民政治協商會議呼和浩特市委員會文史資料研究委員會內部資料，1985 年。

64. 張中良：《民族國家概念與民國文學》，廣州：花城出版社，2014 年。

65. 中國人民政治協商會議內蒙古自治區委員會文史資料委員會編：《塞上憶往——楊令德回憶錄》（《內蒙古文史資料》第三十輯），呼和浩特：內蒙古文史書店，1988 年。

66. 竹內好著，孫歌編，李冬木、趙京華、孫歌譯：《近代的超克》，北京：生活・讀書・新知三聯書店，2005 年。

學位論文

1. 都達古拉：《國民政府建立初期兩次哲裡木盟王公會議》，內蒙古大學碩士學位論文，2007 年。

2. 韓那順：《報刊與蒙古族現代文學——以現代八家蒙文報刊為中心》（蒙古語），內蒙古大學碩士學位論文，2009 年。

3. 康孝雲：《權力・抵抗・心理——後殖民主義與精神分析》，北京師範大學博士學位論文，2011 年。

4. 王　申：《淪陷時期旅平台籍文化人的文化活動與身份表述——以張深切、張我軍、洪炎秋、鐘理和為考察中心》，北京大學博士學位論文，2010 年。

5. 許　彬：《從「民族自決」到「民族區域自治」——論中國共產黨民族基本政策的歷史轉型》，蘭州大學博士學位論文，2007 年。

附　錄

表 1. 蒙疆淪陷區重要文學報刊簡表

起止時間	出版地	報刊名稱及主編	語種	代表性作家作品
1939-1940	厚和豪特	《蒙古文化》（初名《文化專刊》） 漢文編輯：文都爾護 蒙文編輯：格什克巴圖、孟克寶音	蒙漢雙語	文都爾護：《蒙古女郎之情詩》《蒙古歌》（與李效癒合作）、《黃河沿岸文化變遷之大略》《成吉思汗登基日三考》《魯國王穆呼哩略傳》《齊拉袞略傳》《論舊詩之久遠性與新詩之曇花一現》《沙漠與住民之關係》《明矣韓公鳳林之死事》 汪國藩：《發展蒙古文化之我見》《我蒙古文化發展史》 李步青：《蒙古民族史略》 賽葉寧布：《頌贊太祖成吉思汗之誕生及兄弟五人之公德》（蒙文） 額爾德尼布拉格：《蒙古青年奮力前進》（蒙文） 僧格仁欽：《蒙古復興

				詩》（蒙文）
				賽春嘎：《是時候了，我廣大蒙古青年》（蒙文）
				張醉丏：《成吉思汗的一把劍》
1938-1945	張家口	《蒙疆新報·文圃》文學副刊編輯：王令(王黛英)；宗丕城	中文	沐華：《默禱》《談風格》《寫作雜談》乙文：《寂寞》徐劍膽：《龍鼓春雷》彭雨：《年度》
1941-1945	張家口	《利民》 主編：夏鐵漢（前期）；劉少曾（後期）	中文	高風：《雙俠劍》燃犀：《愛欲海》金貝：《落花流水》司空鹿：《淺藍色地手帕》王令：《生》乃帆：《疲倦吟》《疲勞的恢復》；彭雨：《踏青》沐華：《談精神問題》《新詩舊詩之評價》《文學簡話》；貫洋：《必求聞達齋偶記》劉景備：《藝術漫談》王楚材：《松蔭山房聊話》李素：《處境與達觀》司馬驤：《冬夜詩鈔》杜若：《陶然亭》曹白：《小城》
1940-1942	厚和豪特	《大亞細亞》	中文	中孚：《悔之晚矣》《是誰之過》

				文都爾護：《巳孔感言》《成吉思汗誕辰考》《厚和公主府金石考略》 牧之：《成吉思汗與鷹》 蕭瑟譯：《蛙》 歐汀譯：《落雪的日子》 大風：《老高》 崔幻虹：《日本民族的精神談》
1942-1944	張家口	《蒙疆文學》華文版主編：和正華、王承琰、劉紹曾、陶然、宗不城、王秀雄、陳言等	中文	彭雨（王承琰）：《玲子》《一個俘虜的悲哀》《火》《看雲草》《大東亞文學者決戰大會參加筆記》；巴圖爾（王承琰）：《剽悍的熱情》；乃帆（王承琰）：《荒與拓》《獨輪車》《成吉思汗挽歌》 貫洋（劉延甫）：《酒徒》《遺珠》《長城曲》；沐華（劉延甫）：《東方藝術的精神》《新時代下的文學概念》《對於蒙疆文學華文版的印象》《詩思》《新詩的話》《歸來》《蚌珠》 沐華、乃帆：《新詩亂譚》 蕭沉（劉樹春）：《蠢流》；司空鹿（劉樹春）：《虹》《動盪》《沙漠之歌》《失去的溫暖》《歸》《牧群》；沙群：（劉樹春）：《馬

				族的悲哀》
				王雅楓（王秀雄）:《血殉》《罪與罰》《評「蠹流」》《關於沐華》《彭雨論》
				乙文（和正華）:《參加大東亞文學者代表大會記》《貞兒》《鐵匠》《如此人間》《賣胡琴的老人》《失去了的心靈》《漫談詩》《猴子的悲哀》
				曉僧:《鄉土文學與大眾文學》
				杜若:《卻步及其他》《砂》《雪夜》
				朝熹:《奇怪的病》《蠹豬》《老朱》《浪花裡的人生》《太陽下及其他》《可憐的老人》
				舒望:《兩鄰家下》《清風寨》
				孟黎:《瘋狗》《一個故事》
				之岐:《愛情的復活》
				蕭強:《工人李英》
				桓公:《水》
				陳炬:《詩與詩人》《潮》《畫家》《讀了「遺珠」之後》
1942-1943	張家口	《蒙疆文學》日文版主編:赤塚欣二	日文	《短歌の理念》《輪回》《蒙古櫻》

表 2. 蒙疆作家在區外（日本及其他淪陷區）發表作品簡表

出版地	發表刊物	作家作品	備註
大阪	《華文每日》	吳彥：《壯烈的心影》，王令：《驢》，司空鹿：《哈巴嘎之夜》，品清：《玫瑰色的夢》，谷梁異：《夜記》，杜若：《影（外二章）》，張波：《燭影》，盧蘊：《九弟》，朝熹：《默禱》，沐華：《禁錮的生命》，乙文：《有一天》，乃帆：《烏梅茶（外一章）》。 沐華：《告重慶的朋友們》《和平文化的指標》 劉延甫：《中國文化內容之檢討》 朝熹：《晨曦》 舒望：《故宮行》	「蒙疆文藝特輯」（上）（下） 《華文大阪每日》三周年、四周年紀念徵文當選作品
北京	《國民雜誌》	貫洋：《新生》 《不能忘的人物》《英美人·買辦·西崽》	長篇小說徵文副選作品
南京	《文編》	舒望：《蝕》；巴雷裡作，田牛譯：《足踏》；朝熹：《後方》；吳彥：《芭特門姑娘》；沐華：《文藝的良心》	「蒙疆文藝輯」
南京	《新動向》	劉延甫：《亡書記——南居北憶之一》 艾鄉：《懷鄉夢》《歐斯·巴比倫夫》	
濟南	《中國青年月刊》	王令、陸亞、谷梁異、杜若、乃帆、黃鴿、張波	
徐州	《古黃河》	吳彥：《烏裡亞圖之風》，雅楓：《黑夜裡的風波》，乙文：《生活線上》，張波：《往事》，	《蒙疆文學》交換作品

		王令：《夢》，谷梁異：《四根小殘燭》，乃帆：《端午夜》，杜若：《張北城外》	
北京	《婦女雜誌》	盧蘊：《焰》；品清：《小曼》；琅仙：《郊遊散記》	「蒙疆女作家作品特輯」
北京	《華北作家月報》	劉延甫：《蒙疆文藝界的現狀》	
南京	《中大學生》	艾鄉：《戰爭：一個孩子跟他的母親》《憶》《夜裡的黑手》《懇求》《懷鄉曲》	汪偽「中央大學」「複校」刊物
南京	《作家》	艾鄉：《車的故事》《杏花村》	
上海	《風雨談》	沐華：《簡》	
上海	《文友》	貫洋：《常州之遊》	
上海	《雜誌》	貫洋：《塞上風》	
上海/南京	《新東方雜誌》	劉延甫：《中國新文學的來路與去向》 艾鄉：《與歐斯·巴比倫夫君》	

表 3.《蒙疆文學》各期目錄

時　間	卷　期	欄　目	作　　品	作　者	頁碼
1942年 12月	第　一 卷　第 一期	特載	《大東亞聖戰的真諦》		4
			《蒙疆文學華文版踏出之第一步》	本刊	7
		論文	《新時代下的文學概念》	沐華	9
			《魏晉時代的文藝思想》（上）	陶然	13
		散文	《黃昏》	雅楓	16
			《清晨》	雅楓	19
			《寒夜》	張波	21
			蒙疆文學賞・短篇小說當選發表		22
		審查的話	《讀蒙疆文藝應徵諸作的幾點感想》	張鐵笙	23
		詩	《詩神之使者》	江間章子等合作，張也譯	25
			《荒與拓》	乃帆	26
			《秋之消息》	乃帆	29
			《夜宴》	乃帆	30
		見聞記		陳言	33
		創作	蒙疆文學賞徵文入選作《玲子》	彭雨	34
			編輯後記	陳言	50
1943年 1月	第　二 卷　第 一期	特載	《所望於蒙疆智識階級》	愚勒布圖格其	4
			《我們的熱望》	本刊	6
		論文	《魏晉時代的文藝	陶然	7

			思想》（下）		
			《大東亞文學的前途》	非鳴	10
			《參加大東亞文學者代表大會記》	乙文	15
		散文	《張北路上》	彭雨	25
			《重修來遠堡城隍廟碑》	陶然	28
			《午夜》	王秀雄	29
			《失眠草》	焦桐	31
			《落花》	樹森	32
		見聞記		陳言	34
		詩	《老旅者的欣喜》	乙文	35
			《傷逝》	乃帆	37
			《彩雲》	乃帆	39
			《流浪的歌人》	乃帆	40
			《鄉愁》	盧蘊	42
		創作	蒙疆文學賞徵文佳作《愛情的復活》	之歧	44
		編輯後記		乙文	60
1943年2月	第二卷第二期	華文部第一屆會員大會宣言			扉頁
		對美英佈告宣戰特載	《國府參戰與世界新秩序之展望》	非鳴	4
			《思想戰之重要性》	樾青譯	11
		論文	《應怎樣著手建設我們蒙疆的文壇》	曉僧	15
			《由歌劇與話劇有望於「新風」》	劉景備	18
		散文	《歸來》	沐華	21
			《鴻》（一）	盧蘊	24
			《重修地藏寺碑》	陶然	29
		詩	《畸客舊稿》（一）	畸客	72
			《夜河的漩渦》	蘊	30

			《荒原》	景陽	34
			《寺曉》	乃帆	36
			《新茁的嫩芽》	未名	38
		小品	《燭》（外一章）	張波	39
			《口哨》	品清	41
			《路》	紫波	43
			《冬日》	朱楓	45
			《百葉窗》（外一章）	彭雨	46
		創作	《除夕之前》	張文瀾	49
			《血殉》	雅楓	56
			《貞兒》	乙文	61
			蒙疆文學賞徵文佳作《升平》	席金吾	73
		見聞記			20 23 28 89
		蒙疆文藝懇話會華文部第一屆會員大會輯錄		彭雨、非鳴	90
		編輯後記			99
		會告			99
1943年3月	第二卷第三期	特載	《太祖成吉思汗偉大精神》	超克巴圖爾	4
		論述	《所望於蒙疆的文筆人》	曉僧	11
		散文	《海濱的故事》	新焰	14
			《竹影的窗格》	彭雨	17
			《心聲》	貫洋	20
			《鴻》（二）	盧蘊	24
			《陶先生自傳》	陶然	30
		詩歌	《畸客舊稿》（二）	畸客	33
			《趕集》 《春耕》	劉思之	34 36
			《鐵匠》	乙文	38
			《秋的黃昏》	潔塵	40

		小品	《燕巢》	光瑞	41
			《冬日小集》	沐華	42
			《雪途》	張波	44
			《覓食》	畸客	46
			《晨》	司空鹿	48
			《萬善殿》	其燧	49
		評與感	《「玲子」讀後》	司徒蘊秀	52
			《對於蒙疆文學的我見》	樾青	53
		見聞記			23 29
		創作	《葉葉》	振洲	54
			《家鄉》	令宣	58
			《如此人間》	乙文	62
			《二姑娘》	品清	74
			《柳絮飄飛的時候》	張鐵夫	82
		會告			91
		本刊啟事			92
		編後記			91
1943年4月	第二卷第四期	特載	《謹告竭誠奉公下的文筆人》	愚勒布圖格其	4
		散文	《魯迅先生與阿Q》	陶然	6
			《熱情之書》	朝熹	11
			《一封擱起來的信》	劉肇元	11
			《失眠夜》	盧蘊	14
			《除夕的悲哀》	韻濤	15
			《罵人與挨罵》	畸客	17
			《失去的溫暖》	司空鹿	22
			《我的寫照》	萬督	36
		詩	《蒙文之感》	文瀾	37
			《上元夜》	潔塵	37
			《錯誤與喪失》	馬瑙斯	38

				作，景陽譯	
			《別後》	光瑞	38
		評與感	《評文瑣話》	沐華	27
			《「評與感」之感》	曉僧	31
			《「鴻」讀後》	司徒蘊秀	30
			《「愛情的復活」讀後感》	方其燧	39
		見聞記			10 39 71
		創作	《潮》	陳炬	24
			《酒徒》	貫洋	33
			《罪與罰》	雅楓	39
			《一個俘虜的悲哀》（上）	彭雨	45
			《緘默的海》	品清	56
			《如此人間》	乙文	64
		編輯後記			72
		會告			72
1943年5月	第二卷第五期	特輯	《關於武者小路先生》	非鳴	4
			《日本兩文豪華北、蒙疆言行雜輯》	本刊	7
		論述	《詩思》	沐華	12
		散文	《春雨吊清明》	乙文	16
			《偉大的存在》	潮音	17
			《年》	彭雨	26
			《遺珠》	貫洋	31
			《上元夜》	焦桐	21
			《人生一瞬》	品清	23
			《悼》	曉堤	35
			《嫉妒》	萍	17
			《有感於鐵漢先生之「蒙疆文學讀	承琰	38

			後」》		
		評與感	《「海濱的故事」讀後感》	雀舌	40
			《「葉葉」讀後》	陸亞	42
			《一個俘虜的悲哀讀後》	進言	42
		小品	《孤獨吟》	蕭沉	20
			《鴉》	張波	44
			《宴聚》	金吾	66
			《夜》	蔭溪	45
			《還鄉散記》	愛梅	37
		詩歌	《軟風》	乃帆	45
			《春懷》	湘君	45
			《海邊的墓地》（上）	法·巴雷裡 作 谷梁異譯	46
			《心琴及其他》	振洲	48
		見聞記			64
		創作	《母親！我會回來的》	超人	49
			《邂逅》	景陽	52
			《東邊道》	艾鄉	57
			《矛盾的人生》	張執強	62
			《作家》	柳瘦	65
			《一個俘虜的悲哀》（下）	彭雨	69
		編輯後記			80
		會告			80
1943年6月	第二卷第六期	特載	《新文化創造者的自覺》	門馬誠	4
			《河上徹太郎先生問答記》	承琰	6
		論述	《東方藝術的精神》	沐華	9
			《鄉土文學與大眾文學》	曉僧	17

		散文	《走》	斐光	19
			《柳笛》（外三章）	彭雨	22
			《蓋拉布斯的友情》	執強	26
			《沙漠之歌》	司空鹿	29
			《母親》	止水	41
		見聞記			40 55
		詩歌	《海邊的墓地》（下）	法・巴雷裡作谷梁異譯	30
			《月下》	朱醉風	31
			《迷途者》	陳兵	31
			《寄生草》	白歌	32
			《憶》	韻濤	35
		評與感	《對於蒙疆文學華文版的印象》	沐華	36
			《六月雜感》	陳言	38
		小品	《初試》	墨竹	44
			《夜》	苦丁	28
			《雁》	紫鶯	52
			《烏鴉》（外一章）	光瑞	42
			《一分鐘的速寫》	蕭沉	20
		創作	《心之溫暖》	未名	43
			《奇怪的病》	朝熹	46
			《打狼》	王工	50
		戲劇	《愛的結局》	溪水	54
		編輯後記			56
		本刊啟事			56
1943年7月	第二卷第七期	特載	《煽惑與鼓吹》	愚勒布圖格其	4
		散文	《感情的握手》	貫洋	11
			《歸》	司空鹿	31
			《家鄉》	祐之	40
			《我倆》	品清	23
			《反攻》	萍	49

		詩	《夏之風》（外二章）	乙文	19
			《鐵匠》	柳絲子	20
			《懷念》	趙崇德	20
			《古遠的記憶》（上）	公羊沙兵	21
			《落花》	潔塵	21
		評與感	《讀了「遺珠」之後》	陳炬	25
			《七月雜感》		26
		見聞記			30
		小品	《蚊子與臭蟲》（外一章）	乙文	17
			《新婚觸》	曉堤	23
			《凋零的野薔薇》	韻濤	25
			《憶輝》	樹森	48
		創作	《蠢豬》	朝熹	6
			《悔》	執強	35
			《廟會》	張波	42
			《小北河的悲劇》	艾鄉	52
		編輯後記			60
		本刊啟事			60
1943年8月	第二卷第八期	全蒙古文化人決戰大會宣言			封裡
		特載	《文化工作和我們這一群》	田牛	4
			《集中總力自體發展》	承琰	5
		創作特輯	《水》	桓公	6
			《白楊樹》	貫洋	11
			《老朱》	朝熹	31
			《賣胡琴的老人》	乙文	54
			《人的故事》	艾鄉	82
			《夜來香》	綠波	77
			《柳溪》	韻濤	63
		散文	《羊·牧羊人》	吾木	36

			《牧人》（外二章）	新焰	50
			《畫家》	陳炬	38
			《叫蟈蟈》	陸亞	40
			《老爺的悲哀》	盧蘊	63
			《月夜》	海波	67
		詩特輯	《沙漠上的綠洲》	鐵漢	42
			《獨輪車》（外二章）	乃帆	43
			《古遠的記憶》（下）	公羊沙兵	43
			《獻血者》	王工	45
			《圍爐》	杜若	45
			《三部曲》	白菲	46
			《狂語》	溪水	47
			《窗》（外一篇）	黃鴿	48
			《渴望著一個人》	陳兵	48
			《最後一封信》	北川正明	49
			《錫林郭勒盟紀行》（上）	非鳴	96
		編輯後記			106
		會告			106
1943年9月	第二卷第九期 只存留要目	卷頭語			
		特載	《迎政府成立四周年》		
			《現代文筆人應有的覺悟與使命》		
		散文	《項鍊和戒指》		
			《心的悲哀和憂鬱》		
			《雨天》		
			《夢幻和青春》		
			《蛐蛐》		
			《憶》		
		蒙古風	《「記一個感情的影子」讀後》（外		

			二篇）		
			《錫林郭勒盟紀行》（下）		
		散文詩小品	《防空夜》（外三篇）		
		詩	《口哨》（外十六篇）		
		創作	《偷雞賊》		
			《車的故事》		
			《血債》		
			《掙扎》		
			《新時代裡的舊悲劇》		
			《期待》		
1943年10月	第二卷第十期	徵集第二回蒙古文學賞作品			1
		特載	《日本文化的原型》	阪本德松石世清譯	8
			《急逝的島崎藤村》	曹清譯	10
			《全亞細亞的作家喲！支援印度獨立吧！》	野口米次郎	14
			《大東亞文學者大會後蒙疆文藝界新動向》	彭雨	4
			《文學的協力與節度》	秋兒	6
			《大東亞文學者決戰大會參加筆記》	彭雨	92
		長詩	《長城曲》	貫洋	17
			《塞米拉米斯之歌》	法•巴雷裡作谷梁異譯	21
		蒙古風	《讀完了「賭徒的	鐵犁	47

			《經典」的印象》		
			《「老朱」讀後感》	霄層	50
		小品	《砂》	杜若	30
			《病中日記》	韻濤	31
			《砂漠上的旅者》（外一章）	愛梅	32
		散文	《黃昏》	田牛	24
			《蛙聲》	黎明	26
			《蘋果紅的時候》	蕭沉	27
			《孩子》	黃鴿	30
			《罪惡的表演》	未名	35
			《不能拭去的記憶》	若櫻	43
		詩歌	《山海關之夜》（外三章）	乃帆	45
			《卻步及其他》	杜若	45
			《雨天》（外二章）	司馬驤	46
			《惜》	北馬	34
		創作	《農夫嘴裡的故事》	朝熹	52
			《罪犯》	盧蘊	58
			《遺失的心情》	吳彥	66
			《生之線上》	陸亞	75
			《最後的微笑》	張波	84
		附錄	大東亞文學賞規程		114
			興亞文學賞		114
			新中國文學委員會		115
1943年11月	第二卷第十期	第一	《詩與詩人》	陳炬	4
		散文	《太陽下及其他》	朝熹	14
			《霜葉輯》	王令	21
			《孩子的歡喜》	王無忌	28
			《斷章》	谷梁異	31
			《夜半吟及希冀》	梁櫻	23
			《窗》	承祥	32
			《失掉了些什麼呢》	陳倫	36

			《五年以後》	效頤	34
		創作	《猴子的悲哀》	乙文	94
			《尋常的事》	品清	49
			《牧群》（外一篇）	司空鹿	51
			《瑪莉哈》	五檀子	37
			《不健全的碎語》	古良夷	39
		書信	《短簡》	品清	40
			《讀詩看畫與聽音樂》	杜若	41
		蒙古風	《簡評「焰與小曼」》	天放	42
		譯詩	《鼓手呵》	法•巴雷裡作谷梁異譯	48
		詩	《秋八月》	陳兵	56
			《有贈》（外二章）	杜若	56
			《月》（外三章）	黃鴿	58
			《別》（外二章）	蕭工	60
			《六月的鄉下》	焦黛心	61
			《寄心》	顧瑩	62
			《盲者之吟》	聞文	62
			《祭語》	袁楓	63
		劇作	《浪花之祭》	歐陽二春	64
			《農村兩部曲》	樑移	72
			《項圈》	綠波	81
1943年12月	第二卷十期該原破損	第二期刊	《希冀篇》		
			《一年來的蒙疆文學華文版》		
			《迎蒙文發刊一周年》		
			《周年斷想》		
			《寂寞的友情》		
			《預備室手記》		
			《秋末雜感》		

			《曉》		
			《三年過去》		
			《返回張垣之前》		
			《柬》		
			《征鴻》		
			《簡》		
		譯文	《拿魯西斯斷章》（外譯文三篇）		
			《大蓮的寫成》		
			《讀感錄》		
		詩	《鴨綠江》（外詩十二章）		
		創作	《冬》		
			《馬族的悲哀》		
			《一支羔羊》		
			《生活的刺》		
			《神經病患者》		
			《火》		
			《秋雨下》		
			《一個命運》		
			《猴子的悲哀》		
1944年1月	第三卷第一期	創作特輯	《孩子，我想他們》	新焰	4
			《兩鄰家下》	舒望	14
			《瘋狗》	孟黎	45
			《青年人》	蕭工	61
			《猴子的悲哀》	乙文	93
		華中青年文藝輯	《失節的人》	平心	107
			《鹽池畔的故事》	蕭瓊	116
			《魂遊》	顏瓊禪	124
			《國王的寶刀》	盧華	125
			《穀》	田野	129
			《寂寞症》	葉帆	138
			《向詩之女神感謝》	葉而山	145
			《萬牲園》	紅羽	146
1944年	第三	卷首語		吳彥	1

2月	卷 第二期		《江南草》	本刊	4
		創作	《她的一生》	盧蘊	46
			《角門？象牙之門？》	化川	60
			《被遺下的孩子》（外一章）	邵雲翔	70
			《可憐的老人》	朝熹	79
		詩譯	《泰魯布的巫女》	法‧巴雷裡 作 谷梁異譯	6
		蒙古風	《饑饉與彷徨》（外一篇）	彭雨	11
			《蒙疆文學十月號創作讀後》	公羊群	13
		小品	《智慧的流失》	彭雨	29
			《夜語》	蘇羽	33
			《憶荷》	梅效頤	34
			《黃土集》	馬占陽	37
			《謎》	白沙	38
			《小皮襖》	王令	40
		散文	《污濁與淪落》	蕭沉	14
			《淚》	綠波	18
			《走》	曉堤	22
			《家務》	澧澤	27
		新詩	《夜之街》	乃帆	42
			《我憂鬱了》	蘇羽	42
			《巷》（外三章）	胡兵	43
			《飛沫集》	翔夫	43
			《寡婦》（外一章）	胡膽	44
			《中秋月圓》	田鄉	45
			《心之駐驛》	岱之峋	45
		編輯後記			103
1944年3、4月合刊	第三卷第三期	摘遠人語		王乃帆	4
		出土集	《文學上的代用品》	破車	15
			《不禁欲言》	陳默	16

			《「假如」「那麼」與「批評家」》	嚴土	17
			《不是色盲》	馬鈴薯	18
			《冷嘲和熱諷》	北丁	19
			《咱也架架秧子》	巴歌	20
			《閒扯與扯淡》	吾木	22
			《請袁敬睜睜眼》	武言	23
			《怪現象》	古完	24
		新詩	《京滬道上》	貫洋	60
			《緬懷沙漠裡的人》	海笛	—65
			《大地的女兒》	乃帆	
			《妳走的時候》（外一章）	蕭工	
			《月下吟》	何行	
			《歸》	北馬	
			《雪後的街上》（外一章）	黃鴿	
			《春之吟》	徽栗	
			《妳》	白沙	
			《人的女兒》	楊競武	
			《希冀日子》	顧瑩	
			《冬的尾巴》（三章）	東方鴻	
			《雪夜》	杜若	
			《前進》	兆嵐	
		散文	《海洋上的憂鬱》	蕭沉	25
			《煩惱》	吾木	26
			《鸞鳳和鳴》	王令	27
			《心靈底構圖》	陸亞	30
			《病中雜記》	陸鶴	31
			《晨曦》	愛梅	35
			《光的希冀》	人力	37
			《老張》	石野	39
			《扯》	武華	41
			《悼》	文伯	42

		小品	《春的厭倦》	張波	43
			《海》	端木易	44
			《破滅》	綠拓	46
			《枯楓葉》	紫波	47
			《餘日績》	宇文夢	49
			《日記》	曉堤	50
			《生命的戰慄》	袁楓	52
			《三個人》	王陳兵	53
			《蕪草集》	蘇羽	56
			《蜜柑》	芥川龍之介作，梁移譯	54
			《魅惑》	法•巴雷裡作谷梁異譯	66
		創作	《火》	彭雨	68
			《浪花裡的人生》	朝熹	74
			《生之搏鬥》	盧蘊	79
			《我的故事》	陸高	85
			《虹》	司空鹿	94
			《荒野》	綠波	102
			《猴子的悲哀》（四）	乙文	110
1944年5月	第三卷第四期	卷頭語		編輯室	1
			《摘遠人語》	乃帆	4
			《新詩的話》	廖磊	6
		散文	《看雲草》	彭雨	13
			《合流集》	舒瓊	20
			《失去了的心靈》	乙文	24
			《小秀》	俞鐵	26
			《歸來》	支羊	28
			《杏花篇》	陸亞子	63
			《黃昏語》	綠蠻	86
			《丁香花》	嚴馳	31
		蒙古風	《一個祈願》	潮歌	25

			《零碎的感情》	何琦	36
		新詩	《荒蕪的記憶》	白星	39
			《古城的秋天》	支羊	40
			《塞外行》（外二章）	東方鴻	41
			《無題草》	遠默	41
		譯文	《血和學生》	北川正明作，王保溥譯	42
			《清風寨》（劇）	舒望	47
		創作	《一非》	蘇羽	60
			《剽悍的歌聲》	孔笛	65
			《一個故事》	孟黎	72
			《遺產》	綠波	82
			《蠢流》	蕭沉	88
			《猴子的悲哀》	乙文	113
		編後語		編輯室	120
1944年6月	第三卷第五期		《新詩亂譚》	沐華、乃帆	4
		散文	《看雲草》	彭雨	13
			《幽居抄》（上）	陸亞子	24
			《縣城集》	谷梁異	36
			《悒鬱的故事》	王萍	23
			《一束》（散文詩）	曉堤	22
		蒙古風	《漫談詩》	乙文	42
			《妙文》	楚江	46
			《向散文作家進一言》	公羊群	47
		新詩	《呈獻》	乃帆	48
			《我永遠不會忘記》	陳家驥	48
			《昨夜》	舒翼	50
			《清明》	聞青	50
			《怎麼》（外二章）	端木文心	50

			《找不到題》	陸白人	51
			《你默默的走了》	黃鴿	51
		譯詩		法•巴雷裡 作 田牛譯	52
		創作	《膽怯的人》	張止戈	53
			《廢物》	吳彥	58
			《動盪》	司空鹿	66
		長篇連載	《猴子的悲哀》	乙文	90
		編輯後記		編輯室	65
1944年7月	第三卷第六期	卷頭語		雅楓	1
			《怎樣建設起我們的文學來》	張止戈	4
		蒙古風	《七月雜感》	陳默	7
			《評「蠢流」》	啞瘋	9
			《我們的文壇》	張淩	13
			《色情作家和照妖鏡》	舒望	15
		散文	《蚌珠》	沐華	16
			《幽居抄》（下）	陸亞子	22
			《複箋斷抄》	田家鳳	31
			《刺激的苗芽》	谷梁異	32
			《牽牛花》	素子	34
			《塞上草》	韋吟	39
			《雨天的書》	柏芳	42
		新詩	《醉呈》	乃帆	30
			《七月吟》	陳家驤	34
			《屍》	王歌	35
			《別之剎那》	白人	36
			《母親》	胡兵	37
			《草原上的旅人》	司馬驤	38
			《取締》	白練	41
			《西山詩鈔》	端木文心	43
			《歸》	馬奔	44

		小說	《工人李英》	蕭強	46
			《船上事》	紀庚	51
			《夢境裡的人生》	張波	63
			《趙瑞的故事》	陸亞	70
			《濁流裡的人們》（上）	吳彥	79
		長篇連載	《猴子的悲哀》	乙文	89
		編輯後記			94
1944年8月	第三卷第七期	特載	《生存與奮鬥》	陶克托胡	4
		人和作品	《關於沐華》	王雅楓	7
		蒙古風	《八月雜感》	陳默	14
			《創作三題》	啞瘋	16
			《偶感》	短笛	20
		散文	《看雲草》	彭雨	22
			《故事》	黃鴿	44
			《荒城拾掇》	早見草兵	32
			《救濟》	支援	46
			《悒鬱抄》	谷梁異	35
		旅行紀述	《多倫之旅》	王令	49
		新詩	《家》	乃帆	56
			《八月詩鈔》	王爾衍	56
			《山疊》	東方瓊	57
			《參廟之日》	司馬驤	57
			《雁影》	九春	57
			《萍水輯》	馬奔	58
		小說	《規矩》	巴圖爾	59
			《哀鴻》	盧蘊	63
			《沙漠上的戀情》	陳橋	68
			《太僕寺街的青春》	長野賢作、王保溥譯	73

		中篇連載	《濁流裡的人們》（中）	吳彥	80
		長篇連載	《猴子的悲哀》	乙文	89
		編輯後記		雅楓	95
1944年9月	第三卷第八期	政權統合五周年紀念特輯	《集中總力‧完遂聖戰》	陶克托胡	4
			《振興我們的文化》	徐時	6
			《草原上的日出》	吳彥	8
		人和作品	《彭雨論》	王雅楓	13
		蒙古風	《關於亂罵》	王承琰	72
			《意識與情調》	吳河	72
			《名教的餘毒》	日叟	75
			《心靈的寂寞》	吾木	75
		《成吉思汗挽歌》		王乃帆試譯	20
		《南遊漫筆》（一）		沐華	78
		散文	《看雲草》	彭雨	33
			《燈花集》	陳橋	46
			《落葉集》	王令	48
			《孤影集》	舒翼	53
			《油燈下的感情》	谷梁異	67
			《塞上》	張波	87
		短篇小說	《剽悍的熱情》	巴圖爾	27
			《婚》	李素	58
			《月不圓》	陸亞	40
		長篇連載	《猴子的悲哀》	乙文	105
		編輯後記			110

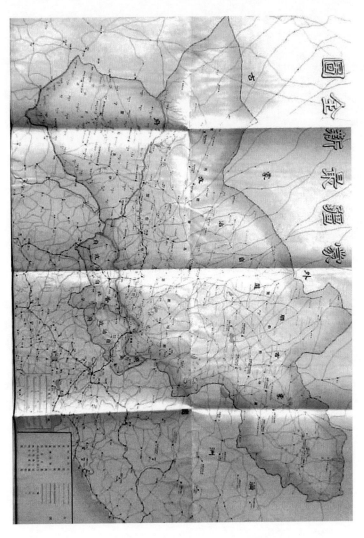

1939年9月1日偽蒙古聯盟自治政府與偽察南自治
政府、偽晉北自治政府合併後的《蒙疆最新全圖》

　　《蒙疆最新全圖》局部，察南自治政府轄延慶，與華北偽政府所轄昌平劃地而治

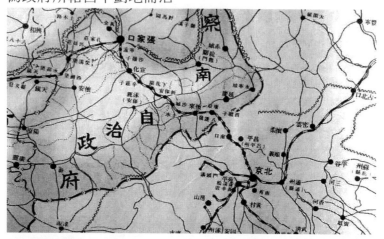

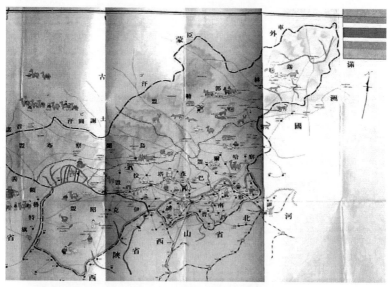

偽蒙疆四色七條旗、行政區劃及礦藏產業

《醒蒙月刊》封面，扉頁傅作義像，及于右任、傅作義等題詞

像肖席主傅

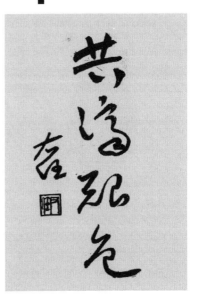

《蒙古文化》封面與封底圖畫中偽蒙疆四色七條旗幟

《蒙古文化》刊登文都爾護（文琇）、孟克寶音、格什克巴圖照片（1940 年第 2 卷第 1 期）

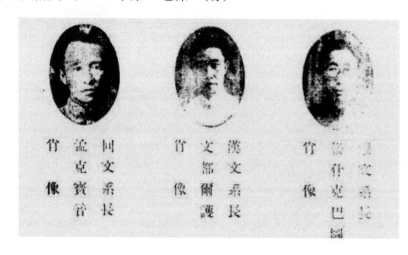

《蒙疆文學》華文版封面及封底各期要目

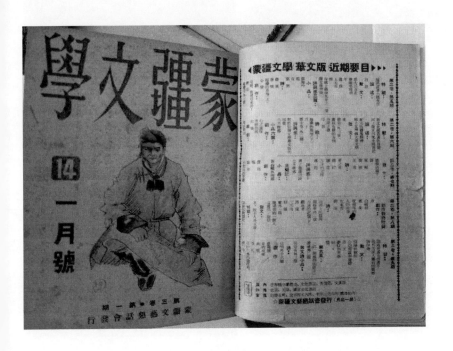

《蒙疆文學》所載關於劉延甫、王承琰的作家論（1944
年第 3 卷第 7 期；第 3 卷第 8 期）

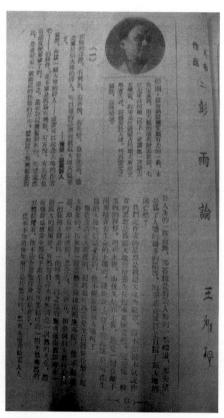

《蒙疆文學》第 2 卷第 2 期目錄、第 2 卷第 5 期目錄

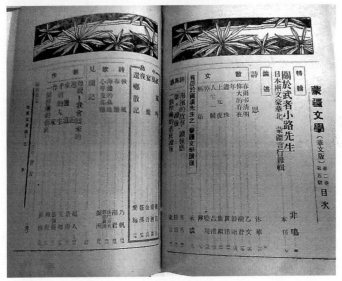

　　乃帆（王承琰）由日文版轉譯為中文的《成吉思汗挽歌》
（《蒙疆文學》1944 年第 3 卷第 8 期）

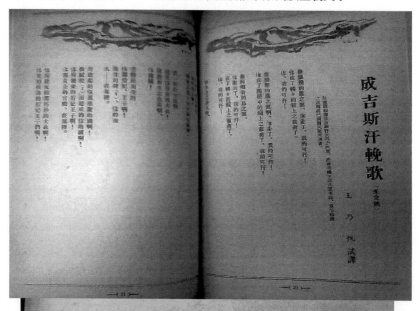

《蒙疆文學》華文版為《蒙疆文學》日文版所作
廣告及日文版各期要目

蒙疆《利民》半月刊封面德王題簽、成吉思汗紀年，與
羅斯福、邱吉爾漫畫

吳懋功、字耀城、年三十四歲、蒙疆包頭市人
爲包市囘教之世家。國立北京師範大學體育系畢
業、青年有爲、篤志遠大、於田徑各部門之競技
指有超越之資格、故在京市之體育界中、極著盛
譽、歷任前綏遠省立包頭中學敎員、省立女子師
範敎員、綏遠省立公共體育場場長、新政樹立後
任包頭市立青眞小學校校長、包頭囘敎部副部長
囘民青年學校校長、晉陞包頭囘敎支部部長、上
年受委西北保商督辦公署調查組少校主任、本年
復陞任同著調查廳中校廳長、政府囘敎委員會委
員、現氏日常起居、飲食皆紀律化、每晨必做運
勤一次、赴囘敎支部辦公、下午則於督辦公署處
理一切、日形忙碌、而精神如一、眼時且喜研摩
書字、交遊頗廣、而不事奢華、人皆敬之、誠爲
興亞青年中文武兼全之有數人才焉。

────（9）────

《利民》「時人月旦」欄目所載吳耀成簡介（1941 年第
1 卷第 1 期）

綏遠抗戰刊物《塞風》封面及榮祥文章
（1939 年第 4、5 期合刊）

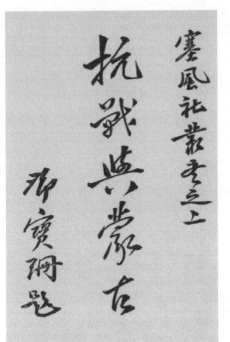

「塞風社叢書」《抗戰與蒙古》《登廂集》
鄧寶珊、榮祥題簽

八路軍收復張家口後中共「內蒙古自治運動聯合會」《內蒙
古週報》創刊號及封面漫畫。畫中蒙漢群眾攜手站起，身後
跌倒者丟下「大漢族主義」和「東亞共榮」的小旗。

《內蒙古週報》封面雲澤（烏蘭夫）主席照片

《內蒙古週報》封面成吉思汗像照片

後　記

　　本書作為中國大陸教育部人文社會科學研究基金專案「抗戰時期綏遠淪陷區文藝報刊與民族主義思潮研究」（13YJC751052）的最終成果，是在我博士論文《殖民與專制之間――論偽蒙疆淪陷區的民族主義文學思潮》的基礎上修改而成。原博士論文的後記其實是一篇學術自述，這裡先將其全文摘錄如下：

　　想說的太多，卻不想用滿篇感謝或懷念的套路來說。某一階段的學術自述，明明是寫給從未謀面的讀者，可無論用怎樣淺顯的語言來表述，卻往往連最熟悉的師友，也難明白每一處所涉及的具體語境，實在比論文本身更難懂。

　　這篇論文緣起於一種對現實問題的思考，某些無端的遐想一旦遇到實際材料就立刻生髮出料想不到的意義。我從小聽張家口的故事，卻從來不知道故事裡偶然提到的蒙古德王究竟何許人，更不明白故事的背景到底是什麼――因為講故事的人受年齡所限，自己也不明白這些七八十年前年的歷史。換言之，世事變幻未足百年，歷史已經成為傳說。直到碩士畢業，我的關注點仍在上海租界。思考作為西洋統治日趨乏力的殖民地，「孤島」如何成為大片日本殖民地中的一

塊飛地，又如何為中國人提供反抗日本殖民話語的空間；而日本又如何以反對西方殖民為藉口，來推行其獨特的東亞殖民模式；甚至思考「孤島」這樣的自由空間，還為殖民/反殖民二元對立之外的話語，提供了怎樣可貴的生存環境，這樣的環境日後又如何在另外一種二元對立中，成為香港這塊西洋殖民地日趨逼仄的文壇環境之前世。正是在思考「孤島」種種溢出傳統分析模式的獨特性的過程中，我開始尋找殖民/反殖民二元對立模式的反例。最終，竟然發現最無法用反殖民/後殖民理論範式來解析的，正是我家鄉的歷史。我不是蒙古族，也不認可民族主義者的許多做法（當然也不認可殖民者與專制者）。然而作為研究者，有必要排除先入為主的反感或喜好，回歸原初什麼都還不懂時的心態，來一點一點揭示研究物件本來的面目，而不是在研究開展之前已經做出帶有成見的判斷。研究史實應如此，面對理論也應如此。

　　這裡需要補充一下對所謂反殖民理論與後殖民理論的起碼說明。因為保守派和左派對此的解釋完全相反，以致各種理論梳理都不免染上不同立場各自的色彩，嚴重地誤導後學。不過至少有一些基本史實是大家公認的，譬如今日後殖民理論的發生與發展，源自對當年反殖民理論的借鑒、批判與吸取。初期反殖民理論不能忽視左派力量；然而對後殖民理論影響最大的，則是二戰後親自參與反殖民鬥爭的法儂。法儂是生於拉美法屬殖民地的黑人，二戰中參加法國反法西斯的戰鬥，可是戰後法儂發現，殖民地人民為反法西斯而戰，卻並不能得到宗主國的認可，更遑論平等待遇。戰後作為精神病醫生的法儂在北非法屬殖民地阿爾及利亞從事治療工

作，大量的病例，讓法儂有機會從精神分析的視角看待殖民進程給殖民者與被殖民者造成的不同層面的精神異化。當然，隨後作為一個身體力行的反殖民鬥士，法儂首先觀照的是「黑皮膚，白面具」的殖民地精英內心渴望模仿殖民者卻始終不得殖民者承認的異化現象，和發達國家所謂工人之外「全世界受苦的人」。也正是在這些層面，法儂的反殖民理論獲得大多左派的肯定。而後殖民理論自薩義德《東方學》問世以來，就受到來自兩方面的夾擊。真正的保守派，指責比較文學出身的薩義德宏觀論調太多，甚至不乏以論帶史，犯有左派理論家的通病；而有意思的是，自命左派者並不認可後殖民理論，反而指責這些後殖民理論家背叛了反殖民理論先驅們的堅定立場，改用「後學」來解構殖民與反殖民的二元對立，模糊了鬥爭的焦點，甚至消解了鬥爭的意義，和犬儒式的後學家們沒什麼區別。正因為來自保守派陣營和左派陣營完全相反的批評聲音，後殖民理論家裡外不是人，對後殖民理論譜系的梳理變得異常困難，不追根溯源很難說清楚。以致許多後學往往不是把後殖民理論直接當成反殖民理論，就是以為後殖民理論是為殖民者說話的。我也是直到最近重讀趙稀方老師多年前在《勵耘學刊》發表的一篇舊文，才真正明白了這兩邊的話都不能盡信，都只是站在各自立場帶著有色眼鏡來看後殖民理論。無論是阿罕默德，還是羅伯特·揚，其對後殖民理論的梳理與構建都含有各自立場，甚至不乏偏見。對任何一個談論後殖民理論的人，都要先考察清楚其知識來源，究竟是受哪一派的外在批評而理解後殖民，還是從後殖民理論本身出發來理解。正是趙老師的這篇

文章，和汪暉的自述，使我明白汪暉在九十年代批判中國思想界各自現象時，為何僅從左派立場批評中國的後殖民理論家們與後學家們攪在一起的做法違背了後殖民理論「應有之意」，卻沒有對後殖民理論體系從左派立場加以批判。因為汪暉訪學期間並不完全是從左派那裡接觸後殖民理論的，當然也不是從保守派那裡外在地瞭解後殖民理論，而是更接近其本來面目。於是汪暉當年的那段反思，正成為我思考相關問題的印證：「在『中國後現代主義』的文化批評中，後殖民主義理論卻經常被等同於一種民族主義的話語，並加強了中國現代性話語中的那種特有的『中國/西方』的二元對立的話語模式。例如沒有一位中國的後殖民主義批評家採取邊緣立場對中國的漢族中心主義進行分析，而按照後殖民主義的理論邏輯這倒是題中應有之義。具有諷刺意味的是，有些中國後現代主義者利用後現代理論對西方中心主義進行批判，論證的卻是中國重返中心的可能性和他們所謂『中華性』的建立。」可惜的是，汪暉本人後來並沒有沿著這一反思來進行研究。然而後殖民理論並非簡單地將東方與西方在文化層面上對立起來，更不是另一種「承認的政治」。正如杜贊奇面對德里克的指責時，在學術自述中所做出的回應：「後殖民主義畢竟與多元文化理論大不相同，主要表現的是，它所關注的是解構身份認同並批評後者的身份認同式的政治學。它尤其反對法西斯主義者及其他極端民族主義分子把民族文化本質化。」由此方可理解後殖民理論不同於傳統的反殖民論述之處，正在於它解構「白色神話」的同時，並不打算構建「有色神話」。否則，又與一個世紀前的「大亞細亞主義」

之流有何區別？邊緣立場本身也是需要反思的。

我近來覺得，許多被稱為西方理論的東西，原本並非理論，而是具體問題的研究，也即史實研究；後來被梳理者與模仿者不斷放大，描述為可放之四海（無論是否皆准）的理論。對任何理論的運用或借鑒，必須首先依據史實本身，然後啟用新的視角來觀察；而不能將這一過程顛倒。故而，我的考察絕不能只建立在對歷史的想像基礎之上，不能陷入溫如敏老師常常警示後學注意的那種情形——從一種以論帶史走向另一種以論帶史，更不能對當事人有態度的敘述偏聽偏信。需要時刻思考任何一種理論論述本身的局限和偏向，並警惕任何一方歷史敘述者本身的非歷史化敘述。我對這段歷程原本並不十分熟悉，考察的開始是十分艱難的，歷史當事人的敘述幾乎沒有不帶色彩的，但基本史實大多未敢直接篡改。故而我儘量多採用當事人敘述的事件，少採用當事人敘述的邏輯，並且綜合各方敘述，依照時間線索重新整理各事件的先後順序，推導出歷史發展自身的因果。

當然這篇論文還有非常多的缺點。首先是尚未能作到對不同現象保持冷熱一致的態度，至少面對殖民者與專制者時，我沒有做到「將研究的物件從物件的位置上解放出來」去理解同情地感受物件。對殖民與專制的潛在批判思維，或許會影響到論文的客觀性；批判本不是我追求的唯一目標，卻保留了一些原有的現實關懷和起碼的價值判斷。其次眾多原始材料往往大同小異，而論文的概括卻相對有限，無法以分析的詳略呈現出史料數量的多寡，所呈現的只是特徵。由於我並不認可單純介紹材料的意義，故而文中每有材料堆砌

之處，在我自己看來，都屬敗筆。而最大的缺點在於仍未能就專制問題給出充分的解析。一方面是問題本身的複雜性使得每一處概念使用都需既考慮到與前人用法的通約性又不陷入前人認識漏洞之中（包括中西概念的對譯與用法流轉所造成的當下用語困境），另一方面也是我自己對專制問題的親身感受多而學養積累尚遠遠不足所致。值得勉勵的是，一旦日後對專制問題的把握更進一層，論文必將有重大改觀。

　　在整個研究過程中，思路調整一直在持續。從最初的嘗試失敗，到目前的初步探索，自然有許多人的幫助與鼓勵。《內蒙古晨報》的丁雪筠記者，其母是已故前輩學者，做過很多史料工作；丁記者關於日據時期新聞活動的一篇報導和她的支援，雖然沒有對我日後的文學研究起到太多實際幫助，卻給了我最初的鼓勵。內蒙古圖書館的忒莫勒老師，窮數十年之力搜集舊報刊，並詳加考證。沒有他的研究作基礎，我的研究幾乎無法順利進行。與他的郵件往來、偶然相遇及長談，都啟發了我展開相關思考。而對於內蒙古圖書館將大量民國報刊當做無用之物封存，連自己的研究員忒莫勒都不能閱讀的做法，以及當年潘力館長拒購珍貴刊物以致忒莫勒老師傾力自費購買的舊事，我這裡也再代忒莫勒老師提一筆，以便其名在我這不值藏諸名山卻可作為地層一跡的小書中，也能短留青史。同事韓弘力老師、包海青老師和袁校衛老師的建議與批評，使我獲得了寶貴的研究機會，尤其是同行高培華老師，為我提供了許多無私的幫助與鼓勵。早稻田大學的新保敦子老師以及她的博士生孫佳茹等熱心提供材料並積極參與，以及前輩岸陽子老師及其子安藤潤一郎先生的

熱心幫助，也極大地打開了我的視野。代林老師是學界前輩，掌握大量珍貴史料，其治學態度與學者使命感，無不令我欽佩，對我的影響絕不限於具體問題。張連紅老師和王繼霞老師的支持，也讓我有機會聆聽更多學者的意見；南京大學歷史學院張生老師的熱心指點，令我再次思考論述重點的選取；南開大學羅振亞老點醒我研究意義必須首先亮明，以區別於其他特殊問題研究。其他如丁明俊老師、張海江老師、劉淑玲老師、楊慧老師，及楊天舒老師、熊權老師與畢海師兄在各次會議上的意見，無不有益於我的寫作。甚至與我同住近三年的李光輝，在研究晚明曲譜之餘，也不免遭受了我許多關於東北亞民族史、革命史與殖民史的叨擾，成為我多篇論述的最初讀者。而我的同門李俊傑，也以他在史料搜集方面的獨特本領，為我悉心搜求與這段歷史相關的各種材料。

我碩士期間的導師楊聯芬老師，是我啟蒙恩師，對我選擇現代文學為志業有極大影響，以五四的薪火為我提供了反抗各種壓抑力量的寶貴精神資源。在我讀博士期間，楊老師多次與我談這一選題，表現了極大的興趣，也忍受了我許多沒頭沒尾的片段式敘述，並一再殷切鼓勵我堅持把這個研究做好，作未來發展方向。唐宏峰師姐年長我許多，其實是亦師亦友的前輩，她提醒我注意史書美理論的特殊意義，才使我最終找到了討論相關問題的真正語境。而沈慶利老師多次提示我對蒙古民族主義本身的解構，才令我意識到直到那時自己尚未充分進入後殖民思維。對後殖民論述的借鑒，正應與補足同在；補足未能完成，或許與學養有關，借鑒尚不充分則屬學風問題，尤應注意。

　　而 Bulag 老師熱情的指導，使我有機會在劍橋接觸大量原來所不曾意識到的討論空間，將我的視野真正引向箚奇斯欽與影響新清史脈絡發展的拉鐵摩爾，並讓我瞭解到清代蒙古族文化的尚未大面積漢化。他在多重力量角逐中看待「合作的民族主義」，更為我在殖民與專制之間討論民族主義提供了基本框架。而《亞洲研究》匿名評審專家的意見，則直接指出了我在專制論述方面的薄弱之處，對我幫助極大。在劍橋偶遇我同事塔娜昔日業師烏蘭其木格，師生二人都不從事我所從事的研究，卻先後在國內國外無私地為我提供蒙文和日文研究方面的幫助，使我感到這一研究對她們而言的意義。藍詩玲老師的熱情幫助和率真相待，以及好友白瑞文一再相助，都使我的研究順利進行，為我研究的後續拓展打開思路，無不令我受益匪淺，並由衷感到英語世界中知音的可貴。史書美老師到訪劍橋使我有機會當面向她請教中國國內的華語語系相關問題，她關於殖民與專制並不矛盾的回答使我豁然開朗。然而限於一些外部制約，我的研究目前多隻呈現出對史書美原有理論的不同意見，尚未能更深地討論這一問題。希望以後能有機會將這一研究深入下去。

　　我的導師李怡老師，從最初的肯定與修改建議，到後來不斷討論，一直對我的研究抱有極大興趣，並積極設法為我趨避各種困難，非常鼓勵我將這種研究作為將來長期工作的方向。由於我的選題在博士入學之前已有所思考，故從最初向李老師徵求意見，到入學後的首次面談，再到讀書會上的預開題，以至半年後的正式開題，訪學期間的意見交流，最後到預答辯、答辯，這一研究在四年的時間當中，幾經方向

轉換，若無李老師多次對具體方案的否定與修改意見，及對整體研究的不斷肯定與鼓勵，研究面貌絕不會是現在這樣切實，只會嚴重地偏於空疏。甚至到論文最後的修改當中，也是李老師與我的一再討論，才最終明確了我所探討的其實是殖民和專制這兩個主題，而偽蒙疆與民族主義不過是我探討殖民與專制的特殊案例罷了。當然，我這篇小小的論文，既沒有也不太可能真正探討清楚殖民與專制；而偽蒙疆這一特殊案例雖有聚焦效果，顯然也不足以論證更具普泛意義的宏大問題。整個論文不過是以極特殊的一點，來管窺殖民與專制的複雜交錯形態。從論文的選題來講，意義或許無需置疑；而從這一選題的完成度來說，還有非常非常多的地方有待進一步探索與不斷完善。李老師從未質疑我論文選題的意義，而一再幫助我將宏大的選題落到實處，教我如何自如地跨出文學之外，而最終還應返回文學之內，從外部回到人的精神世界當中。

李老師在我們面前坦然將自己純真的童心流露，這極大地促進了我們之間的真誠交流，卻不是我對自己的學生所能輕易做到的。需知將自我無保留的置於他人面前，雖能更加舒暢地享受友誼帶來的歡樂，卻也要承擔被對方傷害的風險。在父母家人與愛人面前做到不難，但要對學生做到這一點，則要有足夠的信心，願意嘗試並相信人與人之間傾坦彼此的快樂。也正是在成功嘗試的鼓勵下，才能進而打開更多的嘗試，影響後來的人。事實上在我寫作這份論文的同時，還在李老師的研究思路指導下進行著另外一份研究工作，即對與茅盾《子夜》不同層面問題的重新思考，這一過程更為

複雜，不妨單獨撰文來再談。而參與「西川論壇」的眾多師長前輩與師兄師姐，在歷次會議中給我的鼓勵，也加強了我研究的信心。

在這三年之中，為我付出最多的，是我美麗而善良的太太。沒有她的支持與默默承擔，我無法安心離家讀書，更不能放下尚未滿月的寶寶遠赴異國訪學。是我的家人替我承擔了本應由我承擔的一切。

我把人生中最美好的時光留在了師大，我的艾米爾也和我一同長大。

在博士論文的答辯過程中，首都師範大學的王家平老師和北京師範大學的沈慶利老師、鄒紅老師、劉勇老師作為答辯委員會成員，北京大學的吳曉東老師作為答辯委員會主席，都對我的論文提出了寶貴的意見。其中沈慶利老師提醒我可加強對日本獨特的東亞殖民意識形態及其偽裝的論述，並再次幫助我反思蒙疆這個標榜蒙古「民族國家」的傀儡政權若真能擺脫殖民與專制的多重羈絆而實現其「自決」，是否就真能解決民族問題。沈老師的提問讓我意識到對蒙疆政權下漢族附逆文人痛苦而曖昧表述的深入分析，其意義絕不在於讓今天的研究者去「體諒」漢奸文人的苦衷，而在於對那個從來都不可能絕對純粹的「民族國家」理想本身的質疑。經過晚清至民國數十年的移民墾殖，蒙疆統治區本就已經呈現出蒙漢回多民族雜居的狀態，即便沒有日本殖民者刻意合併察南、晉北兩個漢族傀儡政權，蒙疆也不可能建成純粹蒙古族的「民族國家」；何況這個所謂「民族國家」的背後還

有日本殖民者。「民族國家」的建立，絕不應成為統治民族與被統治民族之間地位的簡單翻轉。故而對民族主義的反思，仍有必要繼續加深。

而吳曉東老師則敏銳地注意到「殖民與專制之間」的模式提出，與蒙疆文學這一案例獨特性之間隱含著的某種矛盾。越是獨特的案例，其特徵在更廣泛層面上的普遍性往往越低。事實上我自己也很清楚蒙疆這樣一個難以複製的個案，怎麼可能成為整個中國現代文學在殖民與專制之間的代表。相仿的問題在我研究之初 Bulag 老師也曾提醒過我。而吳老師的這次提醒讓我意識到，選取研究物件時對獨特性的看重，恰恰與思考研究意義的普遍性有所衝突。不過我所謂「殖民與專制之間」的模式，顯然還遠遠不能構成一種研究範式。而我逐漸發現，一種有價值的研究範式的建立，往往並不在於概括性有多強，不在於是否能夠涵蓋更多以往研究所無法容納的例外，而在於這種新研究範式是否真正提出了具有啟示意義的問題，是否有助於以一種新的思維角度來對更廣泛層面的諸多問題加以反思。這也是我在博士論文後記當中曾經提到過的，許多西方理論在原創之初並不是作為一種理論，而是作為一個具體的實證研究出現，之後才被理論研究者梳理總結成為對其他研究也具有啟示意義的理論。故而原創研究其實根本不必刻意把理論構建作為目標，只需要在自己的實證研究基礎上，反思更廣泛層面上的問題即可。至於自己的研究是否對其他研究具有啟示意義，則要看其他研究者是否能夠並願意借鑒這一研究的思考路徑。

經過無數次的修改，書稿仍然留下了諸多無知與錯漏之

處，留下了深深的遺憾。整部書稿不過記錄了我目前階段思考的所得，遠非最終結論，亦不可能絕對正確。只希望在留下諸多遺憾之後，能夠獲得更多寶貴的批評意見，促進我的反思。

妥佳寧